Más de lo que podemos DECIR ♡

un sello de
V&R Editoras

- › **Título original:** *More Than We Can Tell*
- › **Dirección editorial:** Marcela Luza
- › **Edición:** Melisa Corbetto con Laura Ojanguren
- › **Coordinación de diseño:** Marianela Acuña
- › **Diseño de interior:** Julián Balangero
- › **Diseño de tapa:** Carolina Marando

Esta traducción de *More Than We Can Tell* es publicada por V&R Editoras en virtud de un acuerdo con Bloomsbury Publishing Plc. Todos los derechos reservados.

MÉXICO:
Dakota 274, Colonia Nápoles, C. P. 03810,
Del. Benito Juárez, Ciudad de México
Tel./Fax: (5255) 5220–6620/6621 • 01800-543-4995
e-mail: editoras@vergarariba.com.mx

ARGENTINA:
San Martín 969 piso 10 (C1004AAS) Buenos Aires
Tel./Fax: (54-11) 5352-9444 y rotativas
e-mail: editorial@vreditoras.com

Primera edición: septiembre de 2018

ISBN: 978-607-8614-03-5

Impreso en México en Litográfica Ingramex, S. A. de C. V.
Centeno 162-1, Col. Granjas Esmeralda, C.P. 09810
Delegación Iztapalapa, Ciudad de México.

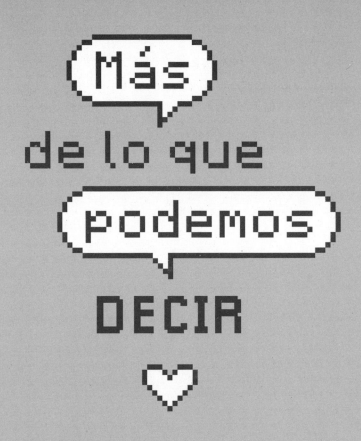

Más de lo que podemos DECIR

Brigid Kemmerer

TRADUCTOR: VÍCTOR URIBE

(A mi madre,

que me enseñó a ser fuerte,

pero también, y es lo más importante,

a ser cariñosa.

)

<UNO> Emma

[1]

Das asco.

Eso es lo que te diré cuando te encuentre y te lo meta en el hoyo de la boca.

Asqueroso. Por lo menos este tipo no incluyó una foto de su miembro.

Mi dedo ronda el botón de Bloquear jugador. Debería hacerlo. Sé que debería.

Nightmare está enojado porque lo corrí de un equipo por acosar a otro jugador. Fue justo al final de la misión, y el que lo haya echado provocó que perdiera los créditos XP que había ganado. Sus dos horas de juego se fueron por el drenaje.

Pero OtrasTIERRAS no tiene una base significativa de seguidores. En un buen día tal vez sean unos doscientos jugadores. Solamente creé el juego como parte de un proyecto escolar. Si compartí la liga en el foro distrital 5Core de la escuela fue porque necesitaba conseguir a unos cuantos jugadores para probar el programa. Jamás pensé que alguien de hecho lo jugaría.

Pero lo hicieron. Y ahora... tengo jugadores. Conseguí una comunidad. Y un idiota que manda mensajes ofensivos al foro 5Core podría bastar para ahuyentar al resto de los seguidores.

Ahora puedo ver su publicación:

A Azul M le molestaron unos cuantos insultos y me bloqueó. Las chicas están arruinando los juegos por cosas como estas.

Porque créanme, se trata de un hombre. Encuentren a una mujer que diría "metértelo en el hoyo de la boca".

Suspiro y borro su mensaje. Luego doy clic en la página para enviar un mensaje a Cait Cameron.

Emma: Un tipo me acaba de enviar un mensaje de que "me lo va a meter en el hoyo de la boca".
Cait: ¿Hoyo de la boca? ¿No es algo redundante decirlo?
Emma: ¿Verdad?
Cait: Hay días en que me alegro tanto de que lo peor que me puede pasar es que la gente me diga que soy fea.

Cait graba tutoriales de maquillaje en YouTube. Y no es fea. En lo más mínimo.

Sus consejos de belleza han logrado algo de atención. Está metida en los disfraces de cosplay y en representar personajes, pero mi lado geek no llega tan lejos. Su verdadero talento radica en los diseños que ella misma crea. El otro día llegó a la escuela con pequeñas escamas brillosas de sirena en las mejillas. En otra ocasión consiguió un efecto como si la piel de su rostro se abriera como una cremallera, pero una profesora la mandó a lavarse.

No me fascina el maquillaje, pero el mes pasado dejé que me pintara después de rogar, suplicar y asegurarme que pensaría en algo perfecto. Diseñó un sistema de circuitos traslúcidos que bajaban de mis sienes a la mandíbula, en tonos muy tenues; luego me delineó los ojos con un lápiz oscuro y sombra plateada. Creí que se veía fenomenal, hasta que los cretinos de la escuela comenzaron a preguntarme si estaba programada para dar placer.

Me lavé el maquillaje en el baño a la mitad de la primera hora.

Cait no ha mencionado el incidente. Yo tampoco.

Le envío otro mensaje:

Emma: Estoy a punto de conectarme. ¿Quieres jugar?

Cait: No puedo. Quedé en probarle un nuevo delineado de ojos a mi mamá.

Uf. Claro que quedó. En cuanto lo pienso, me siento como una verdadera arpía. Cait y yo solíamos entendernos, éramos como uña y carne, pero en algún momento a inicios del año escolar comenzamos a distanciarnos. No sé si se debe al juego, al maquillaje o a qué, pero cada vez más parece que una de nosotras siempre tiene algo para hacer.

Quisiera saber cómo arreglar la situación. Pero si la solución incluye escamas de pez y circuitos traslúcidos, no va a funcionar.

Suspiro y me vuelvo a conectar a OtrasTIERRAS, pero ahora ingreso como jugadora en lugar de como administradora. De inmediato me llega una solicitud para formar equipo por parte de Ethan_717. Sonrío y me coloco los auriculares en los oídos. Quizás la noche no termine siendo una absoluta porquería.

No tengo idea de quién es Ethan en la vida real. Cursa el bachillerato, porque su perfil de 5Core menciona que asiste a la escuela Old Mill, aunque el dato no ayuda a identificarlo entre la multitud. Ethan podría ser un alias, aunque Ethan_717 en realidad no es un nombre de personaje, así que pudiera ser verdadero. En el juego aparece como un guerrero que viste una armadura negra y una capa roja. Una máscara le cubre la mitad inferior del rostro, y porta dos espadas electrificadas. La energía azul chispeante recorre el acero cuando desenfunda ambas armas para la batalla —es uno de mis mejores trabajos de diseño.

Aunque casi no sabe nada de mí, es una de las pocas personas a la que le he contado que yo creé OtrasTIERRAS. Para el resto de los participantes y de los usuarios de 5Core solo soy Azul M, una jugadora cualquiera. Y no hay nadie en la plataforma que pueda relacionar a Azul M con Emma Blue.

En cuanto formamos equipo, podemos hablar a través de los auriculares.

—Ey, M. —dice Ethan, y su avatar saluda con la mano.

—Ey, E. —respondo con una gran sonrisa. Tiene una voz agradable. Su timbre es un poco más grave de lo que uno esperaría, con un tono ligeramente áspero. Me parece algo sexy.

Está bien, de acuerdo, puede que esté un poco enamorada de Ethan. No hay pájaros azules de caricatura volando en círculo sobre mi cabeza ni nada por el estilo, pero aun así lo siento. Lo cual es ridículo. Old Mill se encuentra a cuarenta y cinco minutos de distancia de donde vivo. No tengo idea de cuál es su verdadero aspecto. Podría ser un estudiante de primer año, ¡por Dios!

—Estaba por juntar a unas cuantas personas más —señala—. ¿Estás con ánimo de efectuar una misión?

Ese tipo de comentarios son los que han mantenido a raya mi entusiasmo: aunque es simpático y amigable, de lo único que habla es del juego.

—Seguro —digo tras suspirar.

–Había querido decirte que hay una falla en los gráficos del bosque de los elfos. Te voy a enviar una captura de pantalla cuando terminemos, para que lo puedas arreglar.

–Genial. Gracias.

Como mencioné, solo juegos y solo tecnología, lo cual está bien. Supongo que debería estar agradecida de que Ethan aún no me haya preguntado qué talla uso de sostén.

Después de un momento aparece el nombre de otro jugador en la lista del equipo: Gundar Wez. Su avatar se incorpora al equipo que se muestra en el monitor. Es enorme y viste completamente de negro, lo cual es un absoluto desperdicio de todas las personalizaciones a las que les dediqué tanto tiempo de desarrollo. Nunca antes había jugado con él.

–Hola, Gundar –saludo en el micrófono.

–Ey –dice Ethan.

–Hola, Azul. Hola, Ethan.

Contengo una risita. Tras ver el enorme avatar, esperaba una voz ronca. Pero Gundar se escucha como si tuviera nueve años.

Pronto se une otro jugador. El nombre aparece en lista del equipo y la sonrisa desaparece de mi cara: N1ghtmare. El señor Hoyo de la boca en persona.

Su avatar es femenino, porque no podía ser de otro modo. Sus senos son tan prominentes como mi código se lo permitió, el cual afortunadamente no es muy obsceno. La cintura es pequeña, las caderas anchas. Personalizó el atuendo y el tono de piel para que sean de un color beige uniforme, por lo que el avatar parece estar desnudo. Esto me hace querer eliminar la opción de color de la programación.

Me quedo pasmada en un estado mental entre el asco y la molestia. La coincidencia parece intencional, pero no puedo descubrir de qué modo ocurrió. Él no podría haberse enterado de que yo estaba en el equipo, sino hasta que Ethan lo agregó.

Quizás todo salga bien. Conozco a muchas personas que expresan cosas en un mensaje privado que no se atreverían a decir al micrófono.

–Lo siento –dice N1ghtmare, con un tono de voz áspero y grave. Por un segundo creo que en realidad se está disculpando, pero luego agrega–, pensé que este era un equipo de verdad.

–Lo es –responde Ethan–. Tenemos a cuatro jugadores. Queremos realizar la misión a través de...

–No. No hasta que echen a esa perra.

Por lo visto, hay personas que se atreven a decir al micrófono lo que no deberían expresar en voz alta. El asco se convierte en ira, y en humillación.

–Adelante –comento con un tono de voz plano, aunque siento cómo el corazón se me desborda en el pecho–. Lárgate, Nightmare.

–Ni hablar. Vine aquí a jugar. Es solo que no quiero jugar con una tipa que está en sus días.

–Bueno, yo no quiero jugar con un idiota –exploto.

–Chicos –interrumpe Ethan, suspirando–. Hay un niño en el equipo.

–¡No soy un niño! –responde Gundar.

Gesticulo. Me había olvidado de él.

–Amigo –dice Nightmare–, ¿podrían echarla? No sabe jugar. Va a echar a perder toda la misión.

–Hermano –responde Ethan, con un tono cargado de burla–, ella programó el juego.

Hago una mueca. Había intentado no decirle eso a nadie.

–¿Es por eso que es tan malo?

–¿Cuál es tu problema? –lo confronto.

—Tú eres mi problema —sentencia Nightmare—. Eres una de esas estúpidas perras lloronas que creen que saben cómo jugar porque tomaron unas cuantas clases de programación, pero en realidad no son más que un asco. Ahora, cállate el hoyo de la boca o cumpliré mi promesa de meter algo ahí...

Cierro de un golpe mi laptop y me arranco los auriculares. Mi corazón se desboca. De pronto, se me enrojecen los ojos. No es nada nuevo. Ni siquiera debería molestarme.

Soy buena en esto y desarrollé el juego. Sé lo que hago.

Hay una falla en los gráficos del bosque de los elfos.

De acuerdo, así que no es perfecto, pero puedo arreglarlo. ¿Qué tiene ese tipo Nightmare? ¿Resentimiento con la vida? ¿Una mano derecha exhausta? *Uf.* No puedo creer que haya pensado eso.

Escucho el ruido de uñas arañando la puerta de mi habitación. Antes de que pueda levantarme a abrirla, Texas, mi labradora dorada, lo hace con su hocico. Se menea sin cesar y presiona su nariz mocosa contra mis manos. Puede parecer un gesto adorable, pero en realidad es su manera de decirme que tiene que salir a pasear.

Bien. Necesito distraerme. Bloqueo la computadora, meto el teléfono en mi bolsillo y bajo las escaleras deprisa.

Todas las luces están encendidas, pero no hay nadie alrededor. Texas salta con sus patas delanteras, arriba y abajo, mirando con impaciencia la puerta trasera. Tomo su collar y me asomo hacia la oscuridad. Mamá se encuentra en el patio y tiene una copa de vino en la mano. Viste unos jeans negros y una chaqueta elegante, y lleva la coleta de caballo recogida en un moño. No está maquillada, pues cree que es una pérdida de tiempo. Es una cardióloga pediatra, así que uno supondría que rebosa empatía y compasión, pero quizás las agota en el trabajo, porque en casa es reservada y crítica.

Comparado con ella, papá parece un adicto. No se ha rasurado en varios días, y viste una sudadera con cremallera y jeans. Está desparramado en una de las sillas de jardín, y su laptop se balancea sobre sus rodillas. Una botella abierta de cerveza reposa en el suelo a su lado.

La luz que emite la parrilla se refleja en ambos. No alcanzo a escuchar lo que dicen, pero teniendo en cuenta sus expresiones de fastidio, apostaría a que mamá lo está sermoneando por algo.

Alcanzo a oír el final de la oración: "... no me gusta la influencia que tienen en Emma". Los videojuegos. Se está quejando por algo relacionado con ellos. Como de costumbre.

Me ve y el gesto de su rostro ahora luce exasperado.

—Es una conversación privada —reclama.

Son las primeras palabras que mi mamá me dirige en lo que va del día. Abro la puerta unos centímetros.

—La perra necesita pasear.

—Entonces, sácala —señala, como si no estuviera por hacerlo. Toma un sorbo de vino—. Tienes que salir de vez en cuando de tu habitación. Pasa algo de tiempo en el mundo real.

Es una indirecta a mi padre. Se pasa la vida pegado a la computadora, habitando reinos de otro mundo. Es un diseñador de videojuegos. "De tal palo...". Sí, sí, lo entiendo.

Pueden imaginar qué gusto le da a mi madre la doctora esta situación, quien estoy segura que me imaginaba recorriendo los pasillos del hospital Johns Hopkins cuando cumpliera veinticinco años. Ella no tendría ningún problema si me la pasara escondida en mi habitación con un libro de biología.

Papá suspira y se pasa la mano por la cara.

—Déjala en paz, Catharine.

–Agradecería que me apoyaras en esto, Tom –se impone un silencio
mortal–. A menos que estés muy ocupado con tu juego.

Cierro la puerta. No necesito escuchar el resto de esta discusión.
Prácticamente podría escribir el resto del diálogo. Ninguno de los ha-
bitantes de esta casa diría "hoyo de la boca", aunque la hostilidad sea la
misma.

Con un suspiro, tomo la correa de la perra y me dirijo al pasillo de
la entrada.

`</UNO>`

—

<UNO> Emma </UNO> <DOS> Rev

[2]

Feliz cumpleaños, hijo.
Espero que me hagas sentir orgulloso.
Robert.Ellis@speedmail.com

La nota estaba en el buzón. El sobre está dirigido a mí. No a mí el de *ahora*. Nunca me llamaría Rev Fletcher. Tal vez ni sepa mi nombre.

Viene dirigido a quien fui hace diez años. No hay domicilio del remitente, pero en el matasellos se lee *Annapolis*.

No puedo respirar. Me siento desprotegido, como si el rifle de un francotirador me apuntara. Estoy esperando que una bala me dé en la nuca.

Es ridículo. Estoy parado en la acera en medio de los suburbios. Es marzo. Un cierto frescor recorre el aire, y a la distancia el sol se oculta. Hay dos niñas de primaria que andan en bicicleta por la calle, mientras cantan una canción y ríen.

Mi padre no necesita una bala, con esta carta es suficiente. Hace diez años tampoco necesitó una bala. A veces quisiera que hubiera tenido una pistola, porque la bala hubiera sido rápida.

Conoce mi dirección. ¿Se encontrará aquí? ¿Podría estarlo? Las farolas se iluminan de un parpadeo, y mis ojos vuelven a registrar la calle. No hay nadie aquí. Solo estamos yo y las niñas, que ahora trazan vagamente ochos al andar.

La primera vez que me apartaron de mi padre no pude dormir durante meses. Me acostaba en la cama y esperaba que viniera y me arrancara de la oscuridad. Que me sacudiera, me pegara o me quemara y luego me culpara. Cuando conseguí dormir, soñé que sucedía.

En este momento siento que estoy teniendo una pesadilla, o un ataque de pánico. El resto de la correspondencia está hecha un lío en mis manos.

Necesito que esta carta se vaya.

Antes de darme cuenta, me encuentro en el patio trasero. La llama engulle una pequeña pila de hojas y palos en una de las ensaladeras de vidrio de mamá. El humo asciende trazando rizos en el aire, llevando consigo un intenso y dulce olor que me recuerda el otoño. Sostengo el sobre encima de la ensaladera, y la lengua de fuego se estira para alcanzarlo.

Se siente como si al papel lo hubiesen doblado y desdoblado cientos de veces, en tres y luego a la mitad. Los dobleces están tan gastados que la hoja podría deshacerse si no tengo cuidado. Es como si él hubiese escrito la carta hace tiempo, pero esperó hasta ahora para enviarla.

Feliz cumpleaños, hijo.

Cumplí dieciocho hace tres semanas.

El papel tiene un olor conocido, un tufillo a colonia o loción de afeitar que atiza viejos recuerdos y me clava un cuchillo de angustia en medio de la espalda.

Espero que me hagas sentir orgulloso.

Las palabras también me parecen familiares, como si no hubiera una distancia de diez años desde la última vez que lo escuché pronunciarlas en voz alta.

Quisiera meter toda la mano en el fuego. Enseguida pienso en lo que mi padre solía hacerme, y me doy cuenta de que meter la mano en la ensaladera llameante probablemente lo enorgullecería.

Mi mente continúa repitiendo la dirección de e-mail, como un letrero de luz neón descompuesto.

Robert.Ellis@speedmail.com.

Robert.

Ellis.

Robert Ellis.

La llama se prende al papel y este comienza a desvanecerse y desmenuzarse. Un ruido ahogado escapa de mi garganta.

La hoja termina en el suelo antes de percatarme de que la tiré y que mi pie apaga la llama a pisotones. Solo la esquina está quemada y el resto queda intacto.

Me quito la capucha de la sudadera y me paso las manos por el cabello. Mis dedos temblorosos quedan atrapados y se enredan. Me duele el pecho. Mi respiración está agitada como si hubiera corrido más de un kilómetro.

Espero que me hagas sentir orgulloso.

Odio que haya una parte de mí que lo desea. Que lo necesita. No lo he visto en diez años y con una pequeña nota me tiene anhelando su aprobación.

—¿Rev?

El corazón casi me explota. Por suerte, tengo reflejos muy agudos. Vuelco la ensaladera con un pie y con el otro oculto la carta.

—¿Qué?

La palabra parece más una advertencia que una pregunta. Me escucho como poseído.

Geoff Fletcher, mi papá —no mi padre—, se encuentra en la puerta trasera y me observa fijamente.

—¿Qué haces?

—Un proyecto de la escuela —es obvio que estoy mintiendo. Una carta insignificante me obliga a hacerlo.

Me observa con evidente preocupación y sale hacia el porche.

—¿Estás bien?

—Sí, lo estoy.

No parece que esté bien, además de que él no es ningún idiota. Se acerca al borde del porche y baja la mirada hacia donde me encuentro. Viste una camiseta tipo polo color salmón y pantalones caqui planchados con esmero, que es su ropa para dar clases. Cumplió cincuenta el año pasado, pero uno no lo creería al verlo. Se mantiene en forma y mide poco más de un metro ochenta. Cuando tenía siete años, y la trabajadora social me trajo por primera vez aquí, él me aterraba.

—Ey —sus ojos oscuros ahora reflejan una gran inquietud—. ¿Qué sucede?

Estoy vuelto una maraña de pensamientos. Debería quitar el pie de la carta, levantarla y entregársela. Él podría conseguir que se vaya.

Pienso en mi padre. *Espero que me hagas sentir orgulloso.* El conflicto interno casi me tiene temblando. No quiero que Geoff se entere.

Geoff, no *papá.* Mi padre ya me tiene bajo su control y apenas llevo quince minutos en posesión de esta carta. Ahora que he mentido, debo seguir haciéndolo. Pero no me gusta este sentimiento.

—Dije que estoy bien —le respondo a Geoff sin poder mirarlo.

—No lo pareces.

—Lo estoy —mi voz suena áspera, casi como un gruñido—. ¿De acuerdo?

—¿Sucedió algo?

—No —me clavo las uñas en las palmas de las manos y mi corazón se acelera como si tuviera que escapar de algo.

—Rev...

—¿Podrías olvidarlo? —digo, cuando finalmente levanto la cabeza con hartazgo.

Él aguarda un instante, pero mi enojo queda suspendido en el aire durante un largo momento.

—¿Por qué no entras y hablas conmigo? —replica en voz baja y apacible. Geoff es el maestro de la calma. Eso lo vuelve un buen padre adoptivo y un gran papá–. Se hace tarde. Iba a empezar a preparar la cena para que comamos cuando mamá llegue a casa.

–Voy con Declan.

Espero que me diga que no vaya. No me había dado cuenta de lo mucho que quiero que me niegue el permiso, hasta que cede:

–De acuerdo.

No es un rechazo, aunque de algún modo se siente como si lo fuera. De pronto quiero suplicarle que me disculpe, por mentirle, por el enfado, por proteger a mi padre de algún modo. Pero no puedo. Me pongo de nuevo la capucha y dejo que el cabello me cubra el rostro.

–Antes limpiaré esto –señalo con un tono arrepentido.

Permanece callado un largo rato, mientras yo levanto la ensaladera del suelo y meto los trozos quemados en ella, sin retirar el pie de encima de la carta. Mis movimientos son tensos y torpes. Y sigo sin poder mirarlo.

–Gracias –dice–. No llegues tarde, ¿de acuerdo?

–Sí –no puedo dejar de jugar con la ensaladera ni despegar la vista del borde. Aunque la brisa sacude la capucha de mi sudadera, continúa ocultándome–. Lo siento.

No me responde, y una tensión ansiosa se instala en mis hombros. Me aventuro a levantar la mirada y él ya no se encuentra en el porche.

Entonces oigo cómo se desliza la puerta de vidrio. Ni siquiera me escuchó. Regresa adentro y me deja con este lío.

/ / /

Mi mejor amigo no está en casa. Lo he estado esperando entre las sombras, como un criminal, sentado en el pavimento de la esquina posterior de la entrada del coche. Hace un rato, el aire fresco no estaba tan mal, pero ahora me cala hasta los huesos y me congela.

La luz brilla a través de las ventanas de la cocina y alcanzo a reconocer a su madre y a su padrastro yendo de aquí para allá. Me invitarían a pasar si supieran que estoy aquí fuera, pero el cerebro me pesa de tanto pánico e indecisión. Saco mi teléfono para enviarle un mensaje.

Rev: ¿Estás trabajando?
Dec: No. En el cine con J. ¿Qué pasa?

La "J" es de Juliet, su novia. Miro fijamente el teléfono y me concentro en respirar. No me había percatado de lo mucho que esperaba que Declan estuviera en casa, hasta que fue evidente que no estaba.

Abandono las sombras y comienzo a caminar. No puedo volver a casa, pero tampoco puedo quedarme aquí a menos que quiera morirme de frío. Debería ir al gimnasio, pero las clases para principiantes son los jueves y si lucho con alguien esta noche, puede que no salga de una pieza.

Debí tardar en responder, porque Declan insiste.

Dec: ¿Estás bien?

Mis dedos titubean y rondan la pantalla del dispositivo. Estaba por contarle acerca de la carta, pero ahora... no me parece bien. Obligo a mis dedos a moverse.

Rev: Todo bien Diviértete. Saludos a J.

Casi de inmediato suena mi teléfono. Es él.

—¿Qué pasa? —me dice en un rápido susurro. Me pregunto si, de hecho, me está llamando del interior de la sala de cine.

—No es nada. Estoy bien —respondo en un tono bajo y tosco.

Se queda callado un largo momento. Declan conoce cada uno de mis secretos. No es común en mí actuar tan reservado.

—¿Necesitas que vaya a casa? —dice en voz baja.

Su tono me recuerda al de Geoff, como si necesitara que me contuvieran. Tal vez sí lo requiera, pero no me gusta que me lo recuerden.

Me obligo a que mi voz se oiga tranquila. Lo consigo a medias.

—Sí, ¿y también puedes comprarme un bote de helado de chocolate? Hermano, claro que no, estás en el cine.

—Rev.

—No es nada, Dec.

—Ocurrió algo.

—No pasó nada. Te llamo después, ¿de acuerdo? —presiono el botón para cortar la conversación.

Hay algo que definitivamente está mal conmigo. Casi al instante vuelve a zumbar mi teléfono.

Dec: ¿Qué te sucede?

Mi padre me mandó una carta y no sé qué hacer.

Pero no lo puedo escribir. Incluso pensarlo me hace sentir débil e inmaduro. Soy cinta morada en jiu-jitsu brasileño, sin embargo no logro lidiar con tres renglones garabateados en un trozo de papel que apareció en el buzón.

Rev: No es nada. Estoy bien. Perdón por molestarte.

No me responde. Quizás está molesto. O tal vez yo lo estoy. Dios, ni siquiera sé por qué eso me alegra.

Levanto el teléfono otra vez y abro un nuevo e-mail. Agrego la dirección de mi padre y escribo "Déjame tranquilo" en el asunto. No tipeo ningún mensaje. Solo presiono Enviar. Después me pongo en marcha, dejando que la oscuridad me devore.

♥

</DOS>

[3]

El aire nocturno se siente fresco, un poquitín menos frío y sería perfecto. Con algo de suerte, la primavera no tardará en llegar. Texas trota junto a mí, meneando la cola ligeramente. Llevamos horas caminando. Debería disfrutar la calma, el silencio y el aire fresco, sin embargo, me la he pasado recordando lo ocurrido con Nightmare.

Cumpliré mi promesa de meter algo ahí.

No sabe jugar.

Apestas.

De nuevo siento que se aproxima el llanto, pero no estoy lista para eso. Respiro profundamente para recuperar la compostura.

En mi teléfono suena la alarma de un e-mail. Enredo la correa en mi muñeca y con la otra mano saco el dispositivo de mi bolsillo. Es un mensaje que me llegó por medio de 5Core, es de Ethan.

Jueves 15 de marzo   6:46 p.m.

De: Ethan_717

Para: Azul M

Ey, te envío la captura de pantalla que te prometí.

También quería decirte que ese tipo es un idiota. Lo eché. De veras lo siento. Mándame un mensaje si te conectas otra vez.

El texto aparta las lágrimas de mis ojos y sonrío.

Abro la captura de pantalla que Ethan me hizo llegar.

Al principio me toma un momento distinguir lo que estoy viendo, pero cuando lo reconozco, me río. La pendiente de una montaña partió en dos a su héroe musculoso y el brazo que sostiene una gruesa espada está levantado en el comando genérico y de saludo. En la imagen, el personaje pareciera estar pidiendo ayuda con la mano.

Llego a la esquina, junto a la iglesia de St. Patrick, donde hay un gran espacio abierto de césped ubicado frente al estacionamiento. De niña solíamos venir a misa en familia, hasta que un día dejó de importarles a mis papás. Es como un sacrilegio adicional que el perro haga sus necesidades en el prado. Traigo bolsas para recoger sus desechos, ¿eso cuenta de algo?

La calle está en completo silencio, así que me detengo bajo la farola para quitarle la correa a Texas y dejo que haga lo suyo. Mientras espero a que termine, tecleo una respuesta:

Emma: Gracias. Lo arreglaré cuando regrese de pasear al perro. ¿Nos encontramos alrededor de las 9?

Debe estar conectado en este momento, porque su mensaje me llega casi de inmediato:

Ethan: A las 9 está bien. Esta vez sin idiotas.

Sonrío a la pantalla del teléfono.

—Vamos, Tex. Tenemos una cita.

Pero la perra no viene. Levanto la cabeza y noto que el terreno está vacío. Miro alrededor. En la calle tampoco hay gente. Dentro de la iglesia brilla una luz tenue.

Una brisa se desliza entre los árboles y se cuela bajo mi chaqueta, haciéndome temblar de frío. El aire huele como si faltara poco para que empiece a llover.

Presto atención por si alcanzo a escuchar el tintineo de las placas de identificación de Texy. No oigo nada.

–¡Tex! –la llamo–. ¡Ven, Texy!

¿Cómo pude perder a un perro de nueve años en menos de treinta segundos? *Deja en paz la tecnología.* Mamá me va a matar.

De pronto escucho a la distancia el débil tintineo de las placas. Debió doblar en la esquina del edificio. Rompo a correr y la veo en la parte de atrás de la iglesia, bajo los vitrales. Está totalmente oscuro por aquí, aunque alcanzo a notar como si la perra estuviera comiendo algo. Por Dios, si encontró un animal muerto, voy a vomitar.

–¡Texas! –le grito, corriendo a toda velocidad en aquella oscuridad–. ¡Tex, aléjate de eso!

–Ella está bien –escucho una voz masculina–, yo se lo di.

Suelto un gritito y me resbalo en el césped, cayendo con fuerza.

–Perdona –dice el tipo, con voz serena. Ahora alcanzo a distinguir su oscura silueta acurrucada junto al muro del edificio. Viste jeans oscuros y una sudadera, cuya capucha es lo bastante grande como para ocultarle el rostro. Siento como si estuviera hablándole a un Lord Sith de la Guerra de las Galaxias.

–Disculpa –repite–. No quería asustarte. Pensé que me habías visto.

Me doy vuelta y de algún modo consigo ponerme de pie. Mi teléfono cayó en algún lugar del césped y no tengo nada con que defenderme. Lo que no puedo creer es que esté preocupada por el aparato.

–¿Quién eres? –pregunto, sin aliento–. ¿Qué le haces a mi perra?

–¡Nada! Son nuggets de pollo.

Un punto a favor de este tipo, es que Texy parece contentísima, pues su cola se mueve y voltea para mirarme, mientras mastica de lo más contenta. Pero mi pulso agitado aún no está listo para confiar en su palabra.

—¿Así que simplemente estás sentado por casualidad junto a una iglesia, comiendo nuggets de pollo?

—Sí. Bueno, solo la parte de sentado por casualidad, porque tu perra es la que está comiendo —su voz es seca y tranquila. Él no se ha movido.

—No les echaste veneno para ratas o algo por el estilo, ¿o sí? —pregunto, tragando saliva con dificultad.

—Por supuesto que no —suena ofendido.

—¿Qué haces aquí?

—Me gusta este lugar.

—¿Es un buen lugar para enterrar un cadáver?

—¿Qué dices?

—Nada.

Texas se termina los nuggets y va hacia él, para olerle las manos vacías. Perra traidora. Él la acaricia detrás de las orejas y ella se tira panza arriba a su lado. Hay algo que me resulta familiar en el desconocido, pero no logro precisar de qué se trata. Me inclino un poco hacia adelante y le pregunto:

—¿Te... te conozco?

—No lo creo —la forma en que lo afirma es casi autocrítica—, aunque puede ser. ¿Asistes a Hamilton?

—Sí, ¿y tú?

—Estoy en el último año.

Me adelanta por un año. Observo con atención su aspecto oculto entre las sombras, y entonces caigo en cuenta. Ignoro cómo se llama, pero sé quién es. La sudadera debió haberlo delatado de inmediato, porque siempre las lleva puestas. He escuchado que algunos lo apodan La Muerte, pero no estoy segura de que él esté al tanto de esto. No tiene una reputación peligrosa, solo fama de extravagante. En realidad no lo conozco, pero estoy consciente de su existencia, de ese modo en que los marginados siempre saben de la presencia de otros como ellos.

El miedo inmediato que sentí cambia por completo y empiezo a pensar en otras razones por las que un adolescente estaría sentado a solas en la oscuridad.

—¿Te encuentras bien? —le pregunto.

—No —niega con la cabeza.

Pronuncia la palabra con tal simpleza, sin gran emoción, que me toma un momento procesar que respondió "no". Tiene las manos metidas en el pelaje de Texy, y ella se inclina hacia él.

—¿Quieres que llame a alguien? —inquiero, tras dar un vistazo a mi teléfono tirado en el césped.

—No lo creo.

Me siento en la hierba. Está fría y casi húmeda.

—¿Te ocurrió algo? —le digo en voz baja.

—Es una pregunta capciosa —replica tras un momento de duda. Pero ¿lo es?

—¿Estás seguro de que no quieres que llame a alguien?

—Estoy seguro.

Nos quedamos sentados en silencio durante un rato. Texy apoya la cabeza en el regazo de mi acompañante, con el cuello bajo su brazo. La mano del chico permanece metida en el pelaje de mi mascota, hasta que ella comienza a parecer un salvavidas al cual él se aferra como si la vida se le fuera en ello.

Finalmente, voltea a verme. No estoy segura de cómo lo pude notar, pues la capucha apenas se movió unos cuantos centímetros.

—¿Crees en Dios?

En serio, esta noche no podría ser más surreal. Me humedezco los labios y respondo honestamente:

—No lo sé.

Por fortuna, no me reta, pues me preocupaba que lo hiciera.

—Hay un verso que me gusta —comenta—: "Aquel que duda es como una ola en el mar, revuelta y arrojada por el viento".

—¿Estás citando la Biblia? —pregunto, entrecerrando los ojos.

—Sí —responde como si se tratara de la cosa más normal del mundo—. ¿Sabes lo que me gusta de él? Que consigue que la duda parezca inevitable. Está bien no sentirse seguro.

Parpadeo y permito que sus palabras se asimilen en mí. Debería ser algo chocante, pero de algún modo no lo es. Se siente como si me estuviera compartiendo una parte de sí mismo. Desearía saber su nombre.

—También me gusta —replico.

Permanece callado durante un largo rato, pero alcanzo a sentir que me evalúa. Le devuelvo la mirada; bueno, donde creo que se encuentran sus ojos. No tengo nada que ocultar.

—¿Descubriste cómo me conoces? —inquiere.

—Te he visto en la escuela.

—¿Sabes algo de mí?

La pregunta se siente más pesada de lo que debería, lo cual me dice que su historia es mucho más compleja que el hecho de llevar puestas sudaderas.

—Hasta ahora, lo único que sé es que te gusta sentarte junto a las iglesias y citar la Biblia —comento—. Y eso lo acabo de descubrir en los últimos dos minutos.

Su risa discreta carece de humor.

—¿Por qué me preguntaste si creo en Dios?

Responde con una mueca y aparta la mirada.

—Olvidé lo raro que me escucho cuando hago preguntas como esa.

—No suenas como un tipo raro.

Mete la mano en su bolsillo y saca un trozo de papel doblado.

—Recibí esta carta por correo y me senté aquí tratando de averiguar qué debo hacer.

No extiende la hoja hacia mí, pero aguardo a que me diga más. Cuando veo que no lo hará, le digo:

—¿Quieres compartirla?

Duda un instante, luego me la entrega. Desdoblo el papel arrugado, y al hacerlo caen hojuelas oscuras sobre el césped. Leo las tres breves líneas e intento descifrar por qué son tan terribles.

—¿Alguien te envió una carta quemada? —pregunto, mirándolo.

—Yo lo hice. Quemarla.

—¿Por qué? —replico, tras humedecerme los labios.

—Porque esa carta es de mi padre —hace una pausa—. No lo he visto en diez años —sigue otro silencio más denso—. Por algunas razones.

—Razones —repito. Lo observo en un intento por identificar la emoción que escucho en su voz, tratando de descubrir qué motivaría a alguien a quemar la carta de una persona a quien no ha visto en diez años. Al principio pensé que podía tratarse de enojo, porque hay un hilo de rabia en su voz, pero no es eso. Cuando lo adivino, me quedo sorprendida.

—Tienes miedo —murmuré.

Se estremece, pero no me corrige. Los dedos que cepillan el pelaje de Texy están tensos, casi alterados.

Recuerdo a mi madre hipercrítica y a mi padre despreocupado. Tenemos nuestras discusiones, pero nunca me han provocado miedo.

Por algunas razones.

De pronto, se levanta del suelo. Es más grande de lo que esperaba; es alto, delgado y de hombros anchos. Se mueve como un ninja, en absoluto silencio y con desplazamientos fluidos.

Al verlo, no puedo imaginar que le tema a algo. Y luego agrega:

—Debo ir a casa.

Se escucha algo asustado, pero me sorprende cuando me extiende la mano para ayudarme a levantar. Es fuerte y su agarre me hace sentir como si yo no pesara nada.

En cuanto estoy de pie, se queda inmóvil. La luz que llega de alguna parte ilumina sus ojos y hace que brillen debajo de la capucha.

—Gracias.

—¿Por qué?

—Por verme —enseguida se da la vuelta, se aleja trotando por la calle y desaparece en la penumbra.

♥

</TRES>

<UNO> Emma </UNO> <DOS> Rev </DOS> <TRES> Emma </TRES> <CUATRO> Rev

♥

[4]

Jueves 15 de marzo   7:02:08 p.m.

DE: Robert Ellis <robert.ellis@speedmail.com>

PARA: Rev Fletcher <rev.fletcher@freemail.com>

ASUNTO: RE: Déjame tranquilo

¿De dónde sacaste el nombre de "Rev Fletcher"?

A pesar de todo, me alegra saber de ti. Si hubieras querido que te dejara tranquilo, ni siquiera me habrías enviado un correo electrónico.

Tiene razón, desde luego.

Tienes miedo.

Ella también la tiene. Este e-mail parece apostarle al miedo.

No puedo creer que le haya mostrado la carta. Estoy a medio camino de casa cuando me percato de que nunca le pregunté su nombre. Ella asiste a Hamilton, pero ni siquiera sé qué año cursa. Tampoco es que sea importante, pues desde hace tiempo abandoné cualquier esperanza de relacionarme con una chica.

No dejo de pensar en sus ojos, ni en la forma en que vio a través de mi enojo e incertidumbre y me definió con dos palabras.

Tienes miedo.

Y luego lo demostré al salir corriendo. Soy tan idiota.

En mi teléfono suena la alarma de un mensaje de texto. Es de Kristin. Me estremezco. Es de *mamá*. Esperaba que me controlara, estoy seguro de que papá le contó que me puse en el papel de adolescente petulante luego de salir de la escuela. Para mi sorpresa, no lo hace. Bueno, no en realidad.

Mamá: ¿Regresarás pronto a casa? Tenemos un alojamiento de emergencia. Estoy preparando las cosas en este momento.

Me paro a mitad de la calle.

Un alojamiento de emergencia quiere decir que un niño necesita un hogar adoptivo. Geoff y Kristin están certificados para atender a bebés y niños pequeños con necesidades especiales, así que nos llegan muchos de esos casos. Algunos niños se quedan por un breve periodo —a veces, porque los padres estuvieron en un accidente de auto, o hubo una urgencia médica, y lleva tiempo resolver los asuntos legales de quién debe quedarse con la custodia—. Otros niños permanecen un lapso mayor —como en el caso de que la madre haya sido arrestada o se encuentre en rehabilitación—. El último bebé que tuvimos se quedó nueve meses. El cuarto de invitados lleva libre menos de una semana, pero nunca permanece vacío por mucho tiempo.

Normalmente, me apresuraría en llegar a casa, pero esta noche se interponen en el camino mis retorcidas emociones. Continúa preocupándome mi padre y me pregunto en qué momento algo reventará dentro de mí y cuándo me convertiré en alguien despiadado y cruel, igual que le ocurrió a él.

Quiero escribirle a Declan para ver si puedo alcanzarlo, pero nuestro último intercambio de mensajes aparece en la pantalla del teléfono y me hace dudar. No consigo darme a entender sin hablar acerca de mi padre. No me siento listo para probar. Puede que mi amigo no quiera causar ningún mal, pero es su personalidad. Declan estalla, yo me apago.

Probablemente no estoy siendo justo con él, pero todo está de cabeza en este momento. Tal vez reacciono de forma exagerada. Podría irme a casa, sentarme en el sofá y hacerle caras al bebé. Podría olvidarme de mi padre por un instante.

Alguna vez nos llegó una pequeña de apenas cuatro días de nacida; era la bebé más pequeña que había tomado en brazos. Su madre sufrió un ataque al dar a luz y murió al día siguiente. Nos quedamos con ella durante seis meses, mientras los abuelos luchaban en la corte para decidir quién obtenía la custodia. Nos tocó ver su primera sonrisa y le dimos su primera cucharada de papilla.

Kristin lloró varios días luego de que se la llevaron. Siempre la vence el llanto después de que se van, incluso cuando solo se quedan veinticuatro horas. Entonces me abraza por los hombros y me dice que son muy afortunados de poder quedarse conmigo para siempre. Esto nunca me había hecho sentir incómodo, hasta este momento, al darme cuenta del enorme secreto que les estoy ocultando.

La carta de mi padre me deja una marca al rojo vivo en la mente.

Espero que me hagas sentir orgulloso.

Pero no se los puedo decir.

Al doblar la esquina, distingo una patrulla de policía estacionada frente a mi casa. No es algo extraordinario, en especial cuando se trata de un alojamiento de emergencia. Entro por la puerta principal esperando escuchar el llanto de un bebé o de un niño pequeño, pero extrañamente la casa está en silencio. Quizás sea un bebito dormido en su cuna.

El sonido de murmullos llega por el pasillo, junto a la habitación de Geoff y Kristin. Comienzo a subir las escaleras, pero papá aparece en el vestíbulo.

—Rev —dice en voz baja—, ven abajo. Tenemos que hablar.

Titubeo, y nuestra confrontación relacionada con la ensaladera de vidrio salta a primer plano en mi memoria. La carta de mi padre arde en mi bolsillo.

—Yo no... perdón por gritar.

—No hay problema —baja los escalones y me palmea el hombro con delicadeza—. Tienes derecho a reaccionar como adolescente. ¿Te encuentras bien?

—Sí —respondo, queriendo decir "no".

—Ven. Necesito hablar contigo.

Se dirige a la planta baja, pero me asaltan dudas en el rellano y volteo a verlo. De pronto, tengo siete años y contemplo otro tramo de escaleras, sin saber lo que me espera abajo.

—¿Rev?

—Perdón —replico tras parpadear y regresar a mi conciencia.

Aún no escucho el llanto de un bebé en el piso de arriba, y tiene que tratarse de uno, porque los niños pequeños hacen una cantidad increíble de ruido. Geoff se sienta en el sofá y hace un ademán para que yo haga lo mismo. Tiene cara de que quiere que *hablemos*.

—Te ahorraré algo de tiempo —digo—. Sé qué es el sexo.

—Gracioso —sonríe y hace una pausa—. Bonnie llamó hace rato. Necesitaban un lugar para un alojamiento de emergencia.

Ella es una trabajadora social muy amiga de Kristin.

—Mamá me mandó un mensaje y vi la patrulla de policía.

—Su nombre es Matthew.

—De acuerdo —espero a que revele la verdadera noticia, porque traer un niño nuevo a casa no es el tipo de evento que requiera sentarse a hablar. Estoy acostumbrado a ello. Por lo general me gusta.

—Matthew tiene catorce.

—Oh —me quedo pasmado.

No estoy seguro de cómo reaccionar. Nunca antes habían traído a un adolescente. El niño más grande que habíamos tenido era de nueve años, y solo se quedó una noche, luego de que su padre se cayó por las escaleras de un sótano y su abuela no consiguió un vuelo para Baltimore hasta la mañana siguiente. Le doy vueltas a la idea en mi mente e imagino que debería alegrarme no tener que cambiar pañales.

No me opongo a que un niño mayor viva aquí. Por lo menos, no creo estar en contra. Parte de lo que me encanta de Geoff y Kristin es cómo le dan la bienvenida a todo el mundo.

Pero en cuanto el pensamiento entra en mi cabeza, me apabullan las dudas. Que haya otro adolescente significa que alguien más hará preguntas y juicios sobre nuestra familia. Acerca de mí. Lo sentí en el instante en que la chica junto a la iglesia se dio cuenta de quién era yo. Todos en la escuela saben quién soy, incluso vagamente. Es complicado ocultar tu rareza cuando vistes sudaderas de manga larga y capucha en el calor abrazador del verano. Es aún más difícil esconder que eres adoptado cuando eres blanco y tus padres son de color.

No es que alguna vez haya querido negarlo, pero la gente habla.

—Matthew ha estado en cuatro hogares adoptivos en el último año —señala Geoff—. Inició una pelea esta tarde y la familia llamó a la policía. No presentaron cargos, pero ya no quieren que viva con ellos.

¿Cuatro hogares adoptivos en el último año? No sé qué opinar al respecto.

—¿Qué pasa si no se queda aquí? —pregunto.

—Se iría a Cheltenham —titubea Geoff—. Ya tiene dos sanciones en los orfanatos.

—Guau —exclamo en voz baja, al pensar en el centro de detención de menores.

—Bonnie no cree que sea un problema —prosigue papá—. Y sabes que Kristin le abriría la puerta a cualquier niño del país. Pero quiero estar seguro de que estás de acuerdo con esto.

—Estoy bien.

—¿Estás seguro? —pregunta, inclinándose hacia mí.

No tengo idea. Mis emociones están dispersas en un millón de direcciones opuestas y no tengo claridad en ninguna de ellas.

—Puede quedarse —mi voz suena ronca.

—Rev, necesito que seas honesto conmigo.

Se refiere a Matthew y no a la carta oculta en mi bolsillo, pero sus palabras me estremecen. Debo hablar para disimular mi sobresalto, porque alcanzo a notar cómo el gesto de Geoff cambia.

—No pasa nada —respondo rápidamente. Tengo que aclarar mi garganta—. Será algo distinto, pero estará bien —entonces levanto la mirada—. ¿Dónde va a dormir?

El cuarto de visitas está acondicionado para niños menores. Hay una cama pequeña y una cuna, una cómoda, un cambiador y una mecedora. La combinación de colores es durazno y blanco, con letras del alfabeto trazadas con plantilla en el techo. Además de la mecedora, no hay un solo mueble en esa habitación que aguante a un adolescente.

—Esa es la segunda parte de por qué debía hablar contigo —suspira Geoff.

/ / /

No es la primera vez que comparto habitación. Declan se queda a dormir todo el tiempo. Geoff y Kristin colocaron el futón aquí especialmente para él. Papá asegura que solo será hasta el sábado, cuando vaya a comprar una cama individual, aunque por ley, Matthew necesita una, así que aquí está.

Pasa de la medianoche y no está dormido. Yo tampoco.

Es más pequeño de lo que esperaba, aunque ha desarrollado algo de músculos. Geoff comentó que nuestro visitante fue quien empezó la pelea, pero queda claro que no fue él quien la terminó. Todo el lado izquierdo de su rostro está hecho un lío, hinchado y morado desde la sien hasta la quijada. En algún momento le cortaron el pómulo y sangró, y tiene manchas de sangre seca adheridas a la cara donde es probable que le resultara muy doloroso limpiarse. Sus movimientos son tensos y cuidadosos. Me pregunto con quién se peleó.

Es posible que la duda me ronde durante un buen rato, pues apenas me ha dirigido exactamente dos palabras: "Ey", cuando nos presentaron, y "Bien", cuando le señalé donde podía dejar sus cosas, que llevaba con él en una bolsa de basura blanca.

Y ya está. Se lavó los dientes y se acostó, vestido por completo, con jeans y todo.

No estoy en posición de juzgarlo, ya que llevo puesta una camiseta de manga larga y pantalones deportivos.

Después de la descripción de Geoff esperaba... algo distinto, como agresividad, ira, rebeldía, algo de arrogancia.

Matthew es tranquilo, pero está alerta. Me observa en este momento, de un modo indirecto, a pesar de que sus ojos están fijos en el techo. La tensión se ha instalado en la habitación, como una manta demasiado pesada.

—Duérmete —digo en voz baja—, no te voy a molestar.

No responde. No se mueve. Ni siquiera parpadea.

Suena mi teléfono. Es Declan.

Dec: ¿Qué tal tu nuevo compañero de cuarto?

Hace rato le mandé un mensaje para que supiera lo que estaba pasando, pero nunca le respondí su texto acerca de qué marchaba mal conmigo. Ahora este queda rezagado de nuestros mensajes más recientes, como un elefante blanco en la habitación, o en la pantalla, o donde sea. Así que me concentro en el asunto que nos ocupa.

Rev: Callado.
Dec: ¿Cómo se llama?
Rev: Matthew.
Dec: ¿Irá con nosotros a la escuela mañana?

Es una buena pregunta. Siempre me voy a la escuela con Declan. Tendré que preguntarle a Kristin.

—¿Estamos encerrados? —la voz de mi compañero de cuarto es ronca y queda.

Volteo a verlo. Por fin dejó de mirar fijamente el techo. No entiendo su pregunta.

—¿Encerrados?

—En la habitación —sus ojos apuntan hacia la puerta cerrada—. ¿Nos encierran aquí en la noche?

Me toma un segundo comprender lo que está insinuando. Bajo mi teléfono.

—No.

—¿Tengo permiso de ir al baño?

—Sí —intento que mi voz no suene sorprendida ante su pregunta poco común, pero también dejo en claro que solo respondo a su duda y no le estoy dando permiso. Es mucho pedir a una palabra de dos letras.

Mientras se va, vuelvo a revisar mi teléfono.

Rev: Me acaba de preguntar si mis papás nos encierran de noche en el cuarto.
Dec: Qué diablos.

Exacto.

Me muerdo el borde del labio y repaso nuestros mensajes de texto. Tal vez imagino que hay cierta distancia entre mi amigo y yo, pero detesto ocultarle las cosas. Ya es bastante difícil escondérselas a Geoff y Kristin. Pero ahora que he encubierto este secreto descomunal, no estoy seguro de cómo confesarlo.

Mientras pienso, me doy cuenta de que Matthew lleva un rato fuera. No he escuchado que corra el agua o que jale la cadena del retrete.

Deslizo el teléfono en mi bolsillo y salgo descalzo de la habitación. La puerta del baño está abierta y las luces apagadas. La de mis papás está cerrada. La casa se encuentra a oscuras.

El silencio crece a mi alrededor. Me dirijo al vestíbulo y después a la cocina. Entonces lo ubico, en el rellano, contemplando la puerta, la cual tiene llave con cerrojo de doble cilindro. Se requiere una llave para abrirla desde adentro.

Me detengo en la parte superior de la escalera.

—Estamos encerrados en la casa —murmuro.

Matthew gira deprisa y apoya la espalda contra la puerta. Lleva un cuchillo en la mano. Mi cerebro hace una toma doble: hay un *cuchillo* en su *mano*. Es un utensilio para pelar que tomó de la cocina, aunque no deja de ser un arma.

Nunca habíamos tenido un niño de brazos que fuera por un puñal.

Ha sido un día de lo más largo. Casi podría asegurarlo, pero luego miro la expresión de su rostro y me percato de que su día ha sido aún peor. Recibí una carta. A él le partieron la cara.

No tengo idea de qué hacer. ¿Gritar para que vengan Geoff y Kristin? ¿Lo enviarían al reformatorio? ¿Le doy un respiro o acabo con esto aquí mismo?

Tomo en cuenta cómo lo encontré. Había tomado el cuchillo y se dirigía a la puerta principal. No venía a perseguirme, ni tampoco iba tras alguien en la casa. Pasado un minuto, probablemente habría intentado salir por la puerta trasera –que se desliza y cierra con un cerrojo sencillo– y se habría marchado.

Me inclino y me siento en el escalón de arriba.

–Te dije que no te voy a molestar –busco que mis palabras lo tranquilicen, pero también son un recordatorio para mí. Podría meterme con él y hacerlo con mayor brutalidad que quien le estropeó la cara.

Estos pensamientos me relacionan con mi padre, pero me obligo a sacármelos de la cabeza.

–Suelta el cuchillo, regresa a la cama y podemos fingir que esto nunca ocurrió.

Matthew voltea a verme y no dice nada. Su respiración está agitada. No me muevo. Puedo ser paciente. Al parecer, él también.

Pasan diez minutos. Veinte. Recargo la cabeza contra la pared. Su respiración se calma, aunque no ha aflojado la empuñadura del cuchillo.

Transcurren treinta minutos. Se desliza apoyándose contra la puerta, hasta quedar sentado en el tapete de bienvenida. Arqueo las cejas, pero él me sostiene la mirada sin soltar el arma de su mano. De acuerdo.

Pasa una hora. El silencio se vuelve pesado. Contra mi voluntad, los ojos se me empiezan a cerrar. A él también. Porque exactamente así fue como nos encontró Kristin, profundamente dormidos, a las seis en punto de la mañana siguiente.

♥

</CUATRO>

[5]

—

<UNO> Emma </UNO> <DOS> Rev </DOS> <TRES> Emma </TRES> <CUATRO> Rev </CUATRO> <CINCO> Emma

[5]

No me obligues a encontrarte, perra.

Y a él también le deseo un buen día.

Este correo no lo borro. Tampoco lo bloqueo aún. Nada de prohibiciones antes de tomarme mi café.

Cuando bajo, mamá se encuentra en la cocina. Está de pie junto a la barra, desayunando fruta con queso cottage. Apenas son las seis y media, pero ella ya se duchó y vistió para ir al trabajo. También corre cerca de ocho kilómetros cada mañana. Es la viva imagen de una persona disciplinada.

—Te ves cansada —me dice.

Me pregunto si su comentario es peor que el hecho de que un desconocido de Internet me llame perra. Me encojo de hombros y tomo una taza.

—Díselo al sistema escolar del distrito. No me alcanzan las horas.

—¿Hasta qué hora estuviste despierta?

Hasta las dos. Realicé varias misiones con Ethan hasta que mi vista se nubló. Cait se unió al grupo luego de que su mamá se fue a acostar y no quedó nadie que cuidara la computadora familiar. Comenzamos en OtrasTIERRAS y después cambiamos a Hermandad Guerrera cuando él nos preguntó si queríamos hacer algo nuevo. No es un programa que juegue seguido, porque lo desarrolló la empresa rival de mi papá, pero no iba a rechazar una invitación. Jamás ha sucedido antes. Por lo general, los chicos se desconectan para jugar con alguien más.

Me encojo de hombros y saco la crema del refrigerador.

—No recuerdo. Estaba leyendo.

—Emma, ya te había dicho que no me gusta que bebas café.

También antes había ignorado su comentario. Vierto un cuarto de taza de azúcar en mi taza.

—Disculpa, ¿qué dijiste?

—Estoy consciente de que tu padre se queda despierto toda la noche —responde, frunciendo los labios—, pero él no tiene que llegar a clases a las siete y media.

—Es porque tiene suerte.

—Es porque es un adulto —hace una pausa—, o pretende serlo...

—Mamá —la miro fijamente. Sabe que no me gustan sus críticas.

—Sé que disfrutas todo eso de las computadoras y los juegos, aunque espero que te des cuenta de lo competitivo que es el campo...

—¿Porque entraste directamente a Medicina? —doy un sorbo a mi café y me dirijo hacia las escaleras—. Olvidé lo sencillo que fue para ti ingresar a la Universidad de Columbia.

—Emma. Emma, vuelve aquí.

Ya me encuentro a mitad de las escaleras.

—Necesito tomar una ducha.

Estoy agradecida por el sonido del agua golpeando contra la bañera. Abro el chorro lo más caliente que sé que puedo tolerar y entro en el vapor. La temperatura me quema el cuero cabelludo.

No me obligues a encontrarte, perra.

El llanto ronda mis ojos, y volteo a meter la cara en el chorro de agua. Odio que haya personas como él. Lo odio.

Papá tiene una compañera del trabajo a quien le va mucho peor.
Recibe amenazas de muerte y de violación. Es una conducta extendida en
la industria. Tengo que aprender a lidiar con esto ahora, si es que quiero
hacer carrera en este ámbito.

No obstante, las palabras de Nightmare se anclan a mi mente, como
un constante murmullo de alerta. *No me obligues a encontrarte.*

Me repito que probablemente sea un adolescente de trece años que
está aburrido. De súbito, escucho el sonido de la perilla.

—Emma, quiero hablar contigo.

—¡Mamá! Por Dios, ¡estoy en la ducha!

—¿Estás enterada de que hay una cortina? Además, soy tu madre, y
doctora. He visto...

—¡Mamá!

—Emma —su voz suena más cercana—. No me molesta el asunto de las
computadoras y la programación. Espero que lo sepas. Pero me preocupa
que los hábitos de tu padre te hayan hecho crear expectativas irreales...

—Mamá —aparto la cortina a la altura de mi cara y me asomo para mirarla. Está sentada sobre la tapa del retrete. El vapor ya le rizó los bucles
de cabello que escapan de su coleta de caballo—. Papá trabaja las mismas
horas que tú y sé que no todo se trata de diversión y juegos.

—Solo quiero asegurarme de que seas consciente de que las profesio-
nes creativas siempre son más complicadas. Tendríamos el mismo tipo
de conversación si quisieras ser artista... o escritora... o actriz —su voz
se va apagando y suena cada vez más descontenta con las carreras que
nombra.

El champú se me mete en los ojos, así que regreso a la ducha.

—Vaya, gracias por las palabras de ánimo para que siga mis sueños.

—Emma, los sueños no pagan las hipotecas. Solamente quiero asegurarme de que estás pensando con objetividad acerca de tu futuro. Estás en tercer año del bachillerato.

—Mamá, estoy bastante segura de que saber programar me ayudará a encontrar un trabajo.

—Sé que lo hará. Pero estar con los videojuegos hasta las dos de la mañana y llevar a duras penas el día, no lo hará.

No hay mucho que agregar al respecto. Me hace sentir como una holgazana. Su comentario, junto con el correo que recibí esta mañana, provoca que regrese la sensación de llanto.

—¿Hiciste la tarea? —me pregunta.

—Por supuesto —mi voz está a punto de quebrarse y espero que baste con el ruido de la ducha para ocultarlo.

—Emma —suena sorprendida–, ¿estás molesta?

—Estoy bien.

Comienza a apartar a un lado la cortina del baño, pero la sujeto y la cierro de un jalón.

—¡Mamá! ¿Estás bromeando?

—Solo quería estar segura de...

—¿Podrías salir de aquí? Tengo que terminar de prepararme para ir a la escuela.

Durante un largo momento no dice nada. En ese lapso pienso en todas las cosas que le quiero responder.

¿Sabes que programé mi propio juego? Escribí el código de todo el programa y hay gente que, de hecho, lo usa. Cientos de personas. Yo lo hice. YO LO HICE.

Me aterra imaginar que juzgue mi hazaña como una pérdida de tiempo y me obligue a borrar el juego, para que me pueda concentrar en algo "más productivo".

–Emma –dice en voz baja.

–Mamá, está bien –replico, quitándome el agua de la cara–. Estoy
bien. Ve a trabajar. Seguro que tienes pacientes que atender.

Contengo el aliento y entro en conflicto entre la esperanza de que se quede y el deseo de que se vaya. Ignoro por qué. Es una ridiculez. Ella muestra tanto desprecio por todo aquello que amo. Entonces la puerta emite un chasquido, y ya no importa. Hizo exactamente lo que le pedí.

///

–¿Por qué no venden café en el almuerzo? –pregunta Cait. Ella también está pagando el precio de quedarnos jugando hasta las dos de la mañana. Nos desplomamos en la mesa del comedor. Incluso su maquillaje luce mediocre, el delineador con brillo fue el mayor atrevimiento que se tomó hoy.

–Porque son sádicos –muevo la porción de pizza que hay en mi bandeja–. ¿Quieres que faltemos a la siguiente hora para ir por un café?

–Si me descubren saltándome clases, mi maquillaje terminará en el basurero y mamá venderá mi cámara.

–Y vaya que sería una tragedia.

Mi amiga se sobresalta un poco y, entonces, me percato de lo que acabo de decir, con una mueca de pena.

–Perdón, no era mi intención... Ni siquiera sé por qué lo dije.

Su gesto se congela en ese espacio que hay entre sentirse herido y confundido.

–¿Qué quisiste decir?

–No me refería a nada, Cait. En serio.

Me mira fijo como si intentara decidir entre continuar discutiendo u olvidar el asunto.

Ni siquiera sé por qué hice ese comentario. Es necesario que vuelvan a conectarme la boca al cerebro.

—Fue algo estúpido. Quise hacerte una broma, pero me siento demasiado cansada y no lo logré.

—Está bien —una pequeña arruga se dibuja en su entrecejo, pero se relaja y vuelve a apoyarse en el respaldo de la silla. Ella guarda silencio, y a ese muro que lentamente se levantaba entre nosotras parecen agregarle más ladrillos de altura.

Había pensado en contarle sobre Nightmare, sin embargo, hay una sensación de absoluta tensión en el aire que respiramos. De cualquier modo, Cait no lo entendería. La peor clase de acosador que debe enfrentar es alguien que la acuse de copiar los diseños de otro maquillista o alguien que la llame fea. No tiene problema para callarlos. No podría comprender por qué no actúo igual que ella.

El movimiento dentro de la cafetería atrapa mi atención. El chico que estaba detrás de la iglesia está sentado en una mesa de la esquina. Hoy lleva una sudadera color café y la capucha es lo suficientemente grande como para cubrirle los ojos. Tiene media docena de envases de plástico repartidos sobre la mesa frente a él. Parece que está compartiendo su comida con alguien más, un chico de cabello castaño rojizo.

Podría contar con los dedos de una mano las veces que he visto a dos chicos compartiendo el almuerzo. Más bien, podría contarlas con un solo dedo. Es casi la misma cantidad de ocasiones que alguien me ha citado la Biblia.

Saco un bolígrafo morado de mi mochila y me dibujo rayas en las uñas, solo para darle a mis manos algo en que ocuparse mientras observo a don Alto, Moreno y Encapuchado. Una chica se sienta con ambos en la esquina trasera. Es linda, tiene el cabello largo y de un radiante color negro, y viste ropa fina y entallada: de buen gusto, brillante. Es el tipo de chica que suelo evitar, por la sencilla razón de que siempre parecen estar juntas, mientras que yo generalmente necesito una computadora frente a mí para comunicarme. No tengo idea de quién sea.

Por otra parte, está sentada con La Muerte y no con el grupo que se dedica a hablar de él, así que quizás no sea tan mala.

—¿Por qué tú sí te puedes rayar las uñas, pero no está bien que yo lo haga con maquillaje de verdad? —señala Cait.

—Puedes hacer lo que quieras con el maquillaje —respondo tras detener mi mano, y añado con un tono firme—. Fue un comentario estúpido de mi parte.

—Está bien.

No suena para nada bien. Titubeo, deseando poder arreglar la situación.

—Estaba mirando a aquel chico. ¿Sabes quién es?

Mi amiga se da la vuelta en la banca para mirar.

—Sí —responde—. Está en mi clase de sociología. ¿Por qué preguntas?

—¿Cómo se llama?

—Rev Fletcher. ¿Por qué?

Lo veo comer del envase con un tenedor; con un cubierto de verdadero metal.

—¿Es gay?

—Espera, déjame averiguar —hace un gesto de concentración—. Ups, lo siento, la telepatía me volvió a fallar.

No logro precisar si intenta aligerar el ambiente o enrarecerlo.

—¿Sabes qué se trae con eso de las sudaderas?

Cait voltea de nuevo por encima de su hombro.

—No, aunque la profesora Van Eyck hace que se quite la capucha durante la clase.

—¿Se la pone todos los días? —no sé por qué me interesa, pero es como si hubiera encontrado en ella una fuente de información y la velocidad de descarga fuera patéticamente lenta.

—Sí, aunque no usa la misma. No huele mal ni nada. Es muy callado, no habla gran cosa —hace una pausa—. ¿Por qué te interesa Rev Fletcher?

Lo ignoro, no logro precisarlo.

¿Estás bien?

No.

Ahora parece estar bien, pero también... puede que no. Una pequeña y oculta parte de mí quiere caminar hacia donde están para preguntarle de nuevo.

Puedo imaginarlo. *Ey, ¿te acuerdas de mí? Me asustaste junto a la iglesia. Le diste de comer nuggets a mi perra y nos pusimos existenciales.*

Sí, como no. Tiene amigos, está comiendo su almuerzo y no me necesita. Pero si tiene amistades, ¿por qué se estaba escondiendo junto a la iglesia con esa carta?

—¿Emma?

—No es nada —le respondo a Cait—. Me topé con él cuando saqué a pasear al perro.

—¿Se portó extraño? Presiento que es un tipo raro fuera de la escuela —hace un gesto—. Quiero decir, ya lo es dentro de la escuela...

—No fue raro —guardo un breve silencio—, más bien fuera de lo común.

—¿Hay alguna diferencia?

—Traes un rostro distinto cada día, dímelo tú.

Mi amiga se aparta; desearía poder tragarme mis palabras. No era mi intención que se escuchara como un insulto, o tal vez sí. Estoy muy cansada en este momento.

—Necesito ir a cambiar unos libros antes de la clase —dice, llevándose la mochila al hombro—. Te veo después, ¿de acuerdo?

Antes de poder responder, ella se pierde entre la masa de estudiantes.

Recojo mis cosas con un suspiro y me dirijo a mi salón. Soy la única estudiante de tercer año en el nivel avanzado de Ciencias de la Computación. También soy una de las tres mujeres del grupo. El año pasado me quedaba dormida en Introducción a la Programación, pero era una asignatura obligatoria. Yo misma podría haber impartido el curso. Cuando el profesor Prince se dio cuenta de que hacía la tarea de otras asignaturas en su clase, me ofreció puntos adicionales si diseñaba algo por mi cuenta. Creo que esperaba que le entregara algo patético y elemental para que pudiera darme unas palmaditas condescendientes en la cabeza, fingiendo que me presentaba un reto. Cuando ingresó a OtrasTIERRAS, quedó sorprendido y casi se ahoga con su café. En serio, estuvo a punto de escupírmelo.

No es el primer videojuego que desarrollo. Es el sexto. Nadie diseña un juego de rol *online* en el primer intento. Bueno, nadie que yo conozca. Ni siquiera papá. Comenzó a enseñarme programación cuando tenía siete años, me mostró un juego de ping-pong y me dijo que lo recreara. A los diez ya estaba diseñando juegos sencillos bidimensionales. A los trece, sabía manejar gráficos en tres dimensiones. OtrasTIERRAS fue el proyecto más difícil que haya realizado.

Papá nunca lo ha jugado. Ni siquiera está enterado de su existencia. Trabaja como programador avanzado para Axis Gaming. Su próximo lanzamiento se supone que estará integrado a los teléfonos celulares, lo que permitirá que la gente pase de la computadora a sus dispositivos sin problemas, transitando de las misiones de batalla a las de exploración. He visto algunas capturas de pantalla y es algo sorprendente.

No puedo esperar a mostrarle OtrasTIERRAS. Pero primero debe ser perfecto. Es decir que no debe haber personajes que desaparezcan al costado de una montaña.

El profesor Price está escribiendo algunas líneas de código en el proyector de transparencias. Todas las computadoras tienen un protector de pantalla para evitar que hagamos trampa, así que aquí puedo hacer lo que se me antoje. Me conecto a mi servidor de OtrasTIERRAS y saco una libreta para comenzar a "tomar apuntes".

Y ahí, aguardando justo en la parte superior, se encuentra el correo de Nightmare que envió por la mañana. Mis dedos rondan el botón de Bloquear jugador. Lo hago, le doy clic, y después borro su e-mail.

Fue todo. Quedó hecho. Se fue. No podrá molestarme más en esta plataforma. La sensación de alivio es enorme.

Puede molestarme por medio de 5Core, pero el sitio es manejado por el sistema escolar del distrito. Lo puedo reportar con alguno de sus administradores si me envía mensajes de acoso.

Echo un vistazo a la pizarra. El profesor Prince continúa con su sermón, así que comienzo a bosquejar un mapa. Quiero intentar la construcción de un reino de insectos. Aún no he desarrollado nada que pueda volar y me encanta el desafío. Podría tener enjambres de abejas, telarañas, escorpiones que ataquen y mariposas que dejen caer pociones curativas... Mmm.

La computadora parpadea. Llegó un mensaje nuevo. Mi vista se clava en el remitente y me quedo helada.

Viernes 16 de marzo   12:26 p.m.

De: N1ghtmare

Para: Azul M

Buen intento.

Lo acabas de volver personal.

♡

</CINCO>

_

<UNO> Emma </UNO> <DOS> Rev </DOS> <TRES> Emma </TRES> <CUATRO> Rev </CUATRO> <CINCO> Emma </CINCO> <SEIS> Rev

[6]

Viernes 16 de marzo   5:37:56 p.m.

DE: Robert Ellis <robert.ellis@speedmail.com>

PARA: Rev Fletcher <rev.fletcher@freemail.com>

ASUNTO: Silencio

Creo que los momentos de silencio son los más ruidosos.

Tu silencio lo dice todo, hijo.

Bastan dos oraciones para que la culpa me corroa las entrañas. Mi silencio parece un crimen contra todos los que forman parte de mi vida: no le he respondido a mi padre; no le he contado a Geoff y Kristin; no le he compartido lo ocurrido a Declan.

Me asfixia el silencio ensordecedor de esta noche. Estamos cenando en "familia", pero nadie habla. Kristin preparó platillos propios del desayuno: pan francés y huevos fritos; salchichas con salsa y tocino; patatas asadas, y rebanadas de fruta con crema batida. Es una comida cómoda porque hay una sensación incómoda en la casa. Muevo la cena alrededor de mi plato y mantengo la vista en el mantel.

Matthew se sienta del otro lado de la mesa y hace exactamente lo mismo que yo.

Me sorprendió encontrarlo cuando regresé de la escuela. Estaba casi seguro de que el incidente del cuchillo lo devolvería a las garras de la agencia de protección al menor. Cuando Kristin nos encontró en la mañana, evaluó la situación, luego me puso las manos en los hombros y en voz baja me pidió que me preparara para ir a la escuela.

Echo un vistazo al extremo opuesto de la mesa y noto que Matthew luce exhausto. Las heridas de su rostro se ven más oscuras, ahora en todo su esplendor. Al parecer, Bonnie, la trabajadora social encargada de su caso, vino a la casa y todos tuvieron una larga conversación.

Ignoro lo que dijeron, pero lo que haya sido bastó para que él se quedara otra noche con nosotros. Ciertamente, no se ve arrepentido, tampoco agresivo. ¿Un punto a su favor? No tengo idea.

Geoff comentó que nuestro huésped prometió pedir permiso antes de salir de la casa. Vaya, es tan tranquilizador. Es hora de festejar.

—Rev, querido, ¿me puedes pasar la salsa? —la voz de Kristin finge estar alegre. Es el tono que utiliza cuando los niños pequeños desafían manchando la pared de comida (o de algo peor).

El pasarle la comida me obliga a levantar la mirada y percatarme de que Matthew me observa como ensimismado, de un modo muy similar al de anoche. Una tensión conocida se instala en mis hombros. Me siento a la defensiva y ni siquiera ha ocurrido algo.

Geoff se sienta en el extremo de la mesa y nos observa. Tampoco ha dicho una sola palabra y no luce feliz. En cambio, la voz de mamá se mantiene casual.

—Rev, aún no nos has contado cómo te fue hoy en la escuela.

—Estuvo bien —me meto un trozo de pan francés en la boca para no tener que hablar más.

—¿Declan no nos quiso acompañar esta noche?

Por lo general, mi mejor amigo cena aquí los viernes; es una antigua tradición que empezó cuando tenía que evitar a su padrastro. Obligo a que mi garganta se trague el bocado para responder.

—Salió con Juliet.

Otra vez. Pero está bien.

—Hablé con el señor Diviglio esta tarde. Matthew comenzará el lunes la escuela. Creo que sería un buen gesto que le ayudaras a integrarse.

El señor Diviglio es el subdirector. El pan se pone como piedra en mi boca y me duele al tragar. En cuanto puedo hablar, clavo la mirada en nuestro huésped, casi obligándolo a hacer contacto visual conmigo.

—Si te atrapan con un cuchillo en la escuela, te van a suspender.

—Rev —replica Kristin con un tono dulce. No es propiamente un reproche, pero se le parece.

—Estuve antes en Hamilton —responde él, sin apartar la vista del plato—. Puedo arreglármelas —hace una pausa—. Y conozco las reglas.

Geoff carraspea. Su voz suena grave y tranquila, aliviando un poco la tensión que hay en la habitación.

—Bien. Entonces eso facilitará un poco las cosas.

Su calma me recuerda que buena parte de la tensión que percibo en el comedor viene de mi propia cabeza. Necesito serenarme. Me encojo de hombros y luego clavo el tenedor en otro trozo de pan francés.

—Puede venir a la escuela con nosotros. A Declan no le importará.

En realidad, es probable que a mi amigo sí le moleste, y no será algo que vaya a disimular. Me imagino si hubiera sido él quien encontrara a Matthew en el pasillo, empuñando el cuchillo. Declan lo hubiera estrellado contra la pared.

—¿No hay un autobús que pase por aquí? —pregunta nuestro huésped, sin apartar los ojos de su plato. La mesa se queda en silencio un instante.

—Hay uno —responde Kristin, con cautela—. Pero es un viaje de cuarenta y cinco minutos. Tendrías que estar en la parada a las seis y veinte.

Lo observo mientras se queda callado. Siento que arruiné la situación sin siquiera buscarlo.

—No tienes que tomar el autobús, puedes ir con nosotros.

—A las seis y veinte está bien —muerde con lentitud su comida y habla en voz baja—. Me puedo levantar temprano.

Sus palabras suenan calculadas e intencionales, y no alcanzo a distinguir si mi apreciación es real o si son mis retorcidos procesos mentales los que interpretan todo de forma errónea.

Tu silencio lo dice todo, hijo.

Aparto mi silla de la mesa.

—¿Me puedo retirar?

Geoff y Kristin intercambian miradas y luego ella me mira.

—Apenas comiste.

—Me pusiste bastante de almuerzo —titubeo, pues no quiero parecer un cretino—. Avísenme cuando terminen y yo me encargo de limpiar.

Ella se inclina hacia mí y me soba la mano, dándome un suave apretón.

—No te preocupes por eso. Haz lo que tengas que hacer.

///

A toda prisa, me pongo ropa para ir al gimnasio, pero cambio de parecer en el último minuto. Me urge salir de la casa, pero me estresa infinitamente la sola idea de irme. Quisiera poder ir con Declan y contarle. Al mismo tiempo, no lo deseo. Me siento demasiado expuesto. Demasiado abierto. No es eso. Más bien, me avergüenza.

Pienso en la chica que estaba junto a la iglesia.

Tienes miedo.

He dedicado años a aprender a perder el miedo. Pero ahora, con unas breves oraciones, mi padre traspasó todas mis defensas.

Arremeto contra el saco de box que hay en el sótano. Comienzo con patadas, luego golpes, después ganchos y rodillazos, antes de reiniciar una vez más el circuito. Al inicio, no encuentro el ritmo y me muevo con torpeza, de un modo que hace años que no sentía. Me pierdo en la fuerza de cada movimiento.

De niño, cuando Geoff y Kristin eran padres adoptivos novatos y yo fui el primer niño que acogían, me pasaba las noches aterrado de que mi padre me recuperara y me torturara por el hecho de que ellos me agradaran, incluso un poco. Ella entraba a mi habitación cada noche y me leía una historia, mientras yo miraba fijamente el techo y fingía no escucharla. Jamás me habían permitido tener libros sobre magia, fantasía o cualquier cosa que no estuviera basada en la religión, así que la oía leerme *Harry Potter y la piedra filosofal* y estaba seguro de que el demonio iba a gatear por el suelo para arrastrarme directamente al infierno.

Obviamente, eso no sucedió.

En el segundo mes pasó a *Harry Potter y la cámara secreta*, y en ese momento dejé de contemplar el techo y me reía de algo de la novela. Acercó su silla a la cama para que pudiera ver las ilustraciones del capítulo.

Casi no recuerdo la historia. Pero lo que sí tengo presente es que cuando ella cerró el libro, me eché a llorar.

—¿Qué sucede? —me preguntó.

—No quiero regresar.

Sabía a qué me refería, no necesitó que se lo aclarara. Fue una de las pocas veces en que escuché que su voz se volvió de acero.

—Nunca vas a regresar.

Tu silencio lo dice todo, hijo.

Se me cierra la garganta y de pronto se me nubla la vista. Sus palabras actúan en mi contra en ambos sentidos. No solo lo evito a él, sino también a Geoff, a Kristin y a mi mejor amigo.

Le pego al saco con el puño y el brazo me tiembla por el esfuerzo. Me alejo, jadeando, y me quito el cabello de los ojos. Oigo que Geoff y Kristin conversan arriba en voz baja, casi murmurando.

Me dejo caer en el banco de pesas, me quito los guantes y bebo la mitad de la botella de agua sin pensarlo. Está tan fría que casi quema; es una sensación maravillosa y terrible al mismo tiempo. La frescura y el silencio del piso inferior me rodean. Y entonces, como si accionaran un interruptor en mi cerebro, me doy cuenta de que no estoy solo. Tal vez el aire se movió o una sombra pasó, el caso es que la atmósfera cambió.

Doy otro trago al agua, con la conciencia completamente alerta. Debe ser Matthew. No lo escucho respirar, pero sé que está aquí, en algún lugar. No le tengo miedo. No exactamente. En el plano racional, me queda claro que él no me resulta una gran amenaza. Pero a una parte más oscura y primitiva de mi cerebro no le agrada nada que lo parezca. En especial, no ahora que los recuerdos de mi padre ascienden con sus garras a la superficie.

—Sal —digo en voz baja para cerrar la posibilidad de una discusión.

De algún modo, todo queda más quieto, más callado.

—Sal —repito.

No hay respuesta. El corazón se me acelera, como un martillo que golpeara dentro de una jaula. Un hilo de sudor reciente resbala por el centro de mi pecho. Mientras más tiempo se oculta en las sombras, menos me agrada la situación.

Me levanto y doy la vuelta completa, porque este tipo de ansiedad me impide quedarme sentado.

—No te conviene esconderte de mí.

Solo silencio.

Tu silencio lo dice todo.

Quizás no sea Matthew. Mi padre tiene la dirección de esta casa y sabe cómo encontrarme.

El miedo es una pinza rápida y letal que me aprieta el pecho. No puedo hablar ni moverme.

No es mi padre. No puede ser él. No puede ser. *No puede ser*.

Me clavo las uñas con fuerza en las palmas de las manos. La habitación se reduce a la mitad. Estoy atrapado.

Salgo corriendo del sótano y mis pies no sienten las escaleras. Tomo una sudadera del perchero que hay junto a la puerta y abro de par en par la puerta principal. El aire fresco de la noche parece un muro, pero lo traspaso.

La luna cuelga de lo alto del cielo y las estrellas se mecen trazando arcos. El aliento entra con dificultad en mis pulmones.

–¡Rev!

La voz de Kristin suena detrás de mí. Volteo a verla. Está parada en los escalones de la entrada, pero pareciera estar a un kilómetro de distancia. No puede alcanzarme. No sé qué haría si alguien viniera tras de mí en este momento.

–Necesito tomar aire –me escucho como si hubiera corrido un maratón. Cubro de prisa mi cabeza con la capucha y meto las manos en las mangas.

–Espera –me dice–. Papá caminará contigo.

–No –respondo, apretando los dientes–. No, tengo que irme.

–¿Llevas tu teléfono?

Puede ser. Quién sabe. Podríamos estar en Marte en este momento y no me habría enterado. Pero la pregunta resulta tan normal que le lanza un dardo a mi ataque de pánico y lo desinfla. Alcanzo a tomar un respiro, dar unas palmadas a mi bolsillo y responder: "Sí".

–Mándame un mensaje si vas a estar fuera más de una hora.

El aire se vuelve más frío, pero el cuerpo se me calienta.

–De acuerdo –mi voz casi se quiebra–. Está bien.

Echa un vistazo detrás de ella y luego voltea a verme.

–Dice papá que él también necesita caminar. ¿Por qué no esperas un segundo? Se está poniendo los zapatos.

Me voy a desmayar si continúa hablándome. O empezaré a llorar. O romperé la ventanilla de un auto de un puñetazo.

–Voy a correr, ¿de acuerdo?

No espero su respuesta. Doy media vuelta y corro a toda velocidad por la calle.

♥

</SEIS>

<UNO> Emma </UNO> <DOS> Rev </DOS> <TRES> Emma </TRES> <CUATRO> Rev </CUATRO> <CINCO> Emma </CINCO> <SEIS> Rev </SEIS> <SIETE> Emma

[7]

Otra vez estoy jugando OtrasTIERRAS. Mamá estaría tan orgullosa. Sin embargo, ha perdido parte de su encanto. No se trata solo de ese estúpido *troll*, a quien bloqueé por segunda vez, sino a la extraña tensión con Cait, quien solía meterse a jugar conmigo, pero que ahora probablemente este transmitiendo un video en vivo acerca de cómo usar pestañas postizas. Y también fueron los comentarios de mamá de esta mañana, sobre cómo los sueños no bastan para pagar la hipoteca, como si no lo supiera.

Como sea, no entiendo cuál es su problema. Papá tiene un buen ingreso y también trabaja muchas horas. Solo porque él se la pasa inclinado frente a una computadora y ella frente a la cama de un hospital no significa que el tiempo que él le dedica sea inútil.

Escucho la voz de Ethan en mis audífonos.

—Pareces distraída.

Estamos realizando una misión en el reino de los elfos. Jamás había jugado con él uno a uno, pero después de lo que ocurrió con Nightmare, cuando Ethan me agregó le dije: "¿Podemos jugar solo los dos? Quiero revisar más huecos en la programación". No me respondió; se limitó a activar la misión.

No me había dado cuenta de lo tensa que he estado, hasta que el nudo en mi estómago se aflojó.

—Lo siento —replico—. Solo estaba pensando.

—¿En la escuela o en tus padres? —su avatar rápidamente ataca a un elfo que sale de detrás de un árbol.

—¿De qué hablas?

—¿Que si estás distraída por la escuela o por tus padres? —hace una pausa—. ¿O por un novio?

–No tengo –me sonrojo, a pesar de que en su voz no asomaba ni un mínimo de coquetería. Se siente que estamos anclados firmemente en la *friend-zone*, si acaso estamos ahí.

–¿O novia? –añade–. No quiero suponer.

–Tampoco –me rio–. Y la escuela va bien. Son mis padres. Bueno, mi mamá. Con papá todo bien –mi avatar sigue al suyo en su carrera a través del verde terreno–. Espera, quiero agregar más textura a esta parte. Tengo que tomar nota.

–Déjame adivinar –su avatar se detiene–. Pasas mucho tiempo jugando, no te concentras lo suficiente en la escuela, debes asolearte un poco antes de que necesites tomar suplementos de vitamina D...

–Sí, ¿cómo adivinaste?

–Lo vivo –responde tras hacer un ruido de indignación, luego calla–. Pero yo solo juego. ¿Ella está enterada de que en realidad tú programas estos juegos? Creo que mi mamá se relajaría si descubriera que algo de esto es productivo.

–La mía únicamente consideraría productiva una beca de la Facultad de Medicina de Harvard –digo, con mi propio ruido de indignación.

–¿Quién no? –su personaje avanza unos cuantos pasos–. ¿Estás lista?

–Sí –corremos. Bueno, más bien nuestros avatares–. No, ella no sabe sobre OtrasTIERRAS.

–¿Estás bromeando? Programaste un videojuego.

–Lo sé –hago una pausa–. Ella cree que es algo estúpido. Me preocupa que me obligue a borrarlo.

–¿Quiere que seas doctora?

–Sospecho que ella sabe que no quiero entrar a medicina.

–No tengo idea del tipo de doctora que serías, pero como diseñadora de videojuegos, creo que eres impresionante.

Su voz suena tan desapasionada como casi todo lo demás que ha dicho, aunque el comentario me anima un poco. Nadie me había llamado antes impresionante. Sin duda no en un juego.

–Digo –agrega–, es medio rudimentario y los gráficos no son tan intensos, pero...

–No, no –lo interrumpo–. Déjalo en impresionante.

Se ríe. Su risa es agradable. Debo dejar de sonrojarme.

La bandeja de entrada en el juego parpadea indicando que llegó un mensaje. Me paralizo. Mi avatar deja de correr en la pantalla.

–¿Eme? –pregunta Ethan.

–Espera. Llegó un mensaje –doy clic al botón que parpadea.

Viernes 16 de marzo   7:29 p.m.

De: N1ghtmare3

Para: Azul M

Puedo hacer esto todo el día, nena. Dime, ¿cobras por chuparlo?

Respiro con dificultad. Detesto esta situación. No puedo bloquearlo desde aquí. Tengo que conectarme desde el tablero de administración.

–Tengo que irme –le digo a Ethan.

–¿Estás bien? –seguramente notó el cambio en mi voz, porque se escucha preocupado.

–Estoy bien. Solo... tengo que irme.

Cierro la laptop de golpe, aunque debería abrirla otra vez y conectarme para bloquear a ese imbécil. Solo que no puedo ver de nuevo su mensaje. No en este instante.

Otra vez siento ganas de llorar. Necesito salir de la casa. Meto el teléfono en mi bolsillo y bajo trotando las escaleras. Texy me espera en los últimos escalones, meneando la cola.

–Vamos –le digo y mi voz se quiebra. Los ojos se me nublan por el llanto. La perra me sigue de forma obediente, ignorando la torpeza de mis manos cuando titubeo para sujetar la correa a su collar. Le entusiasma salir y sus uñas van dando golpecitos por el suelo de mármol hacia la entrada.

–¿Emma? –me llama mamá desde la cocina. Aparece en la puerta con una copa de vino en la mano–. ¿A dónde vas?

–Voy a sacar a la perra a dar un paseo –respondo sin poder mirarla. Espero haber sonado congestionada en lugar de afectada.

–¡Bien! –replica–. Me alegra que hagas un poco de ejercicio.

Misión cumplida, supongo. Entonces salimos.

Necesito tranquilizarme. Estoy siendo ridícula. Las mujeres reciben este tipo de mensajes *todo el tiempo*. No está bien, es inaceptable, pero no puedo arreglarlo. Solamente puedo bloquear a este tipo. Mi juego es gratuito y de dominio público. No es que la gente tenga que usar su tarjeta de crédito para jugar. Como dijo Ethan, es bastante rudimentario. Todos mis esfuerzos de seguridad se concentraron en asegurarme de que nadie pudiera hackear mi red, no en conocer la identidad de los jugadores. Jamás imaginé que tendría una razón para interesarme en el tema.

Y en realidad no me importa ahora. No me importa quién es él; solo quiero que se detenga.

La voz de Ethan retumba en mis oídos, pero ahora parece una broma. *Creo que eres impresionante*. Lo que menos me siento en este momento es *impresionante*. Me cuesta respirar. Necesito controlarme.

El teléfono me vibra en la mano tan repentinamente que por poco lo tiro. La pantalla se ilumina con el anuncio de una llamada entrante: es papá. Deslizo el dedo para responder.

—Hola —mi voz se escucha cargada de lágrimas, pero no puedo evitarlo.

—¿Emma? —suena preocupado—. ¿Estás bien?

—Sí, lo estoy —se me quiebra la voz.

—No estás bien —percibo su tono cálido y sonoro en mi oído—. ¿Qué sucede?

No puedo contarle sin incluir lo del videojuego. Y aun así, sé lo que me responderá, pues me lo ha dicho antes. "Es terrible", comentará, "pero la gente se conecta en línea para sacar toda su rabia, solo porque pueden hacerlo. Me enferma. Pero lo único que puedes hacer es bloquearlos y prohibirles el acceso". Y tendría razón; solamente eso puedo hacer.

—Estoy bien—afirmo—. Un cretino me está troleando en línea. Cada vez que lo bloqueo regresa con un nuevo nombre de usuario.

—¿Ya lo reportaste con el administrador? En algunas ocasiones pueden impedir que un usuario se registre con una cuenta de correo electrónico.

Qué gran idea, pero qué mal que yo sea la administradora y que no solicite una cuenta.

—Lo intentaré —replico, sorbiendo por la nariz.

—¿Qué tan grave fue? —inquiere—. ¿Te está amenazando?

—Bueno, es un poco como...

—Espera, M&M. Alguien acaba de entrar —debe haber cubierto el micrófono del teléfono con su mano, porque su voz se apaga. Pasa un minuto, y se secan las lágrimas en mi mejilla.

Comienzo a preguntarme si olvidó que estoy en la línea, hasta que por fin regresa.

—Mi niña, tengo que irme. Acabamos de descubrir un problema crítico en el servidor y sabes que se nos acaba el tiempo para el lanzamiento. ¿Estarás bien?

—Sí. Sí, claro.

—Tal vez llegue tarde, pero te veo en la mañana, ¿de acuerdo? No dejes que la mujer dragón te deprima mientras no estoy.

La mujer dragón es mamá. Cuando era niña, ese sobrenombre solía hacerme reír, pero últimamente suena demasiado real.

—Está bien, papá.

—Solo quería escuchar tu voz, nena. ¿Estás bien?

Momentos como éste se han vuelto contados últimamente, cuando solo me dedica a mí sus palabras.

—Estoy bien, pa. Te quiero.

—También te quiero, pase lo que pase —termina la llamada.

¿Pase lo que pase?, ¿a qué se refiere?

Texy salta con sus patas delanteras y ladra. Debió ver una ardilla. Apenas logro sujetar su correa, pero alcanzo a darle un jalón.

—Vamos —inhalo por la nariz—. Déjala.

Ladra a lo grande, luego se echa a correr y la correa se me escapa de la mano.

¡UF!

No llega muy lejos. Cruza la calle y se detiene en la esquina contraria, haciéndole fiesta a un tipo que está parado fuera del alcance del alumbrado público. Se menea con todo el cuerpo.

Troto hacia donde ella se encuentra. Sigue parada en sus patas traseras y las delanteras las tiene apoyadas en el pecho del desconocido, mientras el hombre la acaricia detrás de las orejas. Él lleva puesto calzado y pantalones deportivos negros: es un corredor. Mi perra inclina la cabeza hacia un lado, con la lengua colgándole del hocico. Se comporta como si me dijera: "¿No te das cuenta? Por eso estaba tan emocionada".

Me inclino para levantar su correa.

—Lo siento. Mil disculpas. Texas. Texy. Bájate.

—Ella está bien.

Reconozco esa voz y levanto de inmediato la mirada. La sudadera omnipresente oculta de la luz la mayor parte de sus rasgos, pero definitivamente se trata de él.

—Oh, eres tú —digo sorprendida.

—Soy yo.

—Rev Fletcher —respondo sin pensar, como si él no supiera su propio nombre.

Continúa acariciando a Texy detrás de las orejas, pero mi comentario lo hace estar atento.

—Sí —guarda una pausa—, Rev Fletcher —es interesante la forma en que lo dice, como si se lo recordara a él mismo, lo cual es extraño.

Después se inclina hacia adelante, justo lo suficiente para que la luz revele sus ojos.

—¿Estas llorando?

Retrocedo y me paso la mano por la cara. Lo había olvidado.

—No —mi voz se escucha nasal y, por supuesto, sorbo por la nariz—. Solo es... una alergia.

Pero estando tan cerca de él, con su rostro vuelto hacia mí, alcanzo a notar que sus mejillas también lucen enrojecidas y sus ojos algo descompuestos. Eso basta para cortar mi propio drama. Recuerdo la carta que me compartió la noche anterior y el miedo que flotaba en el aire.

—¿Estás llorando? —pregunto sorprendida.

—No —replica, imitando mi tono seco—. Solo es una alergia.

No se lo creo ni por un segundo.

Por fin, Texy se queda en el suelo y Rev oculta las manos en los bolsillos de su sudadera.

La noche nos envuelve como un manto, reuniendo esta emoción en el espacio que hay entre nosotros. Sé que tiendo a levantar muros a mi alrededor, pero jamás había conocido a alguien cuyas propias barreras fueran igual de impenetrables. Por primera vez en mi vida, una leve punzada de miedo se instala en mi pecho, recordándome el mensaje de Nightmare.

No me obligues a encontrarte, perra.

Pero Rev no me encontró, sino yo a él. Bueno, más bien fue Texy. Además, cuando habla su tono es sonoro y pleno, casi tangible. No se compara al de ese acosador del juego.

El que lleve la capucha puesta me parece injusto. Entrecierro los ojos para verlo.

—¿Puedes quitarte la capucha para que pueda verte?

Supongo que se negará, sin embargo, levanta la mano y se la quita.

—No hay nada que ver —afirma.

Se equivoca. Hay mucho que ver. Tiene el cabello largo, apenas por debajo del mentón, de un color oscuro y apagado por la luz de la luna. Puede que no tenga ni un gramo de grasa en el cuerpo, porque sus rasgos son afilados, del ángulo de su quijada a la pendiente de sus pómulos. Tiene los ojos oscuros, de un color que es un misterio descifrar con esta iluminación lunar. Su complexión y movimientos son los de un atleta, pero no hay nada en él que insinúe que tiene *espíritu de equipo*, así que no estaría tan segura.

—Estás mirando fijamente —señala.

—Tú también.

—Lo siento —sus ojos se apartan con un rápido movimiento.

—No te disculpes —respondo de inmediato—. Tienes permitido mirar.

Uf, soy tan torpe. Por comentarios como este es que soy mejor con un teclado y una pantalla, en especial cuando me sacuden los pensamientos y los esparcen como fichas de *Scrabble*. Me inquieto y aparto la mirada.

—Es decir... está bien. Nos quedamos parados y no me estaba quejando. Esperaba que me miraras.

Nuestras miradas se encuentran de nuevo y no responde a lo que dije. No alcanzo a leer su expresión. Oh, diablos, acabo de hacer más incómoda la situación.

Le doy un pequeño jalón a la correa de Texy y comienzo a avanzar.

—No era mi intención interrumpirte.

—Espera —lo hago y lo veo fruncir el ceño.

—Me parece interesante que sea la segunda vez que nos encontramos.

—¿Como si te estuviera siguiendo?

Lo que digo le arranca una sonrisa vacilante.

—No, para nada de ese modo.

Me toma un segundo entenderlo. Considerando nuestra conversación de anoche, es demasiado tiempo.

—¿Te refieres al destino? —lo observo con detenimiento—. ¿O a Dios? ¿Crees que hay alguien allá arriba que controla a mi perra?

—No exactamente —hace una pausa—. Pero no estoy seguro de que debamos perderlo de vista.

No sé qué decir. Quizás él tampoco, porque ambos nos quedamos quietos durante un largo momento tan solo compartiendo el aire nocturno.

Cuando se decide a hablar, su voz suena tranquila.

—¿Quieres ir a sentarte de nuevo junto a los vitrales?

—¿Para conversar?

—No, para enterrar un cadáver —su voz es inexpresiva. Se burla de mí por lo que le dije anoche—. Sí, para conversar —agrega con tono delibera- do, como si yo no hubiera entendido que se trataba de una broma.

Déjenme hacer una lista de las veces que un chico me ha invitado a sentarme a conversar:

1. Ahora mismo.

Si el destino existe, quizás esta sea su forma de decirme que tome el control de mi vida.

Por Dios, comienzo a hablar como él. Pero no estoy segura de que eso me importe.

–Claro –lo miro en la oscuridad–, vamos.

</SIETE>

<UNO> Emma </UNO> <DOS> Rev </DOS> <TRES> Emma </TRES> <CUATRO> Rev </CUATRO> <CINCO> Emma </CINCO> <SEIS> Rev </SEIS> <SIETE> Emma </SIETE> <OCHO> Rev

[8]

La chica me sigue hacia el césped que se encuentra detrás de la iglesia y nos sentamos, escondiéndonos en la penumbra, donde el alumbrado no podrá encontrarnos. Nos apoyamos contra el muro de ladrillos y el frío de la mampostería alivia el calor que siento en la espalda.

No tengo idea de lo que hago. Ni siquiera conozco el nombre de la chica.

La perra se deja caer en el césped junto a mí y hundo mis dedos en su pelaje. Se acerca más a mí, apoyando su cabeza en mi regazo. Siempre quise un perro, pero a Geoff y Kristin les preocupa que los niños pequeños se asusten o sufran una alergia, así que nunca tuvimos uno.

Miro furtivamente a mi acompañante. Un largo mechón suelto de cabello castaño rojizo cuelga sobre su hombro y ella juguetea con las puntas, enredando el pelo entre sus dedos. Tiene rasgos suaves y sus ojos están enmarcados por unas gafas oscuras. Tiene pecas por todos lados, así que utilizó un marcador metálico para crear constelaciones con ellas en el reverso de su mano. Está relajada contra la pared, observando la calle.

Es una especie de milagro que haya accedido a sentarse y conversar. Soy un tipo tan raro. Declan no dejaría de burlarse de esto.

Así que por fin le pediste a una chica que converse contigo... ¿y escogiste el césped junto a la iglesia? Hermano.

Por otro lado, es probable que esto sea exactamente lo que esperaría de mí. Vuelvo a mirarla de reojo.

—¿Te puedo hacer una pregunta personal?

—Adelante, dispara.

—¿Cómo te llamas?

—Emma Blue. Aunque en realidad esa no es una pregunta personal.

—Sabes mi nombre. Me sentí mal por no saber el tuyo.

—Solo lo conozco porque le pregunté a una amiga... —Emma se sonroja y se interrumpe, pero debe saber que no tiene sentido dar marcha atrás—. Te vimos en la cafetería esta mañana. Ella está en tu clase de sociología.

—También te vi.

Hace una mueca y aparta la mirada.

—Perdón por mirarte. Otra vez.

—Estoy acostumbrado a que la gente me mire —callo un momento—. Me pregunto si era una señal de que debería hablar contigo.

—Podrías haber hablado conmigo —responde, tras girar la cabeza y mirarme en la oscuridad.

—Tú también podrías haberme hablado —hago una pausa—. Pensé que mi rareza te había asustado anoche.

—Creo que tengo un criterio distinto de lo que se considera raro —su rubor se intensifica—, y no sé si lo has notado, pero no soy el tipo de mujer que se acerca a los chicos e inicia la conversación.

—Tenemos eso en común.

—¿También te dan nervios hablar con los chicos?

—Es algo que me quita el sueño.

Ella sonríe. Desconozco si lo que hacemos sea provocarnos o coquetear, pero de lo que estoy seguro es que es la primera vez en dos días que no me encuentro al borde de un ataque de pánico.

—¿Puedo hacerte una pregunta personal? —dice ella.

Titubeo. Adivino de qué se tratará.

—Seguro.

—¿Qué hay con las sudaderas?

Debo resistir el impulso de hacerme ovillo para esconderme.

—Eso... tiene una respuesta larga y complicada.

Emma se queda callada un momento y luego intenta adivinar.

—¿Eres superpeludo?

—No —el comentario fue tan inesperado que me rio.

Después de pensarlo otro momento, agrega:

—¿Eres un cyborg?

Me agrada que conserve este tono juguetón.

—Ahora que lo sabes, quizás tenga que matarte.

—¿Cicatrices? —primero sonríe, pero su voz adquiere un tono serio al decirlo.

Dudo un instante. Estuvo cerca de acertar.

—No exactamente.

—¿No exactamente?

—Bueno —guardo silencio al sentir que la tensión se aferra de nuevo a mis hombros. El recordar mis cicatrices me hace pensar en mi padre. Levanto las rodillas y apoyo un brazo en ellas. La otra mano continúa metida en el pelaje de la perra—. Algunas cicatrices. Tuve... una niñez difícil. Pero no es por eso que uso las sudaderas.

Me preparo en caso de que quiera ahondar, porque sabe acerca de la carta... pero no lo hace. Se cruza de piernas y se reclina.

—De acuerdo, es tu turno.

—¿Mi turno? —respondo, frunciendo el entrecejo.

—De una pregunta personal.

Me recuerda un poco a Declan, de buena manera.

—¿Por qué llorabas?

—Eso... —titubea— tiene una respuesta larga y complicada.

Me lo merezco. Suspiro y volteo a mirar la noche. Ella hace lo mismo a mi lado.

—Tu turno —digo suavemente.

Se queda callada algunos segundos.

–¿Tu padre es el motivo de que tuvieras una niñez difícil?

–Sí.

–¿Te envió otra carta?

–Un correo –respondo, tragando saliva.

–¿Un correo?

–Le escribí –me callo un instante–. Le dije que me dejara en paz y me respondió.

–¿Él es la razón de que uses sudaderas?

–Sí –mi tensión aumenta un poco más y mis dedos me aprietan con fuerza las rodillas.

–¿No te da calor llevarlas todo el tiempo? –agrega.

–A veces –dejo escapar un suspiro.

–¿Tienes calor ahora mismo?

–Un poco –estaba corriendo antes de que su perra me encontrara, y eso fue después de una hora de estar golpeando el saco de box.

–Te la puedes quitar –comenta–. Tu padre no está aquí ahora.

Su voz es tan pragmática. No me está desafiando, pero solo en mi cabeza siento que lo hace. Llevo puesta una camiseta deportiva de manga larga debajo de la sudadera, así que no sería un gran problema. No vería nada.

Recuerdo la sensación que tuve en el sótano, cuando estaba seguro de que Matthew me observaba. En este momento, usar la sudadera me hace sentir como un cobarde, como si me estuviera escondiendo.

Tu silencio lo dice todo, hijo.

Sí, me oculto.

–No era mi intención hacerte entrar en crisis –menciona Emma en voz baja.

–No lo hiciste –pero lo consiguió, en cierto modo.

Es ridículo. Estamos hablando de una sudadera. Así que tomo el dobladillo y lo paso por encima de mi cabeza.

—Vaya —de golpe, ella se queda sin aliento.

Me congelo. La prenda queda hecha una bola arrugada en el suelo a mi lado. Emma me mira fijamente. Sus ojos bien podrían ser rayos láser de gran potencia.

—Rev... no quería...

—Detente —le pido. La sudadera debió haberme levantado por error la camiseta y ella tuvo que haber visto las marcas que me dejó mi padre. Fue un descuido grave. Soy tan estúpido.

Me jalo las mangas, pero la camiseta es ajustada y estas me llegan a las muñecas.

—Por favor, para.

—Lo siento —su voz es silenciosa, y ella voltea la mirada hacia la calle—. Lo siento.

La tensión me hunde sus garras en los hombros.

—¿Qué viste?

—Nada.

—Viste algo —mi voz es dura, suena enojada y asustada, pero nada de eso tiene que ver con Emma, aunque ella está aquí y me siento expuesto, y nada de esto marcha como pensé que lo haría—. Dijiste "vaya".

—Oye, Rev —responde en voz baja—, no vi nada.

Los recuerdos de mi padre relampaguean en mi cerebro con tal rapidez que no alcanzo a identificar alguno en particular. No importa, ninguno de ellos es bueno. Mis dedos me aprietan el abdomen. Muero de miedo de que ella me toque y yo empiece a repartir golpes y la lastime.

—No me toques —consigo decir, manteniendo un tono lo más sereno posible—. No... solo vete a casa.

Se mueve en el césped, como si se estuviera alejando. Bien, así puedo respirar. Pero luego habla, justo frente a mí.

—Oye. Abre los ojos. Mírame.

No recuerdo haberlos cerrado, pero debí haberlo hecho. La obedezco.

Está arrodillada en el césped y me extiende la sudadera.

—No vi nada —repite—. De verdad.

—Está bien —respondo, tragando saliva—. Estoy bien —no es cierto, no lo estoy. Sigo sin poder moverme.

—De acuerdo, mira, no sé qué pensaste que vi —Emma habla rápido— y no puedo creer que voy a admitir esto en voz alta, pero dije "vaya" porque tienes un cuerpo increíble.

Mis pensamientos se paralizan. El mundo deja de girar. Pero ella continúa balbuceando.

—Solo te había visto con esas sudaderas enormes. No estaba preparada para... —gesticula— *esto*.

—¿Me tomas el pelo? —frunzo el ceño.

—¿Bromeas? Con ese cuerpo, sería una completa idiota si te tomara el pelo. ¿Qué no te has visto en el espejo?

—Para —parpadeo.

—Es como si viera a Clark Kent convertirse en Superman.

—Oye —mi mandíbula se tensa y mi voz se vuelve severa—, detente.

Ella se sienta en cuclillas. Algunos mechones de cabello escapan de su trenza, cubriéndole el rostro y ella los aparta impacientemente de un soplido.

—No me estoy burlando de ti, Rev.

Me siento como un gran tonto. Bajo la vista hacia ese bulto arrugado que es mi sudadera, sin saber qué decir.

Tu silencio lo dice todo, hijo.

Se me humedecen los ojos y debo contener el aliento para no llorar. Clavo los dedos en la tela de la sudadera.

—Es mi turno —dice Emma tras acomodarse y quedar sentada con las piernas cruzadas.

—Tu turno —su comentario me regresa a la realidad y mi respuesta apenas se escucha.

—A mí también me han estado enviando correos —dice tranquilamente—. No son de mi padre, sino del cretino de un videojuego. No me está amenazando o algo, pero... pero no son buenos.

Me quedo inmóvil al escucharla.

—No lo conozco —continúa Emma, con un tono de voz suave y pesado al mismo tiempo— y sé que puede parecer una locura, pero es usual en los juegos en línea que las chicas siempre sean el blanco de agresiones, así que este tipo cree que puede mandarme correos que digan cosas como...

La voz se le quiebra. La noche está tan callada que alcanzo a oír el ruido distante de los coches del vecindario.

—¿Como qué? —pregunto.

—No puedo —se queda sin voz y yo levanto la mirada. El llanto le brilla en los ojos, pero no llora.

—Me puedes contar —replico con cuidado y tomo prestadas sus palabras—. Él no está aquí ahora.

Por un instante dudo que vaya a responder, pero luego saca su teléfono del bolsillo de sus jeans y desliza el dedo por la pantalla, para después voltearla hacia mí.

Puedo hacer esto todo el día, nena. Dime, ¿cobras por chuparlo?

Las palabras me golpean como un gancho al hígado y no me puedo imaginar lo que le provocan a ella. Mis preocupaciones personales se desvanecen en el aire.

—Emma... ¿esto te lo envió alguien en un vídeojuego?

—Hay más —se incorpora y repasa los mensajes del dispositivo—. Este fue de ayer.

Das asco.
Eso es lo que te diré cuando te encuentre y te lo meta en el hoyo de la boca.

El enojo que siento aleja todos mis temores.

—¿Cuántos tipos hay como él?

—No es nada del otro mundo. Es solo un perdedor con mucho tiempo libre.

—Emma... estas son amenazas.

—No lo son, pues no me conoce ni sabe nada acerca de mí. Es solo un imbécil con una cuenta de correo —a pesar de sus palabras despectivas, las lágrimas resplandecen en sus mejillas—. Es estúpido, ¿no es así?

—No lo es —quisiera tener un pañuelo para darle—, más bien, es terrible.

—No, es algo común —comenta, sorbiéndose la nariz—. Pasa todo el tiempo. Es solo un *troll* y no debería molestarme tanto.

—Emma... no es cualquier cosa.

—No es así —se pasa la mano por la cara—. De verdad, no lo es. Tú estás lidiando con estrés postraumático o algo así, mientras que yo estoy llorando por un *troll* sin importancia.

—No es una competencia —respondo, haciendo una mueca.

—¡No! Esa no era mi intención —se endereza—. No me imaginé que pedirte lo de la sudadera fuera a convertirse en... en eso.

—Creo que tienes todo el derecho de llorar por un *troll* sin importancia, igual que yo puedo perder la cabeza por una estúpida sudadera –me paso la mano por el cabello, sintiéndome estrujado.

–Se trata de algo más que una sudadera –dice, mirándome a los ojos.

–Bueno –comento, poniéndome la sudadera primero por la cabeza y luego pasando las manos a través de las mangas–, también pienso que se trata de algo más que un videojuego.

–Tienes razón –responde, tragando saliva.

–Tú igual.

Nos quedamos sentados en la oscuridad, mirándonos mutuamente y retándonos sin tener que arriesgar nada.

Mi teléfono celular vibra y lo saco de mi bolsillo. Kristin.

Mamá: Solo para saber cómo estás.

Enseguida regreso el aparato a mi bolsillo.

–Mi mamá.

–¿No sabe de los mensajes de tu papá?

–No –niego con la cabeza–. No es mi mamá en ese sentido. Ella no lo conoce. Verás, ella es... Soy adoptado.

Frunce el entrecejo como si quisiera sacar más información, pero luego vibra su propio teléfono y lo saca deprisa de su bolsillo.

–Mi mamá –suspira.

Titubeo, antes de ponerme de pie.

–Probablemente sea mejor que nos vayamos antes de que manden un equipo de búsqueda por nosotros. Estaba hecho un desastre cuando salí de la casa.

–Yo también –al levantarse, se envuelve la muñeca con la correa del perro.

Después nos quedamos parados, inmóviles, compartiendo el mismo aire de alrededor.

—¿Tú...? —comienzo la oración, pero luego me paro en seco. No tengo práctica en estos asuntos. Ni siquiera estoy seguro de lo que quiero preguntarle.

Ella aguarda por lo que voy a decir. Respiro y vuelvo a intentarlo.

—¿Sería raro si te pregunto si quieres hacer esto de nuevo?

—¿Te refieres a que nos encontremos detrás de la iglesia para enloquecer juntos?

—¿Sería raro? —dejo escapar un suspiro.

—Probablemente. ¿Sería raro si te digo que sí?

—Tal vez —sonrío—. ¿Mañana en la noche? ¿A las ocho?

—Seguro —se da la vuelta para marcharse.

La observo caminar por el césped con la perra trotando perezosamente a su lado.

—Oye, Emma —la llamo.

—¿Sí? —responde, girándose.

—No está bien lo que te escribió —señalo—. Lo sabes, ¿no es cierto?

—Sí —se da la vuelta y continúa caminando.

De pronto se gira de nuevo, pero prosigue su marcha de espaldas.

—Oye, Rev.

—¿Sí? —no me he movido, pero me hace sonreír.

—Lo que sea que te hizo tu padre tampoco está bien. Lo sabes, ¿no es así?

Sus palabras me golpean con fuerza. Me quedo sin habla y solo alcanzo a asentir con la cabeza.

—Bien —enseguida gira nuevamente, se echa a correr y se pierde de vista.

</OCHO>

<UNO> Emma </UNO> <DOS> Rev </DOS> <TRES> Emma </TRES> <CUATRO> Rev </CUATRO> <CINCO> Emma </CINCO> <SEIS> Rev </SEIS> <SIETE> Emma </SIETE> <OCHO> Rev </OCHO> <NUEVE> Emma

[9]

Cuando abro la laptop, el mensaje de Nightmare se encuentra justo en medio de la pantalla. Sin embargo, ha perdido un poco de su poder.

No está bien lo que te escribió. Lo sabes, ¿cierto?

Claro que lo sabía. Lo sé. Pero por alguna razón, escuchar aquellas palabras de un completo desconocido les da un poco más de fuerza.

Más bien, que vengan de labios de Rev les da un poco más de fuerza.

Jamás había conocido a alguien como él. Es misterioso. Dije que verlo quitarse la sudadera se parecía a ver a Clark Kent convertirse en Superman, pero esa comparación se queda corta. Más bien es como encontrar al oscuro y melancólico personaje de Oliver Queen debajo de la capucha de Flecha Verde.

Por lo general no le cuento a nadie sobre el acoso que se da en los juegos, pues es algo tan frecuente que rara vez se me ocurre mencionarlo. Si alguien te molesta en persona, le puedes decir a un profesor o hablar con uno de los encargados, o incluso llamar a la policía. Como es una sola persona, puedes buscar que alguien más te ayude a encararlo.

Si alguien te acosa *online*, puedes conseguir que lo bloqueen; el problema es que es capaz de reaparecer en cuestión de segundos y fingir ser otra persona, una y otra vez de forma anónima.

Cierro el mensaje de Nightmare, ingreso a mi panel de administración y lo bloqueo de nuevo; aunque comienza a parecer una medida inútil. Él ya demostró que tiene toda la disposición para crear cuentas nuevas con tal de acosarme. Estoy atrapada en esta situación en la que le doy exactamente lo que quiere: atención, y quisiera tener un medio más efectivo de contraatacar. Pero no lo tengo, así que, heme aquí sentada.

También aguarda un mensaje de Ethan.

Viernes 16 de marzo   8:11 p.m.

De: Ethan_717

Para: Azul M

¿Qué pasó? ¿Todo bien? Estaré un rato por aquí, si tienes oportunidad de conectarte. Si no me ves, revisa en Reinos guerreros.

Me hace sonreír. Se está convirtiendo en un amigo.

Qué noche más extraña. En cuanto lo pienso, alguien llama a la puerta. Me quito los audífonos, los cuelgo en mi cuello y suspiro. Debe ser mi mamá.

—Entra.

Mamá abre la puerta con calma. Lleva unos pantalones holgados de pijama y una camiseta, además del cabello amarrado en su típica coleta de caballo. En ocasiones me pregunto si intenta dejarle en claro al mundo que no tiene tiempo para seguir los estándares de la feminidad; aunque en realidad, quizás solo esté demasiado ocupada como para ocuparse de algo más.

Texy se levanta de donde estaba echada y olisquea las manos de mamá. Ella acaricia distraídamente a la perra detrás de las orejas.

—¿Estás jugando?

—Es viernes por la noche —respondo a la defensiva y echo un vistazo a mi reloj—, y no es tan tarde.

—No te estaba criticando. Pregunté por si te interrumpía.

—No, está bien —sí, como no.

—¿Puedo pasar?

Cierro la laptop, deseando poder decir que no. No quiero que me den un sermón, así que es mejor terminar con esto pronto.

–Claro.

Avanza hacia la silla de mi escritorio y mira alrededor.

–Quería hablar contigo acerca de lo que dijiste en la mañana.

–Oh, ¿cuando estaba en la ducha?

–Sí, Emma –suena algo exasperada con mi actitud–, cuando estabas en la ducha.

Texas está apoyada en las piernas de mamá, con la cabeza sobre su regazo. Quiero decirle que se vaya, pero en este momento mamá le acaricia la cabeza. Recuerdo cómo Rev hizo lo mismo, quizás para liberar algo de tensión.

–No tenemos que hablar –replico–. Sé que no te gustan los videojuegos.

–Emma... no es que no me gusten los juegos; solo quiero que tus metas sean realistas.

–¿Qué sabes sobre mis metas? –digo, con un tono burlón.

–Sé que crees que tu padre tiene un trabajo increíble. Sé que tú misma quieres ser diseñadora de videojuegos. Pero a veces la suerte tiene un papel importante, y eso no es algo con lo que puedas contar.

–Ya sé, mamá.

–Estoy muy a favor del progreso de la mujer en áreas tecnológicas, pero creo que sería prudente que consideraras algo práctico...

–Ya sé. Lo entiendo.

–No creo que lo hagas. Te pido que tengas una actitud abierta...

–Si te hubiera dicho que sí me interrumpías, ¿eso hubiera impedido que tuviéramos esta conversación?

–No me gusta tu tono, Emma. Cada vez que intento hablar contigo...

–Escucha –se me cierra la garganta porque nunca entenderá por qué esto me importa–, no quiero ser doctora. Lo siento, ¿de acuerdo? –me pongo los audífonos de nuevo y abro la laptop antes de que la emoción desborde mi voz–. Perdón por ser una gran decepción.

Su expresión se petrifica en un gesto entre la sorpresa y la irritación.

—Emma, ¿qué...?

Presiono un botón y la música de rock pesado sale de mis audífonos. Ella continúa hablando, pero no tengo idea de lo que dice. Clavo mis ojos en el monitor. Si escucho una palabra más, comenzaré a llorar.

No ha dejado de hablar. Me pregunto cuánto tiempo más podré salirme con la mía.

Me conecto a OtrasTIERRAS y mis ojos se dirigen al mensaje de ingreso que aparece en la pantalla. Es de Cait.

Cait: ¿Estás jugando?

Emma: No, ignoro a mi madre.

Cait: ¿A qué te refieres?

Emma: Quiero decir que está sentada en mi cuarto y no la estoy escuchando. ¿Qué pasa?

Cait: Preparé todo para grabar un video, pero Calvin necesita la laptop para hacer su tarea. Ahora solo estoy perdiendo el tiempo.

Calvin es su hermano menor. Debería preguntarle de qué trata su video, pero en este momento de verdad no quiero hablar acerca de delineadores, cosplay o bases de maquillaje. Al mismo tiempo, no me gusta la distancia que hay entre las dos. Tecleo rápidamente:

Emma: ¿Quieres venir?

Cait: No parece que tu casa sea un lugar muy feliz ahora mismo.

Tiene razón. Levanto la vista y veo que mamá continúa aquí. Me observa. Eso ayuda. Que me mire fijamente significa que está enojada en lugar de fingir que me entiende. Puedo tolerar su enojo.

–¿Qué? –pregunto, al quitarme los audífonos.

–Intento tener una conversación. Si tratas de demostrar tu madurez, no lo conseguirás ignorándome.

–Mira, sé que piensas que papá es un inútil. Perdona por haber heredado la mayoría de su ADN. Debe ser tan difícil para ti –mi voz amenaza con flaquear, así que me pongo los audífonos otra vez.

Obligo a mis ojos a que permanezcan en la pantalla, pero alcanzo a ver a mamá con mi visión periférica: tiene la cara encendida y la mandíbula trabada. Parece que está a punto de gritar o de golpear algo. Espero que lo haga. Me encantaría verla furiosa.

En lugar de eso, se marcha.

Emma: Mi mamá acaba de salir. No tomó mucho tiempo.

Cait: ¿Qué pasó?

Emma: Le enoja que no quiera ser doctora.

Cait: ¿No le has enseñado el juego?

Emma: No creo que tuviera importancia.

Aparecen los pequeños puntos debajo de mi mensaje para indicar que me está respondiendo, pero parece tardar una eternidad.

Siglos y siglos.

Me conecto al juego mientras espero y de inmediato me salta un mensaje: "No se encontró la conexión".

¿Qué? Echo un vistazo a mi biblioteca, hacia el *router* de Internet que no parpadea.

¿QUÉ?

Me levanto y lo desconecto, luego espero todo un minuto. Cuando lo conecto otra vez, sigue sin funcionar.

Voy hacia la puerta y la abro de golpe. Antes de que pueda decir algo, mi mamá me llama desde el pasillo.

—¿Algún problema, Emma?

Un ataque de ira me apuñala por la espalda. Por el puro tono de su voz puedo adivinar que ella tuvo que ver con esto.

—¿Cortaste Internet?

—Quizás te habrías dado cuenta, si no hubieras estado tan ocupada ignorándome.

—¿Y tú me llamas inmadura? —respondo, con ganas de golpear la pared.

Se acerca a la puerta de su habitación y la veo frotarse crema en las manos. Por un instante siento como si estuviéramos en una especie de punto muerto.

—Tal vez te haga bien una noche sin Internet —señala—. Te dará tiempo para pensar.

—No sé cómo te aguanta papá —reviento.

Da un paso atrás, como si la hubiera golpeado. Desconectar la red se siente como si ella me hubiese hecho lo mismo.

Me escabullo a mi habitación y cierro la puerta de un empujón. Mi garganta se niega a relajarse. Enseguida comienzo a sentir remordimiento de lo que le dije.

La peor parte es que sueno igual que ella. Puede que el ADN de los videojuegos venga de mi papá, pero las frases mordaces son su herencia.

Cierro la laptop y levanto mi teléfono. Podría conectarme a la línea por medio de Bluetooth y así tener Internet, pero la señal no aguantaría un videojuego. El único lugar donde podría haber desconectado la red es en la caja del equipo que se encuentra en el sótano, así que solo tengo que esperar a que se duerma y reconectarlo. No es una crisis, pero sí un dolor en el trasero.

♡

Emma: Mi mamá acaba de cortar Internet.
Cait: Supongo que no le alegró que la ignoraras.
Emma: ¿De qué lado estás?
Cait: ¡No estaba tomando partido! Solo decía.

No sé qué responder. Mi estabilidad mental se fue al diablo. En este momento quisiera buscar pleito con quien fuera. ¿Dónde está Nightmare cuando lo necesito?

Tras una larga pausa aparecen los pequeños puntos grises del lado de la conversación con Cait.

Cait: Gracias por la invitación, pero creo que me iré a dormir.
Emma: Está bien.

Me siento en silencio durante un largo rato. Texy se sube a la cama y apoya su cabeza en mi regazo. Me conecto a 5Core desde el teléfono para responderle a Ethan. No me quiero quejar acerca de Nightmare, porque me hace sentir débil, como si no pudiera manejar un poco de insultos.

Viernes 16 de marzo 9:14 p.m.
De: Azul M
Para: Ethan_717

Mamá cortó Internet. Estoy esperando que se duerma para conectarlo de nuevo.

Su respuesta me llega casi de inmediato.

Viernes 16 de marzo   9:15 p.m.

De: Ethan_717

Para: Azul M

Eso es nuevo. Estaré aquí toda la noche. Es viernes, hurra.

Sonrío. *Es viernes, hurra.*

Viernes 16 de marzo   9:16 p.m.

De: Azul M

Para: Ethan_717

Dame una hora. Puede ser menos de eso, dependiendo de cuántas copas de vino se haya tomado.

Casi al instante aparece un nuevo mensaje. Sonrío, pero después veo el encabezado del mensaje.

Viernes 16 de marzo   9:16 p.m.

De: N1ghtm@re4

Para: Azul M

Ey, mira, te encontré en 5Core.
Buena foto.

Me paralizo al leer el mensaje.

Mis nombres de usuario son los mismos en ambos sitios, así que no es un gran problema. Lo inquietante es el contenido de lo que escribió.

Nadie ha relacionado a Azure M con Emma Blue, pero al mirar detenidamente su mensaje me doy cuenta de lo sencillo que sería hacer la asociación. Si bien en mi foto de perfil no se muestra mi rostro, sí aparece mi espalda. Cait la tomó en octubre, en el Festival de Otoño. Tengo los brazos levantados y festejo después de haberle lanzado un pastel de crema batida al mariscal de campo del equipo y haberle atinado justo en la cara. En la imagen, la trenza me cae por la espalda y llevo puesta una camiseta de la preparatoria Hamilton.

No puedo borrarla desde mi teléfono. Tengo que bajar para conectar el *router*. El corazón me late con tal fuerza que resulta casi doloroso, y la adrenalina inunda mi sangre. Los dedos me tiemblan sobre la pantalla del teléfono. Pero luego me calmo.

Azul M no es tan obvio, como tampoco la preparatoria Hamilton. Mi trenza cubre la mitad de las palabras. Conozco lo que dice porque es mi camiseta, pero en la fotografía en miniatura se distingue con dificultad. Sin mencionar que a mi escuela van otros dos mil jóvenes.

Además, no me amenazó, solo señaló que era una "buena foto". Podría haber comentado sobre mi trasero. Ahora que lo pienso, es probable que ese haya sido el sentido.

Seguro que es un intento intencionado de incomodarme y está funcionando, pero no es un crimen. Ni siquiera es un mensaje que pueda denunciar. ¿Qué diría? *Un tipo me dijo que tenía una buena foto.*

Sin embargo, puedo dar clic a su nombre. Yyyyyyy, por supuesto, su perfil está prácticamente vacío. Su "nombre" es Night Mare. Qué simpático.

Suspiro. Detesto esta situación, así que borro el mensaje.

De pronto, no siento ningún deseo de volver a conectarme a Internet. Tampoco quiero ver qué más podría haberme enviado al juego.

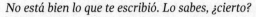

No está bien lo que te escribió. Lo sabes, ¿cierto?

Claro que lo sé. Es solo que no puedo hacer nada al respecto.

</NUEVE>

<UNO> Emma </UNO> <DOS> Rev </DOS> <TRES> Emma </TRES> <CUATRO> Rev </CUATRO> <CINCO> Emma </CINCO> <SEIS> Rev </SEIS> <SIETE> Emma </SIETE> <OCHO> Rev </OCHO> <NUEVE> Emma </NUEVE> <DIEZ> Rev

♥

[10]

DE: Robert Ellis <robert.ellis@speedmail.com>
PARA: Rev Fletcher <rev.fletcher@freemail.com>
ASUNTO: Medianoche

¿Recuerdas la historia del hijo pródigo? ¿Qué hermano eres? Tengo esa duda.

Sí, la recuerdo. Prácticamente podría recitarla verso por verso.

En esencia, un padre tiene dos hijos. El más joven está deseoso de vivir su vida y de salir al mundo, así que le pide al padre que le adelante su herencia. El padre se la concede, así que el hijo menor parte y derrocha todo su dinero, hasta que termina viviendo en las calles como indigente. En cambio, el hijo mayor nunca se va del hogar paterno.

Cuando el menor recuerda que los sirvientes de su padre siempre han tenido comida de sobra, decide regresar a su antiguo hogar para suplicar que le den la oportunidad de trabajar en la servidumbre. El padre lo ve venir y organiza un enorme festejo para recibir de vuelta a su hijo.

El hermano mayor se enfurece, pues él ha estado allí todo el tiempo, pero nadie lo ha celebrado por ser un buen hijo. El menor no solo insultó a su padre, sino que derrochó todo su dinero, ¿y ahora consigue que lo celebren?

Al final, el padre le dice al mayor: "Hijo mío, siempre has estado conmigo y todo lo que tengo es tuyo, pero tenemos que celebrar y alegrarnos porque tu hermano murió y ha vuelto a vivir; estaba perdido y lo encontramos".

Siendo honestos, ninguno de los dos hijos parece un buen tipo.

¿Qué hermano eres? Tengo esa duda.

No me gusta ninguna de las dos opciones. Apago mi teléfono.

Estoy agotado, pero no siento nada de sueño. Parece que Matthew tampoco puede dormir, porque está acostado en la cama, mirando fijamente el techo.

No me ha dicho nada desde que llegué a casa. Tampoco yo he hablado con él. El momento de calma que tuve con Emma parece muy lejano ahora.

Mi habitación se ha convertido en este cubo de silencio angustiante. Quisiera tomar mi almohada y manta para bajar a dormir al sillón, pero no me agrada la idea de estar en el lado opuesto de la casa ni en el sótano.

No entiendo cuál es su problema con el autobús ni por qué se escondía en la oscuridad para observarme.

No entiendo por qué tomó el cuchillo o la pregunta acerca de la puerta con llave, ni por qué lo encontré tratando de escabullirse.

Volteo la cabeza para mirarlo y le digo en voz baja:

—Oye, ¿para qué necesitabas el cuchillo?

Matthew no responde.

—Intentabas salir por la puerta, así que no creo que fueras a lastimar a Geoff y a Kristin.

Nada.

—¿Ibas a encontrarte con alguien? ¿Ibas detrás de alguien?

Aún nada. Esto es agotador. Suspiro.

—Sé que me puedes escuchar.

Silencio. Tras suspirar, me giro sobre un hombro para mirarlo. Matthew se sienta de golpe. Parece listo para salir corriendo de la cama. Alcanzo a escuchar su respiración.

Sin embargo, no me muevo y él se queda quieto en su lugar. Me observa, y la luz de la luna que entra por la ventana ilumina sus ojos.

—Te dije que no te iba a molestar —le digo.

Permanece inmóvil. Vaya sorpresa. No me puedo quedar en esta habitación si alguno de los dos quiere dormir, aunque sea un poco.

El teléfono me avisa que son las doce y media. Quizás Declan siga despierto. Pero dudo en buscarlo. Hace tres días ni siquiera lo habría pensado.

Tengo que tranquilizarme. Le envío un mensaje de texto:

Rev: ¿Estás despierto?

Aguardo un largo minuto, con el corazón acelerado, pero no responde.

Decido llamarlo. Responde al tercer timbre, y es más que evidente que estaba dormido. Su voz suena lenta y aletargada.

—¿Reeev?

—¿Puedo ir contigo?

—Sí.

Con eso basta, y cuelgo. Matthew continúa observándome. Comienza a asustarme.

—Tienes suerte —le digo—. La habitación es toda tuya.

/ / /

Atravieso descalzo nuestros jardines y utilizo la llave que tienen escondida para entrar por la puerta trasera. Me aseguro de cerrarla lentamente porque se atora y rechina. A los padres de Declan no les importará que esté aquí, aunque aparecer después de medianoche invitará a que me pregunten cosas que no quiero responder. Avanzo con cautela por la casa en penumbra y subo los escalones hacia su habitación.

Se quedó dormido de nuevo.

—Ey, Dec —murmuro.

—Ey —responde, tras darse la vuelta y pasarse la mano por la cara.

Cierro tranquilamente la puerta para no despertar a sus padres y luego me apoyo contra la pared.

—Necesito hablar contigo.

—Estoy despierto —apenas; sus ojos siguen cerrados—. ¿Quieres el colchón inflable?

—No —mi cerebro trabaja a toda velocidad, haciendo que dormir sea una posibilidad lejana.

—'Stá bien. Espera —saca una almohada de debajo de su cabeza y la deja caer del otro lado de la cama.

No hemos compartido la cama desde que éramos niños, pero es un testimonio de nuestra amistad que me haya dejado la almohada de una forma tan despreocupada; la apoyo verticalmente y me siento en la cama con las piernas cruzadas, apoyándome contra la pared. Mantengo mi voz baja.

—Perdón por haberte despertado.

Declan no responde y me toma como un minuto darme cuenta de que se quedó dormido de nuevo. No tengo problema.

En este momento, su casa es tan distinta de la mía. En lugar de la ansiedad y la desconfianza, el cuarto de mi amigo desborda silencio y sueño. Me quedo sentado en la oscuridad unos cuantos minutos y permito que salgan mis pensamientos profundamente heridos.

—¿Rev?

Bajo la mirada. Declan parpadea confundido hacia mí.

—¿Cuánto llevas aquí? —pregunta con voz atontada.

En cualquier otra noche esta escena me hubiera parecido de lo más graciosa.

—No mucho.

–¿Qué sucede? –inquiere, frotándose los ojos y dando un vistazo al reloj.

En cuanto me hace la pregunta, me percato de lo mucho que nos hemos distanciado en los últimos días. Todo por causa de un pequeño secreto.

–Matthew no deja de mirarme. Me está enloqueciendo.

–¿De mirarte cómo?

–Solo... me observa. Me pone nervioso.

–Espera –Declan vuelve a frotarse los ojos–, aún no estoy lo suficientemente despierto.

–Y conocí a una chica. O algo así.

–¿Dijiste "algo así"?

–No dejamos de encontrarnos detrás de una iglesia.

Se me queda mirando como si le costara trabajo seguir el hilo de la conversación.

–Rev.

–¿Sabes a qué me recuerda tu habitación en este momento?

–Ni siquiera tengo idea de lo que está pasando, así que no.

–A uno de los salmos: "Silenció la tormenta a un susurro; las olas del mar callaron" –hago una pausa un momento, solo para saborear el silencio–. Toda la noche, mi cabeza ha sido una zona de guerra. Ahora estoy aquí y está en calma.

–Rev, llegaste caminando hasta aquí y está callado porque estoy dormido, no porque Dios lo quiera.

–¿Por qué siempre haces lo mismo? –frunzo el entrecejo.

–Amigo, hablo en serio –su expresión es una mezcla de incredulidad y fastidio, pero por lo menos luce más despierto. Echa un vistazo al reloj que hay en su tocador–. Es casi la una de la mañana, ¿de verdad quieres discutir sobre religión?

—No —pero ahora no quiero hablar para nada. Aparto la mirada de él para contemplar la calle iluminada por la luna. Me pregunto si Matthew se habrá dormido o si habrá aprovechado la oportunidad para escapar.

Declan suspira, luego se sienta, levantando la almohada para también apoyarse contra la pared. Deja escapar una exhalación y se pasa la mano por el cabello.

—¿Dijiste que conociste a una chica detrás de la iglesia?

—Olvídalo.

—Rev, te juro...

—Responde mi pregunta —volteo para mirarlo. Sus ojos continúan adormilados y tiene mechones de cabello parados. No lleva puesta la camiseta, y si bien no me importa (de hecho, siento envidia de que esté cómodo con ello), no dejo de escuchar la voz de Emma en mi cabeza diciendo: "Dije 'vaya' porque tienes un cuerpo increíble".

A decir verdad, mi cuerpo es el testimonio de todas las veces que le fallé a mi padre.

—¿Qué pregunta? —inquiere Declan.

—¿Por qué siempre haces lo mismo? ¿Por qué siempre... —busco la palabra correcta— *evitas*? Cuando hablo de Dios, de la Biblia o de cualquier cosa que no sea concreta.

—¿Me puedo ir a dormir a tu cama en lo que tú discutes a solas?

No respondo. Comienzo a sentir cómo se acumula el enojo en mi pecho, como un lento ardor que no puedo ignorar.

La perilla de la puerta da un chasquido y gira; el padrastro de Declan, Alan, asoma la cabeza dentro de la habitación. No tienen una gran relación, pero han aprendido a tolerarse el uno al otro. El hombre tiene que mirar dos veces cuando me encuentra sentado en la cama.

—Rev, ¿cuánto llevas aquí?

Precisar que "diez minutos" no sería la respuesta más adecuada. En cambio, me encojo de hombros.

—Un rato.

Me mira como si fuera a pedir una mejor respuesta, pero luego hace una mueca y voltea la mirada hacia el pasillo.

—Declan, voy a llevar a tu madre al hospital. Cree que está teniendo contracciones.

Cualquier ademán que mi amigo tuviera en el rostro se desdibuja y sus ojos quedan bien abiertos.

—¿Se encuentra bien? Me puedo vestir.

—No, no, quédate aquí. No está segura. Solo vamos a que la revisen. Será una espera larga —hace una pausa y su expresión se suaviza—. Te mando un mensaje para avisarte cómo van las cosas, ¿de acuerdo?

—Sí, está bien.

Alan cierra tranquilamente la puerta, dejando atrapado de nuevo el silencio entre nosotros. Mi amigo no lo rompe. Surge una nueva fractura en nuestra relación y no me gusta para nada.

—Perdón —digo en voz baja—, no vine aquí buscando pelea.

—Rev —me interrumpe y suspira. Abre de golpe el cajón junto a su cama, saca una caja de caramelos y se sirve un puñado.

—Hay días en que odio a Juliet por obligarme a dejar de fumar.

Estiro la mano y me sirve unos cuantos.

—No, no es cierto.

—Créeme, lo es —arroja los dulces en su boca y yo hago lo mismo. Ambos los masticamos ruidosamente durante un rato.

—No sé qué me pasa —dice, por fin—. Sabes que me cuesta trabajo lidiar con todo ese asunto de Dios, especialmente desde que papá... desde que Kerry murió.

Su hermana falleció hace cinco años, cuando el padre de Declan se emborrachó y estrelló el auto en el que viajaban. Mi amigo no lo ha vuelto a ver desde el accidente, y sé que en parte se siente responsable por lo ocurrido. Y no lo ha visto porque el señor se encuentra en prisión.

–Y sabes que no alcanzo a entender cómo puedes creer nada de eso –comenta, mirándome–, después de lo que hizo tu padre –hace otra pausa–. Pero no es mi intención evitar el tema. A ti te importa y no hace falta que me porte como un imbécil.

Aunque se detiene, se escucha como si tuviera más qué decir, así que espero.

–Tienes esa cicatriz en la muñeca –señala–. Parecen medios círculos.

Me quedo completamente inmóvil. Sé a qué cicatriz se refiere. Recuerdo cómo la obtuve.

Tenía siete años y llevábamos dos días sin comer. Tenía tanta hambre que sentía vértigo de solo pensar en comida. Incluso ahora, el recuerdo me resulta confuso.

"Por favor", le pedí a mi padre. "Por favor, ¿podríamos comer algo?".

Encendió la estufa y estúpidamente pensé que eso significaba que nos iba a cocinar algo.

–Rev –la voz de Declan es serena–, no tenemos que hablar de esto.

Mi mano sujeta con fuerza mi muñeca, cubriendo la cicatriz por encima de las dos capas de tela. No respiro. Fue una de las últimas cosas que mi padre me hizo.

Me obligo a inhalar y miro fijamente mis dedos.

–¿Qué hay con ella?

–Hasta que tuvimos como quince años no descubrí con qué te hizo esa cicatriz. Fue con la espiral del quemador de la estufa, ¿no es cierto? Conozco los demás detalles, pero eso... –señala imaginando la escena–

jamás había odiado tanto a alguien, Rev. Le pregunté a Geoff dónde podía encontrarlo, porque quería matarlo –agita la caja de caramelos para sacar más, como si quisiera asesinarla–. Maldita sea. Con solo recordarlo, siento ganas de encontrarlo y matarlo en este instante.

–¿Le preguntaste a Geoff? Nunca me lo habías dicho.

–Me pidió que no te lo contara. Me dijo que te afectaría.

Me parece muy extraño enterarme de que tuvieron una conversación de la que no estaba enterado.

–Pero esa cicatriz... ni siquiera fue lo peor.

–Por Dios, ¿bromeas? Todo fue lo peor, Rev. ¡Todo lo que hizo! ¡Ni siquiera puedes usar camisetas de manga corta! ¿Alguna vez has ido a una piscina? No puedes negar que Geoff y Kristin deben haber querido ir por lo menos una vez a la playa en los últimos diez años. ¡Estamos a dos horas del océano! Y ese cerdo se defendió diciendo que todo lo que te había hecho fue obra de Dios, y de algún modo crees que es cierto y piensas que fue Dios el que te rescató de él. Demonios, encuentras algo de paz y tranquilidad en mi casa y crees que fue Dios el que te condujo aquí. ¿Tienes la más remota idea de cómo se escucha eso?

Me estremezco.

–Rev –comenta–, si quieres creer en Dios, está bien. Si quieres debatir sobre teología, de acuerdo. Si quieres pensar que un poder superior te ofreció su protección, no me opongo. Pero cada marca que llevas en el cuerpo fue tu padre quien te la hizo. Tu *padre*. Fuiste tú quien sobrevivió a sus torturas y tú quien se salió de ahí. Y tú caminaste hasta aquí esta noche. Tú, Rev. Tú lo hiciste.

No puedo respirar. Jamás me había dicho estas cosas. Siento como si estuviera hecho de piedra y Declan me hubiera golpeado con un cincel, provocándome fracturas por toda mi superficie.

De pronto estoy seguro de que no puedo contarle acerca de la carta ni de los correos. No esta noche. No entendería por qué envié el primer e-mail. No comprendería por qué permito que continúe.

—¿Estás bien? —me pregunta.

—¿Conoces la historia del hijo pródigo? —respondo con el aliento tembloroso.

—Oh, por Dios. Rev...

—¿La conoces?

—No la recuerdo completa —replica con un suspiro.

Así que se la cuento y él la escucha. Cuando termino, me dice:

—¿Y eso a qué viene?

—¿Cuál soy yo? —pregunto por fin.

—Rev...

—No me quedé con mi padre, así que es obvio que no soy el hijo devoto.

—Amigo.

—Pero eso significa que, si regreso con él, ¿me recibiría con los brazos abiertos? ¿Se supone que yo soy ese hijo?

—¿Estás escuchando lo que dices en este momento?

—No —observo a mi amigo. Mi voz está a nada de quebrarse—. Ayúdame, Dec. ¿Cuál soy yo?

—Ninguno —sus ojos lucen oscuros y serios—. ¿Es lo que quieres que te diga? No eres ninguno de los dos hijos.

—Pero...

—No eres egoísta. No eres el hijo que le pide su dinero y se larga. Además de que no eres rencoroso. No guardas resentimiento contra nadie, incluida la persona contra la que sí deberías.

—¿No entiendes? —vuelvo a estremecerme—. Tengo que ser uno u otro.

—No, ¡no tienes que serlo! Idiota, hay tres personas en la historia.

—¿Qué?

—No eres ninguno de los hijos, Rev. Si acaso fueras alguien, serías el hombre que vio a los hermanos actuar como unos completos cretinos, y solo se queda parado ahí, con los brazos abiertos, y los perdona.

Me quedo sin habla. Puede que lo esté mirando boquiabierto. En todas las veces que había leído la parábola, jamás había considerado un tercer punto de vista. Pero por supuesto que está justo ahí. Es tan claro.

Declan quita la almohada de la pared, la amolda y se acuesta. Enseguida bosteza.

—Ahora cuéntame acerca de la chica.

```
</DIEZ>
```

<UNO> Emma </UNO> <DOS> Rev </DOS> <TRES> Emma </TRES> <CUATRO> Rev </CUATRO> <CINCO> Emma </CINCO> <SEIS> Rev </SEIS> <SIETE> Emma </SIETE> <OCHO> Rev </OCHO> <NUEVE> Emma </NUEVE> <DIEZ> Rev </DIEZ> <ONCE> Emma

[11]

No quiero sonar como un acosador, pero no te vi conectada. Espero que todo esté bien con tu mamá. Me desconecto por esta noche.

Internet regresa; las luces parpadeantes del *router* me despiertan. Cuando vi el mensaje de 5Core en la pantalla de mi teléfono, casi temí darle clic. Gracias a Dios solo era Ethan.

Dicho esto, no quiero conectarme. Todavía no quiero lidiar con Nightmare. Sé que tengo que bloquearlo, pero eso puede esperar otros diez minutos. Bajo las escaleras en busca de café.

Mamá está haciendo yoga en la sala. Se oye música country en la bocina que está cerca de ella, lo cual me resulta gracioso. Jamás escucha nada tranquilo. Es como si tuviera que llevar la contraria, incluso cuando se supone que debe estar atenta al presente.

Está en una postura llamada Dhanurasana, en la que se acuesta sobre su estómago, con los brazos y las piernas estirados para encontrase por detrás, como si formara una mecedora. Solía obligarme a que la acompañara, hasta que me di cuenta de que podía dejar de aparecer.

—Te levantaste temprano —comenta—. ¿Dormiste bien en la noche?

Hago una mueca y me dirijo a la cocina. Su comentario no debería ser una indirecta, pero lo es. Lo que en realidad quiso decir es: "¿Dormiste bien en la noche sin tu videojuego?".

Sirvo café en una taza.

—¿Quieres acompañarme? —me llama.

—Me gusta mi columna vertebral tal como está, gracias.

—Hay que sacar a la acera la basura para reciclar.

No es una petición, aunque al mismo tiempo sí lo es. No quiero sacarla, pero tampoco quiero que llame a la compañía y acabe por completo con Internet. Dejo el café en la barra y me dirijo a la cochera. El gran contenedor amarillo se encuentra junto a la pared, cerca del BMW de mamá.

El auto de papá no está. Vaya, no sé qué pensar al respecto.

Arrastro el contenedor hacia la acera, luego regreso dentro. En verdad no quiero hablar con ella, en especial acerca de papá, así que tomo la taza y subo las escaleras.

—No deberías beber eso —me reprende.

—Está bien —le respondo, y luego me encierro en la habitación con mi café.

Abro la laptop y reviso la página de iMessage. Iba a enviarle un mensaje a mi padre, pero el último intercambio que tuve con Cait aguarda en la pantalla, juzgándome en silencio: "Gracias por la invitación, pero creo que me iré a dormir". Le respondo ahora.

Emma: Ey, ¿estás ahí?
Cait: Sí. ¿Qué haces levantada?

¿En verdad es tan sorprendente? Hago una mueca.

Emma: Sonaste como mi madre.
Cait: Son las 7:30. Por lo general no escucho nada de ti hasta medio día.
Emma: Cierto.

No dice nada. No sé qué espero que me responda. Tampoco me gusta este sentimiento, así que comienzo a escribirle a mi padre.

Emma: Hola, papi. Saliste temprano. ❤

♡

Espero, espero y sigo esperando, pero no responde.
En su lugar, aparece un nuevo mensaje de Cait.

Cait: ¿Estás bien?
Emma: No sé.
Cait: ¿No sabes si te encuentras bien? Tú fuiste quien me envió el mensaje. ¿Qué pasa?

No le respondo. Cierro la aplicación de iMessage. Ignoro qué me ocurre.

Toma un minuto para que cargue OtrasTIERRAS. No hay notificaciones recientes de Nightmare. Dejo su cuenta en paz. Quizás bloquearlo ha sido una estrategia equivocada. Tal vez le he prestado más atención de la que merece e ignorarlo podría resultar una mejor apuesta.

Suena mi teléfono. Reviso la notificación: es Cait.

Deslizo el botón para silenciar la llamada. Soy una amiga terrible.

Pero en el último segundo, deslizo la barra para contestar.

—Hola.

—Hola —responde en voz baja—. ¿Te encuentras bien?

—Sí, estoy bien.

—No parece.

—¿De verdad? ¿Cómo sueno exactamente, Cait?

Mi amiga permanece callada un instante.

—Se te escucha molesta.

—Lo estoy.

—De acuerdo. ¿Estás enojada conmigo?

—Creo que no.

—¿Crees que no?

—¿Vas a repetir todo lo que diga?

—¿Em?

Prácticamente la alcanzo a escuchar frunciendo el entrecejo en el teléfono.

—No estoy enojada contigo, Cait —ni siquiera puedo pensar por qué habría de estarlo. No ha hecho nada malo y, sin duda, no siento celos de ella.

Por alguna razón, no es una buena sensación.

—¿Internet sigue sin funcionar? —pregunta Cait—. ¿Estás molesta con tu mamá?

—No, volvió a activarlo; probablemente lo quería usar.

Transcurren unos cuantos momentos en silencio.

—¿Quieres venir?

—No.

—¿Quieres que yo vaya?

Puede ser, pero no estoy segura.

—Primero tengo que terminar de despertarme.

—¿Sucedió algo más? —pregunta con un suspiro—. Solo estoy... intento entender qué está pasando.

Mi padre no está en casa y no parece estar bien. Mi madre constantemente está encima de mí, molestándome. Hay un loco que me envía mensajes extraños a través de mi videojuego. Soy una holgazana que solo es buena para desvelarse jugando.

—Estoy bien —respondo—. Solo es la regla que me va a bajar.

—Mamá está preparando crêpes con chispas de chocolate –comenta–. ¿Estás segura de que no quieres venir?

—No podía ser de otro modo –estoy segura de que Cait y su familia han de estar esperando para compartir un amoroso desayuno de fin de semana, mientras que mis padres ni siquiera pueden coexistir en la misma habitación sin dejar de pelear.

—¿Tienes que tener una respuesta antipática para todo lo que te diga? –me pregunta.

—Quizás. Sigue hablando.

Quería que fuera una broma, pero en su lugar sale exactamente como el resto de las cosas que he dicho.

—Mamá me está llamando –señala resignada–. Tengo que irme.

—Espera.

—¿Qué?

Creo que tengo que disculparme. Esto se ha vuelto tan complicado, que no sé por qué me desquito con Cait.

De lo que estoy segura es que no quiero que cuelgue. Si lo hace, estoy a merced de mi madre. Si Ethan estuvo conectado hasta las 3:30 de la mañana, es difícil que vaya a estar despierto, y no quiero correr el riesgo de encontrarme con Nightmare.

Respiro profundamente.

—Se supone que esta noche veré a Rev Fletcher.

Hay un momento de silencio anonadado.

—¿Como... en una cita?

—Algo así.

—¿Eso es lo que te tiene tan alterada?

—No. Tal vez –cierro los ojos con fuerza–. No tengo idea, Cait.

—¿Cómo fue que pasó?

—Me volví a encontrar con él —respondo tras una pausa—. Y... conversamos.

—¿Te dirigió más de dos palabras?

Tuve una niñez difícil.

—Sí. Él... Pienso que tal vez no lo comprenden. Creo que hay una razón por la que es reservado.

—¿Quieres decir que no es en realidad La Muerte? —su voz se vuelve irónica.

—Basta.

—Cielos, Em. Solo bromeo —hace una pausa—. No me parece el tipo de chicos con los que una quiera una cita.

—Nos vamos a encontrar detrás de la iglesia —me doy cuenta de cómo se escucha lo que digo, y el rubor asciende por mis mejillas—, para conversar.

—Guau, no suena como algo increíblemente superficial.

—Es... no sé. Es alguien muy atento.

—¿Te da regalos? —parece confundida.

—¡No! No es eso. Quiero decir... es estimulante. Se siente... no sé, Cait —me dejo caer en mis almohadas—. Se siente como alguien real.

Ahora viene un largo silencio. Tanto, que debo preguntar:

—¿Sigues ahí?

—Sí. Creo que es una expresión interesante —hace una pausa—. No quiero que explotes conmigo, pero...

—¿Pero qué?

—Pienso que es una buena expresión —sigue otra pausa—. Em, creo que necesitas a alguien real.

Lo que dice no me provoca querer explotar. De hecho, es lo contrario, hace que quiera llorar.

—Yo también creo que necesito a alguien real —confieso.

Debió reconocer la emoción que hay en mi voz, porque pregunta:

–¿Estás segura de que no quieres que vaya?

Sí, me doy cuenta de que sí. Lo deseo urgentemente.

Pero no me gusta estar desesperada por nada. Sorbo por la nariz y me tranquilizo.

–No –digo–, dejaré que te vayas... antes de que tus hermanos se coman todos los crêpes.

<UNO> Emma </UNO> <DOS> Rev </DOS> <TRES> Emma </TRES> <CUATRO> Rev </CUATRO> <CINCO> Emma </CINCO> <SEIS> Rev </SEIS> <SIETE> Emma </SIETE> <OCHO> Rev </OCHO> <NUEVE> Emma </NUEVE> <DIEZ> Rev </DIEZ> <ONCE> Emma </ONCE> <DOCE> Rev

[12]

Sábado 17 de marzo   04:09:29 a.m.

DE: Robert Ellis <robert.ellis@speedmail.com>

PARA: Rev Fletcher <rev.fletcher@freemail.com>

ASUNTO: Decepcionado

¿Recuerdas tus lecciones? Tal vez eras demasiado pequeño.

Hay una del libro de Proverbios que recuerdo bien: "Si alguien maldice a su padre o a su madre, su lámpara se apagará en la absoluta oscuridad".

El correo no me despierta, aunque es una linda sorpresita matutina cuando lo encuentro. ¿Mi padre duerme en algún momento?

Kristin me envía un mensaje de texto a las 8:00 a.m. Llevo una hora mirando por la ventana, contemplando la salida del sol.

Mamá: Por favor, dime que estás con Declan.

Rev: Sí. Perdón. Debí dejar una nota.

Mamá: ¿Pasó algo?

¿Cómo debo responder a su pregunta?

Rev: No, todo BIEN.

Me muerdo el labio, esperando, pero no responde. Si Matthew se hubiera ido ella me lo habría dicho. Debería sentir alivio, pero no es así. Tampoco siento temor. No sé qué siento.

Declan continúa roncando a mi lado, pero no hay forma de que me duerma de nuevo. Me levanto con cuidado de la cama y voy hacia la silla del escritorio; me siento a pensar bajo la débil luz del amanecer.

El correo de mi padre no debería ser como un gancho al hígado, pero así lo siento. Desearía tener una pizca de la actitud de Declan y su facilidad para manejar a la autoridad. Mi amigo no tendría dudas. Sería capaz de tomarse una *selfie*, girando la cámara, y que esa fuera su respuesta.

No me gusta retar a la autoridad. No se necesita una licenciatura en psicología para comprender la razón: cuando tu padre te tortura por haber roto una regla, resulta difícil olvidarlo.

Pero esa es solo una cara del asunto. Mi padre no siempre fue una persona terrible. Cuando me ganaba su reconocimiento, me hacía sentir el niño más querido en la tierra. Así que aprendí a anhelar su aceptación.

Ahora mismo la anhelo, y me odio por eso.

De pronto, Declan se gira y se frota los ojos. Me encuentra sentado en la silla.

—¿Llevas rato despierto?

—Sí —respondo tras echar un vistazo al reloj que hay en el tocador. Casi dan las nueve.

—Deberías haberme despertado.

—Está bien —hago una pausa, manteniendo mi voz baja—. Alan y tu mamá regresaron hace poco. Sin bebé.

Mi amigo se sienta y voltea hacia la puerta.

—¿Están despiertos?

—No creo. Escuché que cerraron la puerta.

—Bien —se pasa la mano por la cara—. Necesito diez minutos. ¿Quieres adelantarte a preparar el café?

Bien, una tarea. Necesito una.

—Seguro.

Sé moverme en esta cocina tan bien como en la mía: los armarios blancos, la gaveta que se traba, la manija floja que se cae si le das un jalón. Podría hacer esto con los ojos cerrados. No me toma nada de tiempo preparar el café. Lo cual apesta.

Leo el correo otra vez. Conozco de memoria ese verso, pues era uno de los favoritos de mi padre.

Quisiera retorcer el teléfono con mis manos para ver cómo la pantalla se estrella. Peor aún, quisiera escribirle y rogarle que me perdone por haber ignorado sus tres mensajes anteriores.

Me subo la manga y paso mis dedos por las cicatrices de los arcos quemados en mi piel. No recuerdo nada, salvo la estufa. El dolor fue tan intenso que se volvió algo más que sufrimiento: un grito en mi oído, una luz de lo más brillante en mis ojos. Podía saborear el dolor.

Hasta ese día, jamás había huido de mi padre.

Por supuesto, me atrapó. Tenía siete años. Me alcanzó y me hizo girar con tal fuerza que me provocó una fractura de rotación en el antebrazo.

Conseguí salir antes de que me sujetara y mis gritos atrajeron muchísima atención. Eso, además del hecho de que me había vomitado encima.

—Rev.

La voz me hace saltar y me bajo de golpe la manga. Declan está parado junto a la puerta de la cocina.

—Casi está listo el café —comento, aunque no tengo idea de si es cierto lo que dije.

Mi amigo entra y saca un par de tazas de acero de una de las alacenas.

—Traes algo más entre manos.

—¿De qué hablas? —volteo a verlo, sorprendido.

—No lo sé. Pero estabas bien cuando nos quedamos dormidos y ahora estás hecho un desastre.

Tiene razón, pero no tengo idea de qué decir al respecto. Saca una cuchara de la gaveta y luego vierte una cantidad obscena de crema y azúcar en ambas tazas. Cuando termina de revolver, me acerca una.

—¿Quieres que lo hablemos?

—No.

—Bien, entonces vamos.

Enseguida se da media vuelta y se dirige a la puerta trasera, sin siquiera esperar que lo siga.

Voy detrás de él. El aire está frío y casi no se insinúa el calor que vendrá. Las nubes se espesan en el cielo y la humedad promete que habrá una tormenta más tarde.

—¿A qué vamos?

Declan se detiene a abrir la reja que divide nuestros patios. Se da vuelta y me mira.

—La chica que conociste en la iglesia no es lo que te tiene tan nervioso. Me dijiste que apenas la conoces.

—Sí, ¿entonces? —respondo, inmóvil.

El cerrojo de la reja cede y él pasa al otro lado.

—Solo queda una variable más.

Un escalofrío me recorre la columna. ¿De algún modo descubrió el asunto de los correos?

—Una más... ¿qué?

—Creo que necesito conocer a Matthew —enseguida sube corriendo los escalones del porche y entra por la puerta corrediza sin esperarme a que lo alcance.

Oh. Oh, vaya. En los diez segundos que me toma atravesar el patio, pienso en cómo terminará esto. Cada escenario que me imagino termina de mala manera. Para cuando llego a la cocina, espero encontrar a Declan sometiendo a Matthew en una esquina, mientras Kristin y Geoff se retuercen las manos, suplicándole que se detenga.

Sin embargo, debería conocer mejor a mi amigo, y a mis padres. Él se sirvió una rebanada de tocino en un plato que hay en la barra, y se dejó caer en una de las sillas de la cocina. Kristin tiene dos quiches enfriándose en un escurridor junto a la estufa. Y a Matthew no se lo ve por ningún lado.

–¿Cómo se siente tu mamá? –le pregunta Kristin a Declan cuando entra de repente por la puerta.

Ella me mira extrañada, pero mi amigo se conduce como si nada pasara.

–Se siente bien –comenta–. Alan la llevó al hospital anoche, pero no ocurrió nada.

–Debe estar a punto de que nazca.

–Le dije que me iba a mudar aquí para no tener que escuchar al bebé llorando –toma otro trozo de tocino–, pero supongo que Rev ya tiene compañero de cuarto.

–Quizás podamos intercambiar –respondo–. No me molesta el llanto de los bebés.

Kristin nos mira a ambos, pero deja pasar el comentario. Toma una sartén del fregadero desbordado para lavarla.

–Rev no tendrá compañero por mucho tiempo. Por la tarde iremos a recoger una cama para la otra habitación y, por ahora, pondremos la cuna y la mecedora en la cochera.

Bien.

En cuanto me doy cuenta de lo que dijo, frunzo el ceño. Es demasiado eso de recibir a todo el mundo con los brazos abiertos.

–¿Dónde está? –mi pregunta suena como una exigencia, o una amenaza.

—Dándose una ducha —mamá me acerca la sartén y un paño de cocina—. Seca esto, por favor.

Lo hago y ella continúa con el siguiente plato. Mis movimientos se sienten tensos y forzados.

—Cuéntame qué pasa —pregunta en voz baja.

—No lo sé.

En cuanto pronuncio esas palabras, me doy cuenta de la verdad que encierran. No sé lo que está pasando. ¿Qué se supone que debo responder? Matthew no me habla en mitad de la noche, sospecho que me estaba mirando hacer ejercicios y no quiere ir en el auto a la escuela con Declan y conmigo. Todo esto se escucha tan... infantil. Tal vez ahora podría quejarme por tener que comer brócoli u ordenar mi habitación.

Kristin me observa mientras lava la siguiente olla, y me la entrega para que la seque. Su voz se conserva baja, sin ánimo de confrontarme.

—¿Sucedió algo?

Ella siempre ha tenido esa manera mágica de conseguir que la gente hable, y esta vez no será la excepción. En ocasiones la molesto diciéndole que debería haber sido terapeuta en lugar de contadora. Llevo una gran relación con mis papás, pero la cálida aceptación que Kristin tiene con todo me dificulta ocultarle el asunto de los correos de mi padre.

Inhalo y aguanto un momento la respiración. Aunque sé que no me juzgará por nada, le digo:

—Matthew me pone nervioso.

Me acerca otra olla goteante por encima de la barra.

—Qué interesante.

—¿Por qué?

—Porque hace media hora estaba sentado aquí, comentándome que tú lo ponías nervioso.

Mis manos se quedan quietas con el trapo de cocina.

—¿Por qué?

—No me dijo —hace una pausa, luego me entrega otro plato—. Solo creí que deberías saberlo.

Pienso en la reacción de Matthew, teniendo en cuenta que apenas me moví anoche. Repaso lo que ha dicho, y lo que ha callado, en los últimos dos días. Geoff comentó que ha entrado y salido de cuatro hogares adoptivos distintos en lo que va del año, y que el chico inició una pelea en el último de ellos. Considero todo lo anterior y concluyo que Matthew era el problema. Tampoco es que él haya hecho algo para que yo corrija mis suposiciones.

Mi amigo estaba equivocado, definitivamente soy el hijo rencoroso.

—Oye, amigo —dice Declan, con un tono de voz que delata que está hablando con alguien nuevo—, ¿quieres un poco de tocino?

Volteo a ver. Matthew ronda por el pasillo en penumbras. El cabello húmedo peinado hacia atrás hace que parezca aún más joven y que los golpes de su rostro resalten más.

Su mirada va de mí hacia Declan, y viceversa. Luego mira a Kristin.

—Queda bastante —dice ella alegremente.

—No, gracias —se da la vuelta y desaparece por el pasillo.

Le entrego a Kristin la olla seca y tomo otro plato mojado. No dice nada, así que yo tampoco.

Mi amigo se levanta de su silla y viene por más tocino.

—Rev, te hablo en serio —comenta manteniendo su voz baja—, le ganas a este chico como por veinte kilos.

—No me pone nervioso en ese sentido.

—Entonces, ¿en qué sentido?

No estoy seguro de cómo responder.

Kristin le extiende una taza medidora a Declan, junto con otro trapo.

—Si vas a comerte todo el tocino, entonces puedes ayudar con los platos.

Se lleva otro pedazo a la boca y toma el plato de buena gana.

—¿Quién le dejó así la cara? Demonios, si yo me viera como él, yo también te tendría miedo.

—Cállate.

—No bromeo.

Seco una bandeja para hornear. Una vez más, la tensión se ha clavado en mis hombros. No sé qué hacer con esto.

—Chicos, ¿nos pueden ayudar a mover los muebles esta tarde? —pregunta mamá—. Papá no quiere admitirlo, pero otra vez le está molestando la espalda.

—Seguro —responde mi amigo, y luego toma el que debe ser su décimo trozo de tocino—. Sigan alimentándome y puedo mover toda la casa.

—Trato hecho. Si quieres, puedes empezar ahora despejando los muebles. Lo único que vamos a dejar en la habitación es el tocador.

No la miro y solo continúo secando los platos. Podría quedarme en la cocina, secándolos todo el día, con tal de no tener que lidiar con nada de esto.

Declan me quita un tazón de las manos a la fuerza.

—Tenemos órdenes, así que muévete.

///

Ignoro por qué estaba preocupado. Matthew no ayuda, y ni siquiera sé a dónde se fue. Probablemente, ha de estar escondido en mi habitación.

Escondido.

No me agrada.

La vergüenza avanza en mi pecho como si estuviera viva. Me he preguntado cómo fue que mi padre se convirtió en el hombre que fue. En el hombre que es. Conozco sobre el ciclo del maltrato y he dedicado muchas horas a cuestionarme cuándo comenzaré a cambiar.

¿Hice algo de lo que no estaba consciente? ¿Acaso Matthew percibe algo en mí que lo pone nervioso? Recuerdo el día en que encontré la carta y cómo la oscuridad se entretejió en mis pensamientos, llevándome a volcar mi enojo sobre Geoff y Declan.

Me alegra tener un pretexto para enterrar mis preocupaciones en un trabajo físico. Quitar los muebles de bebé resulta una tarea más exigente de lo que había anticipado, porque primero necesitamos hacer espacio en la cochera, lo cual requiere llevar cajas de plástico con ropa y juguetes dentro de la casa, para luego subirlas al ático. Kristin quiere que barramos y trapeemos todo el polvo y la suciedad de la cochera antes de meter los muebles.

Después regresa Geoff de la tienda y tenemos que descargar los muebles nuevos.

Pasa de media tarde cuando terminamos, y estamos sucios. El cielo se llena de nubes oscuras que prometen lluvia. Declan se deja caer en el césped del patio trasero con una botella de Gatorade. Está acostado bocarriba, contemplando el firmamento.

Retumban los truenos y caen gotas de lluvia, pero él no se mueve.

—Esto es típico.

Tampoco me muevo; se sienten bien las gotas de lluvia. Estoy sentado con las piernas cruzada y sostengo mi propia botella de Gatorade. Desde hace horas me deshice de la sudadera, cuando sentí un exceso de humedad, pero me quedé con las mangas largas. Solo tengo una camiseta de manga corta y ni un solo par de pantalones cortos.

—Se supone que esta noche voy a ver a Emma —le digo.

–¿Otra cita ardiente en la iglesia?

–Cállate –estaba medio dormido cuando le conté sobre ella, pero desde luego que iba a recordar ese pequeño detalle–. Pero sí.

–¿Te agrada?

–Sí.

Mi respuesta debió parecer muy sencilla, demasiado literal, porque voltea la cabeza y me observa.

–¿Cómo que te gusta?

Mi cabello se llena de gotas de lluvia mientras intento entender los caminos retorcidos de mis pensamientos. Me gusta la forma en que las preguntas de Emma me desafían sin provocarme más de la cuenta. Me gusta cómo se mostró vulnerable cuando mis propias emociones ascendían con sus garras dentro de mí.

Me gustan sus pecas, su cabello trenzado y esa mirada que te analiza. Y la suave curva de sus labios.

Declan me golpea con su botella de Gatorade.

–Sí, te gusta.

–No sé lo que hago.

–Solo sé tú mismo.

–Gracias, doctora Corazón. ¿Tendrá algún panfleto que me obsequie?

Mi amigo finge un sonido de sentirse ofendido.

–Hermano, no lo sé. La mitad de las veces creo que es un milagro que Juliet me quiera dar la hora –se quita la lluvia de las mejillas–. Probablemente no soy el mejor consejero sobre relaciones.

–Gracias por la ayuda –le digo.

–Lo hice por la comida –Kristin nos preparó sándwiches de atún y queso para el almuerzo. Sospecho que Declan en realidad se mudaría con nosotros si creyera que podría salirse con la suya.

La puerta corrediza se abre detrás de nosotros, y estoy seguro de que se trata de Geoff o Kristin que vienen a decirnos que nos metamos a la casa y nos quitemos de la tormenta eléctrica.

En lugar de la de alguno de ellos, escucho la voz de Matthew.

–Dice Kristin que se metan.

Luego la puerta se cierra. Suspiro.

Mi amigo se sienta y me golpea en el brazo.

–Me voy a casa. Ve a arreglar eso.

–No sé cómo arreglarlo.

Se queda callado un momento.

–Claro que lo sabes. Recuerdas cómo jugar con los bloques de Lego, ¿no es así? –luego se levanta del suelo y se dirige a la reja.

</DOCE>

<UNO> Emma </UNO> <DOS> Rev </DOS> <TRES> Emma </TRES> <CUATRO> Rev </CUATRO> <CINCO> Emma </CINCO> <SEIS> Rev </SEIS> <SIETE> Emma </SIETE> <OCHO> Rev </OCHO> <NUEVE> Emma </NUEVE> <DIEZ> Rev </DIEZ> <ONCE> Emma </ONCE> <DOCE> Rev </DOCE> <TRECE> Emma

[13]

♡

¿Qué pasa? Hace rato que no te veo. ¿Estás amarrada?

Incluye una imagen. Es una captura de pantalla de mi avatar, editada con Photoshop para que parezca que estoy atada e inconsciente. O tal vez muerta. No me preocupo por descubrirlo antes de azotar mi dedo contra el *trackpad* de la laptop para cerrar su mensaje.

Respiro con tal dificultad que me preocupa estar a punto de hiperventilar.

Lo bloqueo de nuevo.

Mi corazón necesita tranquilizarse. Me alegra estar sola en la casa, aunque al mismo tiempo no tanto.

Imagino la conversación: "Mamá, un tipo me envió una foto de mi avatar que está completamente amarrado", y ella: "Emma, te dije que te alejaras de la tecnología. ¿Cuándo vas a aprender?".

Trago saliva con dificultad. No, gracias.

Doy clic a la aplicación de iMessage y veo que mi padre aún no me ha escrito. Tampoco puedo hablar de esto con Cait, no lo entendería.

Entonces, recuerdo el mensaje de Ethan que vi en la mañana. Puede que esté conectado. Me coloco los audífonos y entro en mi videojuego. Pero no, no está en línea. Entro a Reinos guerreros para ver si se encuentra allí.

¡Bingo! Le envío una solicitud.

—Hola —me saluda, con tono sorprendido—. ¿Todo está bien?

—Hola —le respondo—. Sí, solo fue... un drama familiar.

—Me los sé de memoria —resopla y luego hace una pausa—. Te escuchas molesta.

Lo estoy. Necesito olvidarme de esto; únicamente es una captura de pantalla editada. Me las han mandado antes.

—No es nada. Estoy bien.

—¿Quieres hablar?

—Para nada. Solo necesito jugar.

—Esa es mi chica —comenta Ethan, riéndose.

Apenas lo conozco, pero el sonido de su voz hace que me sienta menos sola. Adentro de un juego, con los audífonos puestos, nunca lo estoy.

Respiro profundamente y comienzo a jugar.

♥

</TRECE>

<UNO> Emma </UNO> <DOS> Rev </DOS> <TRES> Emma </TRES> <CUATRO> Rev </CUATRO> <CINCO> Emma </CINCO> <SEIS> Rev </SEIS> <SIETE> Emma </SIETE> <OCHO> Rev </OCHO> <NUEVE> Emma </NUEVE> <DIEZ> Rev </DIEZ> <ONCE> Emma </ONCE> <DOCE> Rev </DOCE> <TRECE> Emma </TRECE> <CATORCE> Rev

[14]

A los siete años, cuando me llevaron por primera vez a casa de Geoff y Kristin, nunca antes me había cuidado nadie que no fuera mi padre. Hay quienes me han preguntado por qué no lo denuncié antes, pero para mí su pregunta es de lo más extraña. ¿Cómo piensan que vas a acusar a alguien por actuar de un modo que siempre aprendiste que era lo *correcto*?

Mi padre no era ningún estúpido. Ahora lo sé. Mi primera experiencia escolar no ocurrió sino hasta que viví con Geoff y Kristin; antes de eso, fue él quien me dio clases en casa. Hubo ocasiones en las que me pregunté si algún profesor hubiera denunciado el abuso, pero lo dudo. Mi padre tenía un extraño carisma que hacía que las personas lo adoraran. Era apreciado y respetado como un hombre de Dios. En ese momento no me había dado cuenta, pero su iglesia era una desviación de lo que la gente considera la religión organizada: obedecíamos lo que decía la Biblia, creíamos en Dios, pero en realidad pertenecíamos a la iglesia de *mi padre*; y en aquella época, eso era lo único que conocía. Todo lo que vivía respondía a su interpretación de las cosas. Quien no lo hacía era un pecador... o algo peor.

Recuerdo estar sentado en uno de los primeros bancos de la iglesia mientras él daba su sermón acerca de la paternidad y cómo la disciplina en verdad era el mayor acto de amor. Una anciana se inclinó hacia mí y me susurró al oído: "Has sido tan bendecido".

Le creí. Sin importar lo que mi padre me hiciera, afirmaba que sus acciones nos acercarían más a Dios y era mi obligación aceptarlas.

Cuando me quemó con la estufa y me rompió el brazo, salí huyendo de la casa, gritando. Un vecino me vio y preguntó qué sucedía, y mi padre estuvo a punto de salirse con la suya hablando. Me encontraba de pie en el lugar, con el brazo retorcido y la camiseta manchada de bilis, pero mi padre aseguraba que la gripe me había desorientado a tal grado que me hizo caer de las escaleras. En algún punto el vecino no debe haberle creído, o tal vez yo simplemente lucía demasiado patético. Mis recuerdos son confusos y es probable que se debiera a la combinación del dolor y el hambre que sentía en el momento, y al desconcertante terror que me abrumaba respecto a si alguien tomaría cartas en el asunto.

Esta es la cuestión: en ese instante me avergonzaba haber salido corriendo y no quería que me llevaran a ningún lado.

Pero lo hicieron. Me llevaron a un hospital, un lugar al que nunca había ido. No sabía nada de doctores, enfermeras, vacunas y máquinas de rayos X. Recuerdo que hubo agujas y personas que me sujetaban. En ese momento habría dado lo que fuera con tal de regresar a la "seguridad" de estar junto a mi padre. Recuerdo que lo pedía a gritos y estoy seguro de que me sedaron.

A la mañana siguiente, una trabajadora social me llevó con Geoff y Kristin, que no podían haber sido más cariñosos y amables de lo que fueron. Mamá casi siempre huele a pastel y galletas, y no hay nadie que se resista a su calidez.

Sin embargo, al principio yo lo hice. Pensé que estaba en el infierno. Mi padre me había enseñado que la gente de color trabajaba para el diablo. Y yo le creía. En cuanto se descuidaron, salí corriendo.

Terminé en la casa de Declan, porque la puerta del frente se encontraba abierta. Su mamá cuidaba el jardín y no me vio porque estaba de espaldas a mí. Me escabullí dentro de la casa, hallé una habitación y me oculté en el armario que estaba detrás de una enorme caja de Legos. Era bueno escondiéndome.

Pero Declan me encontró. Recuerdo la explosión de luz que entró cuando abrió la puerta de su armario, el pánico que inundó mi pecho y el gesto de sorpresa en su rostro. Teníamos siete años. Mi amigo dijo:

—Hola. ¿Quieres jugar?

Jamás había jugado con otro niño y nunca había tenido juguetes.

—No sé cómo —susurré.

—Es fácil. Yo te enseño.

Y sin más comenzó a construir con los bloques de plástico.

/ / /

Encontré a Matthew en su nueva habitación, sentado en su cama cuidado-samente tendida. Geoff compró sabanas grises y un cobertor azul marino en la tienda. Hay un escritorio nuevo con una lámpara junto a la pared, a un lado de la cama. Todo huele a limpio y recién desempacado, y no es que la habitación oliera mal antes. Pero ahora solo hay tela y muebles, en lugar de talco y pomada para bebé.

Hay un libro a su lado sobre el edredón, pero el chico no lo está le-yendo. Mira fijamente la lluvia a través de la ventana. Me detengo en la puerta, pero no voy más allá.

—Hola.

Su cuerpo adquiere cierta rigidez. No soy Declan, así que no sé cómo acercarme. Me digo que debo dejar de ser tan cobarde.

—¿Puedo pasar?

No responde. Frunzo el entrecejo e intento que mi voz suene tranquila.

—Si no quieres que entre, solo dilo.

Se queda callado. No me gusta insistir, pero tendré que hacerlo o nos vamos a quedar atrapados eternamente en este silencio incómodo.

Cruzo el umbral de la puerta y el chico se mueve poco menos de un centímetro. Es un gesto mínimo, pero es un movimiento para defenderse.

La única silla de la habitación se encuentra frente al escritorio, que está justo a un lado de la cama. No quiero presionar demasiado, así que, en lugar de tomarla, me siento en el suelo y me apoyo en la pared. Estoy en el lado opuesto de la puerta, por lo que puede salir de aquí si lo desea.

No digo nada. Él tampoco.

No hay un cuchillo entre nosotros, pero la sensación es muy similar a la de la otra noche: hay una confrontación.

Las marcas en su rostro y cuello han comenzado a ponerse amarillas alrededor de los bordes, y la mayoría de las partes hinchadas se han desinflamado.

—¿De verdad empezaste una pelea? —pregunto.

Nada. La lluvia tamborilea contra la casa, subrayando su silencio.

—No creo que lo hayas hecho —digo.

Mi comentario atrae su atención. Apenas es un parpadeo, pero sus ojos voltean hacia mí.

—Si fueras el tipo de chico que busca pelea, ya la habrías buscado conmigo —hago una pausa—. ¿Alguien te sujetó y te hizo eso?

Su rostro luce completamente inexpresivo, pero siento cómo me analiza. Me encojo de hombros.

—Esas marcas que tienes en el cuello se parecen mucho a las que te dejarían si te hubieran ahorcado.

Se lleva la mano a la garganta. Conservo un tono sereno en mi voz.

—¿Por qué los dejaste pensar que fuiste tú quien empezó la pelea? Kristin comentó que te arriesgaste a que te enviaran al reformatorio.

—Hubiera sido mejor que me enviaran ahí —su voz es grave y muy baja.

—¿Mejor que aquí? —respondo, arqueando las cejas.

Niega con la cabeza, con un movimiento casi imperceptible. Habla como si no estuviera seguro de querer hacerlo.

—Mejor que allá.

Caemos de nuevo en un silencio. Afuera, un trueno retumba con fuerza y él salta, sorprendido. La tormenta entró muy rápido y el sol de la tarde se fue. El chico se abraza el estómago.

—¿Quieres que me vaya? —pregunto.

No responde.

En un instante, recuerdo los correos de mi padre, aguardando en mi bandeja de entrada sin contestar. Me pregunto si Matthew no sabe cómo responderme igual que yo ignoro cómo responderle a mi padre.

De pronto, estar sentado aquí interrogándolo me parece de la peor clase de crueldades.

—Está bien. Me voy —digo.

No me detiene. Avanzo por el pasillo rumbo a mi habitación y me dejo caer en la cama.

Ha sido un día de lo más agotador, y apenas va la mitad de la tarde. La pantalla de mi teléfono se ilumina sobre la mesita de noche y alcanzo a distinguir que se trata de un e-mail por el color del pequeño icono.

Ni siquiera deseo verlo, pero debo hacerlo.

No es más que algo de la escuela.

Cuando bajo de nuevo el teléfono, noto que Matthew está parado justo afuera de la puerta, aferrado al marco como si fuera una sombra.

Actúo como si su presencia no fuera el gesto más raro del mundo.

—¿Qué pasa?

—¿Eres de ese tipo?

—¿De cuál tipo? —pregunto, tras dudar.

—Del tipo de los que busca peleas.

–No.

Se queda pensando en mi respuesta por un minuto.

–Bien.

Enseguida se da la vuelta y se escabulle por el pasillo.

♥

</CATORCE>

<UNO> Emma </UNO> <DOS> Rev </DOS> <TRES> Emma </TRES> <CUATRO> Rev </CUATRO> <CINCO> Emma </CINCO> <SEIS> Rev </SEIS> <SIETE> Emma </SIETE> <OCHO> Rev </OCHO> <NUEVE> Emma </NUEVE> <DIEZ> Rev </DIEZ> <ONCE> Emma </ONCE> <DOCE> Rev </DOCE> <TRECE> Emma </TRECE> <CATORCE> Rev </CATORCE> <QUINCE> Emma

[15]

He estado contando los minutos para que sean las 8:00 p.m. y ahora llueve a cántaros. Es la historia de mi vida.

Apoyo la nariz contra la ventana del comedor y empaño el vidrio con mi respiración. Si mamá estuviera aquí, ya me habría regañado por ensuciar las ventanas. No tengo idea de dónde está. Después de su práctica de yoga, se puso un conjunto de vestir y dijo que debía ir a dar consulta. Lleva todo el día fuera. Lo mismo que papá, quien sigue sin responder el mensaje que le envié esta mañana.

Está diluviando en la calle.

¿Ahora se supone que no debo reunirme con Rev? ¿Entonces qué sentido tiene que el destino me haya puesto dos veces en su camino? Es lo malo de confiar en el destino, o en Dios, o en lo que sea. Dejo escapara un silbido entre dientes.

—Ven, Texy. Nos vamos a mojar.

La lluvia se siente más fría de lo que esperaba, lo cual es ridículo, considerando que estamos en marzo. Para cuando recorremos dos calles, ya tengo las mejillas congeladas y siento el peso de mi cabello empapado sobre mi hombro. Mis lentes están tan mojados que debo meterlos en uno de mis bolsillos. Me puse el rompevientos de mamá sobre la sudadera antes de salir de casa, creyendo que sería impermeable, pero estaba muy equivocada.

Cuando doy la última vuelta hacia la iglesia, me pregunto si no seré una estúpida por estar aquí. Está lloviendo con tal fuerza que se ha formado neblina alrededor del alumbrado público, y casi no veo nada.

Mi calzado deportivo chapotea en el césped. Llego al sitio donde nos hemos sentado las últimas dos noches. Y, por supuesto, Rev no está ahí.

Suspiro. Solo un completo idiota vendría a reunirse con esta lluvia.

De pronto Texy ladra y da saltos con las patas delanteras. Me doy vuelta y es como si estuviera en una de esas películas para chicas. Su silueta oscura avanza a grandes zancadas por el césped. De acuerdo, tal vez la penumbra y la lluvia hagan que la escena se parezca más a un filme de terror que a una comedia romántica, PERO AÚN ASÍ.

Se detiene frente a mí. Tuvo la sensatez de ponerse un abrigo impermeable sobre la sudadera, aunque la capucha está empapada y la lluvia le escurre por las mejillas.

—Hola —saluda, con un tono de voz un poco más fuerte debido a la lluvia.

—Hola —le ordeno a mis mejillas que dejen de sonrojarse.

—No estaba seguro de que fueras a venir, pero no tenía forma de mandarte un mensaje...

—Pensé exactamente lo mismo.

Texy presiona su nariz contra la mano de Rev y él la acaricia detrás de las orejas, aunque sus ojos no se apartan de los míos.

—¿Quieres ir a sentarte en la parte de enfrente? El atrio podría cubrirnos de la lluvia.

—Seguro.

Hace unos cuantos años restauraron parcialmente la iglesia y ahora tiene un zaguán de madera y piedra que forma un patio techado. Varias bancas de piedra se encuentran a los costados del portón, quedando protegidas. Una lámpara de seguridad brilla sobre nuestras cabezas, tiñendo todo de amarillo, sin que por eso las bancas dejen de estar a oscuras.

Rev se sienta de lado con las piernas cruzadas en una de las bancas, con su costado dando al vitral de la iglesia. Yo no soy tan flexible, pero también consigo cruzar las piernas sobre la banca para quedar de frente a él. Texy se deja caer en el suelo de concreto debajo de nosotros.

Rev echa para atrás la capucha empapada y se seca las manos contra los jeans. Tiene el cabello mojado y enredado, pero la luz que se refleja en las gotas de lluvia se adhiere a su rostro, haciéndolo lucir casi etéreo.

Probablemente yo me veo como una rata mojada. La trenza me cuelga como una cuerda flácida sobre el hombro. Me abrazo y comienzo a temblar. Él frunce el entrecejo.

–¿Tienes frío?

–No sé por qué pensé que esto era impermeable –respondo, dando un jalón al rompevientos.

Él se quita el abrigo y me lo extiende.

–Ten, póntelo.

Lo hace como si fuera cualquier cosa, pero nadie me había ofrecido un abrigo antes. Mi propia madre me habría dado un sermón acerca de vestirme correctamente para el clima y luego diría que me aguante. Enseguida niego con la cabeza.

–No puedo. Te va a dar frío.

–Mi sudadera está seca. Estoy bien –sigue extendiendo el abrigo hacia mí y lo sacude un poco–. De verdad.

Hay una parte de mí que desea que su ofrecimiento sea uno de esos grandes gestos románticos; y que es la misma parte que provoca que mis mejillas se sonrojen. Aunque también sé que no está coqueteando y que solo está siendo amable.

Me quito el rompevientos, sacándolo por encima de mi cabeza, para no mojar el interior de su abrigo, y luego deslizo los brazos dentro de las mangas. Me queda grande como por quince centímetros, pero es grueso y conserva el calor de su cuerpo. Quisiera acurrucarme en la prenda y deleitarme en esta sensación.

–¿Mejor? –pregunta.

–Sí, gracias –respondo, sin dejar de ruborizarme.

–De nada.

Luego nos quedamos callados, casi por accidente. La lluvia nos arrulla con su ritmo y nos envuelve con su blanco rumor, consiguiendo que en el jardín se sienta una gran privacidad.

Observo las manos de Rev que descansan en su regazo. Tiene los dedos largos y las uñas cortas y parejas. En su muñeca derecha asoma el borde de una cicatriz por debajo de la manga, casi como si apuntara hacia su pulgar. Hay una línea de tinta negra de lo más delgada que la cubre.

¿Es un tatuaje? No alcanzo a distinguirlo. Podría ser un bolígrafo, pero la mancha parece pegada a la piel.

Levanto la mirada y veo que me observa. Trago saliva. No sé qué decir.

Se mueve solo un poco, pero con eso basta para que las mangas le cubran la cicatriz y la marca. El movimiento que hizo parece más que premeditado.

–¿Te llegaron nuevos correos del tipo aquel del juego?

–Sí –obligo a mi voz a parecer calma, pero basta con mencionar a Nightmare para que me ponga tensa–. ¿Algún correo nuevo de tu padre?

–Sí –responde, mientras su mirada se encuentra con la mía.

Saco el teléfono de mi bolsillo, desbloqueo la pantalla y luego le doy unos cuantos toques para abrir el último mensaje de Nightmare. Estoy a punto de no querer compartirlo con él, pero Rev es la única persona que sabe cómo han empeorado los correos, además de que llevo todo el día ansiando poder contárselo a alguien.

Sostengo el teléfono hacia él.

–¿Quieres intercambiar?

Pareciera que le acabo de preguntar si quiere robar un banco, pero de cualquier modo saca el suyo, presiona los iconos correspondientes y me lo entrega.

Leo. Su papá suena como un verdadero ganador.

—Emma —dice Rev.

Levanto la mirada. Él me está mirando por encima de mi teléfono. Sus ojos están ensombrecidos y su expresión es tensa.

—¿Qué? —replico.

—¿Por qué te envió una foto como esta?

La imagen que Nightmare me mandó prácticamente la llevo grabada bajo los párpados.

—Está bien, no es nada. Ni siquiera es la foto de una persona real...

—La imagen... ¿es de tu personaje en un juego?

De golpe me arrepiento de haber intercambiado teléfonos, como si le hubiera mostrado una fotografía donde aparezco atada y desnuda. Las mejillas me arden.

—Olvídalo. No debí habértela mostrado.

—¿Se lo has contado a tus padres?

—Tu correo es de alguien que conoces —respondo, mirándolo fijamente—. De alguien que es obvio que te lastimó. ¿Se lo has contado a los tuyos?

Ambos nos clavamos la vista durante un largo minuto. Luego él hace un sonido de molestia y aparta la mirada.

—Perdón. No soy bueno para esto.

—¿Bueno para qué?

Su gesto señala la distancia que nos separa.

—Esto. No soy... No soy bueno para tratar con la gente.

—Yo tampoco —inhalo profundamente y saco el aire de golpe—. Soy mucho mejor frente a una pantalla y un teclado.

—Mi mejor amigo conoció a su novia intercambiándose cartas con ella durante un mes. En este momento eso me da tanta envidia.

—¿De verdad?

—Sí, en serio.

—Está bien —respondo—. Date vuelta. Mira hacia el otro lado.

Él me mira como diciendo, "¿Bromeas?", pero yo ya me estoy dando la vuelta. Rev se queda en absoluto silencio, así que no tengo la menor idea de si se está moviendo.

Enseguida siento el cálido peso de su espalda contra la mía y recupero el aliento. No me refería a que nos sentáramos uno contra el otro, pero ahora que lo hace, no puedo imaginarme alejándome de él.

—Ahora —digo, con la voz un poco agitada—, dame tu número.

Lo hace y de inmediato escribo un mensaje.

Emma: ¿Mejor?

Rev: Mucho. Si estoy muy cerca, puedo alejarme.

Me sonrojo, y me alegra que esté mirando hacia el otro lado. Alcanzo a sentir cada vez que respira. A pesar de que nos estamos enviando mensajes, de pronto lo siento más íntimo que hace un minuto.

Emma: No lo estás.

Me ruborizo de nuevo. Necesito controlarme, solo es su espalda.

Rev: Tienes razón acerca del correo de mi padre. No se lo he contado a nadie. Es complicado.

Emma: Igual que ese correo de Nightmare.

Rev: No entiendo por qué. Sobre todo, si no lo conoces.

Emma: ¿Juegas algún tipo de videojuegos?

Rev: A veces mato zombis en el Xbox con Declan.

Emma: ¿Has jugado en línea con alguien más?

Rev: En ocasiones.

Emma: ¿Has jugado con alguna chica?

Rev: En realidad, nunca me he fijado. Pero jamás le enviaría a nadie un mensaje como ese, incluso si fuera un jugador empedernido.

Emma: Muchos tipos creen que es un espacio de hombres. Se enojan si una mujer entra y los vence.

Rev: Lo mismo sucede en el jiu-jitsu. Por lo general, los tipos necesitan superarlo.

Arqueo las cejas.

Emma: ¿Practicas jiu-jitsu?

Rev: Sí.

Juro por dios que estuve a punto de escribir: "Con razón tienes ese cuerpo increíble". Lo digo en serio, con razón.

Emma: Entonces, si una chica viene y te patea el trasero, ¿no terminarías resentido por haber perdido contra ella?

Rev: No. Probablemente le pediría que lo hiciera de nuevo para poder estudiar su técnica. Pero el jiu-jitsu es cara a cara. Lo del correo no lo es.

Emma: Creo que eso es parte del problema. Alguna vez leí algo acerca de cómo pelear en un videojuego libera en el cerebro las mismas sustancias químicas que en un combate en la vida real; pero luchar *online* le quita cualquier humanidad al asunto. Todo está en tu cabeza. Aunque lleves puestos audífonos y un micrófono, nadie se siente real. Es fácil bajar la guardia y hacer amigos. Y es igual de sencillo destruir a alguien. No me refiero solo a mi punto de vista. Si gano en una misión, me siento feliz; pero los que pierden, ¿acaso se sienten aún peor porque los derrotó alguien que sus cerebros ni siquiera creen que existe? Y cuando asocian que ese fracaso anónimo viene acompañado por la voz o el aspecto real de una mujer, ¿les resulta de algún modo castrante? ¿O de dónde viene toda esa ira?

♡

Después de que envío el mensaje, él se queda completamente quieto. Todavía alcanzo a sentir cada vez que el aire entra a sus pulmones. Continúa lloviendo a cántaros alrededor del atrio.

—Estoy pensando —murmura.

—Está bien —sonrío.

Finalmente, la parte superior de su brazo roza el mío mientras escribe la respuesta.

Rev: Creo que la ira surge de muchos lugares. A veces me preocupa haber heredado la violencia de mi padre, que de algún modo encuentre la forma de manifestarse en mí. Cuando era niño y me apartaron de él, tenía miedo de que los demás me lastimaran. Geoff y Kristin se ofrecieron a anotarme en Tae Kwon Do, pero cuando fuimos a inscribirme, vi una clase de jiu-jitsu brasileño y fue lo que quise practicar. Todo el tiempo hay que luchar. Es muy físico. Estuvieron a punto de negarse, pero el instructor los convenció de que me permitieran intentarlo. Y me encantó.

—Hay más —agrega.

—Te espero.

Rev: He visto a mucha gente pasar por el gimnasio. Pienso bastante en lo que llevan a las colchonetas de entrenamiento. De niño yo llevé mucho miedo. A veces, las personas traen mucho enojo y solo quieren pelear, y eso también es aceptable, porque enseguida aprenden que no hay lugar para la ira en las colchonetas. En realidad, tampoco hay lugar para el miedo. Te ayuda a aprender a controlarte. Creo que por eso me gusta tanto. Pero si alguien que está entrenando se mete en problemas, es fácil darse cuenta e intervenir. En tu caso, ¿cómo se puede actuar si no pides ayuda?

Emma: Pero esa es la cuestión, ¿la gente que entrena contigo pide ayuda o alguien simplemente interviene? ¿Quieren que los ayuden?

Rev: Creo que depende de la situación.

Emma: ¿Y si una mujer te dice que no quiere ayuda?

Rev: Entonces no la ayudaría.

Emma: ¿Qué pasaría si te digo en este momento que no necesito ayuda?

Su espalda se endereza y se relaja al respirar profundamente. Estoy tensa, supongo que va a insistir. Pero no lo hace.

Rev: Está bien.

Emma: Gracias.

Rev: Fue una buena idea esto de sentarnos espalda con espalda.

Su comentario me hace sonreír.

—Hago lo que puedo —murmuro.

—Shh —me calla—. Me estoy mensajeando con alguien.

Sonrío abiertamente y deslizo mis dedos por la pantalla. No deseo hablar más acerca de Nightmare.

Emma: No me esperaba que fueras una especie de adicto a las artes marciales.

Rev: ¿Qué era lo que imaginabas?

Emma: No tengo idea. No me esperaba que fueras adicto a los deportes, pero luego descubro que te ves *así*.

Rev: No solo es el jiu-jitsu, también practico muay thai y yoga.

Me rio y giro la cabeza para mirarlo.

—No haces yoga. Mi madre lo practica y no se ve como tú.

Su brazo roza de nuevo el mío al escribir su respuesta.

Rev: Ayuda con la flexibilidad.

Emma: ¿Qué es muay thai?

Rev: Es como el kickboxing. Y *tú* no me parecías una adicta a los videojuegos.

Emma: Es heredado. Mi padre diseña videojuegos.

Rev: ¿Tu padre y tú son cercanos?

Emma: Sí. Todo el tiempo está ocupado, pero... sí.

Se queda un momento sin responder y me doy cuenta de que quizás le resulte un tema de conversación doloroso. Por primera vez, su espalda se tensa contra la mía.

Deslizo mis dedos por la pantalla.

Emma: Vi tu cicatriz. La que se asoma en el borde de tu manga. ¿Fue tu padre?

Rev: Sí.

Un relámpago ilumina el cielo, seguido del fuerte estallido de un trueno. Salto asustada y enseguida recupero el aliento. Texy gime y se arrastra debajo de la banca. La luz se refleja en la lluvia, encerrándonos en este espacio.

Rev voltea para mirarme y alcanzo a ver el borde de su perfil.

—¿Te encuentras bien?

Suelto una risita, aunque no haya nada gracioso.

—Es solo que no me gustan los truenos. ¿Tú estás bien?

—No —el costado de su mano roza la mía, justo donde cuelga de la banca. Una sensación de chispas asciende por mi brazo y debo recordarle a mi corazón que eso no fue más que un movimiento al azar.

Pero luego su mano estrecha la mía y me quedo inmóvil.

—¿Está bien esto? —susurra.

La escena resultaría tan empalagosa e inverosímil si tuviera que contarla después, con la lluvia torrencial, la banca y la penumbra. Pero su respiración se oye entrecortada y su comportamiento es indeciso, haciéndome sentir que ese gesto es tan significativo para él como lo es para mí.

—Sí —respondo—. ¿Quieres que te suelte para que puedas escribir?

Rev inhala y su respiración se tranquiliza. Voltea a mirarme y su aliento roza mi cuello.

—No quiero que me sueltes.

—Está bien.

—Jamás le he contado esto a nadie —comenta—. Solo mis padres lo saben, mi mejor amigo y es todo.

—No tienes que contármelo.

Sus dedos aprietan con un poco más de fuerza los míos.

—Quiero hacerlo. Deseo que entiendas por qué... por qué me cuesta tanto trabajo contárselo a alguien.

—Te escucho.

—Mi padre dirigía su propia iglesia —dice—. Desconozco cuánta gente lo seguía, porque yo era muy pequeño, pero me parecía que eran muchos. Cada semana pedía bendiciones o, en otras palabras, dinero. Él me aseguraba que Dios nos estaba cuidando y yo le creía. Ahora puedo reconocer que era un estafador muy hábil; aunque tal vez no tanto. Quizás en verdad creía que las personas le daban dinero porque Dios lo había bendecido.

»Como sea, recibíamos lo suficiente como para vivir en una casa grande, en lo que ahora sé que era un vecindario bastante agradable. En aquella época él me aseguraba que estábamos rodeados por pecadores y afirmaba que el demonio vivía en aquellas casas. Si los niños jugaban en el jardín, era porque el diablo los había atraído hasta ahí. Si la gente salía a correr, era porque Satanás los perseguía. Temía salir sin mi padre porque parecía que el demonio se encontraba en todas partes –hace una pausa–. Ahora que lo recuerdo, más bien creo que el diablo estaba en casa conmigo.

Los dedos de Rev se aferran a los míos con firmeza. No los sujeta con demasiada fuerza, pero sí con la suficiente para dejarme saber que no me piensa soltar pronto. Me pregunto si necesita este apoyo.

–Mi padre me ponía estas pruebas en las que decía que, si Dios quería que yo triunfara, lo conseguiría –relata–. Pero si yo no tenía la suficiente devoción, o santidad, o lo que fuera, entonces era el deber de mi padre resolver el problema –su voz se tensa, pero no estoy segura si es por enojo, miedo o vergüenza–. Cuando tenía seis años, quería que copiara una página completa de la Biblia. Mi mano empezó a acalambrarse, así que decidió que el demonio se había apoderado de mi brazo. Tomó un cuchillo y comenzó a cortar, asegurando que mis gritos eran el diablo que luchaba por permanecer dentro de mí...

–Rev –la emoción me aprieta la garganta y siento que estoy a nada de romper en llanto–. Oh, Rev.

Voltea su cabeza de nuevo y puedo verlo de perfil.

—Perdón —se escucha avergonzado, mientras sus dedos sujetan los míos—. No fue mi intención ser tan gráfico.

Giro en la banca y luego tomo su mano con la que tengo libre. Mi dedo meñique roza las cicatrices bajo el borde de su manga y, al sentirlo, su respiración se detiene. Pero no aparta la mano.

—¿Te puedo hacer una pregunta? —le digo.

—Siempre.

—Tu madre, me refiero a la biológica, ¿hizo algo para detenerlo?

—Murió cuando yo nací —responde, dejando escapar un suspiro—. Él solía decirme que ella falleció combatiendo al demonio. En cuanto me alejé de él y comencé a aprender a ser alguien normal, me pregunté si había mentido acerca de su muerte. Hubo un momento en el que estaba seguro de que él lo había inventado todo y que ella estaba en algún lugar, extrañándome. Pero Kristin, mi mamá, tiene un enorme archivo de mi vida, y el certificado de defunción de mi madre está ahí. La causa de la muerte: hemorragia uterina. Así que mucho es cierto.

—Lo siento tanto.

—Es por eso que sus correos me tienen tan alterado. Aun después de todo este tiempo, es como si todavía tuviera este poder sobre mí. Me da miedo desobedecerlo. Se vuelve cada vez más difícil no responderle —confiesa, tragando saliva.

—¿Está en prisión?

—No. Cedió sus derechos paternos como parte de la negociación para que le redujeran la sentencia. Cumplió ciento ochenta días en la cárcel. No tengo idea de dónde se encuentra en este momento.

Ciento ochenta días, luego de torturar a Rev durante años. Parece una broma.

—¿Te preocupa que venga a buscarte?

—Sí, no hay día en que no lo haga —dice, dejando escapar un largo suspiro—. Me da miedo estar fuera mucho tiempo, como si fuera a aparecerse en la casa o algo así. Me preocupa que todo esto no sea más que una prueba que estoy fallando.

—¿Y no le quieres contar a tus padres?

Su respiración se entrecorta otra vez.

—No sé cómo responderán, Emma. Jamás les había ocultado nada.

—¿Confías en ellos?

Oigo que se sorbe la nariz y me doy cuenta de que está llorando. No lo hace abiertamente, es apenas una lágrima. Puede que ni siquiera se haya dado cuenta. No me responde.

Doy vuelta en la banca para poder verlo.

—Rev, esto es muy importante.

—Lo sé.

Nightmare es un desconocido. Sus correos son un asco, pero puedo cerrar la computadora y fingir que no existe. En cambio, el padre de Rev es real. Es una verdadera amenaza.

—¿Quieres contarles? Te puedo acompañar si quieres.

Durante un interminable momento, me siento como una absoluta idiota. Rev se va a burlar y a decirme que no entiendo. Va a actuar exactamente como yo hice con él, cuando insistió acerca de los correos de Nightmare.

Pero no es así y se levanta.

—De acuerdo —responde—. Vamos.

</QUINCE>

<UNO> Emma </UNO> <DOS> Rev </DOS> <TRES> Emma </TRES> <CUATRO> Rev </CUATRO> <CINCO> Emma </CINCO> <SEIS> Rev </SEIS> <SIETE> Emma </SIETE> <OCHO> Rev </OCHO> <NUEVE> Emma </NUEVE> <DIEZ> Rev </DIEZ> <ONCE> Emma </ONCE> <DOCE> Rev </DOCE> <TRECE> Emma </TRECE> <CATORCE> Rev </CATORCE> <QUINCE> Emma </QUINCE> <DIECISÉIS> Rev

♥

[16]

¿Piensas en mí en algún momento? ¿O has caído tan profundamente en la tentación que ya no lo haces?

Estoy teniendo una experiencia emocional de lo más extraña. Encuentro otro correo de mi padre en mi teléfono. Hay una chica caminando junto a mí y la llevo a mi casa.

Llueve a cántaros, vamos tomados de la mano y estoy empapado. Estoy congelado por fuera, pero templado en mi interior, y quisiera tanto que este momento termine, como que dure para siempre.

Meto el teléfono en el bolsillo empapado de mi sudadera. Solamente lo revisé porque creí que el correo podía ser de Geoff o Kristin.

–¿Qué pasó? –pregunta Emma.

Mi movimiento debió ser demasiado enérgico.

–Mi padre me envió otro correo.

–¿Has respondido alguno de ellos? –voltea para mirarme. Lleva el cabello ensopado por la lluvia y sus ojos están muy abiertos.

–Solo el primero –hago una mueca de pesar–. Le dije que me dejara en paz.

Ella no dice nada y continuamos caminando un rato en silencio.

–¿Crees que hay una parte de ti que deseaba hablar con él?

—Sí, y sé que puede sonar extraño —no es un misterio lo que digo.

—No, creo que lo entiendo —comenta, encogiéndose de hombros—. No me agrada mi madre, pero no por eso deja de serlo.

—¿No te agrada?

—A ella tampoco le gusta nada de mí. Piensa que soy una holgazana que pierde el tiempo con los videojuegos en Internet. Básicamente es lo mismo que siente por mi padre, pero sabe que no me puede controlar.

—¿Tus padres no se llevan?

—Debieron llevarse en algún momento —responde bufando—, pero no ahora. Mamá es de las personas que come completamente sano, hace ejercicio y dedica setenta horas a la semana al trabajo. Papá es de los que comen nachos, se queda despierto toda la noche y también se la pasa setenta horas a la semana en el trabajo.

—Así que nunca están en casa.

—No mucho, no. Pero en realidad, así está mejor. Cuando están en casa, se dedican a atacarse uno al otro. Pero cuando él no está, mamá se desquita conmigo.

No me extraña que sienta que no tiene a nadie a quien poder contarle acerca del tipo que le envía esos mensajes llenos de odio.

—¿Entonces crees que tu madre se siente decepcionada de que hagas lo mismo que tu papá?

—Sé que lo está. Y eso apesta. Soy buena para diseñar videojuegos. Me encanta que sea algo creativo. Escribo guiones gráficos completos. ¡Tengo mi propio juego y una comunidad! Pero ella...

—Espera —utilizo nuestras manos juntas para jalarla y hacer que se detenga—, ¿tienes tu propio videojuego?

Sus mejillas se sonrojan y se nota, aun bajo la lluvia.

—No es nada. Es algo pequeño.

—Tu propio juego —comento, mirándola fijamente—. O sea... ¿desarrollaste un juego de computadora?

—De verdad, no es nada.

Literalmente, es lo más fascinante del mundo y lo comenta como si fuera cualquier cosa.

—Emma... no conozco a nadie que pueda programar un juego de computadora. ¿Bromeas? ¿Puedo jugarlo?

—¡No!

—¿Por qué?

—Es tonto —responde, apartando la mirada—. Como te dije, es ridículo.

—No lo es. Quiero verlo.

—No quiero que lo veas.

Sus palabras me frenan en seco. No estoy completamente seguro de cómo debo interpretarlas, y de por sí mi cerebro está vuelto un lugar retorcido y dañado.

—Está bien.

—Aún no es perfecto —su rubor se intensifica—. Ni siquiera se lo he mostrado a mi padre. Tiene que ser perfecto antes de que se lo enseñe.

—¿Y probablemente tampoco a tu madre?

—Por supuesto que no. No le impresionaría nada de eso. Lo considera decepcionante, así que todo el tiempo estoy resentida con ella, aunque también deseo poder complacerla. Si eso tiene sentido.

—Por supuesto.

—Claro —las luces y sombras juguetean con los rastros de agua que hay en su rostro. Mis ojos recorren sus labios, las líneas de su cara, la suave curva de su quijada. Tengo tantas ganas de tocarla que me duele la mano de solo pensarlo.

—¿Te estás evadiendo? —murmura.

Su pregunta rompe el encanto. Parpadeo y aparto la mirada.

—No, vamos —y comenzamos a caminar de nuevo.

¿Te estás evadiendo?

Casi igual que con su negativa a dejarme ver su videojuego, no sé cómo debo interpretar su comentario. Tal vez esta atracción no sea mutua. Quizás mi cabeza ni siquiera logra entender las señales sociales más normales.

Pero por otro lado, continúa tomándome de la mano.

Es probable que aún no esté lista para hablar acerca de su madre, como yo tampoco quería tocar el tema de mi padre.

Tal vez sí me estoy evadiendo.

—¿Estás seguro de que a tus padres no les importa que lleves a una amiga a casa tan tarde? ¿Una amiga con su perro?

—No te preocupes —miro hacia ella—. Mis padres están acostumbrados a que haga cosas extrañas.

Al doblar la esquina de mi calle, siento un nudo de ansiedad en el estómago. Mi padre, mis papás, Emma a mi lado. No sé si podré hacerlo. Desearía poder llevarla a casa de Declan en su lugar. Debo aclarar mi garganta antes de poder hablar.

—Vivo justo ahí, en la casa azul —un relámpago nos ilumina.

—Lo dices como si quisieras que fuera a hablar con ellos en tu lugar —comenta temblando.

—¿Es una opción? —lo digo en tono de broma, pero las palabras suenan demasiado pesadas y serias.

—No —levanta la mirada hacia mí—. O... ¿sí? Es decir, ¿quieres que lo haga?

La escena se representa en mi cabeza. Geoff y Kristin jamás han parpadeado por nada de lo que he hecho o les haya preguntado, pero esto sería llegar a un nuevo nivel.

—No, solo bromeaba —respondo.

No me escucho para nada como si fuera una broma.

—¿De verdad lo hubieras hecho? —le pregunto.

—Seguro. Es decir... no tengo nada que perder. En realidad, ninguna de sus reacciones sería acerca de mí.

—¿Crees que vayan a reaccionar? —replico con la boca seca.

—¿A que tu padre abusivo te mande correos? Mmm, pues sí, estoy más que segura que van a reaccionar. ¿Qué otras cosas te ha dicho? ¿Te ha amenazado?

La mera existencia de sus correos se siente como una amenaza. Me detengo de nuevo bajo la lluvia.

—Mira, te mostraré el resto.

Ahora estamos en la acera frente a mi casa. Geoff y Kristin podrían asomarse y verme parado aquí afuera. Aunque es poco probable que lo hagan. Su habitación se encuentra en la parte trasera, igual que la cocina y la sala. Les dije que iba con Declan, así que no esperan que regrese a casa desde esta dirección. Tenemos tiempo.

Emma lee rápidamente, aunque no es que los correos de mi padre tengan mucho texto. Es su sentido subyacente lo que me afecta con tanta fuerza. Su mano se detiene encima de la pantalla y luego le da un golpecito para desplazarse.

—Pensé que sus correos iban a parecer descabellados, pero no es así. Se escucha bastante lúcido. Ahora veo a qué te refieres. Es casi diabólico.

Diabólico. Es una palabra muy precisa para referirse a mi padre, y una que además detestaría, porque su raíz quiere decir *parecido al demonio.*

Me encanta que Emma la haya usado para describirlo, me da una sensación de seguridad. Cuando la gente lo califica como un loco, sé que no lo entienden. No lo estaba. Era... cauto, calculador.

Luego levanta la mirada hacia mí de nuevo.

—¿Rev Fletcher no es tu verdadero nombre?

—¿Qué? —parpadeo, desconcertado.

—En su primer correo, pregunta de dónde se te ocurrió Rev Flectcher —comenta con una mueca—. ¿No tengo permitido preguntar eso?

—No, puedes preguntarme lo que sea —me paso la mano por el cabello. Había olvidado ese e-mail—. Fletcher es el apellido de Geoff y Kristin. Lo tomé cuando me adoptaron.

—¿Y Rev? ¿Es la abreviatura de algo?

—Sí. Algo así —hago una pausa—. La primera vez que llegué aquí, solía asustarme cada vez que Geoff y Kristin decían mi nombre, porque mi padre únicamente lo usaba cuando... —debo detenerme. Cierro los ojos y respiro profundo para evitar el recuerdo—. Me dejaron escoger uno nuevo.

—¿Tienes hermano?

No es la siguiente pregunta que estaba esperando.

—¿Qué?

—Un chico salió de atrás de tu casa, nos vio y regresó corriendo al jardín trasero.

—¿Cómo dices?

—Dijiste que vives en la azul, ¿no es así? —señala Emma.

Mis ojos enfocan la casa como si fuera una mira láser. Examino la cochera, los árboles entre nuestra casa y la del vecino, las sombras que se alargan en los matorrales, pero no hay el menor movimiento.

—Espera aquí —subo corriendo el césped.

—¡Oye! —grita Emma y Texas ladra.

Y de pronto encuentro a la perra junto a mí y ambos aceleramos rumbo al jardín de atrás, con su correa arrastrándose sobre la hierba. No hay nadie aquí.

Texas salta con sus patas delanteras, jadeando muy animada. De pronto se detiene y deja una pata arriba. Sus orejas apuntan al patio de la casa de al lado. Tras un sonoro ladrido, se echa a correr, y la sigo.

Encuentra a Matthew agazapado detrás del aparato de aire acondicionado. La perra ladra como loca, mientras agita la cola ferozmente.

El chico se aplana contra la pared. La lluvia ya lo ha empapado. Nos mira a mí y a la perra alternadamente. Tiene una mano detrás, apoyada contra la casa. Recuerdo la primera noche que llegó, cuando lo encontré sosteniendo un cuchillo.

Emma aparece a un costado de la casa, jadeando.

—Rev, ¿qué... qué pasa?

Matthew aprovecha la distracción y huye a toda velocidad.

Texas no es una perra policía, por eso ladra y lo persigue, pero no lo derriba ni nada por el estilo. No hay problema con eso, porque yo sí lo hago.

Rodamos por el suelo, hechos una maraña de brazos y piernas. Cae luchando. Estoy atento a que un cuchillo me ataque desde algún ángulo, pero o bien lo tiró o nunca tuvo uno en las manos. Matthew golpea con fuerza, como si hubiera aprendido a hacerlo. Conecta unos rectos sólidos en mis costillas. La lluvia ha vuelto resbaladiza su piel, lo que me dificulta poder sujetarlo.

Sin embargo, soy más fuerte que él. Rodeo su cuello con uno de mis brazos y le inmovilizo una pierna para que no pueda escapar. Con el brazo que tiene libre intenta aflojar mi estrangulamiento, pero estoy en una buena posición y sé lo que hago. Forcejea hasta que presiono con más fuerza.

—Para ya y te dejo levantar —le digo.

Responde tratando de clavarme el codo en las costillas.

—¡Rev! —grita Emma, aún jadeante. Llueve a cántaros a nuestro alrededor—. Rev...

—Ve a mi casa —le digo, con la voz tensa por el esfuerzo—. Dile a mis padres dónde estamos.

Da media vuelta y sale corriendo. Me encanta eso de ella, que no duda ni lo piensa dos veces.

Matthew finalmente se queda quieto. Su respiración suena ronca y entrecortada.

—Suéltame.

—¿Traes un arma?

—Vete a la mierda.

—¿Quieres que te suelte o no?

—No traigo nada —responde entre dientes—, suéltame.

Lo libero. De inmediato clava los pies en la tierra e intenta correr de nuevo, pero atrapo su brazo. Se gira en redondo y me conecta un puñetazo directamente en la cara. Me quedo viendo estrellas y él se libera.

Sigo siendo más rápido que él. Lo derribo otra vez y en esta ocasión lo sujeto con mayor eficacia. Lo estrangulo con un brazo e inmovilizo la parte inferior de su cuerpo. Ni siquiera puede forcejear.

Me duele la mandíbula. Nadie me había golpeado con tanta rabia desde mi padre. Un oscuro pensamiento invade mi conciencia: que podría romperle el cuello a Matthew en este instante.

—¡Rev! —suena la voz de Geoff—. ¡Rev, suéltalo!

Abro los ojos. No recuerdo haberlos cerrado. Los dedos del chico se clavan en mi antebrazo, casi arañándome tras haber entrado en pánico. Geoff, Kristin y Emma están parados bajo la lluvia y nos miran fijamente. Texy jalonea su correa y ladra violentamente. Emma la sostiene.

—Rev, cielo —dice Kristin, con un halo de preocupación entretejida a su voz. Me toca el brazo—. Rev, suéltalo.

Lo hago y me desplomo en el césped.

Esta vez, el chico no corre. Hace sonidos de ahogo y tose, también sobre la hierba.

Es mi culpa, yo lo lastimé. Siento cómo la vergüenza me golpea con la fuerza de un mazo.

Geoff y Kristin van hacia Matthew. Me alegro. En este momento no merezco su atención. Ni siquiera los puedo mirar.

—Oye —escucho la voz de Emma a mi lado.

Me volteo y la encuentro sentada en cuclillas sobre el césped. Texas presiona su nariz contra mi cara y comienza a lamerme la mejilla. Me duele; me pregunto si estoy sangrando. Aparto el hocico de la perra.

—¿Te encuentras bien? —pregunta Emma.

—No, no lo estoy.

Enseguida me pongo de pie. Ella se acerca y me toca la mano.

—Sigo aquí —murmura.

—Lo sé —respondo sin querer mirarla.

Ella frunce el entrecejo y se inclina un poco hacia mí.

—Rev, tú...

—No —la interrumpo. Desearía que no hubiera visto nada de esto—. Soy un desastre, Emma.

—Pero...

—Por favor, vete a casa y olvida que esto ocurrió. Por favor... —se me quiebra la voz. No puedo soportar más de esta situación.

—Rev —pronuncia mi nombre con dulzura—, está bien, me puedo quedar.

Me obligo a abrir los ojos y veo que Geoff y Kristin ayudan a Matthew a levantarse. No sé cómo responderán. Ignoro lo que pueda suceder. Lo que sí sé es que no quiero que ella lo vea. Me paso la mano húmeda por la cara.

—Por favor, Emma, solo vete.

—De acuerdo —replica en voz baja—. Ten.

Se quita mi abrigo y este queda abultado en mi regazo. Se siente tibio y conserva su aroma, como un olor afrutado a naranjas y huertos. La lluvia que se derrama alrededor pronto le roba su tibieza y fragancia.

—¿Estás seguro? —me dice.

Contengo la respiración, pues no estoy seguro de nada.

Siempre me preocupa haber heredado la violencia de mi padre.

Así es, siempre aguarda en mi interior.

—Vete. No puedo hacerlo —respondo, tras afirmar con la cabeza.

—Está bien.

Y eso es todo. Se da vuelta y sale caminando del patio.

♥

</DIECISÉIS>

<UNO> Emma </UNO> <DOS> Rev </DOS> <TRES> Emma </TRES> <CUATRO> Rev </CUATRO> <CINCO> Emma </CINCO> <SEIS> Rev </SEIS> <SIETE> Emma </SIETE> <OCHO> Rev </OCHO> <NUEVE> Emma </NUEVE> <DIEZ> Rev </DIEZ> <ONCE> Emma </ONCE> <DOCE> Rev </DOCE> <TRECE> Emma </TRECE> <CATORCE> Rev </CATORCE> <QUINCE> Emma </QUINCE> <DIECISÉIS> Rev </DIECISÉIS> <DIECISIETE> Emma

[17]

-

El camino de regreso a casa me parece interminable, a pesar de que apenas nos separan cinco calles. Continúo queriendo regresar para asegurarme de que se encuentra bien. Siento que la mano me hormiguea, justo donde sus dedos se unieron a los míos.

Me compartió mucho acerca de su vida, pero todo lo que acaba de suceder bajo la lluvia solo demuestra que mucho sigue siendo un misterio.

¿Ese chico era su hermano? Nunca comentó nada acerca de un hermano en todo el rato que hablamos sobre su padre y los años de abuso que debió haber sufrido. Tengo la cabeza hecha un lío. Hace una semana mi vida tenía sentido, pero ahora nada lo tiene.

Jamás había visto una pelea entre chicos. Las películas lo hacen parecer emocionante y dejan en claro lo que está en juego. Está el tipo bueno y el malo. Pero esto fue terrible y atemorizante, y no pude entender lo que estaba pasando. Además, voy caminando sola de regreso a casa. Por lo menos la lluvia disminuyó y ahora solo es llovizna.

Tiemblo de frío, así que troto un poco. Mi cuerpo va a necesitar como una hora en una ducha caliente, tan solo para quitarse el frío de los huesos. Cuando doy vuelta en la esquina de mi calle, incluso Texas se retrasa un poco. Ha sido una noche emocionante para ella.

Los dos coches de mis padres están estacionados y las luces de la planta principal están encendidas. Casi me voy de espaldas en la calle por la sorpresa. ¿Mi padre llegó a casa a una hora razonable?

—Vamos, Texy —corro y subo de un salto los escalones del porche.

Simplemente están adentro, sentados en la sala. Ambos levantan la mirada sorprendidos al verme entrar. Mi madre frunce el ceño.

—Emma, ¿qué demonios te pasó? —sus ojos descienden hacia mis zapatos, que están salpicados de lodo debido a la aventura en el patio de Rev—. ¿Estuviste afuera con esta tormenta?

¿Dónde pensó que estaba?

—Sí —respondo sin aliento—. Me sorprendió la lluvia al sacar a Texy. ¿Qué sucede?

Ella y mi padre intercambian miradas.

—Hemos estado conversando y ambos acordamos que deben hacerse algunos cambios para mantener la paz.

—¿La paz? —repito.

—Entre todos nosotros —dice, afirmando con la cabeza.

—Catharine —la voz de mi padre retumba con suavidad. Su tono es apacible, calmado—, ¿por qué no la dejas que primero se vaya a cambiar?

Calma. Es algo tan ajeno a esta casa que me dan ganas de recostarme y disfrutarla.

—Bien —cuelgo la correa en el gancho que está junto a la puerta y me quito el calzado de una patada—. De acuerdo, solo denme unos minutos.

La ducha puede esperar. Subo corriendo las escaleras y me quito la ropa mojada.

Deben hacerse algunos cambios para mantener la paz. Entre todos nosotros. Puede que mamá elabore un cuadro detallado de tareas y yo no tendría problema con que lo hiciera. Cocinaría todos los días con tal de que terminen los pleitos. Tendríamos que alimentarnos de macarrones con queso en cada comida, pero no importa. Pasaría la aspiradora todas las noches si eso garantiza que mi padre llegará a casa a una hora decente.

Van a proponer un cambio, lo puedo adivinar.

Quizás le pueda mostrar OtrasTIERRAS a papá. Tal vez por fin tenga algunos minutos de sobra. Se sentirá tan orgulloso. *Tan* orgulloso.

Me tengo que secar una lágrima. No sé lo que él piensa hacer, pero seguro será increíble.

Siguen sin gritarse y ninguno está bebiendo. No lo puedo creer. Puede ser que hayan pasado todo el día con algún consejero matrimonial y aprendieron a comunicarse de forma efectiva.

Ni siquiera presto atención a si mi ropa combina, el caso es que está seca. Casi me tropiezo en las escaleras por regresar rápidamente con ellos.

Una vez más me miran sorprendidos. Tengo que tranquilizarme.

–Perdón. Es solo que me alegra que ambos estén aquí –comento, tras dejarme caer en el sillón.

Ambos vuelven a intercambiar miradas.

–Emma –dice mi padre con un tono de voz suave.

–Emma –repite mi madre.

Enseguida la habitación cambia, se inclina, se altera. Algo aquí no está bien.

–¿Qué sucede? –pregunto.

–Esto no está funcionando –responde ella, con una voz más que tranquila.

–No podemos continuar con esto –comenta mi padre.

El corazón me retumba en la cabeza. No alcanzo a escuchar lo que me están diciendo. Es más, no oigo nada.

–¿Emma? –el tono de ella adquiere una nota conocida de impaciencia–. Emma, ¿entiendes lo que te estamos diciendo?

–Acaban de decir que quieren hacer un cambio y que quieren que las cosas estén en paz.

–Así es –afirma mi madre.

–Nos vamos a divorciar –sentencia mi padre.

Vi cómo Rev derribó a ese chico bajo el aguacero. El muchacho corría y Rev se lanzó contra él, con todo su ser, hasta que lo tiró.

Así es como me siento.

No sé cómo me mantengo en pie. Creo que voy a vomitar. Intento responder, pero siento la boca demasiado densa.

—Voy a llevarme algunas cosas y me quedaré con Kyle —señala mi padre. Kyle es otro tipo que trabaja para Axis Games.

—No lo hagas —susurro.

—Le dije a tu padre que tenemos que vender la casa —los labios de mi madre se fruncen—. No podemos costear una hipoteca y un apartamento...

—¿Podrías esperar antes de que empecemos a hablar de dinero? —mi padre lanza un suspiro y se soba detrás del cuello—. Ella no necesita escuchar los detalles.

—Bueno, alguien debe ocuparse de ellos —explota ella.

—Por supuesto, y tú eres muy buena con los detalles —se burla él.

—Tienes suerte de que lo sea o no tendríamos nada. Te voy a ayudar a sobrellevar este divorcio igual que te ayudé a superar todo lo demás.

—¿No podrías conseguir que uno de tus amigos doctores te recete algo para que seas menos controladora?

—No te atrevas a insultarme frente a mi hija.

Su hija. ¿Su hija?

—No soy tu hija —reviento—, soy suya —miro a mi padre—. Yo también puedo empacar.

Papá luce desconcertado.

—Emma, cariño, me voy a ir con Kyle. Ni siquiera tiene una segunda habitación. Voy a dormir en el sofá...

—Puedo dormir en el suelo.

Mi madre hace un ruido de indignación.

—No te vas a ir con él.

—No me quiero quedar aquí —grito—. ¿No lo entiendes? No me quiero quedar aquí contigo.

Su rostro palidece. Luce afligida.

—Emma...

—Catharine, detente —papá me mira—. Em, lo siento. Tienes que quedarte aquí. Cuando encuentre un lugar, podemos hablar...

—No va a irse a vivir contigo —el tono de su voz es gélido.

Incluso en este momento, intenta controlarme. Aun en esta situación. Pero no puedo hablar.

Mis piernas han dejado de responderme. Tal vez podría subir de nuevo las escaleras para volver a empezar. Eso es, puedo bajar nuevamente para que podamos tener una conversación completamente distinta.

En alguna ocasión vi una imagen en línea que decía: "Si estás viendo esto, estuviste en coma durante veinte años y estamos probando un nuevo modo de comunicarnos contigo. Por favor, despierta". Me quedé viendo el meme un minuto completo. Jamás había deseado que algo así se hiciera realidad. *Despierta. Despierta. Despierta.*

Mis padres continúan discutiendo y yo sigo aquí. O no tanto.

—¿No pueden...? —la voz se me quiebra. Ni siquiera me escuchan—. ¿No pueden... no pueden ir a terapia?

—Ya fuimos con un terapeuta —responde mi madre.

—Ustedes, ¿qué...?

—Durante el último año —agrega mi padre—. No está funcionando, M&M. Tenemos que separarnos.

Ese apodo es como un golpe en la cara. Ahora sí despierto.

—No me llames así —respondo furiosa—. Jamás me vuelvas a llamar de ese modo.

—Emma...

—Son un par de egoístas —me dirijo hacia las escaleras.

—¡Regresa aquí! —grita mi madre.

—Déjala ir —la ataja—. Permítele que asimile todo esto.

Lo odio. La odio. LOS ODIO.

Mi habitación está fría y silenciosa. Las luces de mis *routers* parpadean. Texy entra disparada junto a mí y me empuja la mano con su nariz.

La ignoro y abro de golpe mi laptop. Aparecen mis mensajes de texto, entre ellos el que mi padre nunca me respondió.

Veo el tenso intercambio con Cait. Vive con unos padres que lucen tan enamorados uno del otro, que siento ganas de vomitar cuando estoy en su casa. Vamos, su madre incluso deja comentarios y le gustan los videos de maquillaje que su hija graba. Lo último que me hace falta en este momento es que me ofrezcan crêpes con chispas de chocolate o que alguien me abrace, y eso sería lo único que encontraría en casa de Cait.

Luego de un momento, el intercambio de mensajes que tuve con Rev también se cuela en la pantalla, pues se carga desde mi teléfono.

Leo uno de sus últimos mensajes: "¿Tú y tu padre son cercanos?". Hace una hora, aquellas palabras me hacían sentir bien interiormente; eran cálidas. Ahora son como lava líquida que me quema las entrañas.

Él podría entenderme, pero lo único que escucha mi cerebro son sus palabras de despedida: "Vete. No puedo hacerlo". Tampoco puedo escribirle.

Mi padre llama a la puerta.

—Emma, por favor, háblame.

Su tono de voz siempre suena tan sereno, que coincide con su forma de ser de no-es-para-tanto. Solía creer que ese era un signo de fortaleza y que podía dar la cara a lo que fuera. Pero ahora no consigue más que irritarme. Así que me pongo los auriculares de juego. Los audífonos acolchados amortiguan cualquier sonido.

—Emma —me llama.

Me conecto a OtrasTIERRAS. Y ahí, justo arriba, encuentro otro mensaje de Nightmare.

Sábado 17 de marzo   9:36 p.m.

De: N1ghtm@re4

Para: Azul M

¿Me estás evitando?

Este también incluye un archivo adjunto. Es el mismo avatar desnudo y atado, pero esta vez su cabeza está decapitada. Su diseño gráfico es increíblemente visceral.

Cada célula de mi cuerpo estalla de ira. Si antes había lava líquida quemándome por dentro, ahora la furia se ha convertido en una supernova ardiendo en algún punto en el centro de mi pecho.

Ni siquiera lo pienso, solamente tecleo.

Sábado 17 de marzo   10:47 p.m.

De: Azul M

Para: N1ghtm@re4

TE ODIO.

TE ODIO.

TE ODIO.

TE ODIO.

TE ODIO.

DÉJAME EN PAZ.

Lo bloqueo. Luego, cierro violentamente mi laptop. Me dejo caer bocabajo en la cama y grito en mi almohada. Mi alarido es tan fuerte y prolongado que olvido lo que es el silencio.

Grito hasta quedarme sin aliento.

Y, entonces, aparece el silencio y me inunda. Hay tanto, que casi no lo puedo soportar.

Ignoro dónde están mis padres. No me importa. No me importa.

Suena mi teléfono y estoy a punto de tirarlo.

Son casi las once de la noche. Espero que sea Cait, aunque sé que sería imposible. De algún modo anhelo que sea Rev.

Pero no es de ellos, es un mensaje que llega a través de 5Core.

Por un momento me aterra que Nightmare me haya respondido, pero no es de él, sino de Ethan.

Ethan_717: ¿Estás disponible esta noche? ¿Quieres conectarte a OtrasTIERRAS o Reinos guerreros?

Soy tan estúpida. Me echo a llorar y sollozo abiertamente, pero me conecto a mi videojuego. Escucho que mamá llama a la puerta.

—Emma, ¿puedo hablar contigo, por favor?

—¿Para qué? —le grito como histérica—. ¿Para que me digas que soy una holgazana? ¿O me vas a decir lo malo que son los videojuegos? ¿O lo perdedor que es papá? ¿O ya abarqué todos los temas?

—Emma —su voz suena tan baja, que casi no la escucho—. Emma...

—¡Olvídalo! —grito—. ¡Vete!

Entonces, se me ocurre algo más.

—Si desconectas de nuevo Internet, voy a hackear tu laptop y borrar todo lo que tengas.

—Emma —su voz es penetrante.

Enciendo la música para no escuchar a mi madre. El volumen es tan alto que me duelen los oídos. Busco a Ethan y veo que está conectado. Le envío una solicitud de equipo. No me responde, pero abre una ventana de chat privado.

Ethan_717: Ya estoy en un grupo. ¿Quieres que te agregue?

Desde luego. Puedo incorporarme a un grupo mientras sollozo libremente.

Azul M: No, está bien.

Después me quedo sentada y miro fijamente el monitor. Las palabras de mis padres dan vueltas en mi cabeza.

Divorcio. Tenemos que vender la casa.

No podemos costear una casa y un apartamento.

Divorcio.

Divorcio.

Divorcio.

En la pantalla parpadea una solicitud privada para formar equipo. Enseguida le envío a Ethan un mensaje.

Azul M: En verdad no puedo lidiar con un equipo en este momento.

Ethan_717: Está bien, solo soy yo.

Vaya. Le doy clic al botón de Aceptar.

Su voz se siente cálida en mi oído:

—¿Qué hay?

No quiero hablar, solo deseo jugar. Pero de pronto respiro y me suelto a llorar. Le cuento todo lo ocurrido, acerca de mi madre, mi padre, su divorcio y de los mensajes de Nightmare. Me toma un buen rato.

—Lo siento, no era mi intención descargar todo eso contigo —digo al terminar.

—No te disculpes —comenta tras respirar profundamente—. Siento mucho lo de tus padres —hace una pausa—. Y también todo el asunto que has pasado con el otro tipo.

—Está bien —sorbo por la nariz—, voy a continuar bloqueándolo. Al final se va a aburrir.

—Es probable —calla un momento—. ¿Hay algo que pueda hacer?

Recuerdo la sensación de los dedos de Rev unidos a los míos. Me palmeo las mejillas y bajo el volumen de la música. Mis padres se han quedado callados.

—¿Podríamos solo jugar? —le digo.

—Claro.

Así que cargo una misión para hacer exactamente eso.

♥

</DIECISIETE>

<UNO> Emma </UNO> <DOS> Rev </DOS> <TRES> Emma </TRES> <CUATRO> Rev </CUATRO> <CINCO> Emma </CINCO> <SEIS> Rev </SEIS> <SIETE> Emma </SIETE> <OCHO> Rev </OCHO> <NUEVE> Emma </NUEVE> <DIEZ> Rev </DIEZ> <ONCE> Emma </ONCE> <DOCE> Rev </DOCE> <TRECE> Emma </TRECE> <CATORCE> Rev </CATORCE> <QUINCE> Emma </QUINCE> <DIECISÉIS> Rev </DIECISÉIS> <DIECISIETE> Emma </DIECISIETE> <DIECIOCHO> Rev ♥

[18]

De nuevo pasa de la medianoche y otra vez no puedo dormir.

El silencio se ha apoderado de la casa, pero es una calma falsa. Nadie duerme. Geoff y Kristin están hablando, sus voces ascienden como un murmullo desde el pasillo de abajo. La puerta de la habitación de Matthew se cerró hace poco, pero sé —solo lo sé— que tampoco duerme.

Siento un dolor algo agudo en la mandíbula, pero le doy la bienvenida. Cuando era niño, mi padre siempre me decía que el dolor era el mal que abandonaba el cuerpo, y ahora encuentro algo de consuelo en esas palabras.

No he hablado con Geoff y Kristin. Después de que trajeron a Matthew a la casa, me fui directamente a mi cuarto, mientras ellos lidiaban con él en la cocina.

No llevaba un cuchillo. Lo ataqué así nada más, pero él no traía un arma. No puedo enfrentarlo, no quiero hacerlo. Le había dicho que no lo iba a molestar, pero lo hice.

¿Has caído tan profundamente en la tentación?

Las palabras del correo de mi padre son inquietantes. ¿Me han tentado? ¿Quién lo hace? Me siento presionado para satisfacer a medio mundo, pero no lo consigo. Todo es tan confuso.

Continúo recordando imágenes de aquel momento a oscuras bajo la lluvia, cuando supe que podía lastimarlo. Me pregunto si Matthew está consciente de ello o si lo puede presentir.

Además, todo ocurrió enfrente de Emma.

La vergüenza ha anidado en mi estómago; es una sensación oscura y abrumadora que no me deja en paz.

Necesito disculparme. Aunque no sé cómo pedir disculpas por lo que soy.

Suena un golpe en mi puerta. Es muy quedo, así que supongo que debe ser Kristin.

—Adelante.

Me equivoqué, es Geoff. Su complexión abarca el marco de la puerta, y la oscuridad y las sombras asoman detrás de él.

—Creí que ibas a estar durmiendo —dice.

Niego con la cabeza y clavo la vista en el edredón de la cama. Ni siquiera me he recostado bien. Últimamente, el sueño se ha convertido en una criatura escurridiza.

—¿Me puedo sentar? —pregunta.

—Sí.

Toma asiento en la silla de mi escritorio y la gira para mirarme de frente.

—Vaya golpe —antes de que pueda responder, se da vuelta y grita hacia el pasillo—. Oye, Kris, necesita una bolsa de hielo.

Mi quijada se tensa, pero hacerlo es doloroso, así que me obligo a relajarme.

—No hace falta.

—Compláceme.

Kristin aparece en la puerta con una bolsa de hielo envuelta en una toalla. Me echa un vistazo y su gesto se descompone.

—Oh, Rev, hubieras dicho algo. Hemos estado conversando y no me había dado cuenta...

—Estoy bien. No pasa nada.

Entra a la habitación y se sienta a mi lado; luego apoya la bolsa en mi rostro.

—No me di cuenta de que te había pegado tan fuerte.

—Detente —aparto su mano y yo mismo sostengo el hielo. No quiero, pero si no lo hago volverá a aplicármelo–. Estoy bien.

—No lo estás —asegura, poniéndome la mano en el hombro.

Me quedo inmóvil. No entiendo qué quiso decir. Mi respiración se acelera.

—No fue nuestra intención provocar este lío —comenta en voz baja–. Cuando le dijimos a Bonnie que permitiríamos que Matthew se quedara aquí, creo que no consideramos cómo te iba a afectar.

Me toma una eternidad asimilar sus palabras. No vinieron a gritarme ni están enojados. De alguna manera, esto es peor aún.

—Para, para —la interrumpo, y bajo la bolsa de hielo.

—Rev...

—Lo lastimé. ¿Es que no lo entienden? Lo lastimé.

—No lo hiciste —Kristin se apoya en mí. Su voz es de lo más dulce–. Impediste que te lastimara y que huyera, lo que podría haber sido todavía peor.

No pueden fingir que las cosas ocurrieron de otra manera. Sé lo que hice y también lo que sentí.

—Rev, cariño —su brazo me rodea–, tú no...

—Lo hice —me aparto. Es un movimiento dominado por el miedo y la furia, y desearía poder retractarme de inmediato. Me hago ovillo–. Perdón. Perdón —la voz se me quiebra y espero el momento en que Geoff me sujete para proteger a Kristin.

No lo hace y acerca su silla hacia mí.

—Rev, mírame.

No quiero mirarlo, pero tiene una buena voz —grave y firme– para indicar cuando se le acaba la paciencia para soportar tonterías. Volteo hacia él y lo miro a los ojos.

—No lo lastimaste —afirma Geoff—. ¿Me entiendes? No lo lastimaste, él se encuentra bien.

'—Lastimé a mamá...

—No lo hiciste —Kristin se acerca de nuevo a mí y yo levanto una mano.

—Detente —no puedo mirarlos en este instante. No puedo ver nada—. Por favor, detente.

—Está bien —responde, pero no se quita de la cama.

Los tres nos quedamos sentados en completo silencio, sin que nada lo interrumpa salvo mi respiración agitada. Permanecen ahí, sin dejarme.

Ya no puedo manejar todo esto solo.

Me toma tres intentos obligarme a que las palabras salgan.

—¿Saben dónde está mi padre?

—No —replica Geoff. Se acerca todavía más a la cama, pero no tanto como para que la distancia me resulte amenazante—. ¿Quieres que lo averigüe?

—¿Puedes hacerlo? —pregunto, tras girar para mirarlo.

—Quizás —hace una pausa—. ¿Estaría bien si te pregunto por qué?

Respiro para contarles acerca de la carta y de los correos, pero no puedo. Se siente como una gran traición en diferentes niveles. Pero si sé dónde se encuentra mi padre, podría juzgar si es una amenaza. Podría estar al otro lado del país o en la cárcel, o podría tener otro hijo.

Estos pensamientos me hielan la sangre.

—Solo quiero saber —mi voz suena descompuesta, porque debo exprimirles las palabras a estos pulmones que se niegan a funcionar. Me siento rígido y exhausto. Lo único que me conserva en posición vertical es la sangre helada que corre por mis venas—. Necesito saber, ¿de acuerdo?

—Está bien —hace una pausa y su mirada luce llena de inquietud—. Rev... no hay problema en hablar sobre tu padre, ¿lo sabes? Está bien hacerlo.

Pienso que no, no lo está.

—No quiero hablar sobre él.

Imagino que debo parecer un loco, pues fui yo quien lo trajo a la conversación.

Sin embargo, no es que puedas buscar a "Robert Ellis" en Google y esperar encontrar al hombre indicado. Bien podría llamarse ahora John Smith o Jack Baker.

—¿Quieres hablar sobre Emma? —pregunta Kristin.

Hum. ¿Que si quiero hablar sobre cómo perdí el control por completo y ataqué a Matthew enfrente de ella? O, ¿cómo desde ahora nunca confiaré en mí cuando esté cerca de ella?

Niego con la cabeza.

—Rev, necesito que me respondas honestamente —sentencia Geoff—. ¿Debo llamar a Bonnie para que comience a hacer los arreglos para que le encuentre otra casa a Matthew?

—¿Le quieren encontrar otra casa? —pregunto, tras parpadear y mirarlo fijamente.

—No, no quisiera. Creo que le hace falta tiempo para descubrir que puede confiar en nosotros. Pero la llamaría de inmediato si esta situación te está estresando demasiado.

—No... —niego con la cabeza—. No me refería a eso. Fui yo quien lo hizo. Debían saber que lo haría.

Él se endereza en la silla y me observa confundido.

—Rev, no comprendo qué crees que hiciste —su voz es casi un murmullo.

—Me voy a convertir en mi padre. Espero el momento en que pase. He leído acerca del ciclo de la violencia y la manera en que uno lleva ciertos rasgos grabados en su estructura genética —tengo los antebrazos apretados con fuerza contra el abdomen, como si físicamente necesitara contenerme–. Es como cuando Dec jura que nunca probará de nuevo una gota de alcohol. De algún modo tengo que hacer algo similar. Porque no sé cómo empieza y tampoco sabré cómo detenerme.

Ambos se quedan callados, y mis ojos regresan al cobertor, pues desconozco si quiero mirarlos para leer sus expresiones. Había discutido esto con Declan, pero nunca con ellos.

Recuerdo la idea que invadió mi cabeza cuando sometí a Matthew en el césped y cómo pude haberle roto el cuello. O la forma en que las palabras de mi padre se han abierto paso en mi cerebro y han desatado pensamientos que llevaban mucho tiempo dormidos.

Tal vez tenga razón.

Quizás sea yo quien deba estar en el reformatorio, encerrado donde no pueda lastimar a nadie.

Geoff se acerca otro poco y apoya una mano en mi rodilla. Su gesto me dificulta respirar, pero no me aparto y él no reacciona.

–Dices que leíste acerca del ciclo de la violencia –comenta–. ¿Qué es lo que sabes?

Usa un tono de voz muy práctico. No es desafiante, es solo una pregunta. Es la voz con la que alecciona.

–Sé que los niños que sufrieron abuso al crecer se convierten en abusadores.

–No siempre, Rev.

–Casi siempre.

–¿Sabes por qué? Porque no es una cuestión solo de genética.

–Sé que tiene algo que ver con que tu cerebro se estropea cuando eres niño –señalo tras titubear– y con no aprender cómo manejar correctamente las emociones.

—Algo así. En un nivel muy básico, el trastorno afectivo ocurre cuando el niño no desarrolla un vínculo normal con la persona que lo cuida, ya sea por negligencia, abandono o abuso. Esto lo has visto en algunos de los niños que hemos tenido aquí. Algunos de esos pequeños nunca han aprendido a confiar.

Tiene razón, lo he visto. Recuerdo a un niñito que jamás lloraba porque nunca habían respondido a su llanto. Tenía tres años y no podía hablar.

Para cuando su madre por fin se desintoxicó, él ya se había convertido en un parlanchín que le encantaba cantar el alfabeto. Cuando la mujer recuperó la custodia, Kristin lo fue a visitar todos los días durante varios meses.

Geoff extiende sus manos.

—En realidad, los niños pequeños son bastante sencillos de cuidar. Si tienen hambre, hay que alimentarlos. Si están tristes, necesitan que los reconforten. Si se lastiman, hay que curarlos. Es el núcleo de una relación de confianza con los adultos. Pero si no hay nadie que haga estas cosas, o si la atención no es consistente, los niños comienzan a perder algunos de los bloques con que construyen su personalidad —hace una pausa—. O si la respuesta a esas necesidades es negativa, y no solo negligente, el pequeño comienza a aprender por sí mismo respuestas incorrectas. Así que, si el niño pide comida, pero la respuesta es una bofetada en la cara, entonces comienza a internalizar eso como causa y efecto.

Mi respiración se agita y una tensión conocida me atenaza los hombros de nuevo. No sé si pueda seguir hablando de esto ni tampoco si me pueda detener.

—Mi padre... no actuaba así. Él era...

Diabólico.

—Esto es distinto —concluyo.

—¿Por qué? —pregunta Geoff.

—Porque él no era negligente. Pensaba que hacía lo correcto, creía en lo que hacía. ¿Cómo puedo luchar con eso?

—¿Crees en cómo actuaba?

—¿Qué? –la pregunta me frena en seco.

—¿Crees en lo que él hacía? ¿Consideras que sus acciones eran guiadas por Dios?

Me quedo inmóvil. Es tan obvio, pero no puedo pronunciar las palabras. Incluso después de todos estos años, negarlo se siente como un acto en contra de mi padre.

Me aprieto los lados de la cabeza con las manos. Una migraña repentina punza entre mis sienes.

—No puedo hablar de esto.

—Está bien. Ya es tarde –responde Geoff tras una breve pausa y sacude ligeramente mi rodilla–. No tenemos que hablar de esto ahora.

La mano de Kristin roza mi hombro y me planta un beso en la frente. Son pequeños detalles que me recuerdan que estoy aquí, en el presente, y que tengo dieciocho años y no siete.

—Has tenido un día largo –me dice–. Duerme un poco.

Ella se levanta de la cama, pero Geoff no se para de la silla.

—Era en serio lo que te dije antes, si el hecho de que Matthew esté aquí te causa un problema...

—Para nada –carraspeo y me froto las palmas de las manos contra las rodillas–. Para nada.

—Hay algo más que te molesta, Rev –dice titubeante–. Me encantaría que hablaras conmigo.

Oh, desearía poder hacerlo.

—Mañana –le aseguro, con voz débil. Todo yo me siento así–. Mañana, ¿está bien?

–De acuerdo –se levanta de la silla y me aprieta con ternura el hombro.

Cuando llega a la puerta, lo detengo.

–Espera. ¿Por qué sigue huyendo? ¿A dónde va?

–No nos dice –su rostro se pierde en un pensamiento–. A veces creo que la gente está tan acostumbrada a lo negativo, que los incomoda estar en una atmósfera positiva, o incluso los asusta. Coincide con lo que estábamos hablando. Cuando no puedes confiar en nadie, lo desconocido se vuelve un lugar muy aterrador, de hecho.

Sigue un silencio bastante pesado.

–Piénsalo, Rev. ¿Por qué escapas?

Aparto la mirada. En realidad, no tengo una respuesta a su pregunta. Aunque a decir verdad sí la tengo, pero es vergonzosa.

Geoff no me presiona. Su voz es amable, a pesar de que no lo merezco.

–Buenas noches, Rev.

–Buenas noches.

Luego de despedirnos, cierra la puerta y me deja a solas con mis pensamientos.

</DIECIOCHO>

<UNO> Emma </UNO> <DOS> Rev </DOS> <TRES> Emma </TRES> <CUATRO> Rev </CUATRO> <CINCO> Emma </CINCO> <SEIS> Rev </SEIS> <SIETE> Emma </SIETE> <OCHO> Rev </OCHO> <NUEVE> Emma </NUEVE> <DIEZ> Rev </DIEZ> <ONCE> Emma </ONCE> <DOCE> Rev </DOCE> <TRECE> Emma </TRECE> <CATORCE> Rev </CATORCE> <QUINCE> Emma </QUINCE> <DIECISÉIS> Rev </DIECISÉIS> <DIECISIETE> Emma </DIECISIETE> <DIECIOCHO> Rev </DIECIOCHO> <DIECINUEVE> Emma

[19]

Papá: Emma, no me gusta cómo terminaron las cosas esta noche. Quisiera tener la oportunidad de hablar contigo. ¿Qué tal si almorzamos, solamente tú y yo? Puedo pasar por ti a las 11.

Miro el reloj. Son las 10:00 a.m. Apago mi teléfono y me doy vuelta en la cama. ♡

Cuando llaman a la puerta a las 11, los ignoro.

No salgo de la cama en todo el día.

`</DIECINUEVE>`

<UNO> Emma </UNO> <DOS> Rev </DOS> <TRES> Emma </TRES> <CUATRO> Rev </CUATRO> <CINCO> Emma </CINCO> <SEIS> Rev </SEIS> <SIETE> Emma </SIETE> <OCHO> Rev </OCHO> <NUEVE> Emma </NUEVE> <DIEZ> Rev </DIEZ> <ONCE> Emma </ONCE> <DOCE> Rev </DOCE> <TRECE> Emma </TRECE> <CATORCE> Rev </CATORCE> <QUINCE> Emma </QUINCE> <DIECISÉIS> Rev </DIECISÉIS> <DIECISIETE> Emma </DIECISIETE> <DIECIOCHO> Rev </DIECIOCHO> <DIECINUEVE> Emma </DIECINUEVE> <VEINTE> Rev

[20]

Empiezo a pensar que escribo correos al vacío. ¿Estás ahí?
Respóndeme.

No quiero hacerlo y apago mi teléfono.
Me acuesto bocabajo y luego me pongo la almohada sobre la cabeza.
No salgo de la cama en todo el día.

</VEINTE>

<UNO> Emma </UNO> <DOS> Rev </DOS> <TRES> Emma </TRES> <CUATRO> Rev </CUATRO> <CINCO> Emma </CINCO> <SEIS> Rev </SEIS> <SIETE> Emma </SIETE> <OCHO> Rev </OCHO> <NUEVE> Emma </NUEVE> <DIEZ> Rev </DIEZ> <ONCE> Emma </ONCE> <DOCE> Rev </DOCE> <TRECE> Emma </TRECE> <CATORCE> Rev </CATORCE> <QUINCE> Emma </QUINCE> <DIECISÉIS> Rev </DIECISÉIS> <DIECISIETE> Emma </DIECISIETE> <DIECIOCHO> Rev </DIECIOCHO> <DIECINUEVE> Emma </DIECINUEVE> <VEINTE> Rev </VEINTE> <VEINTIUNO> Emma

[21]

Ethan_717: Tal vez es muy tarde para enviarte un mensaje, pero solo quería saber cómo estás.

El texto aparece en mi pantalla después de la medianoche. Debo levantarme en la mañana para ir a la escuela, pero el sueño tarda en llegar. Ni siquiera me siento cansada. Puede que tenga que ver con habérmela pasado todo el día en la cama, aunque no estoy segura.

Divorcio.

Tenemos que vender la casa.

¿A dónde nos iríamos? ¿Qué significa todo esto?

No quiero pensar en ello y los mensajes son una buena distracción.

Azul M: Sigo viva.

Ethan_717: Me alegra escucharlo. ¿Estás bien?

Azul M: No he salido de mi habitación en todo el día.

Ethan_717: Yo tampoco. ¿Te han llegado más mensajes de ese tipo, Nightmare?

Azul M: No. Y me alegra no ser la única loca. ¿Tú cómo estás?

Ethan_717: Lo normal.

Enseguida me envía un gif animado de una señora loca jalándose los cabellos, con la leyenda: ¡SIN GANCHO DE ALAMBRE!

La escena es de una vieja película sobre la vida de la actriz Joan Crawford, que como no podía manejar la tensión de Hollywood se desquitaba con sus hijos. A mamá le encanta.

Ya sé, ya sé, reconozco la ironía.

Azul M: ¿Tu mamá es así?

Ethan_717: Puede serlo.

Azul M: ¿Es que todas las madres son así? Ni siquiera lo entiendo.

Ethan_717: Sí, todas las madres están locas.

Azul M: Por otro lado, puede que mi papá la haya convertido en eso. No lo sé.

Ethan_717: Lamento que estés pasando por esto.

Azul M: Gracias.

Ethan_717: ¿Tus padres siguen viviendo en la misma casa en este momento?

Azul M: No quiero hablar de eso.

Ethan_717: Está bien.

Azul M: Bien.

Ethan_717: Supongo que no quieres realizar una misión.

Azul M: No ahora.

Ethan_717: Quisiera poder ayudarte.

Azul M: Lo haces. Gracias, Ethan.

Luego parpadeo a la pantalla y rápidamente tecleo otra línea.

Azul M: Me acabo de dar cuenta de que ni siquiera sé si ese es tu verdadero nombre.

Ethan_717: Lo es. Soy Ethan. El 717 es por mi cumpleaños, soy del 17 de julio. Sé que no es el nombre típico de un jugador, pero comencé a usar Ethan_717 cuando tenía 9 años y ahora parece que no puedo renunciar a él.

Azul M: Soy Emma.

Ethan_717: ¡EMMA! Ahora entiendo. Todo este tiempo estuve adivinando nombres con la letra M. Estaba dividido entre Melissa y Melanie.

Arqueo las cejas, sorprendida.

Azul M: Amigo, me lo podrías haber preguntado.

Ethan_717: No, era más divertido intentar adivinarlo.

Azul M: Ahora ya sabes todo sobre mí.

Ethan_717: En este momento estoy escribiendo tu biografía en Wikipedia.

Estuve a punto de reírme, pero es como si mi sentido del humor se hubiera descompuesto. Con solo pensarlo siento ganas de echarme a llorar de nuevo.

Ethan_717: ¿Te puedo decir algo?

Azul M: Seguro.

Ethan_717: Tal vez sea mejor lo del divorcio.

Estoy de acuerdo, y estallo en llanto. Me alegra tanto que nos estemos escribiendo en lugar de hablar por el micrófono, porque si no pensaría que me la paso en un mar de lágrimas todo el tiempo.

Azul M: Tendremos que mudarnos. Mamá dice que debemos vender la casa.

Ethan_717: Es solo una casa, ya lo verás. Es solo eso.

Azul M: ¿Tuviste que mudarte cuando tus padres se divorciaron?

Ethan_717: Sin duda.

Azul M: ¿Y no estuvo mal?

Ethan_717: No. Ahí acabó la vida como la conocía. Fue algo terrible.

Azul M: Vaya. Gracias.

Ethan_717: Pero sobreviví.

Me seco la cara otra vez con la sábana. Siento que las mejillas me arden. Luego de un momento, me envía otro mensaje.

Ethan_717: Oye, no quiero ser demasiado atrevido, pero te paso mi número, en caso de que quieras hablar afuera del videojuego. Sé lo que se siente.

Y enseguida me lo envía. Su gesto calma un poco mi llanto. De inmediato lo agrego como contacto de iMessage, para que también se añada a mi teléfono. Rápidamente le mando un texto.

Emma: Gracias, Ethan.
Ethan: De nada, Emma.

Me doy vuelta en la cama y jalo las mantas por encima de mi cabeza. Por primera en todo el día, sonrío.

</VEINTIUNO>

<UNO> Emma </UNO> <DOS> Rev </DOS> <TRES> Emma </TRES> <CUATRO> Rev </CUATRO> <CINCO> Emma </CINCO> <SEIS> Rev </SEIS> <SIETE> Emma </SIETE> <OCHO> Rev </OCHO> <NUEVE> Emma </NUEVE> <DIEZ> Rev </DIEZ> <ONCE> Emma </ONCE> <DOCE> Rev </DOCE> <TRECE> Emma </TRECE> <CATORCE> Rev </CATORCE> <QUINCE> Emma </QUINCE> <DIECISÉIS> Rev </DIECISÉIS> <DIECISIETE> Emma </DIECISIETE> <DIECIOCHO> Rev </DIECIOCHO> <DIECINUEVE> Emma </DIECINUEVE> <VEINTE> Rev </VEINTE> <VEINTIUNO> Emma </VEINTIUNO> <VEINTIDÓS> Rev

[22]

Lunes 19 de marzo   5:26:32 a.m.

DE: Robert Ellis <robert.ellis@speedmail.com>

PARA: Rev Fletcher <rev.fletcher@freemail.com>

ASUNTO: Respóndeme

Te dije que me respondas.

Contesta, hijo.

No esperaré por siempre.

No esperaré por siempre.

El correo continúa en mi bandeja de entrada, sin respuesta. Sin embargo, sus palabras se me clavan con inquietante frecuencia. Cada vez que me muevo, que respiro, que mi corazón palpita.

Es amenazante.

—Te ves como la mierda —me dice Declan cuando me subo a su auto a las 7:00 de la mañana de este lunes.

—Me veo igual que siempre —llevo puestos unos jeans y una sudadera negra, para variar. No me tomé la molestia de rasurarme porque no quiero que me asalten con preguntas acerca del golpe en mi quijada.

—¿Estamos esperando a Matthew? —pregunta mi amigo, con la mano en la palanca de velocidades.

—No, solo arranca.

El auto se mece cuando acciona el embrague para acelerar y avanzar por la calle.

—Siento que me perdí algo.

—¿Tenemos tiempo para pasar por un café? —hubiera tomado una taza en casa, pero Matthew estaba en la cocina con Geoff y Kristin. No le he dirigido la palabra desde el sábado en la noche.

De hecho, no había hablado con nadie desde esa noche.

—Creo que sí —Declan toma a la derecha al final de mi calle, hacia Dunkin' Donuts.

La radio está sintonizada en una estación de música alternativa, que no me molesta, pero en este instante las letras cargadas de angustia de las canciones me desgastan de mala manera. Me estiro para girar el dial plateado a la izquierda, hasta el final.

Ahora hay silencio.

—¿Piensas hablar o qué? —pregunta mi amigo.

Mantengo la vista en el parabrisas. Las nubes oscurecen el cielo y la lluvia impregna el vidrio.

—No sé por dónde empezar.

—¿Por qué Matthew no vino con nosotros?

—Porque casi lo mato.

—¿Qué? Espera —responde, echándome un vistazo. Me mira dos veces, luego me observa con un poco más de atención antes de regresar los ojos al camino—. ¿Alguien te pegó?

—Otra vez intentó escapar, el sábado en la noche. Fui tras él y no le encantó que lo hiciera.

—Guau —extiende la expresión formando tres sílabas.

La cafetería está llena. Por lo menos hay diez personas esperando en el autoservicio. Sin importarle, Declan se forma en la línea.

—Simplemente lo atrapé —comento.

—Caramba. Me interesa escuchar esto.

Me encojo de hombros y meto las manos en el bolsillo de la sudadera.

—No hay mucho qué decir.

Mi amigo suspira y se pasa la mano por la cara.

—Dime que estoy despierto. Esto se parece a la conversación que tuvimos la otra noche. Estoy seguro de que no estuviste a punto de matarlo.

—Así fue. Pensé en hacerlo. Podría haberlo conseguido.

—Rev, hubieras venido a casa —su voz se escucha tranquila. Debió notar la agitación en la mía.

—Casi lo hago. Creí que Geoff y Kristin me iban a pedir que me fuera.

—¿Ahora los llamas Geoff y Kristin? —señala, arqueando las cejas, sorprendido.

—Cállate.

El motor del auto se revoluciona conforme avanza siguiendo la fila.

—Solo intento entender qué está pasando aquí.

—¡Soy peligroso, Dec! Llevo meses diciéndotelo.

—Seguro, Rev —responde, poniendo los ojos en blanco.

—No hagas eso —replico bruscamente.

No es fácil intimidar a Declan, y por eso confronta mi actitud sin rodeos.

—¿Que eres un peligro? ¿El chico sigue vivo o no?

—Sí, lo está —aprieto los dientes.

—¿Fue él quien golpeo primero o fuiste tú?

—Eso no importa.

—¡Por supuesto que importa!

—Él me golpeó —respondo mecánicamente.

—¿Así que solo le devolviste el golpe?

—No, ni siquiera le pegué.

—Vaya, parece que eres increíblemente peligroso. Quizás sea mejor que salgas del auto.

—Deja. De. Burlarte —lo miro fijamente.

Nos acercamos al altavoz y una voz femenina grazna para tomarnos el pedido. Declan ordena un café para cada uno y luego me mira.

—¿Comida?

—No.

De todos modos, pide dos emparedados para desayunar, porque me conoce mejor que nadie.

Cuando estamos en el tramo entre el altavoz y la ventanilla, me mira otra vez.

—No me burlo de ti, solamente intento entender lo que me estás diciendo.

—Digo que lo tenía en una llave para estrangularlo y pensé en romperle el cuello.

—¿Y? Por lo menos una vez al mes pienso en hacerle lo mismo a Alan, y eso que ni siquiera lo he tenido en una llave para ahorcarlo.

—No es lo mismo.

—Es exactamente lo mismo, Rev. Es igual. ¿Crees que es un crimen pensar en lastimar a alguien? Podrías preguntarle a cualquier chico de la escuela y te garantizo que ha tenido un pensamiento violento en las últimas veinticuatro horas. ¡Qué diablos!, es probable que la mayoría de ellos haya tenido una idea violenta en los últimos veinticuatro minutos.

Sus palabras son tan sencillas, pero para mí requieren que las examine un poco más. Lo que pasó se siente distinto.

—Pasas demasiado tiempo metido en tus pensamientos —me dice a continuación, y me deja sin habla.

Llegamos a la ventanilla y paga. No me pide dinero, lo que me hace preguntarme si se siente culpable por alguno de sus comentarios. Tampoco me ofrezco a pagarle, porque sigo molesto.

Recorremos en silencio los últimos kilómetros rumbo a la escuela, pero esta vez podemos culpar a la comida por ello. Declan se estaciona en un lugar justo cuando su novia se está bajando del auto. Juliet lo espera para que le abra la puerta.

—Rápido —le dice—, ¿cuándo fue la última vez que tuviste un pensamiento violento acerca de alguien?

—Hace tres segundos —responde ella—. Cuando vi que te detuviste por un café y no me trajiste uno.

Mi amigo le acerca el vaso.

—Te equivocas, es para ti.

El gesto de Juliet se ilumina y lo besa, luego da un sorbo a la bebida.

Es un mentiroso. Quizás.

Pero después ella le pasa el vaso y dice:

—Podemos compartir —me pregunto si desde el principio ese fue el plan de mi amigo. Sonríe y acepta el café, luego toma a su novia de la mano.

Lo hace parecer tan sencillo que me molesto de nuevo.

En cuanto entramos a la escuela, el pasillo se divide. Por lo general, camino con Declan y Juliet hacia la cafetería hasta que comienzan las clases, pero no deseo continuar nuestra conversación frente a ella. Apenas tengo ganas de tenerla con él. Ellos se dirigen a la izquierda y yo giro a la derecha.

—Oye —me llama mi amigo.

—Necesito sacar un libro antes de clase —respondo sin mirarlo.

Me toma tres intentos abrir mi casillero. La combinación no quiere funcionar bien. Mis dedos son demasiado bruscos y agresivos al moverse. No estoy familiarizado con esta sensación.

En cuanto consigo abrirlo, me doy cuenta de que en realidad no necesito el libro. Ni siquiera tenía que abrir el casillero. Lo cierro de golpe.

El metal choca contra el metal y el sonido resuena por el pasillo. Los estudiantes que están cerca voltean a mirarme, solo un momento, antes de continuar con sus propias actividades.

–Parece que alguien hizo enojar a La Muerte.

Me giro enseguida, apretando el tirante de la mochila en mi puño, pero quien lo haya dicho desapareció.

El pasillo está abarrotado con la típica multitud de estudiantes que tienen que llegar a clases, pero una cabellera de un castaño rojizo atrapa mi atención. Es Emma. No la había visto antes en el pasillo, aunque en realidad nunca me había fijado. Lleva el cabello suelto y brilloso, pero sus ojos son oscuros y lucen apagados. Su piel es clara y las pecas sobresalen como si se las hubiera dibujado.

Recuerdo el altercado que tuve con Matthew y desearía poder esconderme en el casillero. Sin embargo, mi mirada se detiene de nuevo en sus ojos apagados. Algo sucedió. Decido atravesarme en su camino.

–Emma.

Ella levanta la vista, sorprendida.

–Oh –se escucha como si estuviera hablando a través de la niebla–. Hola.

–¿Estás bien? Te ves... –dudo en decirlo.

Ella asiente con la cabeza. Luego su gesto se desmorona y recarga su rostro contra mi sudadera.

Apenas sé cómo reaccionar. Estaría menos sorprendido si fuera Declan quien lo hiciera.

–Emma –bajo la mirada y mantengo mi voz baja–. Emma, ¿qué pasó?

Siento cómo tiembla contra mí. Los alumnos continúan arremolinándose alrededor nuestro, pero los ignoro. La tomo de los hombros, y me pregunto si está bien tocarla. Al mismo tiempo, no puedo soltarla.

De pronto, se retira de un jalón y se limpia las mejillas. Repentinamente, mis manos se quedan vacías y hay una distancia de treinta centímetros entre nosotros.

—Soy tan estúpida —su voz suena cargada de emoción—. Por favor, finge que esto nunca pasó.

—Emma...

—Estoy bien.

—No, no lo estás.

Se limpia los ojos con una manga.

—Fuiste la primera persona que me habló y no estaba lista —su mirada se clava en mi pecho—. Te maché la sudadera.

Como si me importara la marca de humedad.

—¿Es por Nightmare? —pregunto—. ¿Recibiste otro correo?

—Ojalá —la voz se le quiebra—. Ojalá fuera por él.

De repente, rompe a llorar otra vez.

Suena la primera campanada. Tenemos tres minutos para entrar a clases.

Jamás he llegado tarde a una clase, pero en este momento no me importa. Simplemente, le tomo la mano.

—Vamos.

Declan está a la vuelta de la esquina, parado junto a su casillero con Juliet. Hablan en voz baja y en tono serio. Ella es la primera en verme, y noto cómo su mirada se desvía hacia la chica claramente afligida al final de mi brazo. Le da un golpecito a mi amigo y luego señala con la cabeza hacia donde estoy.

—Genial —murmura Emma. Se limpia de nuevo los ojos y está a punto de ocultarse detrás de mí.

—No hay problema —le aseguro.

Juliet busca algo en su mochila y saca un paquete de pañuelos.

—Ten —dice, acercándoselos a mi acompañante—. ¿Estás bien?

Emma se sorbe la nariz y parpadea sorprendida.

—Oh, gracias —toma algunos pañuelos y le devuelve el resto, pero Juliet niega con la cabeza.

—Quédatelos, tengo suficientes.

Declan echa un vistazo al reloj al final del pasillo. No le importa gran cosa su propio horario, sin embargo, sabe que en este instante debería estar al otro lado de la escuela.

—¿Qué pasa?

—¿Me prestas tus llaves?

—Claro —las saca del bolsillo delantero de su mochila y me las lanza—. ¿Te encuentras bien?

Los pasillos están despejándose. Si vamos a salir de la escuela, tenemos que hacerlo en este instante, antes de que nos interroguen.

—Sí. Gracias —entonces conduzco a Emma hacia la salida lateral.

No opone ninguna resistencia. Ni siquiera cuando abro la puerta y la saco a la lluvia.

—¿Te importaría faltar a clase? —pregunto.

—Ahora no me importa nada en absoluto.

La puerta se cierra a nuestras espaldas. Estamos solos en el estacionamiento de estudiantes, aunque estoy seguro de que no será por mucho tiempo. Siempre hay rezagados de última hora. La lluvia provoca que todo el mundo se refugie adentro, por lo que logramos escabullirnos al auto de Declan sin que nos vean.

Emma se desliza hacia el asiento del copiloto y deja caer su mochila en el suelo.

—No es lo que esperaba. ¿Es un coche clásico o algo así?

—Sí, es un Charger. Es su orgullo y felicidad. Él mismo lo reconstruyo —y me entregó las llaves como si nada.

La culpa me aguijonea. Declan jamás me ocultaría algo como esto.

—¿Tu amigo?

—Sí, Declan —enciendo el motor para calentarnos un poco. La lluvia ha enfriado el aire. Nuestros alientos empañan los vidrios.

—Y esa chica... ¿es su novia?

—Sí, Juliet.

Saca otro pañuelo, luego baja el parasol. Probablemente esperaba que tuviera espejo, pero no. Lo sube de nuevo y activa la cámara de su teléfono para poder verse. Hace un gesto al reflejo y luego la apaga.

—¿Dices que se conocieron mandándose cartas?

—Algo así —el comentario parece una negativa deliberada a tratar el asunto de por qué lloró en mi sudadera, aunque puedo seguirle el juego—. Dec se metió en problemas el año pasado —comento—. Tuvo que hacer servicio comunitario en un cementerio. Juliet le escribía cartas a su madre muerta y él comenzó a respondérselas.

—¿Fingía que era su mamá? —ella se vuelve hacia mí con los ojos muy abiertos.

—¡No! No, nada de eso. Solo... le escribía y hablaban acerca de perder a un ser querido —dudo un momento—. Su hermana murió cuando teníamos trece años. Su papá estaba ebrio y estrelló el auto.

—Vaya —Emma aplasta el pañuelo en su puño y mira fijamente por el parabrisas—. Cada vez que empiezo a sentir lástima de mí misma, me doy cuenta de que alguien ha sufrido algo peor. Y entonces me siento como una verdadera imbécil —otra lágrima resbala por su mejilla—. Luego me siento resentida y, después, aún más imbécil por ese resentimiento.

—La vida no es una competencia.

—Mis padres se van a divorciar, no están muertos. Ni siquiera se compara.

Giro mi cabeza hacia ella. Después de todas las lágrimas, comenta esto como si nada.

—¿Que van a hacer qué?

—Se van a divorciar. No quiero hablar de eso.

—Espera, ¿qué pa...?

—Dije que no quiero hablar de eso.

El asunto no es el tipo de cosas que deberíamos dejar en el aire.

—¿Te enteraste esta mañana?

—El sábado en la noche.

—El sábado en la noche —el aliento escapa de mis pulmones y tengo que apartar la mirada—. ¿Después de...?

—Sí, después de que me pediste que me fuera.

Sus palabras se me clavan con demasiada precisión. Hoy estoy fuera de lugar con todo el mundo.

—Yo no... no te estaba echando, Emma.

—No me habías dicho que tus padres son negros.

El comentario me frena en seco. Es casi imposible leer la intención en su voz, porque sale cargada de la emoción de otros asuntos. No estoy seguro si se trata de una acusación o de una pregunta.

Si bien la adopción permitió que se acomodaran cosas en mi interior, en ocasiones siento que desordenaron otras en el exterior. Se suponía que me iban a acoger temporalmente, como a un niño que el condado les encargó por necesidad. Pero me eligieron como hijo adoptivo.

Recuerdo una noche que estaba haciendo la tarea y Geoff y Kristin invitaron a otra pareja a cenar. Mencionaron lo emocionados que estaban por llevar el proceso de adopción. Es probable que no supieran que los escuchaba, o tal vez sí. El caso es que oír por casualidad sus palabras y enterarme de que me querían fue un momento poderoso.

El hombre que vino a cenar preguntó "¿No había algún niño negro que pudieran adoptar?".

Ese también fue un momento poderoso.

No saben que lo escuché. Recuerdo su respuesta, que yo era un niño y eso era lo único que importaba. Era un niño que los necesitaba en ese momento. Las palabras del hombre se hundieron profundamente en mí. En aquella época me sentía muy avergonzado de tocar el tema; demasiado preocupado para tocar el asunto, como si quizás el cometario fuera un recordatorio inevitable de que la adopción no iba a ocurrir.

Pero sucedió. Y jamás volvieron a invitar a aquella pareja a cenar.

Estoy seguro de que no fue el único que se preguntó sobre nuestra familia.

Entonces, la puerta de la escuela se abre y una mujer sale de prisa bajo la lluvia, sosteniendo un libro sobre su cabeza.

Una pequeña explosión de miedo estalla en mi pecho, pues nunca había faltado a clases. Al mismo tiempo, a una región oscura de mi cerebro le intriga saber qué pasaría si me atraparan.

—No nos podemos quedar aquí —digo—. ¿Te importa si conduzco?

Se abrocha el cinturón de seguridad, que tomo como una respuesta más que suficiente.

—¿Sabes conducir con la palanca de cambios?

—Sí —piso el embrague a fondo y enciendo el motor. Oficialmente, Geoff me enseñó a conducir, aunque con Dec he pasado mucho más tiempo detrás del volante. Siempre me preocupaba descomponer el embrague o llevarme un buzón, pero sorpresivamente es bastante relajado con respecto a su auto. Por lo menos conmigo.

Entramos a la autopista Generals; los limpiaparabrisas se deslizan de un lado a otro sobre el vidrio.

—No era mi intención ofenderte con mi pregunta —dice.

—No lo hiciste —hago una pausa—. Y no fue una pregunta.

—Cuando tu mamá abrió la puerta, pensé que tal vez me había equivocado de casa.

Estoy a punto de disculparme, pero luego me pregunto si sería adecuado.

—Nunca estoy seguro de cómo explicarlo.

—No lo mencionaste cuando me contaste cómo te adoptaron —su voz se vuelve cuidadosa.

Me alegra ir conduciendo y que lo sinuoso del camino demande una parte considerable de mi atención. No entiendo cómo fue que del llanto pasamos a hablar acerca de mí, pero no me parece justo.

—Ni siquiera lo pienso, hasta que la gente se entera y luego me critica por ello.

Un silencio incómodo se cuela en el auto y me doy cuenta de lo que acabo de decir.

—¿Es por eso que te pones sudaderas, porque eres blanco?

—No —la miro de reojo, sorprendido. Nadie me había preguntado eso y jamás se me había ocurrido pensarlo. Me pregunto si otras personas también lo han pensado—. No me avergüenza que no nos parezcamos.

La intensidad con la que piensa bien podría conducir el auto.

—¿Es un tema delicado para ti?

No logro descifrar su tono, si me está juzgando o regañando.

—No —no me había sentido tan agradecido como ahora por el día lluvioso y un camino que me exija tanta atención—. Es solo que siempre surge este tipo de conversaciones. Sabes, cuando era niño, si salía con Geoff, la gente siempre se detenía a preguntarme si me encontraba bien.

Mi padre, el biológico, me torturaba todos los días y todos creían que era el mejor papá del mundo. Nadie, nunca, dudaba de él. Geoff es el hombre más bondadoso que puedas conocer, pero la gente nos detenía en la tienda y me preguntaba si yo estaba bien, como si su intención fuera lastimarme.

—Yo... —Emma me mira fijamente— lo siento. No sé qué decir.

—No tienes que disculparte. No eres tú, son todos.

—Y ese otro chico... con el que te peleaste, ¿quién es?

Cada vez que recuerdo lo que pasó, se me tensan los hombros.

—Es Matthew. Es un chico de acogida. Apenas lleva unos días viviendo con nosotros.

—Entonces... ¿qué era lo que él...?

—Detente —la miro de reojo. Esta conversación me tiene todo alterado y, de por sí, ya estaba al límite esta mañana—. Me alegra poder distraerte, si eso es lo que realmente necesitas, pero recuerda que tú eras la que estaba llorando en el pasillo.

Sus ojos se abren con sorpresa, pero enseguida voltea para mirar por la ventana, en un claro rechazo a hablar.

—Si no querías hablar conmigo, entonces ¿para qué te subiste al auto?

Emma voltea para mirarme de frente.

—De acuerdo. ¿Tienes alguna linda y alentadora cita de la Biblia acerca del divorcio?

Sus palabras se vuelven un arma que usa con una puntería infalible. Me quedo sin habla. Ella tampoco comenta nada. Ni siquiera parece haberse dado cuenta del impacto que tiene lo que dijo.

Recorremos varios kilómetros en silencio. El dolor y la vergüenza pronto se transforman en un enojo que colma el auto.

—¿Qué quieres que haga? —pregunto por fin.

—No quiero hablar sobre mis padres.

La miro de reojo. Sigue mirando a través de la ventanilla y lleva los brazos cruzados a la altura del pecho. De por sí me siento incomunicado de todos en mi vida, pero esto se siente a propósito. Le conté acerca de los correos de mi padre porque me sentí seguro con ella, y creí que ella se sentía igual conmigo.

Intento sacudirme esta molestia, pero no lo consigo. Mi quijada está tensa.

—Me refería a si quieres que siga conduciendo.

—Solo llévame de regreso a la escuela —responde.

—Bien.

—Bien.

La lluvia cesa cuando entro al estacionamiento. Tenemos que quedarnos bastante lejos, porque hay más estudiantes que ocuparon los lugares disponibles.

Cuando sale del auto, se dirige a la entrada principal. Yo voy hacia la puerta lateral.

No la detengo ni ella a mí. Tomamos rumbos separados.

Por alguna razón siento como si ahora cargara más cosas que en un inicio.

</VEINTIDÓS>

<UNO> Emma </UNO> <DOS> Rev </DOS> <TRES> Emma </TRES> <CUATRO> Rev </CUATRO> <CINCO> Emma </CINCO> <SEIS> Rev </SEIS> <SIETE> Emma </SIETE> <OCHO> Rev </OCHO> <NUEVE> Emma </NUEVE> <DIEZ> Rev </DIEZ> <ONCE> Emma </ONCE> <DOCE> Rev </DOCE> <TRECE> Emma </TRECE> <CATORCE> Rev </CATORCE> <QUINCE> Emma </QUINCE> <DIECISÉIS> Rev </DIECISÉIS> <DIECISIETE> Emma </DIECISIETE> <DIECIOCHO> Rev </DIECIOCHO> <DIECINUEVE> Emma </DIECINUEVE> <VEINTE> Rev </VEINTE> <VEINTIUNO> Emma </VEINTIUNO> <VEINTIDÓS> Rev </VEINTIDÓS> <VEINTITRÉS> Emma

[23]

Cuando me cuelo a la segunda hora, los dedos me tiemblan. Por algún motivo, en mi imaginación creí que quizás la escuela había contactado a la policía para que enviaran un grupo de búsqueda. En el tiempo que me tomó ir del auto a la puerta principal inventé una historia acerca de haberme quedado dormida y olvidar una tarea, lo que me hizo llorar en el pasillo, cuando entonces un amable estudiante de último año –Rev– se ofreció a llevarme a casa para ir por lo que necesitaba.

No fue necesario. Por lo visto nadie se dio cuenta, o a nadie le importó.

Me queda claro que saltarse clases es mucho más fácil de lo que esperaba. Debería hacerlo más seguido.

Incluso Cait no se dio cuenta de mi ausencia. Cuando ocupo mi lugar en Histora de Estados Unidos, la encuentro haciéndose dibujos con un marcador encima de su esmalte de uñas. Su maquillaje es sensacional; lleva joyas diminutas en los párpados y un llamativo color de labial. Está completamente fuera de lugar para la escuela, pero eso jamás la ha detenido.

Apenas me mira y su voz suena relajada.

–Ey, no te vi en la mañana.

Es completamente mi culpa, pero en este momento su comentario solo intensifica el enojo y la incertidumbre que parecen envolver mi tórax. Así que ignoro lo que me dijo.

–¿Tienes uno metálico?

El tono de mi voz debió llamar su atención, porque de pronto levanta la vista.

–¿Cómo?

–Un marcador metálico, ¿tienes? –pregunto al estilo Yoda. Trato de mantener a raya la molestia y la tensión que me produjo el viaje con Rev, pero en lugar de eso mis palabras suenan hostiles y extrañas.

Cait arquea las cejas y me lanza uno.

Parece que quiere hablar, así que agacho la mirada y comienzo a dibujarme a un mutante Dalek en la uña del pulgar izquierdo.

El profesor Maron entra al aula cantando a la tirolesa y luego deja caer su libro en el escritorio. Ni siquiera me preocupo por mirarlo; no vale la pena. También es entrenador de campo traviesa y constantemente mira con lascivia a las alumnas, haciéndoles comentarios como "Lindas piernas, deberías correr". Todo el tiempo se sale con la suya. Me pone los pelos de punta. No tengo idea de por qué alguien quiere correr a campo traviesa.

Si acaso estoy siendo demasiado sutil, lo diré abiertamente: detesto esta clase y al profesor.

–Me salté el primer periodo –le digo en voz baja a Cait.

–¿Necesitas una toalla o algo? –me responde susurrando.

–¿Qué? –protesto–. Dije que ME SALTÉ EL PRIMER PERIODO, no vine a la primera hora.

Mi comentario llama la atención de por lo menos otros seis estudiantes, quienes probablemente escucharon con exactitud lo que dije.

O también pensaron que me refería a esa época del mes.

Cait se me queda mirando como si acabara de confesarle un asesinato.

–¿Cómo?

–Fui a dar una vuelta con un amigo.

–¿Qué amigo? ¿A quién conoces que tenga coche?

–Rev Fletcher.

Su boca queda tan abierta por la sorpresa que por poco se estrella contra el pupitre. Claro, no lo digo literalmente, pero sí la abrió bastante.

El profesor Maron aparta la vista de la pizarra y debemos fingir que prestamos atención.

¿Tienes alguna linda y alentadora cita de la Biblia acerca del divorcio?

Esta sensación de ansiedad en el estómago no desaparece. De verdad soy una persona espantosa. La peor parte es que no dejo de pensar en mi madre. Me escuché exactamente como ella.

Mi teléfono vibra contra mi muslo, pero tengo que esperar un minuto antes de poder sacarlo de mi bolsillo.

Espero que sea un mensaje de Rev, aunque sería más fácil esperar que de pronto entren unicornios por la ventana. También me vendría bien que fuera un mensaje de mi padre, pero nada de eso. Es Ethan.

Por lo menos no es Nightmare. No he sabido nada de él desde que me hizo explotar. Tal vez era lo único que necesitaba hacer, perder completamente la cabeza.

Ethan: ¿Cómo estás?

Emma: Estoy bien, pero estallé contra un amigo y me siento como una verdadera arpía.

Ethan: Se te perdona. Si es una buena amiga, lo entenderá.

Es él. Estuve a punto de corregirlo; sin embargo... no lo hago. No estoy completamente segura de la razón.

Tampoco estoy segura de qué hay entre Rev y yo, pero no es que tengamos algo real. Después de lo que le dije en el auto, puede que no haya absolutamente nada.

Emma: Mi cabeza es un desastre.

Ethan: ¿Tus padres se la pasan peleando?

Emma: No. Mi papá se está quedando con un compañero de trabajo. Y yo estoy evitando a mi madre.

Ethan: Tienes suerte. Los míos no se lo pudieron permitir, así que se tuvieron que quedar en la misma casa hasta que todo terminó. Papá se quedó en la habitación de invitados. Varias veces me despertó para pedirme que le dijera algo a mi mamá.

Miro fijamente lo que escribió e imagino a mis papás derrumbándose a tal punto que me terminaran usando como paloma mensajera. Puedo imaginar que a mi madre le gustaría esta idea. Pero de solo pensarlo, preferiría mudarme por mi cuenta.

—¿Señorita Blue?

Meto el teléfono en mi bolsillo. El profesor Maron me observa. De hecho, todo el grupo lo hace.

Cait carraspea y dice algo incomprensible. Probablemente me esté dando la respuesta que el profesor espera, pero a menos que esta sea un susurro incoherente, sospecho que se me acabó la suerte.

—Lo siento —replico con dulzura—. ¿Podría repetirme la pregunta?

—¿Hay algo más que la esté distrayendo?

—No —toso—, perdone.

—¿Podría decirme el objetivo general de la Declaración de Independencia?

POR FORTUNA ES ALGO SENCILLO.

—Proclamar nuestra independencia de los británicos.

—¿Por qué querían independizarse los colonos?

Mi cerebro de pronto se queda en blanco. ¿Porque el té era demasiado caro? ¿No tiraron un cargamento en el puerto de Boston?

En este momento es un milagro que pueda recordar cómo me llamo.

Mis mejillas se sonrojan conforme pasa el tiempo. Ni siquiera se me ocurre una respuesta idiota.

Justo como sucedió en el auto, la vergüenza comienza a transformarse en otras emociones menos estables.

El profesor Maron permanece en su lugar, dejando que el silencio se prolongue hasta que le quede claro a todos los alumnos del salón –y probablemente a toda la escuela– que yo no estaba prestando atención y que me está reprendiendo en este momento. Mamá se sentiría tan orgullosa.

La tristeza de esta mañana amenaza con abrumarme de nuevo. Si empiezo a llorar en la clase de historia, preferiría lanzarme por la ventana. Imagino cómo estallaría mi cuerpo al chocar contra el concreto y cómo el conserje limpiaría los restos, maldiciendo entre dientes: "Malditos chicos".

Una risita se me escapa y el profesor parece que se va a infartar o algo por el estilo, porque los ojos se le saltan.

–¿Le parece gracioso, señorita Blue?

–No –respondo con tono serio–. Definitivamente no es algo gracioso.

–¿Tiene alguna respuesta? ¿O ya desperdició nuestro tiempo lo suficiente?

Él fue quien permitió que el silencio se prolongara al infinito, pero no se lo puedo decir. Niego con la cabeza, a pesar de que no me puedo borrar de la mente la imagen del cuerpo que explota. No sé qué me pasa.

–No –toso–. No, señor. Disculpe, no volverá a pasar.

No debí decir "señor". Se escucha completamente sarcástico. Es decir, lo fue, pero creí que había sido un buen intento de encubrirlo. La mirada de sus ojos saltones de pronto adquiere un brillo.

–Pase a mi escritorio al terminar la clase –enseguida gira hacia la pizarra.

Debería entrar en pánico, sentirme ansiosa o molesta. La verdad es que no experimento nada de eso. Lo que me siento es atontada.

—¿Estás bien? —murmura Cait.

—Sí, claro. Estoy de maravilla. No me dejes a solas con él, ¿de acuerdo?

—¿Quieres que me quede aquí a esperarte?

—Sip.

Mi teléfono ha estado vibrando contra mi muslo por todos los mensajes que me llegaron de Ethan.

Ethan: Me repetía a mí mismo que pronto terminaría. Lo superaré.

¿Dije algo malo?

♡

Ethan: No fue mi intención pasarme de la raya.

Rápidamente deslizo el pulgar contra el teléfono.

Emma: No te pasaste de la raya. Me atraparon texteando en clase.

Ethan: Diablos. Lo siento.

Emma: Está bien. Ni siquiera me importa. No me importa nada de eso.

Sigue una pausa larga.

Ethan: Sí te importa.

Emma: No, en este momento me da lo mismo.

Es una mentira, pero si lo pienso demasiado, el conserje va a terminar limpiando los pedazos de Emma.

Ethan: Emma, estás mintiendo.

Desde luego que se da cuenta. La garganta se me cierra y tengo que presionarme los ojos con la punta de los dedos.

—Em —Cait se inclina hacia mí y apoya su mano en mi hombro—. Emma, ¿te encuentras bien?

Maldición, estoy llorando.

Tomo mi mochila y salgo corriendo del salón.

El baño de mujeres está a solo seis metros de distancia y sé que el profesor Maron no me puede seguir hasta ahí, así que cruzo la puerta. El lugar es pequeño, apenas tiene dos gabinetes y el olor a cloro da nauseas, pero está vacío y puedo estar sola.

Me siento en el piso. Los hombros me tiemblan por la intensidad con la que lloro. No debí haber venido hoy a la escuela.

Tras un momento, Cait entra de pronto por la puerta del baño y se arrodilla junto a mí en los repugnantes azulejos.

—Em. Em, ¿estás bien?

—No —me limpio los ojos y parpadeo hacia ella—. ¿No te vas a meter en problemas por salir corriendo a seguirme?

—No —sonríe algo vacilante—. Ryanne Hardesty dijo que te escuchó mencionar que te había empezado el periodo. El profesor Maron cree que tuviste una emergencia. Estoy más que segura que todos están tomando nota sobre el síndrome premenstrual.

Es una lástima que no haya ventana en el baño para que pueda escaparme por ahí.

—Esto es tan humillante.

—Déjame traerte algo de papel de baño.

—No hay problema, traigo pañuelos —saco del bolsillo delantero de mi mochila el paquete que Julia me dio. Con cuidado, le doy unos golpecitos a mis mejillas encendidas.

—Algo te está pasando —comenta Cait tras observarme, luego hace una pausa—. ¿Sucedió algo el fin de semana?

—Podría decirse —replico, sorbiendo por la nariz.

—¿Por qué no me llamaste?

—Porque supuse que estabas ocupada con tu mamá, grabando videos, preparando crêpes o algo así.

El gesto de su rostro se contrae y puedo adivinar que lucha por contrarrestar la molestia con simpatía.

—Estoy segura de que podría haber parado para tomar la llamada.

Parece que este es mi talento; alguien es amable o me tiende la mano, y yo me convierto en una verdadera bruja con esa persona. Quisiera poder meterme en mí misma y esconderme, pero no hay adonde ir.

—Emma, por favor, habla conmigo —la voz de Cait baja de volumen.

Abro la boca para contarle acerca del divorcio, pero las palabras no salen. La vida de mi amiga es tan cómoda que me palmearía la mano y me diría "Pobre Emma". Y no quiero serlo. De por sí en mi propia casa siento que no valgo nada; no necesito que también aquí me tengan lástima.

—Mis padres han estado peleando demasiado —digo. Cait se deja caer y se sienta a mi lado.

—Lo siento, Em —duda un instante—. Podrías haber venido a casa.

—Sí, quizás me podrías haber dado una sesión de maquillaje —respondo, secándome los ojos.

Mi amiga se endereza, luego abre uno de los bolsillos de su mochila y saca una barra de chocolate.

—¿Te haría sentir mejor un chocolate?

—No —levanto la mirada hacia el techo—. En realidad no estoy sufriendo de síndrome premenstrual —me encantaría que toda esta situación pudiera resolverse con un Snickers y un puñado de pastillas.

—Siento que hay algo más que no me estás contando –dice, observándome con ojo crítico–. ¿Qué ha pasado con Rev Fletcher?

—Nada. Lo arruiné.

—Emma...

—Por Dios, Cait. ¿Por qué tanto interés, ahora estás escribiendo un blog?

Tras mi respuesta, se sienta en cuclillas.

—No sé qué te está pasando, pero intento ayudarte.

—Olvídalo, Cait –me miro las uñas–. Tu vida es perfecta y no tienes idea de lo que yo estoy pasando.

De nuevo se queda inmóvil, pero esta vez por más tiempo.

—Mi vida no es perfecta –dice en voz muy baja.

—Pues está muy cerca de serlo –comento, riéndome por la nariz.

—¿De verdad? –es la primera vez que su voz suena cortante–. ¿Te parece perfecto que mi mejor amiga piense que aquello que me importa no es más que una pérdida de tiempo?

—¿Qué?

—¿O qué tan perfecto te parece haberle dedicado meses a un videojuego porque era importante para ti, pero cuando yo hago algo, lo único que obtengo son un montón de comentarios sarcásticos?

Se me ponen los pelos de punta.

—Cait, no sé de qué...

—Todo el tiempo te quejas de cómo tu mamá no respeta lo que quieres hacer, pero tú me tratas exactamente igual.

Sus palabras me golpean como un puño en el rostro.

—¡No lo hago!

—¡Sí, también lo haces!

—Cait, ¡solo es maquillaje!

Mi amiga se pone enseguida de pie.

—Sí, Emma. Y también es solo un estúpido videojuego —se lleva la mochila al hombro—. Supongo que será mejor que regrese con mi vida perfecta a clase.

Me quedo mirando el suelo cuando ella sale por la puerta, como si esperara sentirme reivindicada o justificada, pero no es así.

Acabo de alejar al primer chico que me gustaba y a mi mejor amiga. Bien por mí.

No la trato de la manera que ella dice. Nunca he tenido problema con su gusto por los cosméticos.

Quizás me podrías haber dado una sesión de maquillaje.

Tiene razón. Las lágrimas me arden en los ojos.

Saco el teléfono de mi bolsillo y veo que Ethan no ha enviado más mensajes, pero el último que mandó permanece en la pantalla: "Emma, estás mintiendo".

Emma: Me acabo de pelear con mi mejor amiga.

Ethan: ☹

Emma: No he tenido una buena semana.

Ethan: ¿Sonaría trillado si te digo que al final las cosas mejorarán?

Emma: Sí.

Ethan: ¿Te haría sentir mejor si te recuerdo que eres impresionante, incluso sin OtrasTIERRAS?

Sonrío, pero con poco entusiasmo.

Emma: Sí, sí lo haría.

En realidad, le estoy mintiendo. No me siento para nada mejor.

</VEINTITRÉS>

<UNO> Emma </UNO> <DOS> Rev </DOS> <TRES> Emma </TRES> <CUATRO> Rev </CUATRO> <CINCO> Emma </CINCO> <SEIS> Rev </SEIS> <SIETE> Emma </SIETE> <OCHO> Rev </OCHO> <NUEVE> Emma </NUEVE> <DIEZ> Rev </DIEZ> <ONCE> Emma </ONCE> <DOCE> Rev </DOCE> <TRECE> Emma </TRECE> <CATORCE> Rev </CATORCE> <QUINCE> Emma </QUINCE> <DIECISÉIS> Rev </DIECISÉIS> <DIECISIETE> Emma </DIECISIETE> <DIECIOCHO> Rev </DIECIOCHO> <DIECINUEVE> Emma </DIECINUEVE> <VEINTE> Rev </VEINTE> <VEINTIUNO> Emma </VEINTIUNO> <VEINTIDÓS> Rev </VEINTIDÓS> <VEINTITRÉS> Emma </VEINTITRÉS> <VEINTICUATRO> Rev

♥

–

[24]

El clima coincide con mi humor. Está lloviendo a raudales; el agua se estrella contra las ventanas de la cafetería, obligando a que todos se queden dentro. Las luces fluorescentes hacen que me duela la cabeza. Como de costumbre, Kristin me mandó un almuerzo enorme, con pan pita relleno de carne y queso, bolsas de uvas y un recipiente con ensalada de frijoles.

No quiero comer nada. Le acerco la mochila a Declan, quien empieza a destapar las cosas.

—Estaba seguro de que ya no ibas a regresar.

Me encojo de hombros. No quiero hablar acerca de Emma. Sus palabras duelen más de lo que deberían. O quizás lastiman en la exacta medida en que era su intención.

La cafetería está abarrotada. Nuestra escuela tiene una hora de almuerzo para todos, lo cual es poco menos que una locura. Juliet se encuentra en el laboratorio de fotografía, pero este lugar está tan lleno que no alcanzamos mesa para nosotros solos. No conozco a los tipos que están en el otro extremo. Parece bastarles con ignorarnos, así que les regresamos el favor.

Declan me alcanza un emparedado de pita.

—No me lo puedo comer todo.

Estoy seguro de que lo hará.

—¡Como quieras!

No es una respuesta que yo utilice a menudo y sus cejas se arquean.

—Emma no es lo que esperaba.

—De acuerdo.

—Supongo que no quieres hablar de ella.

—Supones bien.

—¿Por qué estaba llorando?

Le lanzo una mirada penetrante al otro lado de la mesa.

—¿Qué? —me mira y se come una cucharada de ensalada de frijoles—. ¿Entonces quieres hablar de Matthew?

—Dec.

—¿Prefieres quedarte sentado en silencio?

—Sí.

Así que se queda callado y come.

Contemplo la superficie de la mesa. Mis emociones son como la bola blanca que va estrellándose por todas partes de la mesa de billar y chocando con pensamientos al azar. Como Emma y la forma en que se aferró a mí en el pasillo, llorando, pero luego me alejó. Está mi padre y la forma en que juró que no iba a esperar para siempre, lo que me ha hecho preguntarme a qué se refería. O Matthew, que sigue sin hablarme y está en algún lado de la escuela, haciendo quién sabe qué.

La decepción, el miedo y la culpa se han entretejido en mis pensamientos. Y también siento una pequeña y oscura satisfacción, y otro poco de agresividad. Pude saltarme clases y salirme con la mía.

Jamás había hecho algo similar. Una extraña beligerancia ha decidido acampar en mi cabeza.

—¿Crees que Matthew esté teniendo un mal día? —pregunta Declan.

Su comentario me arranca de mis pensamientos.

—¿Qué?

Señala con la cabeza hacia una mesa que se encuentra a unos diez metros de distancia, en la que el chico está sentado. No hay nada de comida frente a él, a pesar de que Kristin sin duda le preparó algo para el almuerzo. Tampoco hay ninguna mochila cerca de él. Tiene la cara enrojecida y la mandíbula tensa. Hay dos tipos parados a su lado, aunque no alcanzo a escuchar lo que le dicen, pero la situación no luce para nada amigable. Hay otros chicos sentados a la mesa, pero no hacen nada; solo observan.

Uno de los tipos le da un coscorrón en un costado de la cabeza.

Sin pensarlo un instante, me levanto de la banca. Debo lucir intenso, porque los otros estudiantes me abren paso y atraigo sus miradas.

Me planto justo en el espacio personal de los tipos, interponiéndome entre ellos y Matthew. Son alumnos de algún curso menor, por lo que no los reconozco en absoluto.

—¿Qué sucede?

El más grande, el del coscorrón, me mira con desdén.

—No es asunto tuyo, idiota. ¿Quién eres, su nuevo novio? —me rodea para darle otro coscorrón a Matthew, de nuevo a un costado de la cabeza—. Te dije que te hagas a un lado.

No me doy cuenta de que acabo de retraer el puño, hasta que Declan me sostiene el brazo y me bloquea a medias.

—¿Qué estás haciendo? —dice en voz baja, entre dientes.

No sé lo que hago. Es en serio, lo desconozco. Mis pensamientos no dejan de girar.

Siento los músculos tensos, pero no quiero pelear con mi amigo.

—Suéltame —digo mecánicamente.

—Rev —suena incrédulo. No lo culpo. En el pasado, nuestras posiciones siempre habían sido al revés—. Amigo, si empiezas la pelea, te van a suspender.

Me siento avergonzado y enojado, como si fuera un animal enjaulado. Gruño al hablar.

—Dije que me sueltes.

Él titubea y yo me libero de un jalón.

—¿Qué pasa aquí?

Es la voz de una profesora, la señora James, que da la asignatura de Salud en primer año y también vigila la cafetería durante el almuerzo. Es alta e imponente, además de que no se anda con tonterías.

—Nada —respondo bruscamente.

—Solo íbamos a comer nuestro almuerzo —responde el otro tipo—, pero vino y comenzó a molestarnos.

La profesora James me mira.

—¿Es cierto eso?

—Lo estaban molestando a él —señalo a Matthew con la cabeza.

La mujer lo mira a él.

—¿Es cierto?

Pero él no responde. Sus ojos están clavados en la superficie de la mesa y sus mejillas continúan encendidas.

Nos hemos vuelto el centro de atención en medio de la cafetería.

—Será mejor que todos se separen —dice la profesora.

Su medida resolverá las cosas unos treinta segundos, no más.

—No lo dejaré solo —comento.

El grandulón ríe con la nariz.

—Ja, lo sabía. ¿Lo sabe Neil?

¿Neil?

—¿Quién es Neil? —pregunto.

Matthew se estremece. Se levanta de golpe de la mesa, sacando de un jalón su mochila de debajo de la banca y sale huyendo.

—¡Suficiente! —estalla la profesora—. Chicos, muévanse. Ahora.

Los tipos se van y se dirigen a la fila de comida, riéndose al pasar.

Avanzo para seguir a Matthew, pero la señora James me sale al paso.

—No, tú ve en otra dirección.

Al otro lado de la sala, Matthew sale azotando las puertas dobles de la cafetería. Me muevo para esquivar a la profesora.

—Oye —se interpone de nuevo—, te dije que te des una vuelta para calmarte.

—Rev —Declan me empuja el hombro—, vamos. Déjalo.

No deseo hacerlo. Estoy tenso como un resorte y en busca de que alguien presione el botón que me haga explotar. El mundo parece cargado de electricidad.

La mujer es alta, pero yo lo soy más. Podría abrirme paso sin mucho problema. Doy un paso adelante y ella retrocede uno, levantando una mano.

—O te vas a dar una vuelta —sentencia la profesora— o llamo a seguridad.

Ningún profesor me había amenazado con llamar a seguridad. Es una sensación terriblemente adictiva. Rebasé una línea que no sabía que tenía y hay una parte de mí que quiere saber qué tan lejos puedo llegar.

—Declan —se escucha la voz de otra profesora, la señora Hillard, que le da la asignatura de Inglés avanzado. Lleva una bandeja en las manos y está a una mesa de distancia—. ¿Qué está pasando?

—Rev está perdiendo la cabeza.

La voz de mi amigo es seca, pero no bromea.

La mujer deja la bandeja y rodea la mesa.

—Vamos, chicos. ¿Por qué no comen en mi salón? Podemos hablarlo.

Declan no se mueve. Sus ojos no se apartan de mí.

—¿Rev?

—Está bien —me doy la vuelta, y cuando nadie dice nada para detenerme, regreso a nuestra mesa para tomar mi mochila. La capucha me cae por debajo de la frente, impidiendo que me llegue más luz de la sala.

No importa, no necesito ver las miradas de los otros estudiantes para sentirlas encima. Todo el comedor parece llenarse de murmullos. En mi cabeza, sus cuchicheos no solo responden a este momento, sino que susurran algo acerca de mi padre.

Te dije que me respondas.

No esperaré por siempre.

Es una amenaza. Es una promesa. Hay castigos cuando se falla.

La tensión forma una pinza de fuerza alrededor de mi pecho, de mi garganta. La cabeza me quiere explotar.

Una mano me toma del brazo. Mi visión se inunda de un color rojo. Me giro. Mi brazo vuela y hace impacto.

Declan cae al suelo.

Yo retrocedo.

El corazón me retumba en los oídos. No puedo hablar ni pensar.

Golpeé a mi mejor amigo. Golpeé a mi mejor amigo. *Golpeé a mi mejor amigo.*

Llaman a seguridad.

///

Alguno de mis padres me tiene que recoger. Eso significa que debo esperar.

Es probable que sea Kristin quien lo haga, pues trabaja desde casa, aunque llevo sentado una hora en la oficina principal. La lluvia se estampa contra los vidrios de las ventanas. La gente ha ido y venido, ocupada en sus asuntos. Mi cabeza está inclinada y llevo la capucha abajo. Me duele la mano, pero no quiero pedir hielo.

Declan está bien. Sin embargo, no sé si nuestra amistad también lo esté.

Cuando reprobé un examen de niño, mi padre me hizo esperar –tal como ahora– para ver cómo podía congraciarme de nuevo con él. Uno pensaría que el abuso fue la peor parte, pero no lo fue.

Era esto: la espera.

El subdirector Diviglio me dijo que como esta era mi primera infracción, solo me iban a suspender el resto de la tarde. También le van a enviar una carta a Geoff y Kristin, y debo asistir a una clase sobre cómo resolver pacíficamente los conflictos.

Vaya broma. No le pegué a los tipos que de verdad se lo merecían, pero sí a mi mejor amigo.

Repaso los momentos antes de golpearlo. Mis pensamientos prácticamente eran los de otra persona y no consigo recrear mi estado mental en ese instante. Ni siquiera sé por qué solté el golpe.

Una parte de mí desea que hubieran llamado a la policía para que me encerraran en una celda, lejos de mi teléfono y de mi padre y de todo el conflicto que mantiene mi cerebro hecho un nudo de aturdimiento.

Mi teléfono suena; me llega un correo. Siento que el estómago se me retuerce. No consigo obligarme a sacar el aparato de mi mochila. En este momento ningún mensaje sería bueno.

—¿Rev?

Levanto la mirada. Geoff está parado junto al escritorio. Espero que luzca molesto, pero no es así; más bien, parece confundido. Lo que es peor.

No tengo idea de qué decirle. ¿Me disculpo? ¿Le explico lo ocurrido? Noto que mis pies parecen haber echador raíces en el suelo.

—Ya firmé tu salida —comenta—. Vamos.

Nunca he sido un rebelde, pero al levantarme y echarme la mochila al hombro, me pregunto qué pasaría si lo rebaso y abandono el edificio, y solamente continúo caminando.

Sin embargo, no lo hago.

Geoff se queda callado cuando subimos al coche. La lluvia se aferra a todo. En cuanto las puertas se cierran, el auto se convierte en una jaula y el cinturón de seguridad, en un nudo corredizo.

Mi teléfono suena de nuevo. Enseguida mi respiración se acelera y me cuesta trabajo inhalar. No obstante, dejo el aparato dentro de la mochila.

—¿Tú y Declan se pelearon? —pregunta Geoff.

—No.

—¿Me quieres decir por qué le pegaste?

Trago saliva y me concentro en las costuras de la manija de la puerta. Mis ojos se clavan en la franja plateada a lo largo de la ventana.

—Fue un accidente.

—¿Un accidente?

Afirmo con la cabeza. No quiero entrar en detalles.

—El profesor Diviglio me comentó que te metiste en una especie de altercado con otros estudiantes. ¿Me quieres contar qué fue lo que pasó?

La confusión sigue tiñendo su voz. Se escucha como si intentara decidir si debe ser empático o severo.

Entiendo. No es el tipo de conversación que hayamos tenido antes. Jamás me había visto envuelto en un "altercado" y ni siquiera me habían castigado. Me encojo ligeramente de hombros.

—Había unos tipos molestando a Matthew e intenté detenerlos.

Hay una pausa entre ambos.

—¿Cómo lo estaban molestando?

—En realidad no lo sé. Simplemente estaban... molestándolo.

Sus manos aprietan el volante.

—¿Es necesario que regrese a la escuela?

—¿Qué?

—Si te van a suspender porque intentabas defenderlo, entonces tendré que hablar con el subdirector...

—Me suspendieron porque golpee a Dec. Matthew está bien.

Al decir aquellas palabras, me doy cuenta de que no sé si son del todo ciertas.

¿Quién eres, su nuevo novio?

¿Lo sabe Neil?

—¿Declan lo estaba molestando? —pregunta Geoff.

—Claro que no.

—De acuerdo —suspira—. Entonces, ¿por qué golpeaste a Declan?

Porque la violencia está en mis genes. Porque mi mente está perdida. Porque soy una amenaza para todos los que me rodean. Soy una bomba de tiempo a punto de estallar y mi amigo experimentó la primera detonación.

Mis dedos están a punto de desprender la tapicería del auto.

—Algo te está pasando —señala papá— y creo que necesitas empezar a contar de qué se trata.

Tomamos la última vuelta rumbo a casa. No digo nada.

—Rev, respóndeme —ahora elige la severidad.

Me petrificó. Son las mismas palabras de mi padre. *Respóndeme.* Pero me quedo callado.

—Rev —Geoff aparta la mirada del camino, pero me niego a mirarlo. Rara vez levanta la voz, pero cuando lo hace, es porque habla en serio—. Respóndeme ahora mismo.

No lo hago. De nuevo, esta rebeldía es adictiva, aunque no de buena manera.

Mete el auto en nuestro acceso y salgo antes de que siquiera ponga el freno de mano. El carro de Kristin no está aquí. La lluvia me moja con fuerza, justo como el sábado por la noche.

Entro violentamente por la puerta de enfrente y la lanzo detrás de mí. Geoff la atrapa y me acosa durante todo el trayecto. Está en muy buena forma, pero yo también.

–Rev, detente. Vamos a hablar acerca de esto.

No si lo puedo evitar. Intento azotarle la puerta de mi habitación en la cara, pero la atrapa y la abre de un empujón. Me sigue adentro.

–Déjame en paz –giro hacia él.

–No.

–Déjame. En. Paz –le digo, plantándome frente a él.

–No –responde, sin retroceder.

Mis manos se cierran y aprieto los puños.

–¡Déjame en paz! –ahora le grito.

–No –su voz se vuelve más serena.

–¡Déjame en paz! –lo empujo; tengo suficiente fuerza como para obligarlo a retroceder un paso, pero no se mueve un centímetro más allá de eso.

–No –su voz suena tan tranquila–. Rev, no.

–Lárgate –lo empujo de nuevo, esta vez con más fuerza–. Vete –mi voz se quiebra. Estoy jadeando como si hubiera corrido un par de kilómetros–. No te quiero aquí. No te quiero aquí.

–No me voy a ir.

–¡Largo! –de nuevo lo empujo. Ahora está contra la pared–. No te quiero aquí. ¡Largo!

–No.

Presiono mis manos contra su pecho y lo sujeto de la camiseta. El miedo y el enojo aprisionados en mi interior comienzan a desatarse y me impiden pensar. No estoy seguro de lo que voy a hacer. Cada músculo de mi cuerpo se siente rígido y preparado para pelear.

Geoff me sujeta las manos, pero no para defenderse. Simplemente pone las suyas encima de las mías.

—Está bien —me dice en voz baja, con un tono tranquilo y seguro—. Rev, está bien.

Respiro con tanta fuerza que podría estar hiperventilando. Obligo a mis dedos a que se relajen. Los brazos me tiemblan.

—Perdón —se me quiebra la voz y me suelto a llorar—. Perdón.

—Está bien —responde, sin soltarme.

Y cuando me doy cuenta, me desplomo y termino cayéndome sobre él. Pero él me atrapa y me sostiene.

Porque no es mi padre, es mi papá.

♥

</VEINTICUATRO>

<UNO> Emma </UNO> <DOS> Rev </DOS> <TRES> Emma </TRES> <CUATRO> Rev </CUATRO> <CINCO> Emma </CINCO> <SEIS> Rev </SEIS> <SIETE> Emma </SIETE> <OCHO> Rev </OCHO> <NUEVE> Emma </NUEVE> <DIEZ> Rev </DIEZ> <ONCE> Emma </ONCE> <DOCE> Rev </DOCE> <TRECE> Emma </TRECE> <CATORCE> Rev </CATORCE> <QUINCE> Emma </QUINCE> <DIECISÉIS> Rev </DIECISÉIS> <DIECISIETE> Emma </DIECISIETE> <DIECIOCHO> Rev </DIECIOCHO> <DIECINUEVE> Emma </DIECINUEVE> <VEINTE> Rev </VEINTE> <VEINTIUNO> Emma </VEINTIUNO> <VEINTIDÓS> Rev </VEINTIDÓS> <VEINTITRÉS> Emma </VEINTITRÉS> <VEINTICUATRO> Rev </VEINTICUATRO> <VEINTICINCO> Rev

♥

–

[25]

Geoff prepara un emparedado de queso.

No, papá prepara un emparedado de queso. Unta con mantequilla ambos lados del pan y este crepita en cuanto toca la sartén. Cada emparedado lleva cuatro rebanadas de queso. Los crujidos y chisporroteos de la mantequilla se mezclan con el golpeteo de la lluvia contra el vidrio de la puerta corrediza. Es el único ruido que hay en la casa, pero es un sonido agradable.

Al parecer, mamá tuvo una reunión con un cliente al otro lado del condado, si no estaría aquí criticándolo y recordándole sus niveles de colesterol. O estaría sentada a mi lado tomándome de la mano.

Estoy exhausto en la silla y tengo los ojos rojos de llorar. Dejó de presionarme para que le responda, pero algo en la dinámica entre ambos ha cambiado. No me siento solo ni me tengo que esconder.

Me pide que saque refrescos y platos para servirnos, con una voz amable y tranquila, como si fuera un día cualquiera. Lo hago y él se sienta junto a mí.

De pronto, es como si hubiera dejado caer una cortina de expectativas sobre mis hombros. Mis manos se pliegan contra mi estómago.

—Oye —me dice agitando suavemente mi hombro—, lo vamos a superar, ¿de acuerdo? Sea lo que sea.

Contengo el aliento y afirmo con la cabeza hasta que mis pulmones suplican recibir oxígeno. Aún entonces, solo permito que entre un poco de aire.

Papá no ha tocado su emparedado de queso.

—Esto no tiene nada que ver con Matthew, ¿o sí?

Niego lentamente con la cabeza.

—Come tu emparedado, Rev.

Carraspeo. Mi voz suena queda y ronca, pero no entrecortada.

—Tengo que mostrarte algo.

—De acuerdo.

Desde el jueves pasado, la carta de mi padre ha estado entre el colchón y la base. No es el lugar más original para ocultar algo, pero yo soy quien se hace la cama y jamás le he dado a mamá y papá una razón para revisar mi habitación.

Ahora no siento miedo de dársela. Lo que sea que ocurrió en mi cuarto consiguió que se aliviara la tensión que me había dominado durante los últimos días.

El sobre se siente frágil y quebradizo, y hay trozos que se desprenden de la orilla quemada. Suelto la carta frente a papá, sin contemplaciones, y luego me dejo caer en la silla.

De nuevo cruzo los brazos contra mi abdomen. No puedo observar su gesto cuando la lea. No, miento, sí tengo que ver su expresión. Mis ojos se clavan en su rostro y otra vez no respiro.

Después de ponerse sus lentes para leer, saca con cuidado la carta del sobre. Casi de inmediato su gesto se petrifica y sus ojos me miran por encima del borde de los lentes.

—¿De dónde la sacaste?

—Estaba en el correo.

—¿Cuándo?

—El jueves.

De inmediato, sus cejas se arquean.

—¡El jueves!

Salto un poco de mi asiento. Papá vuelve a revisar la carta y la lee nuevamente. Después, sus ojos se encuentran con los míos.

—Cuando te encontré en el patio y estabas alterado.

Me cuesta trabajo respirar nuevamente. Mi rodilla sube y baja debajo de la mesa. Confirmo con la cabeza, casi de forma imperceptible.

Se quita los lentes y los coloca sobre la mesa.

—Rev, ¿dije algo que te hiciera pensar que no me podías contar acerca de esto? —dice con voz seria.

No es el tipo de pregunta que esperaría que me hiciera.

—No —mi boca se seca y tengo que carraspear otra vez—. Yo no... no supe qué hacer.

—¿Es la única carta?

—La única a mano, sí —respondo, tras afirmar con la cabeza.

—¿La única a mano? —se pone de nuevo los lentes y revisa una vez más la carta—. ¿Hay algo más?

Me froto las palmas de las manos contra las rodillas.

—Le escribí un correo y me ha estado respondiendo.

—¿Has intercambiado correos con él? —Geoff luce perplejo.

—Lo siento —replico, apartando la mirada. Siento lágrimas en los ojos; me froto la cara—. Perdón, no quería alterarte. Sé que me equivoqué.

—Rev —papá desliza su silla más cerca de mí y pone su mano en la mía—, no te equivocaste. Querría... Querría haber sabido...

—Lo sé. Perdón —me retraigo.

—No, no me refería a eso. Querría haber sabido antes para ayudarte.

Se comporta con tanta calma acerca de este asunto. Esperaba un remolino de actividad: llamadas a abogados o a la policía, por alguna razón. Había estado tan preocupado de que mi padre de pronto apareciera en la puerta, armado con un crucifijo y una escopeta, que estar sentado conversando con alguien en este momento me permite respirar profundamente por primera vez en varios días.

—Es solo que... sentí... —me tengo que obligar a que mi respiración sea más lenta para poder hablar como un ser humano normal— como si los estuviera traicionando por responderle.

—No nos traicionas, Rev. Es solo que no quiero ver que te lastimen. Pero el hecho de que hables con tu padre no significa que me traicionas o a tu mamá. Sin importar lo que ocurra, te amamos. Todo lo que tiene que ver contigo.

Sus palabras me alivian por dentro, aunque luego rio por la nariz y me quito el cabello del rostro.

—¿Incluso si te grito que te largues de mi cuarto?

—Incluido eso. Todos presionamos en ocasiones solo para estar seguros de que hay alguien del otro lado respondiendo.

Su comentario me hace pensar en Emma y las palabras agresivas que me dijo en el auto. Tengo que sacar esos pensamientos de mi cabeza.

—¿Qué pasa si me paso de la raya?

—No es posible que lo hagas.

Lo que me dice debería reconfortarme, pero la ansiedad continúa yendo y viniendo perezosamente por mis pulmones.

—Creo que casi lo consigo.

—Oh, Rev —me atrae hacia él y me abraza, luego me besa a un lado de la frente–. Ni siquiera estuviste cerca.

/ / /

Comemos nuestros emparedados. Mientras yo limpio, Geoff lee los e-mails de mi teléfono y toma notas en una libreta.

—Además del primer correo, ¿le has enviado algo? —pregunta con un tono que ahora es analítico.

–No.

Respóndeme.

Me encojo de hombros y aparto la mirada.

–¿Quieres que deje de escribirte? –inquiere papá.

Sí. No. No lo sé.

Me quedo inmóvil en el borde de la encimera. No puedo moverme.

–Es una cuestión importante –me dice–. Te pregunto si quieres que interponga una orden para que se aleje.

–Si lo haces, no tiene permitido contactarme para nada, ¿verdad?

–Así es.

–¿Hubo alguna otra antes? ¿Fue por eso que esperó hasta ahora? –siento un gran alivio al poder hablar con alguien acerca de esto. Alguien que tenga respuestas y me pueda decir qué hacer. No me había dado cuenta de lo mucho que necesitaba esta clase de apoyo, hasta que lo tuve. Quisiera desplomarme en el suelo.

–De cierto modo. Le revocaron sus derechos como padre y no tenía permitido contactarte mientras fueras menor de edad.

–¿Cómo crees que me encontró?

–No sé, pero planeo preguntarle a nuestro abogado –hace una pausa–. ¿Quieres que investigue lo de la orden de restricción?

–Creo... creo que eso sería peor. Sé que anda por ahí, pero al mismo tiempo no tener idea... –me interrumpo y trago saliva.

Papá se quita los lentes para leer.

–¿Puedo compartirte lo que pienso?

–Sí –mis dedos aprietan la barra detrás de mí.

–Tienes dieciocho y puedes tomar tu propia decisión al respecto. Mamá y yo te daremos cualquier tipo de apoyo que necesites –hace una pausa–. Pero estos mensajes no son positivos, Rev. No son de un hombre reformado que esté buscando enmendarse. Más bien, son de un hombre perturbado que te torturó durante años.

Sus palabras hacen que me repliegue en mí mismo, solo un poco.

–A veces... –mi voz suena muy queda, pero no logro pronunciar más fuerte– no dejo de preguntarme si esto es una prueba. Si no es más que una prueba.

–¿Una prueba de Dios? –papá siempre ha sido muy abierto a discutir acerca de la religión. Disfruta los debates teológicos. Él y mamá no son religiosos, pero todo el concepto le resulta fascinante. Cuando era niño, ella me llevó a una iglesia local porque pensó que sería algo reconfortante y conocido, pero estar en un templo me recordaba demasiado a mi padre. Me sentaba junto a mamá en el banco y temblaba.

He tratado de regresar, pero la intención nunca dura.

–Sí, una prueba de Dios –respondo.

–Todos tenemos libre albedrío, Rev. Si para ti es una prueba, también lo es para mí y para mamá, e incluso para tu padre. Él eligió enviarte estos mensajes. Podrías considerar toda la vida como una prueba, pues nadie vive en el vacío. Nuestras acciones repercuten en quienes nos rodean y, en ocasiones, sin que nos demos cuenta de ello.

Lo que dice me hace pensar de nuevo en Emma. Esta mañana de verdad estaba sufriendo.

Y luego está Matthew. Algo sucedió durante el almuerzo. No sé si mejoré las cosas o si las empeoré.

Y Declan. Cuando saqué mi teléfono para mostrarle a papá los mensajes de mi padre, alcancé a ver que había uno sin leer. No le di clic. Soy un gran cobarde.

–Una prueba implica que el reto es solamente para ti –me dice–. Pero eso es imposible cuando estás rodeado por otra gente cuyas acciones afectan tus decisiones. ¿Y de verdad crees que hay un Dios que elige a personas específicas y les dicta un desafío? ¿Basándose en qué?

No estoy seguro de cómo responder a eso.

Papá se recarga en su silla.

—A veces los eventos se ponen en marcha desde un momento tan lejano en el tiempo que es casi imposible encontrar las conexiones hasta mucho después de que ocurre el hecho; y entonces, ¿dónde queda la prueba? ¿Al inicio? ¿A la mitad? ¿En todo el trayecto? Así que volvemos a pensar que toda la vida es una prueba. Y tal vez lo sea. Pero si alguien es educado con un sistema de creencias distinto, ¿podemos juzgarlo de acuerdo con el nuestro? ¿Qué tan justa sería esa prueba? Solo podemos hacer lo mejor que está en nuestras manos con lo que se nos da.

—Lo sé.

—¿De verdad? Porque me pregunto si hay una parte de ti que aún busca la aprobación de tu padre, incluso después de todos estos años. Me pregunto si la has estado buscando todo este tiempo en la forma en que prácticamente memorizaste la Biblia. Si fue la curiosidad la que te llevó a mandarle ese correo o, más bien, la obligación. Me quedo pensando si es más fácil pensar que Dios te está poniendo a prueba en lugar de admitir que tu padre de verdad te lastimó, Rev. Si hay alguna prueba en todo esto, es la que creaste para ti mismo.

Su voz es tan amable, tan cariñosa. Mis dedos se aferran con tal fuerza a la barra, que me preocupa agrietar el granito.

—¿Cuál es la prueba?

Sin embargo, lo sé.

—¿Quieres a tu padre en tu vida?

—No lo sé —murmuro.

—Creo que lo sabes, Rev.

Unos pasos resuenan en los escalones traseros del porche y echo un vistazo al reloj que está encima del microondas. Desde este punto, la alacena bloquea la vista de la puerta corrediza. Es mitad de la tarde. Matthew debe haber regresado de la escuela.

Podría haber huido. Pero no lo hizo.

Papá se levanta para abrirle la puerta. El chico no hace más que abrirse paso sin decir palabra, y no me dirige la mirada. Tan solo atraviesa la cocina y da la vuelta hacia su habitación.

Imagino que el resto de su día no marchó bien.

Luego otro sonido de pasos retumba en el porche. Es Declan. Estoy seguro de que es él.

La vergüenza me quema por dentro. También quisiera esconderme en mi habitación. Mi amigo entra a la cocina como un huracán. Comienzo a apartarme, antes de darme cuenta de que lo estoy haciendo, así que me obligo a quedarme en mi sitio.

—Hola, Declan —lo saluda papá, como si fuera una tarde cualquiera.

—Hola —Dec también pasa a un lado de él y rodea la hilera de vitrinas para encararme. Su expresión es intensa. Tiene la mandíbula hinchada y morada. Le di un buen golpe.

Hago una mueca de vergüenza. No tengo idea de qué decir.

—¿Quieres devolverme el golpe? Hazlo.

—No, no te quiero devolver el golpe, idiota. Te mandé como treinta mensajes. ¿Te encuentras bien?

—¿Me estás preguntando si estoy bien? —repito, arqueando las cejas.

—Sí.

Es como el momento en el que me percaté de que papá no iba a permitir que lo echara de mi habitación. Siento que me desmorono.

—No, no lo estoy —respondo.

—Entonces vamos.

No me muevo. La mente me da vueltas.

—¿A dónde vamos?

—Abajo, a ponerte los guantes. Si necesitas tirar golpes, encontremos otra cosa mejor que mi cara.

♥

```
</VEINTICINCO>
```

<UNO> Emma </UNO> <DOS> Rev </DOS> <TRES> Emma </TRES> <CUATRO> Rev </CUATRO> <CINCO> Emma </CINCO> <SEIS> Rev </SEIS> <SIETE> Emma </SIETE> <OCHO> Rev </OCHO> <NUEVE> Emma </NUEVE> <DIEZ> Rev </DIEZ> <ONCE> Emma </ONCE> <DOCE> Rev </DOCE> <TRECE> Emma </TRECE> <CATORCE> Rev </CATORCE> <QUINCE> Emma </QUINCE> <DIECISÉIS> Rev </DIECISÉIS> <DIECISIETE> Emma </DIECISIETE> <DIECIOCHO> Rev </DIECIOCHO> <DIECINUEVE> Emma </DIECINUEVE> <VEINTE> Rev </VEINTE> <VEINTIUNO> Emma </VEINTIUNO> <VEINTIDÓS> Rev </VEINTIDÓS> <VEINTITRÉS> Emma </VEINTITRÉS> <VEINTICUATRO> Rev </VEINTICUATRO> <VEINTICINCO> Rev </VEINTICINCO> <VEINTISÉIS> Emma

♥

[26]

Mis padres están elaborando un acuerdo de separación en la cocina. Yo estoy en el sofá, viendo una película antigua en Netflix y escuchándolos discutir por cosas como quién tiene que pagar más por su automóvil y quién debe pagar cuánto por la comida. Ninguno de los dos me ha dirigido la palabra desde que regresé de la escuela. Están encerrados en una burbuja que ellos mismos crearon.

Quisiera encerrarme en la burbuja de mi habitación, pero no soporto la idea de no saber lo que están negociando.

Cuando terminen, no seré más que otro renglón en su libro de cuentas.

No puedo con esto, no aguanto estar aquí.

Silbo y tomo la correa.

La lluvia bajó de intensidad y ahora es una simple llovizna. Se ha convertido en un hábito dirigirnos hacia la iglesia, así que Texy da vuelta al final de la calle en automático.

En secreto espero que Rev esté ahí, esperándome. Sí, cómo no. No habíamos planeado encontrarnos, y después de la forma en que le hablé en el coche, no puedo imaginar que me esté esperando para recibir otra dosis de lo mismo.

Sin embargo, no pierdo la esperanza.

Comí el almuerzo en la biblioteca, encorvada sobre una computadora. Estaba evitando a Cait; a Rev; a la vida. Quería faltar a otra clase, pero sin un auto, no sabía cómo salir de los terrenos de la escuela con la suficiente rapidez, y la verdad es que tampoco tenía ganas de caminar bajo la lluvia.

En lugar de eso, me conecté a Reinos guerreros y jugué con Ethan.

Hay un anuncio bastante claro pegado encima de cada monitor que dice: "PROHIBIDOS LOS JUEGOS DURANTE LAS HORAS DE CLASE", aunque también hay una parte bastante clara de mi cerebro que prefiere ignorarlo.

Las bancas de la iglesia están vacías, igual que el tramo de césped que hay junto al edificio.

Queda claro que no habrá encuentro de comedia romántica esta noche.

Dejo que Texy haga lo suyo y luego le silbo. Viene directamente hacia mí y con ello borra cualquier esperanza de que Rev esté sentado en algún lugar fuera de mi vista con nuggets de pollo. Soy patética.

¿Tienes alguna linda y alentadora cita de la Biblia acerca del divorcio?

Jamás debí reaccionar tan duramente contra él. Me pregunto si a mamá le gustaría que le dijera que heredé su tendencia a hacer comentarios hirientes, en lugar de su entrega a la medicina.

Quizás debería ir a su casa y disculparme con él.

Antes de darme cuenta, es exactamente lo que estoy haciendo. Es bastante fácil dar de nuevo con su casa. Las luces están encendidas en cada ventana, como faros que alumbran la llovizna vaporosa. Sus padres parecían amables.

En cuanto ese pensamiento entra a mi cabeza, estoy segura de que no llamaré a la puerta. No puedo estar cerca de una familia normal. No en este momento. No con el caos que me espera en mi propio hogar. Es la misma razón por la que no puedo ir con Cait.

Mi teléfono suena. Es Ethan.

Ethan: ¿Cómo pinta esta noche? Busqué si estabas *online*.

Tal vez esta sea una señal. Me alejo de la casa de Rev y regreso a la iglesia, escribiendo mientras camino.

Emma: Saqué a pasear a la perra porque mis padres están negociando un acuerdo de separación.

Ethan: ¿No van bien las cosas?

Emma: Cuando salí, estaban discutiendo a gritos sobre quién había aportado para el anticipo de la casa. Imagínate.

Ethan: Ay.

Emma: Dímelo a mí.

Ethan: ¿Es molesto tener que sacar a pasear a tu perra cada noche?

Emma: No, no me molesta. Mi mamá dice que es la única forma de separarme de la computadora. Afuera está tranquilo, y tengo un teléfono.

Ethan: ¿Cómo se llama tu perra?

Emma: Texas.

Ethan: Mándame una foto.

♡

Sostengo el teléfono y chasqueo la lengua. Texas me mira por encima de su hombro, con las orejas chuecas. Presiono el botón para capturar la imagen y después se la envío.

Ethan: Es linda.

Emma: Gracias. Es una buena perra.

Ethan: Me encantaría tener un perro. Creo que me ayudaría tener a alguien a mi lado.

Emma: Es buena compañía.

Me muerdo el labio y luego agrego otra línea.

Emma: ¿Estás solo?

Ethan: ¿Tú qué crees?

Miro fijamente su mensaje. Antes de que se me ocurra una respuesta, me envía otra línea.

Ethan: Perdón, no era mi intención ser un idiota.
Emma: No te preocupes. No lo fuiste.

No responde. Grandioso. Ahora acabo de arruinar otra amistad sin siquiera intentarlo.

Sin embargo, poco después me llega un mensaje largo.

Ethan: Sí, estoy solo. Me pasé un año encerrado en mi habitación. Me quedo conectado toda la noche. Las únicas personas con las que en realidad hablo son las de los juegos. Durante el día, todos me ignoran. No es su culpa, pues yo hago lo mismo. Aunque no es algo que precisamente te ayude a llegar a la cima de la escala social.

No sé qué responder. Hay algo increíblemente triste en su historia. Me pregunto si debería agradecerle a mi madre que todos los días me obligue a salir de la casa.

Ethan: Perdona el exceso de confianza.
Emma: No, discúlpame a mí. ¿Hay algo que pueda hacer?
Ethan: Préstame a tu perra.

Enseguida envía el emoji sonriente que lleva gafas de sol.

Emma: Jaja, cuando quieras.
Ethan: Te tomaré la palabra.

Luego me manda otro emoji sonriente.

Ethan: Supongo que no me enviarías una foto tuya.

Emma: ¿Por qué?

Ethan: Solo tengo curiosidad. Sigo viéndote como Azul M y sé que no es muy exacta mi imagen.

Emma: Yo te sigo viendo como el chico de OtrasTIERRAS.

Sigue una pausa larga entre nosotros y luego recibo una imagen. Es borrosa y oscura, pero es él. ES ÉL. Su cabello es corto y rubio. Tiene los ojos claros. Su rostro es delgado y es de hombros anchos. La luz que proyecta su computadora se refleja en su cara y le da una apariencia de estar agotado, pero me doy cuenta de que tiene una sonrisa agradable. Tímida, pero agradable. Es de pómulos suaves.

Y gracias a Dios está completamente vestido. Bueno, por lo menos del tronco para arriba lleva ropa. Es todo lo que alcanzo a ver. Por lo que sé, podría estar desnudo de la cintura para abajo.

¿POR QUÉ APARECEN ESTOS PENSAMIENTOS EN MI CEREBRO?

Tiene la mano levantada, exactamente en la misma pose de saludo que utiliza en el videojuego. Su gesto me hace sonreír.

De inmediato aparece otra línea de texto.

Ethan: No puedo creer que te la haya mandado. Creo que me dará un paro cardiaco.

Su comentario me ablanda el corazón.

Emma: No te mueras hasta que pueda devolverte el favor. Espera.

Sostengo el teléfono enfrente de mí e intento tomar la fotografía. De acuerdo, saco siete. En cada una, el flash me hace lucir descolorida, hasta que por fin escojo una que no me hace ver como una boba y se la envío.

Ethan: De verdad luces como Azul M.

Emma: No, no es cierto.

Ethan: Es verdad.

Emma: Azul M no usa lentes.

Ethan: Tal vez esta es tu identidad secreta.

Lo que dice me dibuja una sonrisa.

♡

Emma: Como que te pareces a Ethan.

Ethan: Menos mal, porque soy Ethan.

Emma: Sabes a qué me refiero.

Ethan: Lo sé.

Emma: Es un gusto conocerte, Ethan.

Ethan: Igualmente, Emma.

Emma: Me alegra que me hayas mandado un mensaje. De verdad necesitaba distraerme.

Ethan: También me alegra haberte escrito.

Emma: Si quieres jugar, puedo ir a casa y conectarme a OtrasTIERRAS.

Ethan: Me encantaría.

Emma: Nos vemos en diez minutos.

Le chasqueo la lengua a Texy. Pero me jala hacia la iglesia, hacia la casa de Rev, hacia todo aquello en lo que no quiero pensar. Así que la jalo en la dirección contraria y nos dirigimos a casa.

</VEINTISÉIS>

<UNO> Emma </UNO> <DOS> Rev </DOS> <TRES> Emma </TRES> <CUATRO> Rev </CUATRO> <CINCO> Emma </CINCO> <SEIS> Rev </SEIS> <SIETE> Emma </SIETE> <OCHO> Rev </OCHO> <NUEVE> Emma </NUEVE> <DIEZ> Rev </DIEZ> <ONCE> Emma </ONCE> <DOCE> Rev </DOCE> <TRECE> Emma </TRECE> <CATORCE> Rev </CATORCE> <QUINCE> Emma </QUINCE> <DIECISÉIS> Rev </DIECISÉIS> <DIECISIETE> Emma </DIECISIETE> <DIECIOCHO> Rev </DIECIOCHO> <DIECINUEVE> Emma </DIECINUEVE> <VEINTE> Rev </VEINTE> <VEINTIUNO> Emma </VEINTIUNO> <VEINTIDÓS> Rev </VEINTIDÓS> <VEINTITRÉS> Emma </VEINTITRÉS> <VEINTICUATRO> Rev </VEINTICUATRO> <VEINTICINCO> Rev </VEINTICINCO> <VEINTISÉIS> Emma </VEINTISÉIS> <VEINTISIETE> Rev ♥

–

[27]

Antes creía estar exhausto, pero ahora estoy hecho una sopa de sudor y los músculos me tiemblan como gelatina.

Nos tomamos un descanso para cenar, aunque resultó un asunto extraño y silencioso en el que Kristin trato de forzar la conversación, Matthew ignoró cada palabra que se le decía y Declan bromeaba sobre cómo tendría que comer con una pajilla después de lo que le hice.

Ahora regresamos al sótano. Cada vez que hago una pausa para tomar un respiro, mi amigo me dice: "¿Quieres parar?". Acto seguido, mi cabeza se llena de pensamientos relacionados con mi padre, sobre Emma y acerca de este caos retorcido y complicado, y termino lanzando otro golpe.

Pasan de las ocho de la noche. Me separo jadeando del saco de boxeo. Declan me lanza una botella de agua y casi la vació de un solo trago. Incluso con los guantes puestos, los nudillos me arden y los hombros me tiemblan debido al esfuerzo excesivo.

–¿Quieres parar? –me pregunta.

Quiero responder que no, pero mi cabeza hace un gesto afirmativo sin mi consentimiento. Él suelta el saco y se deja caer en la pelota de yoga que está en el rincón.

Me siento en el banco de pesas y me apoyo contra el espejo empotrado en la pared, luego me quito los guantes de las manos.

Mi amigo está relajado y no hay tensión en el ambiente. Aun así, es difícil mirarlo.

–¿Te molesta que no te lo haya contado?

–No –hace una pausa y su voz adquiere un tono pensativo–. Me lo ibas a contar el viernes en la noche, ¿no es así?

Hay una nota de pesar en su voz. Me encojo de hombros.

—Y luego empecé a hablar sobre tu padre —continúa.

—No tuve problema —respondo. Él se apoya en la esquina y mira hacia el techo.

—Ya que estamos compartiendo secretos de papás, yo también tengo uno.

—¿Sí? —su comentario atrapa mi atención. Me enderezo apoyándome en el espejo.

—Lo voy a ir a visitar.

Declan nunca lo ha ido a ver a prisión. Su madre tampoco.

—¿De verdad?

—Sí —titubea—. No le pude decir a mi mamá —sigue otra pausa—. Investigué. Tienen horarios de visita entre semana. Puedo ir después de la escuela. Mamá y Alan están tan ocupados con la llegada del bebé que no creo que se den cuenta.

Ha estado reflexionando mucho este asunto. En cambio, yo he estado tan abrumado con mi propio drama que no he considerado ni un segundo lo que está pasando en su vida.

—¿Quieres que te acompañe? —le pregunto.

—No. Estoy bien.

No estoy seguro de cómo responder a lo que dijo, por lo que nos quedamos en silencio. Mis papás están viendo una película de superhéroes arriba y eso no es algo que suelan hacer. Me pregunto si de algún modo están tratando de engatusar a Matthew para que salga de su habitación.

Declan rompe el silencio.

—Sí, quiero que me acompañes.

Lo sabía desde hace cinco minutos, pero es un alivio escuchar que lo diga. Estamos bien.

–¿Cuándo quieres ir?

–Mañana.

–De acuerdo –respondo y afirmo con la cabeza.

Una sombra pasa por la esquina de mi ojo, y me quedo inmóvil. Es como la noche anterior, cuando supe que me estaban observando. Pero ahora no es como aquella vez, pues los demonios de mi cabeza están tranquilos. O quizás los ha domado la gente que vive en esta casa.

–Creo que Matthew está aquí –le susurro a mi amigo, en voz tan baja que casi tiene que leerme los labios. Sin embargo, él no es nada discreto.

–¿Dónde?

Echo un vistazo al rincón más alejado, donde el sótano queda completamente en la penumbra y una puerta conduce al lavadero y al baño extra.

Declan se levanta de la pelota de yoga y se dirige al rincón.

–Ey, Matthew.

Esto no tiene buena pinta. Me levanto del banco de pesas y voy hacia donde él se encuentra para impedir que suceda lo que está por ocurrir. Sin embargo, mi amigo lo único que hace es un gesto con la cabeza para señalar el lugar donde estamos sentados.

–Si quieres pasar el rato aquí abajo, solo hazlo.

Por un momento, hay un silencio ansioso en el ambiente y poco después Matthew sale de entre las sombras. Es bueno para escabullirse, porque jamás lo vi llegar hasta aquí. De nuevo me dejo caer en el banco de pesas.

Declan arrastra un sillón que hay junto al sofá que está en la esquina contraria y lo deja a un lado del chico.

–Ten, siéntate.

Enseguida regresa a la pelota de yoga.

Matthew me mira y luego voltea hacia mi amigo, lo que me hace creer que saldrá corriendo escaleras arriba. Sin embargo, no lo hace; por el contrario, se sienta.

Definitivamente esto parece una prueba.

—No te quedes ahí entre las sombras como un morboso —comenta mi amigo—, porque vas a hacer que Rev se vuelva loco.

—Gracias —le digo.

—¿Qué tiene? Es cierto.

Tiene razón, así que no puedo discutirle ese punto. Pero me gusta cómo lo sacó a colación sin más. Yo me senté en el banco y no hice más que murmurar, en cambio él resolvió el problema.

Paso demasiado tiempo metido en mis propios pensamientos.

—Tampoco te le acerques por sorpresa —Declan se soba la mandíbula—, porque Rev puede golpear como un hijo de...

—Dec —lo interrumpo poniendo los ojos en blanco.

—No creas, me alegra que me hayas pegado. ¿Crees que esos idiotas van a molestar de nuevo a Matthew después de ver cómo golpeas?

—Hermano, cállate.

—Hablo en serio —mira a Matthew—. Espera. Me dijiste que ni siquiera te hablaron esta tarde. Te aseguro que ni siquiera te miraron.

—¿Cuándo hablaron? —pregunto.

—Cuando lo traje a casa.

—¿Tú... qué...?

Mi amigo me mira como si no pudiera seguir una simple conversación, que es justamente lo que está pasando.

—¿De qué otro modo crees que podríamos haber llegado al mismo tiempo?

—Ni siquiera lo había pensado —de nuevo me sorprende la habilidad con que Declan consigue este tipo de cosas. Me encantaría tener eso que le da tanta confianza. Me senté durante la cena con Matthew e insistió en tomar el autobús; en cambio, a mi amigo le pegan en la cara y logra traer al chico a casa en su primer día con él.

Declan mira fijamente a nuestro visitante, quien no ha dicho una sola palabra desde que se sentó.

—Y bueno, decir que fue una "conversación" es un poco exagerado.

Matthew se encoge de hombros.

—¿Por qué te estaban molestando? —pregunto.

Nuevamente se encoge de hombros, pero esta vez menos evasivo. Él sabe la razón.

—¿Te conocen? —inquiero.

Pero no responde.

—Parecían conocerte —comenta Declan.

Había dicho antes que estuvo en la escuela Hamilton. Me pregunto si se metió en problemas ahí. También me pregunto si mis papás lo saben o si hay algún extraño acuerdo de privacidad de los estudiantes que impidió que el subdirector Diviglio se los dijera.

—¿Quién es Neil? —digo.

Una especie de furia petrificada se apodera del gesto del chico.

—Nadie.

—No parece ser nadie.

—Dije que no es nadie.

—Está bien, está bien —interviene Declan con un tono casi perezoso, pero que lima las asperezas que flotan en el ambiente—. No es nadie —hace una pausa—. ¿Este *nadie* asiste a Hamilton?

Dudo que Matthew vaya a responder, pero lo hace.

—Ya no.

No conozco a nadie llamado Neil, pero eso no quiere decir nada. La escuela tiene cerca de dos mil estudiantes, con chicos que llegan de todo el país, gracias a los ríos navegables que pasan por las ciudades. Este año hay casi seiscientos alumnos de último año y ni siquiera puedo nombrar a todos los que están en mi propia clase, mucho menos a los demás.

—¿Era tu novio? —le pregunto con prudencia.

—No, no soy gay —el tono de Matthew es tenso.

—No hay problema si lo eres —le aseguro—. A mamá y papá no les importa. Ni a mí.

—Tampoco me importa —dice Declan.

La expresión del chico es intensa.

—También me tiene sin cuidado. Pero no lo soy.

No tengo idea de si está diciendo la verdad, pero no pienso insistir en el punto, así que me encojo de hombros.

—De acuerdo.

—¿Declan? —lo llama Kristin desde arriba—. Tu mamá quiere saber si vas a ir pronto a casa. Necesita que la ayudes a mover unos muebles.

—Bien —responde. Suspira y se levanta otra vez de la pelota de yoga, murmurando entre dientes—: Esto me está matando.

—¿Pasa muy seguido?

—A diario, Rev. Todos los días. Si está reorganizando de nuevo la sala, me voy a mudar contigo.

Se marcha, y ambos sabemos que va a mover los muebles otras doce veces si su madre se lo pide.

Espero que Matthew suba corriendo las escaleras después de mi amigo, pero no lo hace.

Necesito ducharme con urgencia, pero esta es la primera ocasión en que voluntariamente se queda en mi presencia, y no deseo estropearlo.

—No lo sabía —dice por fin—. Que te estaba volviendo loco.

—Es mi problema, no el tuyo.

Niega con la cabeza y mira alrededor de la habitación.

—Olvidé que nos falta un tornillo.

—¿A quién te refieres con "nos"?

—A chicos como nosotros: adoptados —hace una pausa—. Declan me contó sobre... sobre lo que te había pasado.

Me acomodo en el banco y luego me froto con la mano detrás del cuello. Quisiera estar molesto, pero no puedo. Lo que me ocurrió no es ningún secreto y mi amigo es la última persona que andaría con chismes al respecto.

Igualo el tono de mi voz al suyo: plano, cauto y callado.

—¿Te pasó algo parecido con tu padre?

—No —el chico no aparta la mirada—. No tengo idea de quién es mi padre y no he visto a mi madre desde... hace mucho tiempo —hace una mueca de aflicción, luego se frota el rostro con las manos—. Ni siquiera recuerdo cómo luce.

Quiero decir que lo lamento, pero es una respuesta de lo más mecánica y, al mismo tiempo, bastante inútil.

—He estado en once hogares de acogida —comenta—. ¿Tú en cuántos has estado?

—En uno —trazo un círculo con mi dedo para indicar la habitación en la que estamos sentados—. Llegué aquí a los siete años y me adoptaron cuando cumplí doce.

Se ríe por la nariz, como si de alguna manera mi respuesta lo hubiera decepcionado.

—Tienes suerte.

Suerte. Podría quitarme la camiseta y entonces sí podríamos debatir hasta el final de los tiempos acerca de la "suerte"; aunque por si sirve de algo, coincido con él. Afirmo con la cabeza.

—Sé que la tengo.

Se queda en silencio durante un rato, luego me mira.

—Neil era mi hermano adoptivo.

Observo las heridas en su rostro que han ido desapareciendo y me pregunto si Neil tuvo algo que ver con ellas.

—¿En la última casa?

—No, en la anterior. Neil ahora va a una escuela privada, pero antes iba a Hamilton. Lo obligaron a cambiarse. Es estudiante de tercer año. Los tipos de la cafetería eran sus amigos. Por eso me conocen.

La voz de Matthew es plana. Todo lo que sé acerca de él cabría en una cajita, y sobraría espacio. No tengo idea de hacia dónde conduce esta conversación.

—En la casa con Neil, acostumbraban a cerrar las habitaciones con candado por las noches y nos dejaban adentro. No tendrían que haberlo hecho... en un incendio o algo por el estilo, nos hubieran puesto en peligro. Pero la gente lo hacía de todos modos. Sabes, si los niños escapaban, entonces los encargados perdían su cheque del mes.

Me quedo absolutamente inmóvil.

Matthew se encoge de hombros, pero su cuerpo luce rígido por completo y mira hacia la pared opuesta.

—Acostumbraban encerrarme con Neil —suelta una risa entrecortada—. Como dije, hubiera sido mejor que me llevaran al reformatorio. He escuchado historias acerca de la prisión, e incluso eso hubiera sido mejor que donde estaba.

—¿Por qué no se lo dijiste a alguien?

Me mira fijamente tras mi comentario.

—Lo hice. Pero era mi tercer hogar en el año, y era mi palabra contra la suya. Encierran a los niños en sus habitaciones. ¿Crees que a alguien le interesa un pepino lo que pasa adentro? —suelta otra risa entrecortada—. Es probable que lo supieran. Él no se quedó callado.

—¿Qué fue lo que hizo?

La mirada en sus ojos es brutal.

—Adivina.

No quiero hacerlo. Tampoco tengo por qué adivinar.

—¿Cuánto tiempo duró eso?

—Una eternidad. No lo sé. Cuatro meses, quizás. Después Neil se metió en problemas en Hamilton por atacar a otro estudiante y mi trabajadora social por fin me tomó en serio. A él lo transfirieron a otra escuela y a mí me llevaron a una nueva casa.

Siento cómo mi respiración se acelera.

—Tu última casa.

—Sí —hay un brillo en sus ojos, pero no se asoman las lágrimas en su voz. Ni siquiera un leve temblor. Este chico ha aprendido a esconder sus emociones—. Era el único menor de acogida. Me sentí aliviado como por un día. ¿Has aguantado la respiración por tanto tiempo que comienzas a sentir como si no recordaras cómo respirar? Algo parecido fue cuando me alejaron de Neil. Y poco después el hombre comenzó a portarse demasiado amistoso.

—¿Te refieres a tu padre de acogida?

—Sí. Pero no había un solo pelo de *padre* en él. O de lo que debería ser uno —Matthew niega con la cabeza, casi con asco hacia sí mismo—. Estaba tan descompuesto que no me di cuenta de lo que estaba pasando hasta que el tipo comenzó a entrar a mi habitación en las noches. Al principio me dijo que estaba teniendo pesadillas y que solo quería asegurarse de que yo me encontraba bien. Pero después empezó a acariciarme la espalda... –se estremece, y el movimiento parece involuntario–. Cuando por fin vino por mí, luché como nunca. Me acorraló, pero su esposa llegó a casa y nos encontró antes de que él pudiera hacerme algo. Me acusó de haberlo atacado –el chico me dirige una mirada inexpresiva–. Y aquí estoy.

Eso explica las marcas en su cuello, de la pelea que él "empezó".

–Matthew, podemos contárselo a mis papás. Ellos lo reportarán. Ellos...

–¡No! –me grita. Traga saliva, sin embargo, su voz es tan violenta–. Te lo conté porque... por lo que Declan me contó. Pero no se lo voy a decir a nadie más. Logré escapar. Se acabó.

–¡Pero podría estárselo haciendo a alguien más! ¿No te...?

–¡NO!

–Pero...

–Me encontraría y me mataría –es la primera vez que le tiembla la voz y en sus ojos se distingue un brillo acuoso en medio de este sótano sombrío–. ¿Por qué crees que tomé el cuchillo?

–¿Chicos? –llama mamá desde arriba de las escaleras, luego baja un par de peldaños para echar un vistazo al rincón–. ¿Qué sucede?

No sé qué decir. El chico se levanta de golpe del sillón y sube intempestivamente las escaleras. Mamá le pone una mano en el hombro.

–Matthew, querido, detente. Vamos a hablar de...

Él aparta su mano y sale volando rumbo a su habitación, pero no se escucha que azote la puerta. Mamá me observa.

–¿Rev?

Continúo sin saber qué decir.

–Está bien. Estamos bien –es falso, no lo estamos, y es más que obvio por el tono de mi voz.

Me encontraría y me mataría.

Sigo sin saber qué decir. Como de costumbre, ella me saca del apuro.

–¿Debería ir a hablar con él?

–Sí.

Ni siquiera titubea. Da media vuelta y sube las escaleras.

♥

`</VEINTISIETE>`

\<UNO\> Emma \</UNO\> \<DOS\> Rev \</DOS\> \<TRES\> Emma
\</TRES\> \<CUATRO\> Rev \</CUATRO\> \<CINCO\> Emma
\</CINCO\> \<SEIS\> Rev \</SEIS\> \<SIETE\> Emma \</SIETE\>
\<OCHO\> Rev \</OCHO\> \<NUEVE\> Emma \</NUEVE\> \<DIEZ\>
Rev \</DIEZ\> \<ONCE\> Emma \</ONCE\> \<DOCE\> Rev
\</DOCE\> \<TRECE\> Emma \</TRECE\> \<CATORCE\> Rev
\</CATORCE\> \<QUINCE\> Emma \</QUINCE\> \<DIECISÉIS\>
Rev \</DIECISÉIS\> \<DIECISIETE\> Emma \</DIECISIETE\>
\<DIECIOCHO\> Rev \</DIECIOCHO\> \<DIECINUEVE\> Emma
\</DIECINUEVE\> \<VEINTE\> Rev \</VEINTE\> \<VEINTIUNO\>
Emma \</VEINTIUNO\> \<VEINTIDÓS\> Rev \</VEINTIDÓS\>
\<VEINTITRÉS\> Emma \</VEINTITRÉS\> \<VEINTICUATRO\>
Rev \</VEINTICUATRO\> \<VEINTICINCO\> Rev
\</VEINTICINCO\> \<VEINTISÉIS\> Emma \</VEINTISÉIS\>
\<VEINTISIETE\> Rev \</VEINTISIETE\> **\<VEINTIOCHO\>**
Emma   ♡

[28]

Mi padre por fin me convenció de que desayune con él. Por desgracia, es martes; yo tengo escuela y él, trabajo, por lo que nuestro encuentro tiene lugar a las 6:00 a.m.

Lo que no esperaba es que el restaurante Double T Diner estuviera abarrotado y que fuera más ruidoso de lo necesario a esta hora de la mañana. Hay una pequeña máquina de discos en cada mesa, y la mitad de ellas está tocando alguna canción. Los meseros van y vienen alrededor, sirviendo café y repartiendo platos a toda velocidad.

Estoy medio dormida en un rincón. ¿Esta gente no necesita dormir?

Para mi papá también fue extraño pasar por mí. Me senté en el recibidor, esperando que los faros delanteros de su auto circularan por la calle. Me pregunto si así serán las cosas cuando por fin ambos dejen de discutir acerca de los derechos de visita.

La garganta se me cierra y doy un sorbo al café. Está tan caliente, que estuve a punto de escupirlo por todos lados de la mesa.

–Con cuidado –me dice papá–. Te lo acaba de servir la mesera.

Son las primeras palabras que me dirige desde que nos sentamos. Todo este asunto del desayuno se siente increíblemente incómodo. Solo tengo que superar los siguientes noventa minutos para que después me pueda llevar a la escuela. Donde podré sentirme extraordinariamente fuera de lugar cerca de Cait y Rev. Y de todos los demás.

Papá le está escribiendo a alguien. Estoy supercontenta de que haya querido salir a desayunar. Me podría haber ignorado con el pijama puesto.

No puedo creer que antes me emocionara tanto la idea de mostrarle OtrasTIERRAS.

Mi teléfono me alerta que llegó un mensaje. Es demasiado temprano para que sea de Ethan, o incluso de Cait, así que es probable que sea spam.

Pero no, es un tipo distinto de pesadilla.

Martes 20 de marzo   6:42 a.m.

De: N1ghtm@re5

Para: Azul M

¿Es tu cumpleaños? Porque te tengo una sorpresita.

Me quedo helada. No hay ningún archivo adjunto en su mensaje. Mi pulso se acelera al triple. No había sabido de él en varios días. De hecho, empezaba a tener la esperanza de que se hubiera cansado de esto.

—¿Te desvelaste? —me pregunta papá.

Su voz interrumpe mis pensamientos, aunque continúa revisando su teléfono. Por un momento me hace dudar si después de todo me está hablando.

Trago saliva y sacudo mi atención.

—Sí, tengo un nuevo amigo con el que he estado jugando —le digo.

—Ah, ¿sí? ¿Es alguien de la escuela?

—No, solo es un tipo que conocí en línea —no puedo dejar de mirar fijamente mi teléfono.

¿A qué tipo de sorpresa se refiere Nightmare? Quiero escribirle. Aunque al mismo tiempo, no lo deseo. Y no lo puedo bloquear desde aquí.

No dejo de pensar en el comentario que hizo acerca de mi foto de perfil, en cómo se alcanza a reconocer la sudadera de la preparatoria Hamilton.

—¿Qué tipo? —la mirada de mi papá se levanta brevemente de su teléfono, antes de regresar a él.

—No lo conozco en persona —hago un gesto con la mano—. Solo jugamos juntos a veces.

—¿Estás teniendo cuidado?

Es la primera ocasión en que las palabras de mi padre atrapan toda mi atención. Le preocupa Ethan, cuando hay un tipo que me amenazó con una sorpresa. Lo miro furiosa.

—No sé, ¿crees que sea seguro mandarle fotos mías desnuda? ¿O algo podría salir mal?

—Emma —ahora casi consigo que me ponga toda su atención. De hecho, hacemos contacto visual.

—Tengo dieciséis años, papá, no soy idiota.

—Emma, nunca sabes quién está del otro lado de la pantalla.

—Eso lo sé —literalmente lo estoy viviendo en este preciso instante.

Debería contarle acerca de Nightmare, aunque en este momento no quiero compartir nada con él. El miedo, la molestia y el enojo están peleándose en mi estómago.

Nuestra mesera llega de pronto junto a la mesa.

—¿Están listos para ordenar?

—Adelante —dice mi papá, cuya atención regresó a su teléfono—. Yo solo voy a querer café.

La molestia gana la lucha.

—Me pediste que viniéramos a desayunar ¿y solo vas a tomar café?

—Emma —responde cuando su mirada se desprende un instante de la pantalla.

—Yo voy a querer los Chesapeake Benedict —digo, únicamente para molestarlo aún más. Es el platillo más caro del menú: huevos benedictinos con pastel de cangrejo encima.

Mi papá ni siquiera parpadea.

—Entendido —responde la mesera, garabateando en su libreta.

Enseguida, la culpa me da un puñetazo en la cara cuando recuerdo el comentario de mamá acerca de vender la casa porque no alcanzaba el dinero.

—De hecho, tomaré unos crêpes —corrijo.

La mujer garabatea de nuevo sobre lo que escribió la primera vez.

—Seguro.

Después toma los menús y desaparece.

Mi papá continúa escribiendo y yo le doy un sorbo lento a mi café.

—¿Qué pasa? —le pregunto.

—Oh, ya sabes cómo se complican estas cosas con ajustes de último minuto antes del lanzamiento.

—De verdad te deben estar extrañando esta mañana.

—No tienes idea —ríe por la nariz.

NI SIQUIERA CAPTA LA IRONÍA.

Doy otro sorbo a mi café. Quizás necesito llegar al fondo de esto.

—Es una pena que tuvieras que perder tu tiempo conmigo.

—No es una pérdida de tiempo —responde, dando un golpecito tras otro a la pantalla—, puedo hacer ambas cosas.

Mi expresión se convierte en la del emoji con dos guiones y una raya en la cara.

Como él quiera. Saco mi propio teléfono y noto que el mensaje de Nightmare continúa en la barra de notificaciones. Lo cierro antes de comenzar a hiperventilar de nuevo. Además, ¿qué es lo peor que puede hacer? ¿Aparecerse en la escuela? No es que me vaya a encontrar a partir de una imagen de mi espalda. Y puede que le cueste trabajo si la única marca distintiva es una chica peinada con coleta de caballo castaña. Ya me envió una imagen de mi avatar, pero no es algo que no me haya pasado antes.

Respiro profundamente y me digo que todo estará bien. Quisiera escribirle a Cait, pero esa es una puerta que ya cerré. También la cerré con Rev. Estoy atrapada en esta isla completamente sola.

Quizás podría escribirle una nota a Rev. Me dijo que su mejor amigo solía intercambiar cartas con su novia antes de conocerse en persona.

Abro un navegador en mi teléfono y busco un verso de la Biblia relacionado con el divorcio. "Cualquiera que se divorcie de su esposa y se case con otra mujer, comete adulterio". Nop, esa no.

"La mujer está ligada a su marido mientras él viva. Pero si su esposo muere...". De acuerdo, esa definitivamente tampoco.

"Ahora bien, cada uno de ustedes también debe amar a su esposa igual que se ama a sí mismo, y la esposa debe respetar a su marido". De acuerdo con esto, mi papá está casado con su iPhone.

Muchas de estas citas tratan de sexo, y ninguna de ellas es particularmente alentadora. Arrugo la nariz.

—¿Por qué haces esa cara? —pregunta papá.

—Estoy leyendo la Biblia.

—¿Estás haciendo qué?

—Me escuchaste —agito la mano, y no hago ningún esfuerzo por disimular mi molestia—. Regresa a tus videojuegos.

—Emma... —se escucha como si ya no estuviera seguro de cómo actuar. No puedo ayudarlo. Tampoco tengo idea de cómo actuar. Perderme en un aparato electrónico me ha funcionado en el pasado. Por lo menos las computadoras hacen lo que quiero. No volteo a ver a papá.

No entiendo cómo Rev considera reconfortante todo esto. Sinceramente, estoy cansada de leer sobre las diecisiete clases de prohibiciones relacionadas con el divorcio, a menos que alguien muera.

Cambio mi criterio de búsqueda por "Versos bíblicos sobre el perdón".

Ahora todo se trata de pedirle a Dios que los perdone. Tampoco es lo que quiero.

Lo triste es que probablemente podría acercarme a Rev y decirle:

—¿Hay alguna buena cita de la Biblia para pedir a alguien que te perdone? La necesito.

De hecho, ahora que lo pienso, esa sería una primera frase bastante buena para disculparme. Pero no, podría parecer que me burlo de él.

Necesito seguir buscando.

La mesera regresa a nuestra mesa y deposita un plato de crêpes. La taza tiene mantequilla derretida, lo cual es genial. La vacío toda encima y luego agrego como un litro de miel maple.

—¿Quieres que conversemos o te la vas a pasar en el teléfono todo este tiempo? —pregunta papá.

Azoto el aparato contra la mesa.

—¿Bromeas? Dime que es una broma.

Llamamos la atención de las mesas alrededor.

—M&M —me dice en voz baja—, no entiendo por qué estás tan...

—¿Qué es lo que no entiendes? —respondo bruscamente—. ¿No entiendes por qué estoy tan molesta? ¿Qué hay del hecho de que me tuve que levantar a las cinco de la mañana para venir a desayunar contigo, pero...

—Lamento que haya sido tan terrible —sus ojos centellean.

—...pero no apartas la vista de tu teléfono para tener una conversación conmigo. Así que cuando empiezo a consultar el mío porque estoy aburrida y ni siquiera estás comiendo...

—Emma, tengo trabajo.

—...me regañas por ignorarte, cuando es lo único que tú has hecho conmigo desde que pasaste por mí.

—En primer lugar —enfatiza sus palabras con el dedo contra la mesa—, no estoy jugando con el teléfono. Ya sabes que de por sí es una temporada tensa para mí, sin mencionar todo lo demás que está pasando. En segundo lugar...

—Diablos —me río por la nariz—, entonces tal vez no deberías haberle pedido el divorcio.

—...te pedí que desayunáramos porque te extraño, y en este momento no me merezco esa actitud.

—Tienes razón —respondo con dulzura, con la voz desbordando sarcasmo—, no te mereces esto para nada. Quizás debería salir y tomarme una copa de vino, tú podrías disfrutar una botella de cerveza, y ambos podríamos tener una discusión entre adultos.

—¿Qué? —responde con brusquedad—. Emma, ¿qué quieres de mí?

Atención. Estuve a punto de decir la palabra. Siento su peso justo en mi boca, como si fuera algo que necesito escupir o de lo contrario me impediría respirar.

Recibo toda la atención de mamá, pero no la quiero. En cambio, no obtengo para nada la de él, y la anhelo.

¿Cómo pueden ser tan ciegos los dos?

—Nada —murmuro. La daga de la vergüenza se clava un poco más hondo en mí. Carraspeo—. Creo que es mejor que me lleves a casa.

—Emma —suspira.

—No quiero estar aquí. Necesito ir a casa.

—Come tus crêpes. Podemos hablar sobre la escuela, o sobre cualquier videojuego que estés planeando...

—Quiero ir a casa —aparto el plato—. Llévame a casa.

—No seas ridícula —replica con tosquedad—. No sé qué te dijo tu madre, pero no voy a tolerar que te comportes de este modo cada vez que te veo.

La garganta se me cierra de nuevo.

—No me ha dicho nada —me deslizo fuera del gabinete—. No tienes de qué preocuparte.

Su teléfono suena y da un vistazo a la pantalla.

—Espera. Emma, detente. Quiero hablar contigo acerca de esto —ni siquiera espera mi respuesta, simplemente responde la llamada—. Sí, Doug, dame treinta segundos, ¿de acuerdo?

Treinta segundos. Supone que vamos a resolver esta situación en ese tiempo.

—Toma la llamada —respondo y me llevo la mochila al hombro.

—¿A dónde vas?

—Necesito un poco de aire. Toma la llamada. Te espero afuera.

Por alguna razón, espero que interrumpa la llamada y me persiga fuera del restaurante. Pero no es así. Detrás de mí lo escucho decir:

—Gracias, Doug. Solo estoy aquí con mi hija...

Qué divertido. Lo hace parecer como si Doug estuviera interrumpiendo un momento agradable.

Encuentro lugar en una banca en frente del restaurante. El viento es intenso y me punza las orejas, pero por lo menos dejó de llover en el área. Los coches pasan volando por la autopista Ritchie. Alcanzo a ver a papá a través de la ventana, hablando hasta por los codos.

Quisiera poder marcharme. Hay un autobús que se detiene justo en el camino y me pregunto si tengo las agallas para correr a alcanzarlo, y solo viajar sin fin.

Sin embargo, no, no tengo el valor. Además, eso me exigiría una tremenda condición física.

Sin avisar, las lágrimas escurren de mis ojos. Jamás me había sentido tan sola. Le marco a Cait y su mamá me responde.

–¿Hola?

Sorbo por la nariz e intento disimular el llanto en mi voz.

–Hola, señora Cameron. Soy Emma. ¿Ya se despertó Cait?

–Está en la ducha. Es muy temprano, querida.

–Lo sé –de nuevo sorbo por la nariz y luego siento como si mis ojos se negaran a continuar luchando. Comienzo a llorar sin control–. Perdón. Perdón. ¿Le puede decir que la veo en la escuela?

–Emma, ¿qué sucede?

Su voz es tan cálida. No concuerda para nada con la de mis padres, cuya voz está cargada de veneno cuando hablan.

–No es nada –la voz se me quiebra–. No es nada.

–Oh, cielo, estás llorando. Sí que es algo. ¿Te encuentras bien?

–No –toda esta emoción que siento está luchando por salir de mí. Los sollozos hacen que me resulte casi imposible poder hablar–. Mis padres se están divorciando –un camión de transporte de pronto cobra vida en las cercanías.

–Emma, lo siento mucho. ¿Dónde estás?

–Estoy sentada afuera del Double T Diner. Se suponía que iba a desayunar con mi papá, pero está demasiado ocupado.

–Oh, Emma. ¿Quieres que vaya por ti?

–Sí –respondo–. Sí, por favor.

–Llego ahí en diez minutos. Quédate ahí, no te muevas, ¿me escuchaste?

Me paso los siguientes diez minutos retorciéndome las manos y preguntándome si debería llamarla para decirle que no venga; pensando qué le voy a decir a Cait cuando la vea.

Me pregunto si mi papá ha notado el paso del tiempo o si me vio sentada aquí afuera, sollozando en mis manos. Nada de eso.

Veo que la brillante camioneta color granate de la señora Cameron entra al estacionamiento, y le envío un mensaje breve a mi papá.

Emma: Llegaré tarde a la escuela. Cait me llevará.

Tal vez eso lo despierte. Lo miro echar un vistazo a su teléfono, luego asomarse a la ventana, justo cuando la camioneta se detiene en frente de mí.

Levanta el pulgar en señal de aprobación. Nada más que el maldito pulgar arriba.

Volteo hacia el vehículo, cuando mi amiga abre la puerta.

–Perdón –digo, y enseguida rompo nuevamente en llanto–. Cait, lo siento tanto...

Enseguida se lanza hacia mí y me envuelve en un abrazo.

–Oh, Emma. Deberías habérmelo dicho.

–Vamos, chicas –nos llama la señora Cameron–. También tengo que llevar a los niños a la escuela.

Nos subimos a la camioneta. La puerta corrediza se cierra.

Me hacen recordar lo que se siente ser querida.

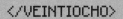

</VEINTIOCHO>

<UNO> Emma </UNO> <DOS> Rev </DOS> <TRES> Emma </TRES> <CUATRO> Rev </CUATRO> <CINCO> Emma </CINCO> <SEIS> Rev </SEIS> <SIETE> Emma </SIETE> <OCHO> Rev </OCHO> <NUEVE> Emma </NUEVE> <DIEZ> Rev </DIEZ> <ONCE> Emma </ONCE> <DOCE> Rev </DOCE> <TRECE> Emma </TRECE> <CATORCE> Rev </CATORCE> <QUINCE> Emma </QUINCE> <DIECISÉIS> Rev </DIECISÉIS> <DIECISIETE> Emma </DIECISIETE> <DIECIOCHO> Rev </DIECIOCHO> <DIECINUEVE> Emma </DIECINUEVE> <VEINTE> Rev </VEINTE> <VEINTIUNO> Emma </VEINTIUNO> <VEINTIDÓS> Rev </VEINTIDÓS> <VEINTITRÉS> Emma </VEINTITRÉS> <VEINTICUATRO> Rev </VEINTICUATRO> <VEINTICINCO> Rev </VEINTICINCO> <VEINTISÉIS> Emma </VEINTISÉIS> <VEINTISIETE> Rev </VEINTISIETE> <VEINTIOCHO> Emma </VEINTIOCHO> <VEINTINUEVE> Rev

♥

_

[29]

Rev:

Porque reconozco mis faltas, y siempre tengo presente mi pecado.
   Salmo 51:3

Dicho de otra manera, lo siento.

   Emma

La nota estaba metida entre las rendijas de mi casillero y no la encontré hasta que hice cambio de libros antes del almuerzo. La leo tres veces.

No estoy seguro de cómo responderle. Mi cabeza sigue confundida por la ansiedad que me provoca la situación con mi padre. Y por Matthew, que no le dijo nada a mi mamá, y cuyos secretos personales tienen el mismo peso que los míos. No sé si la disculpa de Emma es para sacudirse algo, si es una invitación a continuar conversando o si se siente tan perdida en sus propios problemas que es mejor dejar el tema aquí.

Lo ignoro. No lo sé. No lo sé.

Meto la nota en mi mochila. Necesito comer.

Declan está esperando en nuestra mesa. Para mi sorpresa, también Matthew está ahí. Una bolsa de papel café aguarda frente a él, pero aún no ha sacado nada de ella. Me pregunto si está esperando que lo eche. Esta mañana, la ida a la escuela estuvo cargada de su acostumbrado silencio rebelde.

Me pregunto si él se pregunta en qué momento voy a revelar sus secretos. Quizás debería hacerlo. Contarle lo mío a papá resultó un alivio de lo más inesperado. Había estado tan preocupado de que me desaprobara, pero en lugar de eso me recordó que no estoy solo.

Sin embargo, no me corresponde contar este secreto.

Dejo caer mi mochila debajo de la mesa y saco mi propio almuerzo.

—Hola —digo.

El chico aguarda un momento y luego abre su bolsa.

Juliet llega a la mesa con una bandeja, seguida de su amiga Rowan y de Brandon Cho, su novio. Todos ríen. Declan y Brandon no tienen nada en común, aunque ambos se toleran por el bien de ellas. Es común que tenga que patear a mi amigo debajo de la mesa cuando hace comentarios que se pasan de la raya. Estoy seguro de que Juliet también lo hace de su lado.

Matthew los observa ocupar las bancas. Su mano se detiene en uno de los recipientes que Kristin le empacó. Las chicas y Brandon lo saludan con un gesto de la mano y se presentan.

Él se limita a murmurar "Ey" y dirige de nuevo su atención a la comida, a pesar de que aún no la ha abierto. Transcurre un momento en silencio, pero todos lo dejan pasar y regresan a su conversación. Me pregunto cuánto fue lo que Declan le contó a Juliet sobre el chico.

—¿Estás bien? —le pregunto a Matthew, apoyándome en la mesa.

Sus dedos juguetean con la tapa del recipiente de plástico.

—Estoy bien.

—Podemos irnos a otra mesa.

—Dije que estoy bien —su comentario no es agresivo y su voz es queda. Se escucha como si intentara convencerse a sí mismo.

Suena el obturador de una cámara y salto en mi lugar, igual que el chico.

—Perdón —dice Juliet—. Lo siento. Debí preguntarles primero, pero es que era... era una buena toma.

—No hay problema —le digo a mis nervios que se tranquilicen.

Matthew se queda callado y regresa la mirada a su comida.

Juliet presiona varios botones de su cámara y observa la pantalla que hay al reverso. Brandon está junto a ella y se inclina para ver.

—Es una buena toma.

Ella voltea la cámara para que yo pueda ver. Matthew y yo estamos frente a frente, muy quietos, y nuestras expresiones son intensas. Los estudiantes alrededor se funden en un colorido y dinámico fondo borroso detrás de nosotros.

Rowan también se inclina para mirar. No es una fotógrafa como ellos, pero dice:

—Me gusta. Deberías titularla *El duelo final*.

—No estamos peleando —digo.

Matthew continúa en silencio. Declan también está callado. Me pregunto si está pensando en su padre y si le ha contado lo que va a hacer. Cuando pasó por nosotros en la mañana, dijo: "¿Sigue en pie lo de esta tarde?".

Después de decirle que sí, cambió de tema.

Juliet observa a Matthew.

—También debí preguntarte. Sé que a Rev no le gusta... —su voz titubea—. No fue mi intención ser insensible.

—Está bien, no me molesta —la voz del chico es queda y tranquila. Por fin abre su Tupperware, pero come como esos animales que temen que les roben su alimento.

Declan comentó que era probable que los tipos de ayer ya no lo molestaran después de lo que le hice, pero tal vez se equivoca. Quizás Matthew se está escondiendo aquí, con nosotros.

Debería ser una situación reconfortante luego del mal comienzo que tuvimos; sin embargo, no lo es. Es deprimente. Pero enseguida me mira.

—¿No te gusta que te tomen fotos?

Me quedo helado. Al otro lado de la mesa Juliet hace una mueca de vergüenza. "Perdón", se disculpa, moviendo los labios. Y como era de esperar, ahora soy el centro de atención.

—No hagas caso —interviene Declan—. No necesitan saberlo.

Incluso en este escenario, mi padre tiene control sobre mí. Dejo mi comida y miro a Matthew.

—De niño mi padre acostumbraba tomarme fotografías. Así que eso me trae recuerdos.

—¿Recuerdos de qué? —pregunta Rowan antes de que Juliet la calle.

Matthew me mira fijamente.

—Parece que tu padre es un verdadero imbécil.

Su comentario me arranca una carcajada. El chico regresa la vista a su comida y no dice nada más.

Me anima que haya hablado, aunque fuera una observación como la que hizo. Me doy cuenta de que conozco las partes más dolorosas de su vida, pero, fuera de eso, prácticamente no sé nada de él.

—¿Cómo está tu horario?

Parpadea como si le sorprendiera la pregunta. Quizás el tomarlo desprevenido sea la única razón por la que me responde.

—No está mal. Me volvieron a poner en las clases que había tenido antes.

Trato de imaginar cómo sería estar cambiando constantemente de escuelas, aunque sea dentro del mismo condado, y conocer a nuevos profesores a mitad de semestre, teniendo que ajustarse a una nueva rutina. Las palabras de papá retumban con fuerza en mi cabeza, acerca de cómo lo desconocido puede resultar particularmente aterrador cuando no confías en nadie.

–¿Compartes clase con los tipos de ayer?

–Sí.

–¿Te siguen molestando?

–Qué importa –responde, encogiéndose de brazos.

–Sí importa. Puedes cambiar de clases, sabes.

–Sí, lo que sea. De todas formas, ¿crees que me voy a quedar aquí mucho tiempo?

Su respuesta me toma desprevenido.

–No puedes seguir huyendo.

–Ni siquiera estoy hablando de huir –se ríe por la nariz.

–Pero... –parpadeo.

–En realidad no quiero hablar de esto, ¿de acuerdo? –sus hombros lucen tensos y su mirada no se aparta de la comida.

–Claro –volteo a ver a Declan para que me dé su impresión; sin embargo, nuevamente está encerrado en su cabeza, atrapado en sus propios pensamientos.

Grandioso. Ahora todos podemos sentarnos aquí y quedarnos callados.

Ni siquiera estoy hablando de huir.

Debe referirse a mamá y papá. Quiero confesarle que ellos jamás, ni una sola vez, se han dado por vencidos con un niño. Nunca han necesitado buscarle otro lugar a los que han cuidado.

Por otra parte, tampoco habían hospedado a otro adolescente antes. Y papá me preguntó si tenía que encontrarle otro hogar a Matthew, si era demasiado para que pudiera manejarlo. Le respondí que no. Incluso sin conocer la historia de Matthew, nunca le hubiera dicho que sí. Me pregunto si el chico lo sabe.

Observo sus hombros encorvados, la forma en que devora su comida y dudo si esto tiene importancia.

—La chica de la otra vez, ¿es tu novia? —pregunta de repente.

—¿Qué chica?

—La del perro.

—Emma. No —no tengo idea de cómo considerarla.

Miro de reojo a Juliet y Rowan, que dejaron de concentrarse en mí y ahora están hablando sobre el baile de primavera. Ni siquiera tengo idea de cuándo vaya a ser, y es casi un milagro que sepa que se trata de un baile.

Supongo que Declan va a ir. En todo el tiempo que llevo en el bachillerato, he ido exactamente a un baile, en otoño del año pasado. Solamente fui como cómplice de aventuras de Dec.

—Esa noche que te vi en la lluvia —continúa Matthew—, pensé que se estaban besando.

—No —sus palabras me sacuden como una descarga eléctrica.

—¿Estás seguro? —sus ojos se entrecierran un poco.

Pareciera que está a punto de burlarse de mí. Le devuelvo la mirada, entrecerrando los ojos. Tal vez Juliet podría tomarnos otra fotografía intensa.

—Estoy bastante seguro de que recordaría haberla besado.

—Creo que tiene clase al otro lado del pasillo de donde estoy, en el laboratorio de computación. Ayer la vi y hoy también.

—Le gusta programar —hago una pausa, al recordar su carta. Ayer estaba llorando en el auto de Declan y luego terminé despotricando—. ¿Cómo se veía?

—Como una chica que le gusta programar —Matthew comienza a juntar sus recipientes.

—¿A dónde vas? —le pregunto, con un gesto de sorpresa.

—Voy a mi clase —responde, guardando los recipientes en su mochila.

–Pero la hora del almuerzo no ha terminado.

–Como si importara –luego se despide con un gesto de la mano de los ocupantes de la mesa.

Desconozco lo que acaba de ocurrir.

Suena mi teléfono y lo saco deprisa de mi bolsillo, contento de que algo me distraiga. Lo que sea.

Cualquier distracción, excepto esta: otro correo de mi padre.

Martes 20 de marzo   12:06:16 p.m.

DE: Robert Ellis <robert.ellis@speedmail.com>

PARA: Rev Fletcher <revfletcher@freemail.com>

ASUNTO: Obediencia

Si un hombre tiene un hijo testarudo y rebelde, que no obedece lo que su padre le dice, y que, cuando este lo castiga, aun así se insubordina: Entonces su padre debe aprehenderlo y llevarlo con los notables de la ciudad, a las puertas de su lugar, y debe decir a los notables: "Este es mi hijo testarudo y rebelde, que no obedece cuanto le digo. Es un glotón y un ebrio".

Y todos los hombres de la ciudad deberán apedrearlo hasta la muerte, para alejar la maldad de entre ustedes.

–Rev. Ey, Rev –escucho la voz de Declan.

Parpadeo y levanto la mirada. La mitad de la cafetería está vacía. Brandon y Rowan se fueron, pero mi amigo y Juliet me observan.

¿Cuánto tiempo llevo con la vista fija en el teléfono? Demasiado, si la hora del almuerzo ya terminó.

Conozco bien los versículos que me envió. Bastante bien. Mejor que muchos otros versículos de la Biblia. Pertenecen al libro del Deuteronomio del Antiguo Testamento, que está lleno de historias brutales como esta. De hecho, el fragmento también incluye a una madre, solo que es evidente que mi padre los modificó para que se adaptaran a sus necesidades. Lo había hecho una vez antes. No me sorprende que recuerde la redacción exacta.

—¿Rev? —insiste Declan.

El correo tiene todo el potencial para destruirme. De hecho, creo que me estaba devastando, hasta que mi amigo intervino.

Suena la campana. Tenemos tres minutos para llegar a clases. Mi amigo le lanza una mirada a su novia.

—Adelántate. No tienes por qué meterte en problemas —le dice. Pero ella no se mueve.

—Tú tampoco —responde.

—Estoy bien. Vayan —les aseguro, inmóvil. Mi amigo mira a su novia. Ocurre algo entre ambos que no expresan con palabras, y ella se marcha.

—¿Es de tu padre? —me pregunta tranquilamente. Le doy mi teléfono y lee el correo.

—¡Jóvenes! —la señora James, mi nueva profesora favorita, se acerca rápidamente a la mesa—. Ya sonó la primera campana.

—Vamos —dice Declan. Se lleva mi teléfono con él y lo sigo—. ¿Quieres responderle? Porque estoy aguantándome con todas mis fuerzas para no hacerlo yo.

—No —replico y le arrebato el aparato.

Los hombres de la ciudad deberán apedrearlo hasta la muerte.

No puedo permitir que esto me ofusque de nuevo.

No he dejado de pensar en la nota que me dejó Emma: "Porque reconozco mis faltas, y siempre tengo presente mi pecado". Se estaba disculpando. Entonces, ¿esta es una señal de que debo pedir perdón a mi padre?

Mi teléfono suena. Un mensaje de texto desciende a mitad de la pantalla. Es de papá.

Papá: Solo quiero saber cómo estás.

Quisiera soltarme a llorar justo aquí, en el pasillo. Me digo que no estoy solo. No lo estoy. Y tal vez esta sea la señal a la que debería prestarle atención.

Le saco una captura de pantalla al correo que me mandó mi padre y se la envío a papá.

—Vamos —le digo a Declan, teniendo que sorberme las lágrimas. Quizás imagine que son mis alergias, y no tengo problema con eso.

Mi teléfono suena nuevamente. Es papá otra vez.

Papá: No eres testarudo y rebelde.
Eres cariñoso.
Eres considerado.
Eres el mejor hijo que podríamos haber esperado.
Te amamos y estamos orgullosos de ti.

El aparato no para de sonar una y otra vez, conforme llegan sus mensajes. Puede que sus palabras sean cursis, pero en este instante, cada una de ellas se siente como una inyección de consuelo en el corazón.

Llegamos al cruce en el que Declan debe tomar a la izquierda y yo a la derecha. Los pasillos están prácticamente vacíos y tenemos menos de un minuto para que suene la campana y se suponga que debamos estar en nuestros salones de clase.

—¿Quieres que nos vayamos de aquí? —pregunta mi amigo.

—No —me froto la cara. Mi voz suena más áspera—. No, estoy bien. Le mandé el correo a papá.

—Bien.

Nos separamos y, de alguna manera, logro abrirme paso hasta mi lugar en la clase de Álgebra avanzada. Los compañeros de grupo se mueven, se acomodan y me ignoran. Por una vez, me alegra que sea así.

Mi teléfono suena una última vez.

Papá: Avísame si quieres que Kristin vaya a recogerte. Está bien si necesitas darte un respiro.

Sonrío y le escribo:

Rev: No, estoy bien.

Tras un momento, saco nuevamente mi teléfono de la mochila y agrego otra línea:

Rev: Gracias, papá.

Enseguida, apago la pantalla, meto el aparato de regreso en la mochila y presto atención a la clase.

♥

</VEINTINUEVE>

<UNO> Emma </UNO> <DOS> Rev </DOS> <TRES> Emma </TRES> <CUATRO> Rev </CUATRO> <CINCO> Emma </CINCO> <SEIS> Rev </SEIS> <SIETE> Emma </SIETE> <OCHO> Rev </OCHO> <NUEVE> Emma </NUEVE> <DIEZ> Rev </DIEZ> <ONCE> Emma </ONCE> <DOCE> Rev </DOCE> <TRECE> Emma </TRECE> <CATORCE> Rev </CATORCE> <QUINCE> Emma </QUINCE> <DIECISÉIS> Rev </DIECISÉIS> <DIECISIETE> Emma </DIECISIETE> <DIECIOCHO> Rev </DIECIOCHO> <DIECINUEVE> Emma </DIECINUEVE> <VEINTE> Rev </VEINTE> <VEINTIUNO> Emma </VEINTIUNO> <VEINTIDÓS> Rev </VEINTIDÓS> <VEINTITRÉS> Emma </VEINTITRÉS> <VEINTICUATRO> Rev </VEINTICUATRO> <VEINTICINCO> Rev </VEINTICINCO> <VEINTISÉIS> Emma </VEINTISÉIS> <VEINTISIETE> Rev </VEINTISIETE> <VEINTIOCHO> Emma </VEINTIOCHO> <VEINTINUEVE> Rev </VEINTINUEVE> <TREINTA> Emma

♡

—

[30]

IGUAL QUE EL HIERRO SE AFILA CON EL HIERRO,
ASÍ UNA PERSONA PULE A LA OTRA.
   PROVERBIOS 27:17

VOY A IR CON DEC A UN LUGAR AL SALIR DE LA ESCUELA, PERO NOS PODEMOS
VER EN LA IGLESIA A LAS 8 SI QUIERES HABLAR.

   REV

Cait me trae la nota al final del día. Me encanta que me haya respondido a mano. Me gusta su letra, clara y uniforme, cada trazo y ángulo bajo control. Se parece mucho a él. Quisiera abrazar el papel contra mi pecho y dar vueltas y más vueltas. Quisiera escribir su nombre con mis dedos.

Prácticamente voy dando saltos hacia el autobús junto a mi amiga.

—De verdad te gusta —dice con voz suave.

Nos pasamos la hora del almuerzo en la biblioteca y le conté todo lo que estaba pasando en mi vida, apoyada en su regazo. Lo sabe todo, desde el divorcio de mamá y papá, hasta el acoso de Nightmare. Le conté acerca de Rev y nuestras reuniones secretas detrás de la iglesia.

Sabe el gran desastre que soy en este momento.

—¿Estoy siendo ridícula? —dejo de saltar—. ¿Lo soy? Puedes decirme.

—No, no lo eres —hace una pausa, y una leve y discreta sonrisa se dibuja en su boca—. Tiene una voz sexy. No me había dado cuenta.

—¿Hablaste con él? —me freno en seco y casi me le voy encima—. ¿Qué te dijo?

—Pues no es que me haya dado la nota y luego se fuera. Claro que hablé con él.

—¿Qué te dijo? —quisiera sacudirla.

—Déjame pensar si puedo recordarlo bien... es que mencionó tanto... —se lleva un dedo a sus labios morados y echa un vistazo al cielo—. Oh, claro. Me dijo: "¿Te importaría darle esto a Emma?"

Lo pronuncia imitando la voz grave de un barítono que no se parece para nada a la de Rev, pero en cuanto oigo esas palabras, lo puedo imaginar diciéndolas.

De nuevo quisiera dar vueltas.

No dejo de pensar en su espalda apoyada contra la mía, aquel día en que nos sentamos bajo la lluvia: nuestros dedos entrelazados, la larga pendiente de su quijada, la forma en que sus ojos se oscurecen bajo la capucha de su sudadera. Su boca.

Le dedico mucho tiempo a imaginar exclusivamente su boca.

El autobús se estaciona en frente de la escuela y Cait y yo lo abordamos. Nos dejamos caer en los asientos color verde olivo.

—¿Quieres venir a casa? —me pregunta.

Sus palabras parecen casuales, pero llevan una intención detrás. En especial, después de que rápidamente agrega:

—Si quieres ir a tu casa a trabajar en tu videojuego, está bien. Solo preguntaba.

—No —respondo, y su gesto se descompone un poco. De inmediato niego con la cabeza—. Quiero decir que no, no tengo que ir a casa a trabajar en el juego. Quiero ir contigo.

—¿De verdad? —abre grandes los ojos.

—Sí —meto el teléfono en el bolsillo delantero de mi mochila y lo cierro—. Necesito un respiro de la tecnología —hago una pausa, pensando en cómo corresponderle con algo, ya que ella me ha tenido tanta paciencia–. Y como tengo una cita, quizás podrías enseñarme cómo puedo hacer para que mis ojos se vean como los tuyos.

–Sí, Em. Te enseño –su expresión se suaviza.

Pienso en la nota de Rev y la parte que dice que una persona pule a la otra. Pareciera que eso puede funcionar en dos sentidos, pues puedes poner a una persona en contra tuya con la misma facilidad con la que puedes construir una amistad. O rescatarla, supongo.

La puerta del autobús se cierra, quitan los frenos y salimos ruidosamente del estacionamiento de la escuela.

–Perdón por todas las cosas que te dije –confieso en voz baja–. No me daba cuenta de lo que hacía.

–No hay problema –responde rápidamente.

–Sí lo hay –la observo y noto por primera vez que se pegó joyas diminutas a lo largo del nacimiento del cabello, justo debajo de la oreja, acompañadas de unas cuantas extensiones del mismo color que le dan un ligero aire a una chica punk–. Eres muy buena en lo que haces.

–Gracias, Em –replica, sonrojándose.

–No, quiero decir que eres verdaderamente buena –me estiro para tocar las joyas de su cuello–. Digo, ¿a quién se le hubiera ocurrido esto?

–Ya te perdoné –comenta, poniendo los ojos en blanco–. No necesitas quedar bien conmigo.

–Es solo que... –titubeo–. Nunca pensé que fuera una pérdida de tiempo. Creo que... Creo que quizás estaba celosa.

–¿Celosa?

–Porque tu mamá te apoya –confieso, tras tragar saliva.

–Em... –Cait me observa.

–¿Qué?

—Tal vez tu mamá te apoyaría si le dieras una oportunidad —comenta, luego de soltar un suspiro.

Mi espalda se tensa; luego recuerdo el desayuno con mi padre. Pienso en lo distraído y distante que estaba. Y así como mi forma de juzgar a Cait me recordó los modos de mi madre, así también mi manera de evitar a mamá me trae a la memoria a mi papá.

—Tienes razón —admito, apartando la mirada.

—Espera, ¿qué acabas de decir?

Me sonrojo y le doy un empujoncito amistoso.

—Dije que tienes razón.

—¿La tengo y además me dejarás maquillarte? Creo que alguien tiene que pellizcarme para saber que no es un sueño —finge ahogarse—. ¿También te quieres quedar a cenar?

—Seguro.

Toma mis mejillas entre sus manos y me mira fijamente a los ojos.

—¿Quién eres? ¿Qué hiciste con Emma?

—Soy tu mejor amiga —me río y mi voz se enreda—. Solo creo que lo había olvidado un poco.

—Oh, Em —me abraza por los hombros y se apoya en mí—. Me vas a hacer llorar.

Le devuelvo el abrazo.

—¿Quiere decir que me dejarás maquillarte como Harley Quinn? —comenta.

—No abuses de tu suerte —digo, riéndome por la nariz.

—¿Como la viuda negra?

Su sugerencia me hace sonreír.

—De acuerdo.

</TREINTA>

<UNO> Emma </UNO> <DOS> Rev </DOS> <TRES> Emma </TRES> <CUATRO> Rev </CUATRO> <CINCO> Emma </CINCO> <SEIS> Rev </SEIS> <SIETE> Emma </SIETE> <OCHO> Rev </OCHO> <NUEVE> Emma </NUEVE> <DIEZ> Rev </DIEZ> <ONCE> Emma </ONCE> <DOCE> Rev </DOCE> <TRECE> Emma </TRECE> <CATORCE> Rev </CATORCE> <QUINCE> Emma </QUINCE> <DIECISÉIS> Rev </DIECISÉIS> <DIECISIETE> Emma </DIECISIETE> <DIECIOCHO> Rev </DIECIOCHO> <DIECINUEVE> Emma </DIECINUEVE> <VEINTE> Rev </VEINTE> <VEINTIUNO> Emma </VEINTIUNO> <VEINTIDÓS> Rev </VEINTIDÓS> <VEINTITRÉS> Emma </VEINTITRÉS> <VEINTICUATRO> Rev </VEINTICUATRO> <VEINTICINCO> Rev </VEINTICINCO> <VEINTISÉIS> Emma </VEINTISÉIS> <VEINTISIETE> Rev </VEINTISIETE> <VEINTIOCHO> Emma </VEINTIOCHO> <VEINTINUEVE> Rev </VEINTINUEVE> <TREINTA> Emma </TREINTA> <TREINTA Y UNO> Rev

[31]

-

Es más difícil entrar a una prisión de lo que pensé. Quizás sea una buena broma y debería decírsela a Declan.

Tal vez mejor no. Está sentado junto a mí en la sala de espera; su rodilla se mueve con impaciencia. La habitación es más cálida de lo que imaginaba; tiene alfombra de rayas verdes y paredes amarillas. El único elemento que nos recuerda que estamos en una prisión es el grueso muro de vidrio que nos separa de los guardias, además de las pesadas puertas metálicas. Hay letreros que advierten que está prohibido el contrabando y avisan a los visitantes que se les puede solicitar que se sujeten a un registro sin ropa antes de ser admitidos.

De acuerdo, es evidente que estamos en una prisión.

Llevamos sentados media hora, y eso después de la hora de camino para llegar hasta aquí. Cada uno tuvo que llenar un formulario y acceder a que nos tomaran nuestras huellas digitales. El guardia que se encuentra detrás de la ventana tiene nuestras licencias de conducir y no nos las devolverán hasta que nos vayamos. En este momento estamos esperando la revisión de nuestros antecedentes. Después tenemos que pasar por un registro a mano y solo entonces nos permitirán visitar a su padre.

Siempre y cuando su padre esté de acuerdo con la visita.

No estoy seguro de que Declan estuviera preparado para esta tortura. Supongo que creyó que sería como en los programas de televisión, y que nos presentaríamos y pediríamos verlo, para luego sentarnos al otro lado de un panel de vidrio mientras su padre entra caminando y se sobrepone un instante a la sorpresa, tratando de descubrir quiénes somos.

Pero no, le van a avisar al señor que estamos aquí y él deberá estar de acuerdo en reunirse con nosotros. Así que ahora estamos sentados, esperando.

Hay otras personas que también aguardan, pero nadie permanece tanto tiempo como nosotros. Supongo que ya tienen archivados los registros de sus antecedentes. Sin embargo, la sala de espera no está llena. Los martes por la tarde no deben ser precisamente un hervidero de actividad en la penitenciaría estatal de Maryland.

La puerta metálica se abre con un fuerte zumbido. Declan se levanta como si lo hubieran pinchado con un hierro al rojo vivo. Reacciona de la misma forma cada vez que la puerta se abre.

Pero en esta ocasión, el guardia sí nos llama. Hay aburrimiento en la voz del hombre al anunciarnos.

—Declan Murphy y Rev Fletcher.

Mi amigo se levanta enseguida. Yo voy justo detrás de él.

—¿Estás seguro de que quieres que vaya contigo? —le pregunto con un tono de voz quedo.

—Sí —su voz suena tensa. No muestra emoción, pero tiene miedo.

Él nunca tiene miedo.

Tenemos que pasar por tres puertas cerradas y luego recorrer un breve pasillo, hasta que nos permiten ingresar a una pequeña habitación blanca sin amueblar. El rostro de Declan palidece dos tonos, haciendo que resalten las pecas que salpican su nariz.

—¿Aquí es dónde nos encontraremos con él? —su voz suena grave y queda, pero firme.

—No —responde el guardia. En la placa con su nombre se alcanza a leer MARSHALL, y su voz no pierde el tono de aburrimiento—. Levanten los brazos. ¿Llevan armas con ustedes?

Mi amigo niega con la cabeza y el custodio le lanza una mirada.

—Necesito una respuesta verbal.

—No.

El guardia comienza a registrarlo con las manos. A pesar del tedio en su voz, parece ser bastante concienzudo al revisarlo, descendiendo hasta los tobillos, e incluso le pasa la mano por el cabello.

—¿Lleva drogas o parafernalia?

Declan otra vez niega con la cabeza y después carraspea.

—No.

—Tiene permiso de entrar —el hombre voltea hacia mí y su gesto es desapasionado—. Esa sudadera es demasiado holgada. Debieron decirle que la dejara en la entrada.

Me quedo helado. Desde luego, hoy es uno de esos días en los que llevo manga corta bajo la sudadera. Había aguardado en el lugar, preparándome mentalmente para el registro, lo cual ya era suficientemente malo. Pero esto es un nuevo nivel, uno para el que no estoy listo.

El guardia hace un gesto con la mano, como si creyera que estoy dudando porque desconozco qué hacer.

—La puedo dejar en el escritorio por usted.

Declan voltea a verme.

—Está bien, puedo ir solo.

Pero mientras lo dice, yo ya me la estoy quitando y levanto los brazos. El aire se siente frío y ajeno a mi piel expuesta. No recuerdo la última vez que usé manga corta sin nada encima. Mi amigo conoce cada una de mis cicatrices, y no hay secretos entre nosotros, pero me preparo para algún comentario del hombre.

Sin embargo, se queda callado. Ni siquiera me mira de reojo. Me registra de un modo inesperadamente clínico, a pesar de cómo se veía desde fuera, y me hace las mismas preguntas que a Declan. Después sentencia:

–Tiene permiso de entrar –y así, sin más, camina hacia la puerta que se encuentra al otro lado de la habitación.

Mi amigo me mira y murmura:

–Gracias.

Me encojo de hombros, como si no fuera nada del otro mundo. Aunque por dentro estoy hecho un lío.

Sin embargo, no me estoy revolcando internamente de una forma tan salvaje como pensé que me sucedería. Ayudó la indiferencia con que se comportó el oficial. Tal vez ha visto pasar a tanta gente que ya nada le sorprende.

La puerta se abre con un fuerte zumbido y nos conducen hacia una habitación que se parece bastante a una cafetería. Unas lámparas fluorescentes arden sobre nuestras cabezas y unas pequeñas ventanas se distribuyen a intervalos regulares a lo largo del techo. Hay una docena de mesas redondas repartidas en la sala. La mayoría de ellas están ocupadas. Es fácil reconocer a los internos, pues visten overoles anaranjados descoloridos. El ronco rumor de las conversaciones llena la habitación. Una mujer muy embarazada llora en una de las mesas, y hay cinco guardias alineados junto a la pared.

Esperaba divisiones de vidrio y teléfonos. Supongo que Declan también, porque su respiración se acelera.

Entonces me doy cuenta de que mira fijamente hacia una mesa que se encuentra a dos terceras partes del camino al otro lado de la sala. Un hombre solitario nos reconoce y se pone de pie. Me parece conocido, pero no hay modo de que pueda ser el padre de mi amigo, porque luce más pequeño de lo que recordaba. Jim Murphy siempre parecía imponerse por su estatura, con una personalidad más grande que la vida.

El hombre es alto, pero no más que nosotros. Su cabello es castaño rojizo, mezclado con gris, y tiene una barba tupida. No obstante, sus ojos de un tono gris metálico son iguales a los de Declan. Su expresión de sorpresa es prácticamente idéntica al gesto de mi amigo.

Por supuesto que no parece tan alto. No lo hemos visto desde que teníamos trece años.

Todos nos quedamos helados, nadie se mueve.

El guardia Marshall habla detrás de nosotros.

—Su preso no puede apartarse de la mesa. Cualquier contacto no puede ser mayor a tres segundos. Mantengan sus manos sobre la mesa. Pueden tomar asiento cuando estén listos.

La expresión "su preso" suena tan íntima, y a la vez tan alienante. Pero las palabras hacen que Declan se mueva. Avanza y yo lo sigo. Nos abrimos paso entre los otros visitantes y luego nos detenemos del otro lado de la mesa donde se encuentra su padre.

Me quedo atrás solo un poco, porque desconozco qué quiere hacer mi amigo. ¿Va a abrazarlo? ¿Le estrechará la mano? ¿Le gritará? Puede que tampoco él lo sepa, pues dijo otro tanto en el auto.

Por ahora, únicamente se quedan parados intercambiando miradas.

—¡Murphy! —grita uno de los guardias junto a la pared.

Tanto Declan como su padre saltan y se dan la vuelta, lo cual sería casi cómico en cualquier otro momento.

—Tú y tus visitantes tienen que sentarse —advierte el custodio.

Todos nos dejamos caer en nuestros asientos. La mesa de acero está fría y empotrada al suelo.

Parece que su padre no puede dejar de mirar fijamente. Él y mi amigo también tienen eso en común. Yo mismo no puedo dejar de hacerlo, si he de ser absolutamente sincero.

Todo este momento es tan... surrealista. Creí que sentiría algo de familiaridad; sin embargo, este hombre es un desconocido. Luce más delgado de lo que recordaba y su expresión es más cautelosa. Declan y yo hemos sido mejores amigos desde los siete años y mis recuerdos acerca de su padre son nítidos: acampar en el patio trasero, contarnos historias de fantasmas a la luz de las linternas y asar malvaviscos alrededor de la fogata. Comer el cereal seco en el sofá y jugar Xbox después de medianoche, hasta que su mamá bajaba y nos hacía un gesto negativo con la cabeza a todos. Los asados al aire libre con nuestras familias y nuestros padres pasando el rato alrededor de la parrilla, bebiendo algunas cervezas.

Recuerdo cuando el padre de mi amigo bebía más de la cuenta.

Los recuerdos de Declan deben ser el doble de claros, combinados con muchos que no fueron nada felices. En parte se culpa por la muerte de su hermana. Siempre lo ha hecho. Desearía saber qué es lo que buscaba al venir: un desenlace o un inicio.

—Hola, papá —dice por fin. Su voz es áspera y serena, como si no estuviera seguro de estar listo para hablar.

Su padre se lleva el puño a la boca, luego baja las manos para frotarse las palmas contra los pantalones anaranjados, antes de ponerlas de nuevo sobre la mesa. No había notado hasta ahora que le tiemblan las manos.

—Hola, Declan —en su voz asoma un débil estremecimiento—. No estaba listo para... —tiene que aclararse la garganta—. Hablas como un hombre.

Mi amigo parece sorprendido por el comentario.

—Tengo dieciocho.

—Lo sé. Sé que los tienes —su mirada se dirige hacia mí—. Y... ¿Rev?

Afirmo con la cabeza.

La respiración del señor Murphy se conmueve.

—Estoy... Me alegra tanto que sigan siendo amigos, chicos.

—Por supuesto —responde Declan, con un tono vacilante.

Ambos se quedan callados, no hacen más que intercambiar miradas. En el aire flota una energía nerviosa de ambas partes. Quisiera dejar la mesa para darles algo de espacio, pero al mismo tiempo no quiero dejar a mi amigo aquí, cuando todo sigue sintiéndose impredecible.

Su padre da un respiro hondo y tembloroso.

—Cuando ellos... Cuando me dijeron que estaban aquí... —el gesto de su rostro está a punto de desmoronarse y se lleva una mano a los ojos—, pensé que era una broma.

En la mirada de Declan también asoman lágrimas, pero de pronto se ríe por la nariz.

—Sería una broma pesada.

Su padre se ríe a pesar del llanto.

—Tienes razón. Lo sería —acerca una mano y la coloca sobre la de su hijo—. Me alegra tanto que estés aquí. Te había extrañado —su voz se quiebra—. Te he extrañado tanto.

Declan contiene la respiración y luego voltea su mano para estrechar la de su padre—. También te he extrañado.

—¡Murphy! —grita el custodio—. Tres segundos.

Ambos se sueltan y retiran las manos. Es un recordatorio de que esta no es una reunión normal entre un padre y su hijo. Sin embargo, la interrupción parece ayudarlos a superar las lágrimas.

—¿Tu madre sabe que estás aquí?

Mi amigo niega con la cabeza.

—Pensé... —duda como si la pregunta lo hubiera tomado desprevenido—. Pensé que podía molestarse.

Su padre hace un gesto afirmativo y una ola de emociones inunda su rostro.

—¿Le está yendo bien?

—Ella... —Declan respira profundamente y su indecisión luce cargada de cosas de las que no está seguro querer hablar, como el matrimonio de su mamá con Alan y de su embarazo. Lo sé, porque él venía comentando todo esto en el auto–. Sí, está bien.

Sus hombros están tensos. Le preocupa que su padre insista en conseguir más información y que esta visita termine mal. Pero el señor no continúa. Más bien, acerca nuevamente la mano para tocar a mi amigo, como si casi le fuera imposible evitarlo.

—Tengo que... Tengo que confesarte cuánto lo siento. Cuánto lamento todo lo que te hice pasar. Cuán arrepentido estoy por la pobre Kerry –una lágrima se desliza por su rostro.

—Yo también lo siento –mi amigo afirma con la cabeza y aparta la mano, tras echar un vistazo a los guardias–. No quiero que me griten otra vez.

La sonrisa de su padre asoma entre las lágrimas y luego se pasa de nuevo la mano por la cara.

—Me gritan a mí.

—Oh –Declan luce avergonzado.

—Cuéntame de ti. Dime qué me he perdido.

Mi amigo inhala profundo y luego deja escapar el aire.

—No sé cómo resumir cinco años en treinta minutos.

Los ojos del señor se nublan nuevamente y entonces se sacude la emoción de una forma bastante visible.

—Inténtalo. Por favor.

La expresión en el rostro de Declan cambia al escudriñar sus recuerdos. Me pregunto qué será lo que busca. Su mamá no es un tema seguro. Puede que no se sienta cómodo para contarle acerca de Juliet, dada la manera en la que se conocieron y cómo buena parte de su relación se basa en el duelo y la sanación.

Es extraño estar sentado aquí con ellos y saber que he sido parte de la vida de mi amigo por tanto tiempo y que su padre no sepa nada de esto.

Me sobresalto al darme cuenta de que lo opuesto también es verdad.

—Aún tengo el Charger —dice finalmente Declan.

—¡Vaya! —el señor se anima.

Mi amigo afirma con la cabeza. Parte de la tensión que había en su postura se ha ido. Podría hablar de coches con quien fuera, en donde sea, hasta el final de los tiempos. Lo mismo que su papá.

—Terminé de reconstruirlo después de... —la voz de Declan se detiene—. *Después*. Te mostraría una foto, pero no nos dejaron entrar con nuestros teléfonos.

—No hay problema. Está bien. Mataría por poner las manos nuevamente en un motor.

Sus palabras quedan suspendidas en el aire durante un momento. Es como si ambos se hubieran percatado de lo que acaba de decir. Pero mi amigo lo deja pasar.

—He estado sacando algunos trabajos para un club de autos. Han sido cosas por encargo. Ha sido divertido y estoy ahorrando dinero para la escuela.

—¡La escuela! Es cierto, este año te gradúas. ¿A qué universidad piensas ir?

—Ey —interrumpo, y es casi como si hubieran olvidado que estoy aquí. No tengo problema con eso. De hecho, es muy bueno—. Voy a esperar cerca de la puerta para que puedan tener algo de privacidad —le lanzo una mirada a Dec—. ¿De acuerdo?

—Sí. Gracias, Rev —responde.

Me preocupa que los guardias me vayan a hacer pasar un mal rato por no quedarme sentado con "mi preso"; sin embargo, camino hacia la puerta y el custodio que se encuentra más cerca me pregunta si estoy listo para que me escolten afuera. Le respondo que preferiría esperar, si no hay inconveniente, y señala con un gesto una mesa vacía.

—Las reglas son las mismas.

Desde aquí, no es que precisamente vaya a poder tocar a alguien, pero supongo que se refiere a que debo mantener las manos a la vista. Claro que puedo hacerlo.

Es una sensación extraña sentarme a la mesa, con los antebrazos expuestos en un sitio como este. Obviamente, debo quitarme la ropa para ducharme y cambiarme, pero en realidad nunca me veo. Mis cicatrices son muchas y variadas: los arcos de la estufa o las gruesas líneas blancas de las heridas de cuchillo que probablemente tendrían que haberme cosido, pero que nunca hicieron. Están las pequeñas manchas rosadas donde me quemó con una cerilla o un encendedor. Está la tinta incrustada con la que mi padre quería asegurarse de que verdaderamente se me quedara su mensaje.

Igual que me pasó al ver a Jim Murphy, estas marcas me resultan familiares, aunque también se sienten ajenas. Las contemplo durante tanto tiempo que comienzo a pensar que estoy mirando a otra persona.

—Rev, terminamos.

Levanto la mirada para ver a Declan y se ve... desencajado. Volteo hacia la mesa en la que estaban sentados, pero su padre ya no está.

—¿Estás bien? —pregunto.

—Sí —de golpe se va hacia la puerta.

No comenta gran cosa al firmar nuestra salida, pasar por nuestras pertenencias y después salir de las instalaciones. El sol comienza a ocultarse, lo que enfría un poco la brisa. Cuando el aire roza mis brazos, no deseo ponerme la sudadera, sino estirarlos y sentir el viento.

Me siento como un tonto al caminar junto a mi amigo, que es más que obvio que está pasando por un mal momento. Al llegar al estacionamiento, saca las llaves de su bolsillo y me las ofrece.

–¿Puedes conducir?

No le pregunto la razón de su gesto y solamente cierro la mano para tomarlas.

–Seguro.

No es sino hasta que subimos al auto que por fin parece mirarme.

–No te pusiste la sudadera de nuevo.

–Ya sé –pongo el motor en marcha y meto el cambio–. ¿Tienes hambre? Le dije a mi mamá que tal vez no regresaríamos a cenar –ella sabe dónde estamos. Ya no les puedo seguir mintiendo y estoy seguro de que no le dirá nada a la mamá de Declan.

–No –replica, mirando fijamente la puesta de sol. Aunque luego me lanza una mirada–. Si quieres detenerte por algo, adelante.

–Estoy bien.

Cuando vamos por la autopista y solo se escucha el rumor del camino debajo de nosotros, mi amigo por fin decide hablar.

–No sé qué esperaba. Creo que en mi cabeza lo había convertido en un monstruo; si es que eso tiene algo de sentido –me mira sin esperar a que le responda–. Claro que tiene sentido. Pero me preocupaba demasiado que no quisiera verme y que todo este tiempo me hubiera culpado. Pero no lo hizo. Más bien se culpa a él mismo y está muy triste. No esperaba que estuviera tan triste.

Declan se frota la cara con las manos.

–Solo es un hombre que se equivocó, Rev. Es solo... solo un hombre. Creo que nunca me había dado cuenta de eso. ¿No te parece estúpido?

–No –digo.

No comenta nada más. El interior del auto poco a poco se oscurece conforme el sol se esconde, mientras ambos quedamos atrapados en la seguridad de este pequeño capullo. Se queda tan callado durante un largo rato que decido echarle un vistazo.

Está profundamente dormido.

Vaya. Por lo menos me pidió que condujera.

Miro el reloj en el tablero. Estamos por llegar a casa, pero apenas son las seis y media. No me voy a reunir con Emma sino hasta dentro de noventa minutos. Así que no tomo nuestra salida y solo continúo conduciendo mientras Declan duerme.

♥

♥

</TREINTA Y UNO>

–

<UNO> Emma </UNO> <DOS> Rev </DOS> <TRES> Emma </TRES> <CUATRO> Rev </CUATRO> <CINCO> Emma </CINCO> <SEIS> Rev </SEIS> <SIETE> Emma </SIETE> <OCHO> Rev </OCHO> <NUEVE> Emma </NUEVE> <DIEZ> Rev </DIEZ> <ONCE> Emma </ONCE> <DOCE> Rev </DOCE> <TRECE> Emma </TRECE> <CATORCE> Rev </CATORCE> <QUINCE> Emma </QUINCE> <DIECISÉIS> Rev </DIECISÉIS> <DIECISIETE> Emma </DIECISIETE> <DIECIOCHO> Rev </DIECIOCHO> <DIECINUEVE> Emma </DIECINUEVE> <VEINTE> Rev </VEINTE> <VEINTIUNO> Emma </VEINTIUNO> <VEINTIDÓS> Rev </VEINTIDÓS> <VEINTITRÉS> Emma </VEINTITRÉS> <VEINTICUATRO> Rev </VEINTICUATRO> <VEINTICINCO> Rev </VEINTICINCO> <VEINTISÉIS> Emma </VEINTISÉIS> <VEINTISIETE> Rev </VEINTISIETE> <VEINTIOCHO> Emma </VEINTIOCHO> <VEINTINUEVE> Rev </VEINTINUEVE> <TREINTA> Emma </TREINTA> <TREINTA Y UNO> Rev </TREINTA Y UNO> **<TREINTA Y DOS> Emma**

[32]

Esta noche hay reunión en la iglesia, por lo cual las luces están encendidas y el estacionamiento lleno. Unas cuantas personas deambulan por la entrada principal. No estaba segura si Rev quería que nos encontráramos otra vez en las bancas, pero ahora no tenemos esa opción, a menos que queramos compartirlas con un hombre que regaña a dos niños pequeños.

Voy al otro lado y Texy trota obedientemente junto a mí. No puedo quitarle la correa habiendo tanta gente en el lugar, además de que prefiero evitar que algún bienhechor nos grite porque no puedo dejar que mi perra haga sus necesidades en el césped.

Así que me dejo caer en el césped, saco mi teléfono y espero.

Te tengo una sorpresita.

Hasta ahora, no he tenido noticias de Nightmare. Cada minuto que pasa agrega tensión a mis músculos. Fuera del videojuego, sus textos están cargados de mensajes entre líneas, pero no contienen nada que me amenace de forma directa. Ni siquiera tengo modo de demostrar que vienen de la misma persona.

Quisiera poder desconectar mis pensamientos.

Rev debe venir en el auto de Declan, porque reconozco el vehículo que baja la velocidad y se estaciona en la acera.

Cuando sale del lado del conductor, lo veo ponerse la sudadera y luego despeinarse para sacudirse la electricidad estática.

Vaya, es interesante: no llevaba puesta la sudadera.

Texy está emocionada de verlo, así que suelto la correa para que vaya a saludarlo como es debido y ella casi lo taclea. Él le acaricia la cara y el cuello, y lucha un poco con ella. Desde donde me encuentro puedo ver su sonrisa que le ilumina el rostro. Creo que no lo había visto sonreír así antes. Se ve más... relajado de lo que había estado. Me pregunto qué habrá cambiado.

Además, estoy celosa.

—Hola —dice Rev—. No sabía que el lugar iba a estar concurrido.

—Yo tampoco.

—¿Quieres ir a algún lugar?

Déjenme desmayar. Echo un vistazo hacia el coche a sus espaldas.

—¿No crees que le importe a tu amigo encontrar pelo de perro en su auto? Además, ¿a dónde podríamos ir con Texy?

—Quise decir que podríamos caminar un poco —comenta, tras encogerse de hombros—. Dec está dormido en el asiento del copiloto.

—¿De verdad? Son las ocho de la noche.

—Tuvo... un día largo.

—Podemos caminar, si no hay problema con dejarlo.

—En realidad no lo vamos a dejar —señala hacia un punto—. Podemos ir hacia aquel callejón.

—De acuerdo.

Así que caminamos. Se nota que podaron recientemente el césped que rodea la iglesia, pues el aroma de la hierba cortada y del polen flotan en el aire. Estos días de lluvia provocaron que bajara la temperatura y la brisa me entumece las mejillas.

No tengo idea de qué decir. Seguro que él tampoco, porque camina en silencio. Las placas de identificación de Texy tintinean mientras avanza sin prisa.

—Lo siento —dice—. No debí explotar contigo cuando íbamos en el coche y me preguntaste acerca de mis padres.

—No tienes por qué disculparte.

–No, sí debo. No había problema con que me preguntaras. ¿Conoces ese dicho de que no hay malas preguntas, solo malas respuestas? Papá lo repite todo el tiempo. Le encanta que la gente haga preguntas. Adora cuando las personas lo hacen, en especial sobre temas étnicos, de política o religión. Dice que Internet provoca que haya mucha gente ruidosa y mucha silenciosa también, pero a la ruidosa es a la única que escuchamos. Tenemos que hacernos preguntas para oír a las personas silenciosas.

–Creo que me agradaría tu papá.

Rev sonríe con verdadera calidez.

–No era mi intención ponerme demasiado serio. Pero tú te disculpaste y sentí que también necesitaba hacerlo.

No era necesario. O tal vez sí, porque cerró la brecha que nos separaba de manera tan simple, con unas cuantas palabras.

–Me gustó la cita en tu nota acerca de que una persona pule a la otra.

–Es una de mis favoritas –afirma con la cabeza.

Un auto avanza por la calle y Rev voltea para ver detrás de nosotros y asegurarse de que pasó de largo a su amigo; enseguida mira de nuevo hacia el frente.

–De hecho, primero busqué muchísimas citas relacionadas con el divorcio –comento. Arrugo el entrecejo y aparto un mechón de cabello de mi rostro–. Todas eran... terribles.

–A veces me tengo que recordar que el mundo era distinto cuando escribieron esas palabras. Y aunque supuestamente Dios las inspiró, al final los humanos son quienes las interpretan, y se pueden equivocar. Cuando te alejas para mirarlo todo en perspectiva, cualquier sistema de creencias puede parecer un poco descabellado. En especial cuando te das cuenta de lo que hace la gente en nombre de la religión.

–¿Te refieres a las guerras?

–Podría ser, pero no es eso. Hablo de las personas.

–¿Qué tipo de personas?

Llegamos al final del camino, donde hay una valla de contención reforzada con maderas. Hay arena de la carretera y desechos acumulados en la calle, porque estamos a media manzana de la intersección, y la única casa alrededor tiene un letrero que dice "En Venta" y luce deshabitada. La lámpara de techo está fundida.

Rev se da vuelta y se sienta en la valla. Desde aquí alcanzamos a ver la iglesia y el auto de Declan aguardando en silencio en la calle. Los vitrales del templo lucen impresionantes por la luz que viene del interior; las imágenes de la crucifixión se desdibujan en masas de color que desde este punto parecieran no representar sufrimiento, sino solo belleza.

–Todo tipo de personas –comenta Rev en voz baja.

Entonces me doy cuenta de que se refiere a su padre.

Me siento en la valla junto a él, luego suelto la correa de Texy para dejarla que curiosee un poco.

–No llevabas puesta la sudadera en el auto –señalo.

Guarda silencio durante un momento.

–Fuimos a visitar al padre de Declan. No me permitían usarla adentro.

–Cielos –digo, arqueando las cejas–. Pues, ¿dónde se encuentra su padre? ¿En la cárcel?

Bromeo, pero él afirma con la cabeza.

–Dec no lo había visto en cinco años. Como dije, tuvo un día muy largo. Creo que acabó destruido.

Cinco años. Intento imaginar lo que sería pasar ese tiempo sin ver a mi padre. En este momento, aplaudo la idea.

Miro de reojo a Rev. Cada vez que estoy con él, quiero contemplarlo. En parte es por todo lo que esconde. Lo único que puedo ver es el borde de su quijada, el arco escultural de sus labios, la línea de su nariz. Sus ojos siempre se ocultan entre las sombras.

Pienso en los videojuegos, en los que tengo el control y nadie conoce mi verdadero yo. Me pregunto si la computadora es mi versión de la sudadera con capucha.

Nuestras manos están una junto a la otra sobre la valla, pero esta noche es distinta al sábado anterior. Ahora no tengo el valor de tomar la suya.

—¿Por qué te la pusiste de nuevo?

—No sé.

—Mentiroso. Sí lo sabes.

Se queda quieto un instante, pero luego niega con la cabeza y suelta una risita.

—Eres valiente.

Esta conversación debe ser un sueño.

—¿Soy qué? No, no lo soy.

—Sí, lo eres. Nunca titubeas —voltea a mirarme de lleno—. Creo que es lo que más me gusta de ti. Por eso pensé en ese versículo del hierro que afila el hierro. Cada vez que estoy contigo quiero ser más valiente.

La cabeza me da vueltas. Y pensar que creí que nada superaría el que Ethan me llamara impresionante.

Él voltea y mira otra vez el camino. Con el pie patea la arena acumulada.

—Me puse la sudadera porque no quería que pensaras mal de mí.

—Rev —digo, negando con la cabeza—. Nunca podría...

Se quita la sudadera y, al verlo, el aire abandona deprisa mis pulmones. Me había equivocado antes, ahora sí estoy soñando. Deja la prenda a un lado, pero no me voltea a ver.

—Si me da un infarto, avísale a mis padres —dice.

No puedo evitar mirarlo, pues la camiseta negra se entalla a su cuerpo. Estamos sentados en el lado oscuro de la calle, pero las cicatrices que cubren su piel clara son de lo más visibles, igual que la negra escritura enmarañada que se extiende por sus brazos, desde la muñeca hasta el inicio de la manga, como tatuajes fuera de lo común. Aunque, honestamente, no puedo apartar la vista de sus bíceps.

—De acuerdo. Pero si a mí también me da uno, llama a los míos.

Se ríe sin hacer ruido y me lanza una mirada.

—Es la segunda vez que lo hago en este día. En cada ocasión espero que sea algo espantoso, pero resulta que no.

—¿De qué modo espantoso?

—No lo sé. No tengo claro qué pienso que puede pasar. ¿No te parece extraño?

—No.

—Antes de esta noche, te hubiera dicho que apenas un puñado de personas me han visto usar manga corta.

—No puedo creer que estés sentado aquí de esta manera, y eso que fuiste tú quien me llamó valiente —hago una pausa—. ¿Y nunca has ido a la escuela vestido así?

—No —calla un momento—. ¿No lo sabes? Me llaman La Muerte.

—Sí lo sabía, pero no que tú te lo decías.

—Vamos —me dirige una mirada cómplice—. Soy raro, pero no estúpido.

Me resulta simpático que se diga a sí mismo que es raro. Es el adolescente más consciente de sí mismo que haya conocido.

—¿Te molesta?

—En la secundaria, solía enojarme mucho.

—¿Y luego qué pasó?

—No pasó nada. Me senté al fondo del salón de clases y los ignoré; al final, se aburrieron y encontraron a alguien nuevo a quien molestar –se encoge de hombros, como si fuera cualquier cosa–. Esto es tan extraño. Había olvidado cómo se siente el aire –estira las manos por encima de su cabeza y luego las deja caer en su regazo–. Me siento como un niño pequeño.

Si no deja de estirar los brazos, voy a terminar desmayándome de la emoción. Me acerco más a él.

–¿Qué dice tu tatuaje?

–No es un tatuaje –hace una pausa–. Digo, sí lo es, pero... fue mi padre quien me lo hizo. Me atraviesa los hombros de un extremo al otro, y de un brazo hasta el otro.

Cada vez que me cuenta algo acerca de su padre, dudo que pueda ponerse peor y, sin embargo, lo consigue. Trago saliva con dificultad.

–¿Él te lo hizo? –me detengo antes de preguntarle si le dolió. Desde luego que le dolió.

–Sí.

Entonces, comienzo a descifrar las palabras:

–...así apartarán el mal de su pueblo...

Enseguida se palmea el antebrazo.

–No lo leas en voz alta.

Me aparto de golpe y me enderezo, escandalizada.

–Lo siento.

–No –su voz suena tensa. Después de un momento, aparta la mano a propósito y luego sujeta la valla con ambas manos–, yo lo siento. Es un versículo sobre cómo hay que matar a un hijo desobediente –hace una pausa–. También me lo envió por correo esta tarde.

Vaya, no sé qué decir al respecto.

–Odio ese pasaje –confiesa, y creo que es la primera vez que escucho veneno en su voz.

—¿Quieres ponerte la sudadera de nuevo? —susurro.

—Sí. Y no —no se mueve para tomarla.

—¿Quieres toma mi mano? —extiendo la mía. Levanta la mirada, sorprendido. Después respira con lentitud y entrelaza sus dedos con los míos. La palma de su mano se siente cálida al contacto con la mía; sus dedos son firmes y fuertes. Esto es lo que le falta a mi amistad en línea: la calidez del contacto humano, el sonido de su respiración y la sensación de su piel. Por un momento, deseo cerrar los ojos y regocijarme en esto.

—¿Andarás sin sudadera mañana en la escuela? —le pregunto por fin.

—No sé. No lo creo. No quisiera... No me siento listo.

Levanto la vista y dejo que mi mirada recorra una vez más sus hombros y la geometría musculosa de su pecho. Mis mejillas están a punto de incendiarse, aunque también me siento honrada de que confíe tanto en mí.

—Te garantizo que nadie se fijaría en tus cicatrices.

Ahora es él quien se sonroja y aparta la mirada.

—Eres graciosa.

—Ni siquiera estoy bromeando. Si te golpeo, ¿lo sentirías?

—¿Crees que podrías tocarme? —pregunta, arqueando una ceja.

Su comentario es lo más cercano a un coqueteo que haya hecho hasta ahora y provoca que lo quiera golpear, solo para ver cómo reaccionaría. Lo miro a los ojos y encuentro estrellas en ellos.

—¿Quieres averiguarlo?

—¿Ves? —se ríe—. Eres valiente —luego recobra la seriedad—. Adelante, lánzame tu mejor golpe.

—¿Qué pasa si termino noqueándote contra la valla?

—Te pediré que me enseñes cómo lo conseguiste.

Me encanta que no haya arrogancia en su voz. En especial, porque probablemente podría noquearme contra la valla con un solo dedo.

Quizás eso es lo que me da el valor para cerrar el puño, echar para atrás el brazo y lanzar el golpe. Sin embargo, se mueve como un rayo. Hubiera esperado que apartara mi brazo, pero no lo hace. No en realidad. En lugar de eso, entra en mi movimiento circular y de pronto quedo envuelta en sus brazos, con su rostro contra mi hombro. Su cuerpo me transmite su calor. Termino sin aliento y aturdida.

—Debería haber intentado golpearte hace mucho tiempo.

—En realidad no tratabas de golpearme —me suelta y, siendo honesta, me parece una verdadera lástima.

Ahora se encuentra de pie y yo lo miro fijamente.

—¿Detuviste el golpe con un abrazo? Me imaginé totalmente distinto el jiu-jitsu.

Suelta una carcajada y luego comenta:

—El objetivo es estar cerca —hace una pausa—. El que haya distancia le da al otro la oportunidad de lastimarte.

—¿Puedes repetirlo?

—Seguro.

De nuevo giro al tirar el golpe y una vez más me atrapa.

—Creo que necesitaré como cien demostraciones más —digo.

Se vuelve a reír y siento cómo el gesto recorre su cuerpo. La noche del sábado me entusiasmé por percibir su espalda contra la mía. Pero esto es un billón de veces mejor. En esta ocasión me suelta con más lentitud.

—¿Así que en realidad así es como se detiene un golpe? Presiento que la televisión me ha mentido.

—Técnicamente, debería llevarte al suelo, pero...

—Suena prometedor.

Es evidente que mi cerebro se desconectó de mi boca. Las cejas se Rev se arquean a más no poder y suelta una risa ahogada.

—...pero no creí que lo agradecieras si lo hacía en el pavimento.

—Tienes razón —lo tomo de la mano—. Vamos.

Me sigue de buena gana y lo llevo hacia el patio de la casa deshabitada. El corazón se me acelera dentro del pecho. La hierba es exuberante y
el suelo es suave debido a las lluvias recientes. Texy trota alrededor del
jardín, arrastrando su correa.

—Enséñame en serio —digo.

Rev titubea. Parece que lo está pensando.

—¿Tienes miedo? —lo provoco, pero mi voz suena entrecortada.

—No —guarda silencio y sus mejillas se iluminan de nuevo—. Quizás
un poco. ¿Y tú?

—Soy valiente, ¿recuerdas? —cierro el puño y lanzo el golpe.

Él atrapa mi tronco, pero no me esperaba que su pie enganchara mi
pierna. Termino bocarriba sobre el césped antes de darme cuenta siquiera de que estoy cayendo.

Siento su peso considerable encima de mí y su rostro cerca del mío,
además de que alcanzo a percibir su respiración en mi cuello. No tendría
ningún problema con quedarme aquí durante toda una hora.

Pero Texy escoge justo este momento para comenzar a lamerme la
frente. Me rio nerviosamente.

—Texy, vete. ¡Fuera, perro!

De nuevo me lame la frente y se va trotando.

Rev se aparta. Me mira hacia abajo, apoyando las manos en el suelo
junto a mis hombros, lo que consigue que sus bíceps se vean fabulosos.

—¿Era todo lo que imaginabas?

—Eso y más —me rio y luego hago una pausa—. ¿Luego qué sigue?

Noto cómo sus ojos brillan en la oscuridad.

—Dímelo tú.

—Tú eres el experto en jiu-jitsu.

—Bueno —dice con voz ronca—, en el jiu-jitsu no me dejarías tener tanta distancia.

—¿La distancia es mala?

—Sí, es mala —responde, afirmando con la cabeza.

Mis manos encuentran sus hombros, apenas con un simple roce de las yemas de mis dedos que se guían por su temperatura y se deslizan a lo largo de la manga hasta hallar su piel desnuda.

Reacciona quedándose completamente quieto. Su sonrisa se borra. Dejo que mis dedos también permanezcan inmóviles.

—¿Está bien? —murmuro.

Hace un gesto de aprobación con la cabeza, con un movimiento discreto y apenas perceptible, como si no confiara en su voz. Mis dedos avanzan unos cuantos centímetros más por su piel y él se estremece.

—¿Todavía está bien? —susurro.

Asiente otra vez. Baja un brazo hasta apoyarse en el codo, ahora está más cerca y siento parte de su peso sobre mí. Al respirar, su pecho se expande contra el mío.

—¿Bien? —murmura.

Ahora es mi turno de afirmar con la cabeza.

Con los dedos dibuja la línea de mi rostro, prolongando el movimiento como si quisiera memorizar la sensación. Recorre el arco de mi ceja, la pendiente de mi mejilla y la curva de mi quijada.

Mis manos se han quedado inmóviles en sus brazos. Cada roce de sus dedos me llena de una cálida dulzura. Acerco mi mano para encontrar su cara, su mandíbula se siente algo áspera en mi palma. De repente, quiero que esté más cerca.

De hecho, la distancia sí es mala.

Sus ojos se cierran y gira su rostro para besar el interior de mi muñeca. Suspiro.

—¿Está bien? —dice en voz baja.

Afirmo categóricamente y él sonríe. Después sus labios rozan los míos, y es inevitable que mi respiración se agite. Hundo mis dedos en su cabello. Sus labios me rozan nuevamente, pero esta vez alarga un poco más el momento. Su boca se mueve contra la mía y mis labios responden entreabriéndose. Tiene un sabor parecido a la canela y huele como a vainilla. Estoy sumergida en el instante.

Su mano encuentra mi cintura, en la franja de piel que quedó al descubierto cuando mi blusa se apartó de los jeans al rodar en el césped. Mis propios dedos se deslizan debajo de su manga, permitiéndome sujetarlo de los hombros y atraerlo hacia mí.

Luego su lengua roza la mía y arranca un sonido que surge de mi garganta. Su mano se desliza debajo del dobladillo de mi blusa y siento la calidez de su palma rondar la piel de mi cintura. Mi mundo se concentra en este momento, en la tibieza, la dulzura y la sensación de su cuerpo sobre el mío.

De pronto Rev se aparta. Su respiración se escucha algo acelerada, y sus ojos se ven oscuros e intensos.

—No tengo idea de lo que estoy haciendo, pero siento que debo ir más despacio.

Estoy a punto de jadear.

—Tampoco sé lo que estás haciendo, pero siento que eres verdaderamente bueno en eso.

Sonríe y se retira un poco más.

—No —me quejo—. La distancia es mala.

Su sonrisa crece; sin embargo, se rueda hacia un lado para acostarse junto a mí.

—Espera. Estoy teniendo un momento existencial —sus dedos se entrecruzan con los míos.

—¿Es un eufemismo para referirte a algo más?

—Sin comentarios —se ríe.

No puedo creer lo que sale de mi boca. Diablos, creo que he estado jugando *online* demasiado tiempo. Aunque eso sí parece un eufemismo. Por fortuna no lo dije en voz alta.

Me pongo de costado para poder mirarlo. Las sombras prácticamente ocultan sus cicatrices y la luz de la luna hace que sus ojos brillen. El gesto de su rostro es transparente y su expresión no está a la defensiva. Es lo más relajado que lo he visto.

—Donde sea que practiques jiu-jitsu, deberían poner esto en sus folletos. Creo que más gente se animaría a entrenar.

Levanta nuestras manos entrelazadas y se lleva mis nudillos a su boca, plantando un beso en ellos.

—Lo pondré en el buzón de sugerencias.

Me acerco más a él, colocando mi mano en su pecho para apoyar mi peso.

—¿Qué más me puedes enseñar?

Dibuja una sonrisa. Me fascina la forma en que ese gesto ilumina su rostro. Este es un Rev que nadie conoce.

—Estoy seguro de que se me ocurrirá algo.

<UNO> Emma </UNO> <DOS> Rev </DOS> <TRES> Emma </TRES> <CUATRO> Rev </CUATRO> <CINCO> Emma </CINCO> <SEIS> Rev </SEIS> <SIETE> Emma </SIETE> <OCHO> Rev </OCHO> <NUEVE> Emma </NUEVE> <DIEZ> Rev </DIEZ> <ONCE> Emma </ONCE> <DOCE> Rev </DOCE> <TRECE> Emma </TRECE> <CATORCE> Rev </CATORCE> <QUINCE> Emma </QUINCE> <DIECISÉIS> Rev </DIECISÉIS> <DIECISIETE> Emma </DIECISIETE> <DIECIOCHO> Rev </DIECIOCHO> <DIECINUEVE> Emma </DIECINUEVE> <VEINTE> Rev </VEINTE> <VEINTIUNO> Emma </VEINTIUNO> <VEINTIDÓS> Rev </VEINTIDÓS> <VEINTITRÉS> Emma </VEINTITRÉS> <VEINTICUATRO> Rev </VEINTICUATRO> <VEINTICINCO> Rev </VEINTICINCO> <VEINTISÉIS> Emma </VEINTISÉIS> <VEINTISIETE> Rev </VEINTISIETE> <VEINTIOCHO> Emma </VEINTIOCHO> <VEINTINUEVE> Rev </VEINTINUEVE> <TREINTA> Emma </TREINTA> <TREINTA Y UNO> Rev </TREINTA Y UNO> <TREINTA Y DOS> Emma </TREINTA Y DOS> <TREINTA Y TRES> Emma

[33]

Los escenarios en los que me imaginé besándome con un chico jamás incluyeron el jiu-jitsu. Y no es que mis fantasías hayan ido demasiado lejos. Pero ahora sí. Me refiero a ir así de lejos. Bueno, un poco. No tengo alguna experiencia a la cual referirme. Aunque he visto *Juego de tronos*.

Grandioso. Ahora me estoy sonrojando en el césped. Quisiera esconder la cara. Por fortuna la mirada de Rev se dirige al cielo, hacia las estrellas dispersas encima de nosotros.

De nuevo nuestras manos se entrelazan y siento la calidez de su palma contra la mía. Texy se fue a echar en el patio, en algún punto cercano. Mis labios están hinchados y mi cabello es un lío, además de que la hierba me pica el brazo; pero no me importa. Recuerdo la sensación de sus brazos envolviéndome, de esos breves momentos en los que se quedaba quieto y mi mundo se concentraba en el tacto, la respiración y en los fuertes latidos de mi corazón.

Parece que nunca dejaré de sonrojarme.

Él se rueda para apoyarse en su hombro y así cerrar la mitad de la distancia que nos separa. Al bajar la mirada para verme, su cabeza tapa la luz de la luna y su rostro se oscurece, pero en sus ojos se refleja el fulgor de las estrellas. Menos de quince centímetros alejan nuestras caras.

—¿En qué piensas?

Me muerdo el labio. Estoy pensando en que mis mejillas están a punto de incendiarse en mi rostro.

—Vamos, valiente —murmura. Su mirada es tan intensa, oscura y brillante. Su mano se levanta y con los dedos aparta un mechón de cabello que me cubre la cara. Su tacto es ligero como el aire, pero impacta mi piel con la fuerza de un relámpago. Cada vez que paramos para tomar un respiro, creo que nos viene bien, pero luego me toca y de pronto quiero que continúe.

Su pulgar acaricia mi mejilla. Siento cómo la temperatura de mi cuerpo aumenta de nuevo con ese solo roce. Mis labios se separan, como si tuvieran voluntad propia.

Texas ladra. Salto sorprendida y me siento como una bala. Nuestras cabezas se estrellan una contra la otra. *Ay*. Hola, incomodidad.

De alguna manera consigo atrapar la correa de Texy, aunque ella me arrastra por el césped antes de que consiga controlarla. Estaba a punto de salir corriendo para perseguir a un anciano que paseaba a su minúsculo Yorkshire. El hombre voltea para mirarnos, pero continúa caminando.

Me froto la frente, apenada, y volteo a ver a Rev, que está haciendo lo mismo.

—¿Crees que las cosas pasan por una razón? —le pregunto.

—"La fe es la certeza en las cosas que se anhelan, la convicción en aquello que no se ve" —responde con una sonrisa.

—Quizá tengas que traducirme esta cita.

Se acomoda cerca y se inclina hacia mí, como si fuera a susurrarme algo al oído. Tiemblo al sentir su cercanía.

—Quiere decir —comenta en voz baja— que las cosas suceden cuando tienen que suceder.

Su teléfono suena un par de veces y él se endereza y suspira.

—Como esto.

Se ríe al revisar su teléfono.

—Dec quiere saber si lo dejé enfrente de la iglesia a propósito —desliza el dedo por la pantalla para responderle—. Debería jugarle una broma y decirle que no tengo idea de qué me habla.

Sonrío y también saco mi teléfono para revisarlo. Lo dejé en modo de silencio, aunque no espero gran cosa. Probablemente, mi mamá ni siquiera se ha dado cuenta de que salí, y aunque se haya percatado, nunca se preocupa cuando tengo a la perra conmigo.

Para mi sorpresa, tengo doce mensajes, todos de Ethan. Empezó a enviarlos a las 8:30 p.m.

Ethan: ¿Te has conectado últimamente a OtrasTIERRAS?
Está pasando algo. Tienes que conseguir una computadora.

Cinco minutos después.

Ethan: Sí, sin duda está sucediendo algo.

Cuatro minutos más tarde.

Ethan: Hay letreros en todas las tierras. En este momento estoy viendo uno que dice Azul M es una perra.

Cada gramo de calidez que Rev produjo en mí es sustituido por bloques de hielo. Siento que no puedo respirar.

Diez minutos después me escribió.

Ethan: Emma, por favor, revisa tus mensajes.
¿Tienes alguna información del tipo que te estaba enviando aquellos correos?
Busqué sus cuentas anteriores, pero ya no existen.
¿Estaba en 5Core? Conozco a personas que lo pueden rastrear.

Estoy temblando.

Ocho minutos más tarde.

Ethan: Es peor. Mira.

Hay una fotografía de lo que parece ser la pantalla de una computadora. Justo en medio de la taberna del juego, que es el lugar donde se reúnen los personajes nuevos, hay una enorme imagen pornográfica. En el teléfono se ve borrosa, pero alcanzo a distinguir a una mujer de rodillas.

Un sonido minúsculo escapa por mi boca.

Diez minutos después.

Ethan: Emma, lo siento tanto.

Envió el último mensaje hace quince minutos.

—Hola.

Levanto la mirada. Mis dedos tiemblan sobre la pantalla del teléfono y Rev me observa.

—¿Estás bien? —dice.

—Yo no... no lo sé —leo nuevamente el texto de Ethan. Le llegarán al mismo tiempo notificaciones de lectura de todos los que me mandó. Debe estar sentado mirando su dispositivo, porque veo que comienza a escribir otro mensaje.

—¿Se trata de tus padres? —pregunta Rev.

—No... es solo... es un chico con el que a veces juego.

—¿Es Nightmare?

—No —respondo, tragando saliva—. Es de Ethan, un amigo. Sucedió algo. Él... no sé qué pensar de estos mensajes.

—¿Puedo ver?

Titubeo y luego le entrego mi teléfono, justo cuando llega un nuevo mensaje de Ethan. No alcanzo a ver lo que dice, ni muero de ganas de enterarme. Con la primera captura de pantalla tuve suficiente.

Rev lee un momento y después me mira.

—Emma, tienes que... que llamar a la policía o algo. Esto debe ser ilegal.

—Necesito ir a casa. Tengo que cerrar el juego. Puedo bloquearlo...

—¿No crees que esto ya rebasó el tema de bloquear a alguien?

Repasa una vez más los mensajes y agrega:

—¿Este tipo, Ethan, sabe quién lo está haciendo?

Mis mejillas se sonrojan y tomo mi teléfono.

—No.

—Dice que conoce a gente que lo puede rastrear. ¿Crees que sea alguien de la escuela?

—No... Ethan no va a Hamilton. Yo no... es solo un amigo del videojuego. No lo conozco en persona.

—Pero tiene tu número de celular —comenta, frunciendo el entrecejo.

—¡Sí! —respondo bruscamente—. Y lo agradezco, porque de otra manera ni siquiera me hubiera enterado de lo que estaba pasando —esto es terrible. Tengo que llegar a casa. Tengo que cerrar OtrasTIERRAS.

Estoy a un suspiro de echarme a llorar.

Texy me clava su nariz en la mano y le acaricio las orejas, como ausente.

—¿Puedes resolverlo? —pregunta Rev—. ¿Qué puedo hacer?

Consulto mi teléfono.

Ethan: ¿Puedes ir a casa? Te puedo ayudar a encontrarlo.

—Nada —replico, mirando a Rev—. Tengo que ir a casa.

—Bien. Solo déjame regresarle sus llaves a Dec.

—No. Tengo que arreglar esto —trago saliva. Llevo esa imagen asquerosa impresa en la mirada. Quisiera llorar y golpear a alguien. Sobre todo, quiero gritar.

—Emma... está bien, iré contigo —me dice, tomándome de la mano.

Me aparto y lo miro.

—¿Bromeas? —le reclamo—. ¿Viste lo que hizo?

—Sí, lo vi.

Estoy perdiendo tiempo, así que comienzo a caminar.

—Tengo que ir a casa, ¿de acuerdo? —exclamo, y mi voz se quiebra—. Solo déjame ir.

—Emma —responde, arrugando la frente—. Tienes que decírselo a tus padres. Por favor, te acompaño...

—¿Crees que se lo puedo decir a mis padres? ¿Hablas en serio?

—No se trata de cualquier *troll* de Internet —afirma con un tono de voz intenso—. ¿Por qué no dejas que nadie te ayude?

—Porque lo puedo resolver, Rev. No lo entiendes.

—Emma —continúa siguiéndome—. Confié en ti cuando necesitaba contarles a mis papás acerca de los mensajes de mi padre...

—No —lo confronto—. Me dijiste que me fuera y lo hice.

Se frena en seco. Sabe que tengo razón.

—Puedo manejar esto —sentencio—. Me dijiste que si alguien no quería tu ayuda luchando en las colchonetas, entonces no te entrometías. Que no interferías. Te lo estoy diciendo. Es mi turno de pedirte que te vayas.

Mis palabras lo detienen por completo. Enseguida me arrepiento de haberlas pronunciado. Es como si no lograra controlar lo que sale de mi boca.

—De acuerdo —responde en voz baja. Desearía que me siguiera, pero no lo hace.

Así que me pierdo entre las profundas sombras del camino.

</TREINTA Y TRES>

<UNO> Emma </UNO> <DOS> Rev </DOS> <TRES> Emma </TRES> <CUATRO> Rev </CUATRO> <CINCO> Emma </CINCO> <SEIS> Rev </SEIS> <SIETE> Emma </SIETE> <OCHO> Rev </OCHO> <NUEVE> Emma </NUEVE> <DIEZ> Rev </DIEZ> <ONCE> Emma </ONCE> <DOCE> Rev </DOCE> <TRECE> Emma </TRECE> <CATORCE> Rev </CATORCE> <QUINCE> Emma </QUINCE> <DIECISÉIS> Rev </DIECISÉIS> <DIECISIETE> Emma </DIECISIETE> <DIECIOCHO> Rev </DIECIOCHO> <DIECINUEVE> Emma </DIECINUEVE> <VEINTE> Rev </VEINTE> <VEINTIUNO> Emma </VEINTIUNO> <VEINTIDÓS> Rev </VEINTIDÓS> <VEINTITRÉS> Emma </VEINTITRÉS> <VEINTICUATRO> Rev </VEINTICUATRO> <VEINTICINCO> Rev </VEINTICINCO> <VEINTISÉIS> Emma </VEINTISÉIS> <VEINTISIETE> Rev </VEINTISIETE> <VEINTIOCHO> Emma </VEINTIOCHO> <VEINTINUEVE> Rev </VEINTINUEVE> <TREINTA> Emma </TREINTA> <TREINTA Y UNO> Rev </TREINTA Y UNO> <TREINTA Y DOS> Emma </TREINTA Y DOS> <TREINTA Y TRES> Emma </TREINTA Y TRES> <TREINTA Y CUATRO> Rev

[34]

-

El que engendra a un necio solo conseguirá dolor; el padre de un necio no conoce la alegría.

Mi teléfono suena avisándome del correo, mientras subo los escalones para entrar por la puerta trasera. La cocina está a oscuras y corro la puerta de vidrio con cuidado. Un pesado silencio me recibe, así que camino de puntillas por el piso de mosaico. Como no he cenado, me muero de hambre. Tomo una caja de cereal y un Gatorade del refrigerador, y enseguida me preparo para escabullirme por el pasillo.

—Rev —la suave voz de mamá me intercepta al poner un pie en el pasillo.

Me doy vuelta y la encuentro sentada con un libro en la esquina de la sala.

—Creí que estaban dormidos —murmuro.

—Los otros duermen. Estaba esperando.

—¿A mí?

—¿Cómo te fue? —pregunta, tras afirmar con la cabeza.

Me toma un momento darme cuenta de que se refiere a Declan. Nuestra visita a la cárcel parece que hubiera ocurrido hace varios días. Tengo las mismas ganas de hablar sobre mi amigo y su padre, que acerca de lo que pasó con Emma. No consigo sacarme de la cabeza sus palabras de despedida: "Es mi turno de pedirte que te vayas". No sé si merecía que me lo dijera. Puede que sí.

Quisiera poder rehacer todo esto. Desearía poder solucionarle el problema. Me encantaría poder protegerla de alguna manera.

Me dejo caer en el sofá al otro lado de Kristin y meto la mano en la caja de cereal.

—Estuvo bien. Creo que le ayudó.

—Estuviste fuera más tiempo del que esperaba.

—Dec se quedó dormido en el auto y estuve conduciendo un rato —hago una pausa—. Luego fui a caminar con Emma.

—Emma —la expresión de mamá me cobija—. Había estado esperando saber más de ella.

Sin embargo, mi propia expresión se ensombrece.

—¿De verdad?

—Claro —calla un instante—. Me alegra verte salir de tu caparazón de vez en cuando.

Interesante. Su comentario aleja mi molestia.

—¿Crees que me escondo?

—No lo llamaría esconderse. Pero sí creo que mantienes tu entorno fuertemente controlado. Tanto tú como Declan —titubea—. Siendo sincera, me pregunto si el hecho de que él haya encontrado una novia también te permitió abrir una puerta.

Esa es una interpretación bastante franca y no estoy seguro si estaba listo para escucharla. Sostengo un poco de cereal en la palma de mi mano.

—Eh.

Mamá aguarda. Mis pensamientos están hechos un gran nudo y necesito tiempo para desenredarlos.

–¿Estaría bien si todavía no hablamos de Emma?

Sus cejas se arquean un poco, aunque termina afirmando con la cabeza.

–Sí, claro.

Echo un vistazo al pasillo.

–¿Cómo se portó Matthew esta noche?

–Bien. Él y tu papá salieron a caminar después de la cena.

Vaya impresión. Estoy seguro de que mi expresión lo confirma, y mamá sonríe.

–Tuvo la opción de salir a caminar o lavar los platos.

Si hubiéramos apostado, habría puesto mi dinero en ver al chico parado en la cocina con un trapo, perfectamente encerrado en sus pensamientos.

Aunque después recuerdo cómo se sentó en la mesa de la cafetería con Declan y conmigo tras soltar aquella revelación la noche anterior. Papá me dijo que a veces presionamos para ver si hay alguien del otro lado respondiendo. Me pregunto si yo respondí de la forma correcta.

Mamá continúa observándome.

–No interrumpas tu lectura –le digo–. No tengo ganas de hablar.

Me dirige una larga mirada y luego abre su libro. Sigo comiendo cereal y escucho el quedo pasar de las páginas. Tengo ese sonido integrado a mis recuerdos. De niño me leía junto a la cama, forzando la vista con la lámpara de noche a un lado, para esperar a que me quedara dormido. Lo hace con cada niño que llega a esta casa. Quiere que sepan que está con ellos.

–¿Por qué me adoptaste? –le pregunto.

Cierra su libro con delicadeza.

–Porque te amamos y queríamos que fueras nuestro hijo.

Realmente lo dice en serio, pero no quiero escuchar lugares comunes.

–No. ¿Por qué yo?

–Creo que no entiendo lo que me preguntas, Rev.

—Tuvieron a docenas de niños de acogida, así que ¿por qué me eligieron a mí?

Se queda callada durante un largo rato, hasta que me pregunto si no hice la pregunta adecuada.

—Sabes que amamos a los niños —responde—. Cuando nos casamos, ni siquiera esperamos. Deseábamos con tantas ganas tener hijos. Pero entonces... tuve un aborto espontáneo. Eso pasa, en especial cuando es el primer embarazo, aunque aun así fue demoledor. Sin embargo, ocurrió de nuevo. Y otra vez. Y luego una cuarta vez. Recuerdo estar sentada en el consultorio del médico hojeando una revista boba y se abrió por casualidad en un artículo sobre una mujer que tenía ocho hijos; la mujer bromeaba diciendo que llevaba una década embarazada. Recuerdo haberla odiado después de leer el texto. Me fui y lloré toda la noche —hace una pausa—. Conversamos sobre la opción de adoptar. Una familia del vecindario había adoptado un bebé, así que hablamos con un abogado acerca de nuestras alternativas. Geoff estaba a punto de escribirle un cheque a una agencia de adopción, pero... para mí no se sentía bien. Me sentía muy deprimida por haber perdido tantos bebés y no quería decepcionarlo, así que salimos a tomar un café y accedí a hacer lo que él quisiera.

De nuevo guarda silencio. Sé que habrá más interrupciones, así que espero. Mi adopción no fue tradicional en ningún sentido.

—Cuando salimos del café, había una mujer a la que se le había pinchado un neumático. Nos preguntó si podíamos llamar a una grúa. Geoff se ofreció a cambiar su neumático y ella aceptó. Iba retrasada para recoger a un niño.

—¿Bonnie? —pregunto sorprendido. Es la amiga de mamá. Sabía cómo se conocieron, pero no las circunstancias que rodearon el inicio.

—Sí, Bonnie —sonríe ella—. Mientras Geoff cambiaba el neumático, ella y yo hablamos. Fue la primera persona que mencionó a los padres de custodia. Al siguiente día la invité a almorzar. De inmediato nos llevamos bien. Parecía destinado a ocurrir. Sé que así fue. Me tomó más tiempo convencer a Geoff. Ahora sé que estaba más preocupado por mí. Me había visto perder a tantos bebés; le inquietaba cómo iba a lidiar con el hecho de tener que entregar a los niños.

»Así que seguimos los pasos: las entrevistas, las visitas a domicilio, todo el asunto. Teníamos la habitación lista y después esperamos la llamada. Creí que sería algo inmediato. Pero no lo fue. Luego de unos cuantos días, comencé a dudar. Geoff estaba muy impaciente y la habitación se sentía tan vacía. Comencé a preguntarme si había tomado la decisión equivocada. Me fui a dormir una noche, pero no podía dormir. Todavía recuerdo cómo volteaba a consultar el reloj cada hora. Estaba exhausta. Eran las cinco de la mañana y no había dormido nada. Recuerdo haber pensado: "Por favor, sé que hay un niño que me necesita. Por favor".

Se pasa la mano por los ojos y luego alcanza los pañuelos que están en el extremo de la mesa.

—Oh, cielos. No estaba preparada para tener esta conversación. Pensé que íbamos a hablar de Declan —se seca la cara y después me sonríe sobreponiéndose a las lágrimas—. En ese instante,... Rev, en ese mismo instante en que tuve el pensamiento... sonó el teléfono. Era Bonnie, para contarme de ti.

Obviamente no recuerdo la versión que me cuenta, pero sí la mía. Después de que la policía me alejó de mi padre, me enviaron a un hospital. Muchos de esos momentos quedaron grabados en mi cerebro, aunque hay otros que quedaron en blanco. En ocasiones me pregunto si sencillamente no pude procesarlo todo. Jamás había visto a un médico. Tampoco me habían inyectado ni hecho exámenes físicos: *nada*. Si hubiera estado sano, tal vez me hubieran dado un día o dos para hacerme a la idea del cambio, pero el personal de Urgencias no podía ignorar un brazo facturado. De igual modo, no podían pasar por alto las marcas y cicatrices. Me sentía tan desesperado por salir del hospital, que me habría ido adonde sea, con quien fuera.

Y cuando Bonnie me trajo aquí, pensé que estaba muerto. Creí que había llegado al infierno. Pensé que me estaban castigando.

—Estabas tan asustado —comenta mamá dulcemente—. Había leído tantas historias acerca de los niños en custodia. Me había imaginado tantos escenarios distintos, pero nada parecido a ti. Creí que nuestro mayor reto sería recibir a un niño que pasaba por la fase en que ya no lo amamantan, o quizás a un pequeño con algún trastorno del desarrollo. En cambio, tú... no hablabas. No permitías que nadie te tocara. Bonnie me contó después, mucho después, que la trabajadora social del hospital insistía en enviarte a una institución. De hecho, amenazó con conseguir una orden judicial, pero Bonnie la enfrentó y le dijo que lo intentara.

Estoy completamente inmóvil. No conocía nada de esto.

Borro mentalmente todo lo que sé de mi vida e intento imaginarme cómo sería haber crecido en alguna institución. Pero no puedo. Lo único que alcanzo a ver es la cárcel donde dejamos a Jim Murhy, y creo que la imagen no se aleja demasiado de la realidad.

—Perdón —digo, tragando saliva.

—¿Por qué te disculpas? —se levanta de la silla y viene a sentarse a mi lado en el sofá. Me toma la mano y la sujeta entre las suyas—. Cuando saliste corriendo a casa de Declan ese primer día... ah, vaya que nos preocupamos. Geoff pensó que habíamos cometido un error. Me daba tanto miedo llamar a Bonnie, porque estaba segura de que te apartarían de nosotros y te enviarían a otro lado. Y cuando te encontramos con Declan y te vimos jugando con los bloques de Lego...

De pronto se queda sin voz. Con una mano se aprieta el pecho y sus ojos están cerrados.

—¿Qué? —pregunto quedamente.

—Jamás olvidaré la expresión en tu rostro —dice con un tono que apenas se escucha—. La forma en que los dejaste caer y te alejaste de ellos. Nunca había visto ese gesto en un niño, y espero no tener que verlo otra vez.

Recuerdo esos momentos, ese primer día en el que mi mundo quedó de cabeza; cuando las quemaduras con la parrilla de la estufa aún me ardían y mi carne lucía rosada debajo de las vendas. Dejé caer aquellos bloques de Lego porque temí que me hicieran algo peor que los correctivos de mi padre, como cortarme las manos. No sabía nada de juegos, aunque sí algo sobre enfrentar las consecuencias.

Pero no me castigaron. Ni siquiera me obligaron a abandonar la habitación de Declan en ese momento. Al contrario, ella se sentó con nosotros y también comenzó a construir con los bloques.

Pienso en Matthew y su historia con Neil, su otro padre de acogida. Miro a mamá. Sus ojos son tan cariñosos. Quiere lo mejor para todos.

—Puede que tengas que hacerlo.

—Lo sé —me aprieta la mano—. Puede que sí. Y haré lo mejor que esté a mi alcance para ayudarlos a sobreponerse.

—Sigues sin responder mi pregunta.

—Rev, no estoy segura de poder hacerlo. ¿Por qué *no* tú? En el momento en que sonó el teléfono, supe que era tu destino estar aquí. Todavía recuerdo el primer momento en que te reíste —de nuevo se lleva la mano al pecho, pero luego la levanta para poner su palma en mi mejilla—. Ah, tomó tanto tiempo. Y te convertiste en un joven tan generoso y amable...

Aparto su mano, pero no de mala gana.

—Está bien, está bien.

–Oh, Rev, pero lo eres. Me acuerdo cuando tenías diez años y preguntaste por qué no podíamos ayudar también a otro niño, ya que teníamos otra habitación. No daba crédito. De entre todos los niños, tú merecías la paz y tranquilidad de tener el espacio para ti; sin embargo, te preguntaste por qué no ayudábamos más. Así que después trajimos a la pequeña y dulce Rose. La recuerdas, ¿no es así?

–Sí –Rose fue la primera niña de acogida que tuvieron luego de mí. Tenía dos años y ahora debe tener unos diez. Mamá es la que sabe bien. Es probable que la haya visto. Hace lo mejor que puede para permanecer en contacto con todos los niños que han vivido con nosotros.

–Por supuesto que sí. Su pobre madre se esforzó tanto para rehabilitarse. Recuerdo que Geoff estaba muy preocupado por lo difícil que iba a ser devolver a Rose, y lo fue. Siempre es complicado. Pero me encanta ayudar a otras madres –hace una pausa–. Luego de que la pequeña se fue a casa, me preguntaste...

–Te pregunté cuándo tendría que volver a casa –mi tono suena grave. Me acuerdo de la escena.

–Sí –saca otro pañuelo y se lo lleva a los ojos–. Tu voz... nunca olvidaré tu voz, mi pobre niño. Esa noche le dije a Geoff que quería adoptarte y, de hecho, él ya había hablado con nuestro abogado. Tomó una eternidad. Me preocupaba tanto que ese hombre encontrara algún vacío legal, alguna forma de apartarte de nosotros –toma otro pañuelo–. Jamás había sentido un alivio tan grande como cuando el juez dio la sentencia.

–Yo también –confieso honestamente. El recuerdo de ese día es muy claro: el traje nuevo que usé en la corte, el abogado palmeándome el hombro y el darme cuenta de que mi padre no podría hacer nada, absolutamente nada, para separarme de mi nueva familia.

Nada, salvo enviarme una carta después de que cumplí dieciocho años.

—¿Papá encontró algo acerca de él? —pregunto, arrugando la frente.

Titubea, cosa que es muy rara en ella.

—Cuéntame —le pido.

—Vive en Edgewater —comenta—. Es todo lo que nuestro abogado ha podido encontrar hasta ahora.

Edgewater está al suroeste de Annapolis. No es lejos de aquí. Fuimos más lejos para visitar al padre de Declan.

Vamos... sabía que tenía que estar cerca. Vi el sello postal de su primera carta. Esperaría que la noticia me impacte como una bala, con la misma intensidad que otras situaciones que me han afectado recientemente, pero no es así. Se trata de un hecho: vive en Edgewater.

No, esto es algo más que un dato. Es un desafío que han lanzado a mis pies.

Pienso en Declan y cómo aguardaba, aterrado, en la sala de espera de la prisión. Si él pudo hacerlo, yo también.

—Quiero verlo —confieso.

Kristin resuella y aprieta los pañuelos que tiene en el puño.

—Me preocupaba que dijeras eso.

Intento descifrar su gesto y la emoción que asoma en su voz.

—No quieres que lo haga.

—No, Rev, no quiero —una nueva oleada de llanto se suma a las primeras lágrimas, así que toma más pañuelos de la caja.

—Te preocupa... Crees... —no sé cómo seguir.

—Me preocupa que te lastime o que provoque que dudes de ti mismo. Cuando Geoff me contó lo que estaba sucediendo, me sentí tan estúpida por no haberme dado cuenta antes. Leí el correo que te mandó más temprano, acerca de matar a un hijo desobediente. ¿Qué clase de detestable y malvado...?

El piso del pasillo rechina, así que ella se detiene. Supongo que papá va a salir de su habitación para detener este sermón, pero nadie aparece.

–No, no quiero que vayas –dice en voz más baja.

Permanezco sentado y repaso cada uno de los momentos de la semana pasada, pienso en cada correo que mi padre me envió, en cada palabra que le dije a Emma, a Declan, a Matthew. Recuerdo las conversaciones que tuve con papá, sobre aquello de que las cosas ocurren por una razón, acerca de cómo hay causas detrás de las causas, o que hay eventos que no podemos controlar y que provocan ondas que quizás nunca veamos.

–Después de que Declan vio a su padre, me dijo "Es solo un hombre" –mi voz suena tranquila–. El mío también lo es. Creo que no me había dado cuenta de ello. Para mí siempre había sido el líder de su congregación y una figura más grande que la vida misma. Pero... no es así. Y pienso que tengo que comprobarlo por mi cuenta.

Se queda callada durante un largo rato, y cuando decide hablar, pronuncia algo que no esperaba.

–Está bien –murmura.

Después me da un beso en la cabeza, y desaparece en su habitación.

♥

///

Matthew no está dormido. Un oscuro silencio brota de su cuarto, como una energía suspendida que me indica que continúa despierto.

Su puerta está entornada, pero no cerrada por completo, así que llamo con delicadeza y el movimiento termina abriéndola unos cuantos centímetros. Uno pensaría que estoy a punto de irrumpir con una escopeta. En cuanto entro, él se sienta en la cama.

–Perdón –digo.

No responde.

—Solo quería saludarte. Lamento que hayamos tenido que dejarte a las carreras esta tarde.

Aún ni una palabra.

—De acuerdo —me doy por vencido, tomo la perilla y salgo para regresar la puerta a su posición original.

—Escuché un poco de tu conversación con Kristin —confiesa.

Me detengo con la mano en la perilla. No estoy seguro de cómo debo interpretar ese comentario.

—No estaba escuchando a escondidas. Solo fui al baño.

—¿Sí? —me pregunto qué oyó.

—¿Tu padre fue quien te enseñó a pelear? —dice.

Su pregunta me toma por sorpresa.

—No, aprendí después.

—Me preguntaba.

De nuevo se queda callado. Dejo que mi mano se aparte de la perilla.

Mi habitación es un refugio acogedor. Me dejo caer en la cama y me cubro los ojos con el brazo para bloquear la luz.

Después me siento y me quito la sudadera, quedándome con la camiseta. Quiero sentir nuevamente el aire en mi piel. Me tiro bocarriba sobre la almohada y me pongo nuevamente el brazo sobre los ojos.

Mi brazo me cubre los ojos. Desearía poder clasificar esta sensación. Es como ver el océano por primera vez o sentir cómo la nieve se derrite en la lengua.

Besar a Emma en el césped también era similar a esto. Todo lo que pasó con ella fue algo tan completamente extraño, maravilloso e inesperado. Hubo momentos en los que mis brazos la envolvían y quería decir "Alto. Espera. Déjame sostenerte justo así".

Y luego todo se vino abajo.

Tomo mi teléfono y le envío un mensaje:

Rev: ¿Estás bien?

Espero una eternidad, hasta que dejo de creer que me responderá.

De pronto, oigo una voz desde mi puerta.

—¡Qué diablos!

Es Matthew. Sin pensarlo, deslizo mis brazos dentro de las mangas de mi sudadera.

No, definitivamente no estoy listo para exponerme de este modo en la escuela. Es deprimente percatarme de ello. No logro extirpar la emoción de mi voz.

—¿Qué pasa?

No se ha movido de la puerta. Sus ojos oscuros son inexpresivos.

—No tienes que ponerte la sudadera por mí. No me importa. Solo fue que... me sorprendí.

Jugueteo con las texturas que tiene el puño de la manga, pero no puedo obligarme a quitármela de nuevo. La distancia que hay entre ambos es demasiado incierta. Echo un vistazo hacia él.

—¿Quieres pasar?

Entra y se sienta en la orilla del futón más cercano a la puerta y luego acomoda sus rodillas para quedar con las piernas cruzadas. Las lesiones en su rostro se han desvanecido considerablemente; solo le quedan algunas manchas amarillas y la hinchazón ha desaparecido.

—¿Fue Geoff quien te enseñó? —me interroga.

De nuevo me pregunta sobre cómo pelear.

—No, voy a una academia.

–Oh –alcanzo a identificar la nota que hay en su voz. No es de desilusión, pero se le parece.

–¿Quieres aprender? –indago–. Los jueves hay una clase para principiantes. Podríamos ir.

Se ríe por la nariz, con un tono cargado de burla.

–No van a pagar por algo así para mí.

–Bueno, puede que sí. Como sea, podrías probarlo gratis unas cuantas semanas –hago una pausa–. También podría enseñarte.

–Quizás.

No dice nada más. Tampoco se mueve del futón.

Miro el reloj y luego nuevamente a él.

–¿Quieres hablar de otra cosa?

–No.

Aun así, no se mueve. Me encantaría ver lo que ocurre dentro de su cabeza. Poder entenderlo. Pienso en cómo nos acompañó a la mesa durante el almuerzo y cómo casi se escondía al final. Pienso en su pasado y me pregunto si una habitación vacía le resulta una fuente de ansiedad, más que un refugio. Sé lo que es temer a lo desconocido.

Tomo una de mis almohadas extra y la arrojo hacia el futón. Luego me estiro para apagar la luz.

–Quédate si quieres, pero ya me voy a dormir –enseguida me acomodo y le doy la espalda. Sin embargo, de pronto suena mi teléfono. Es Emma.

Emma: Estoy bien. Pero esto es un desastre.

Titubeo; no estoy seguro de cómo quedaron las cosas entre nosotros. Deslizo lentamente los dedos por la pantalla.

Rev: Estoy aquí por si quieres hablar.

Emma: No debí hablarte así. Perdón.

Parte de la tensión que rodea mi pecho se alivia.

Rev: No debí insistir tanto.

Emma: Solo quiero resolver esto por mi cuenta. Es importante para mí.

Rev: Lo sé. Pero no tienes por qué estar sola, Emma.

Emma: Gracias, Rev.

Rev: ¿Crees que puedas arreglar lo de tu juego? Desearía poder ayudarte.

Emma: Me encantaría que pudieras aplicarle tu jiu-jitsu a Nightmare.

Rev: ¿También quieres que lo bese?

En cuanto lo tecleo, me sonrojo. Luego recuerdo que no estoy solo y echo un vistazo hacia el futón. La cabeza de Matthew descansa en la almohada y él tiene los ojos cerrados. Si no está dormido, entonces está haciendo un gran trabajo fingiendo que lo hace. Creo que nunca había cerrado los ojos en mi presencia.

Me llega otro mensaje.

Emma: No, deja esas lecciones de jiu-jitsu solamente para mí.

Mi corazón salta de alegría hasta hacerme sentir que vuelo. Después recibo otro mensaje.

Emma: Tengo que reiniciar mi servidor y arreglar parte del código. ¿Te puedo hablar mañana?

Rev: Seguro.

Emma: ♥

Con eso basta para que mi corazón se acelere. Sin darme cuenta, me he sonrojado.

Me toma una eternidad quedarme dormido. Pero por primera vez en mucho tiempo, no me importa en lo más mínimo.

♥

`</TREINTA Y CUATRO>`

<UNO> Emma </UNO> <DOS> Rev </DOS> <TRES> Emma </TRES> <CUATRO> Rev </CUATRO> <CINCO> Emma </CINCO> <SEIS> Rev </SEIS> <SIETE> Emma </SIETE> <OCHO> Rev </OCHO> <NUEVE> Emma </NUEVE> <DIEZ> Rev </DIEZ> <ONCE> Emma </ONCE> <DOCE> Rev </DOCE> <TRECE> Emma </TRECE> <CATORCE> Rev </CATORCE> <QUINCE> Emma </QUINCE> <DIECISÉIS> Rev </DIECISÉIS> <DIECISIETE> Emma </DIECISIETE> <DIECIOCHO> Rev </DIECIOCHO> <DIECINUEVE> Emma </DIECINUEVE> <VEINTE> Rev </VEINTE> <VEINTIUNO> Emma </VEINTIUNO> <VEINTIDÓS> Rev </VEINTIDÓS> <VEINTITRÉS> Emma </VEINTITRÉS> <VEINTICUATRO> Rev </VEINTICUATRO> <VEINTICINCO> Rev </VEINTICINCO> <VEINTISÉIS> Emma </VEINTISÉIS> <VEINTISIETE> Rev </VEINTISIETE> <VEINTIOCHO> Emma </VEINTIOCHO> <VEINTINUEVE> Rev </VEINTINUEVE> <TREINTA> Emma </TREINTA> <TREINTA Y UNO> Rev </TREINTA Y UNO> <TREINTA Y DOS> Emma </TREINTA Y DOS> <TREINTA Y TRES> Emma </TREINTA Y TRES> <TREINTA Y CUATRO> Rev </TREINTA Y CUATRO> <TREINTA Y CINCO> Emma

[35]

—

Ethan: Lo encontré.

El mensaje de texto me despierta a las 5:30 de la mañana. Me siento en la cama y me froto los ojos.

No quiero recordar nada, pero lo hago. Lo que Nightmare hizo. Lo que pasó con Rev. Mi propia reacción.

Tengo que leer tres veces el texto de Ethan, antes de comprender lo que me está diciendo.

Emma: ¿Lo encontraste?

Ethan: Me tomó toda la noche.

Emma: ¿Estuviste trabajando en esto toda la noche?

Ethan: Bueno, después de que bajaste tu juego de la red, no tenía nada más que hacer...

Más bien, me vi obligada a bajar mi juego. Fue lo primero que hice. El daño fue desenfrenado por todas partes. Nightmare debió dedicar todo el día a meterse en mi código de programación.

Tengo archivos de respaldo, así que será bastante sencillo volver a subirlo como la versión anterior, aunque no será igual de fácil sacudirme la sensación de que violaron mi espacio.

Por fortuna, no le había contado a mi padre acerca del videojuego. Me imagino sus comentarios: "Gran juego, cielo. Me encantó el espectáculo erótico de la taberna. Vaya forma de cuidar la seguridad".

Hago una mueca y reviso nuevamente mis mensajes.

Emma: ¿CÓMO LO LOGRASTE?

Ethan: Te lo dije, conozco gente.

Emma: ¿Quién es?

Aparece una imagen en mi teléfono. Es la identificación de un estudiante. El nombre del chico es William Roll. No lo ubico para nada. Busco el año de graduación.

Emma: ¿¿Es un alumno de segundo año?? ¿En South Arundel?

Ethan: Sí. Le envié a su mamá todas las capturas de pantalla.

Me quedo sin aliento y tengo que leer otra vez el texto.

Emma: ¿QUÉ hiciste?

Ethan: También a su director. El tipo está loco.

Miro fijamente sus mensajes, dividida entre el alivio y la decepción. El mayor problema que he enfrentado y no lo pude resolver sola.

Ethan: No te preocupes, mandé borrosa tu información.

Emma: Gracias.

Ethan: No hay problema.

No sé qué más decir.

Ethan: Perdón. Debí preguntarte qué era lo que querías hacer, pero detesto cuando esos mocosos acosan a personas buenas. Trabajaste duro en ese videojuego.

Emma: No, GRACIAS. Nunca habría podido encontrarlo.

Ethan: De nada. Ahora tengo que pensar cómo convencer a mi mamá de que me enfermé toda la noche para poder descansar hoy en casa.

Emma: Ve a dormir. Eres mi héroe.

Ethan: ☺ 🖤

Contemplo el corazón todo un minuto. No es más que un emoji. No significa nada.

Más bien, debería mandarle un mensaje a Rev. El emoji de corazón que le envié sí significa algo.

Me acabo de sonrojar. Quizás sea mejor desayunar primero.

Mamá está en la cocina cuando bajo las escaleras, lo cual es sorprendente. Nada de yoga ni de música country. En lugar de eso, hay papeles regados en la mesa, con cara de facturas o estados financieros. Sostiene un bolígrafo en la mano, justo encima de un bloc de notas. Una taza humea a su lado, pero a estas alturas ya debió haberse bebido la jarra completa, porque la cafetera está resoplando en la barra.

¿Mi madre se bebió toda una jarra?

Ella levanta la mirada cuando aparezco en la puerta. Se ven bolsas debajo de sus ojos, pero no aparenta haber estado llorando. Más bien, se ve cansada.

—Hola —la saludo con cautela.

—Hola, Emma.

No logro leer la emoción en su voz. En todo caso, parece apagada, y mamá jamás tiene el ánimo abajo.

Cualquier otra mañana, la hubiera ignorado, me serviría una tasa enorme de café y subiría de regreso a mi habitación. Pero no he dejado de pensar en el desayuno que tuve con papá y cómo su único punto de atención fue su iPhone y el lanzamiento del nuevo videojuego.

Por primera vez me pregunto si mamá se siente sola. Así que me siento a la mesa.

—¿Qué haces?

Echa un vistazo al bloc de notas.

—Intento armar el cuadro de nuestra situación financiera para el abogado. No quiero dejar nada afuera.

—Oh.

Mira el reloj que hay encima de la estufa.

—Te levantaste temprano.

—Tengo que ir a la escuela.

—Eso lo sé, Emma. Pero el autobús no pasará hasta dentro de cuarenta y cinco minutos.

Una sombra de su actitud habitual se cuela en su voz y me obligo a no reaccionar a su ademán. Por primera vez me pregunto si su hostilidad no tiene que ver con mi forma de actuar.

—Pensé que quizás podría preparar el desayuno —hago una pausa—, para las dos. ¿Quieres algo?

Por un breve instante hay un silencio que se extiende por la cocina y que, por alguna razón, parece interminable.

—Sí, por favor.

Así que preparo huevos revueltos. Por lo general, todo está en calma a esta hora, aunque el sonido que hago al batir jamás había sido tan ruidoso. Le doy la espalda mientras vierto los huevos en la sartén, pero no me incomoda. No siento que me esté observando. Más bien, tengo la impresión de que ella está a la deriva, como si su silla fuera un bote sin remos y yo me encontrara en una orilla distante.

Sirvo los huevos en platos, les pongo algo de salsa encima y después los coloco en la mesa.

—¿Más café? —pregunto.

—No, tú preparaste el desayuno, yo me encargo del café.

En cuanto nos sentamos, el ruido de los tenedores raspando la vajilla es mayor que el que hice al batir.

Cuando apenas ha comido la mitad, deja el tenedor y me mira.

—Emma, sé que me odias por esta situación. Lo siento, pero no podía soportar más esto.

Me quedo helada, con el tenedor suspendido a medio camino.

—Yo no... —mi voz se quiebra y tengo que carraspear— no te odio.

—También merezco ser feliz.

—No sabía que no lo eras.

Miento, sí lo sabía. En cuanto las palabras abandonan mi boca, me doy cuenta de lo falsas que suenan. También mamá lo reconoce, porque su mirada se levanta y se clava en la mía.

—Sí sabía —corrijo. La emoción se abre paso en mi pecho, provocando que todo se sienta tenso—. Disculpa.

—No, no tienes por qué disculparte —responde—. No es tu obligación hacerme feliz.

—Era la de papá.

—No, tampoco era suya. Era mi responsabilidad —niega con la cabeza y mira alrededor—. Ya sabes lo que dicen, que el dinero no compra la felicidad. De verdad lo intenté.

No sé qué decir a eso, así que tomo otra porción de huevos. Ella hace lo mismo. Nuevamente caemos en un silencio.

Al final, baja otra vez el tenedor.

—Seguro que el desayuno con tu padre fue más divertido que esto. No soy muy buena compañía en este momento, Emma.

—Fue peor —la desmiento.

−¿Qué? −pregunta, arqueando las cejas.

−Él estuvo peor −me callo un instante. No puedo mirarla al comentarle esto−. No dejaba de consultar su teléfono. Tuve que llamar a la mamá de Cait para que pasara por mí y pudiera llegar a tiempo a la escuela.

−Emma −posa su mano sobre la mía−, me hubieras llamado.

Miro fijamente su mano, sus uñas arregladas a la perfección, y me doy cuenta de que no recordaba cuándo fue la última vez que mamá me tocó.

−Es que... ya estabas muy enojada con él y pensé que también lo estabas conmigo.

−No estoy molesta contigo, Emma −hace una pausa−. Y lamento que el desayuno haya sido decepcionante. Siempre has idealizado a tu padre.

Tengo que secarme los ojos; quisiera que dejaran a un lado sus pleitos.

−No me había dado cuenta de que actuaba así.

Porque siempre me encerraba en mis propios aparatos y proyectos. Quería ser igual que él. Hasta ese momento, no había apartado la mirada de la pantalla para ver lo que ocurría a mi alrededor.

−Perdón −digo.

−No, discúlpame tú a mí −responde−. No debí permitir que esto durara tanto tiempo −sus ojos recorren nuevamente la cocina−. No tengo ni la menor idea de qué vamos a hacer con esta casa. No necesitamos todo este espacio ni todas estas cosas. Recuerdo que cuando estábamos conociendo el vecindario tu padre comentó "Estaremos justos de dinero un rato. No quisiera tener una casa grande y una familia infeliz". Y justo así fue como terminamos.

−No soy infeliz −murmuro.

−¿No lo eres? −resopla−. Yo sí.

Me estremezco. Ella mira de nuevo alrededor.

−Siempre quise lo mejor para nuestra familia, Emma. Me educaron para trabajar duro. Me esforcé mucho en la escuela de medicina y me esmeré en mi empleo. Creía que tu padre era una especie de espíritu libre que me ayudaría a tener equilibrio. No me había percatado que eso implicaba que yo iba a ser la que siempre trabajaría duro.

—Papá también trabaja duro —replico, tensa.

—¿De verdad lo crees, Emma? —pregunta.

—Estoy... estoy segura, mamá. Siempre está trabajando...

—Siempre está jugando —responde con un tono muy tranquilo—. Hay una diferencia...

—Sé que hay una diferencia —arrastro mi silla hacia atrás.

—Emma —dice con gran tranquilidad—, déjame decirte algo.

No quiero esperar, pero al mismo tiempo tampoco quiero salir corriendo. Así que respiro.

—Está bien. ¿Qué?

Su mirada se levanta y busca la mía.

—Acaban de despedir a tu padre. Otra vez.

Sus palabras me impactan como dos balas distintas y no logro decidir cuál es más dolorosa.

—¿Otra vez? —pregunto, en voz baja.

—Siempre ha tenido problemas para conservar un empleo a largo plazo. La próxima semana que termine el lanzamiento de este videojuego, la empresa lo dejará ir.

—Pero... pero papá siempre ha tenido empleo.

—No, Emma, no es así. Siempre ha tenido un videojuego con que entretenerse, pero no siempre ha tenido empleo —guarda silencio un momento—. Una parte tiene que ver con la naturaleza de su trabajo, pues lleva a cabo muchos proyectos por contrato. Pero otra parte es su propia naturaleza. Es por eso que a veces he intentado apartarte de lo que él hace

–calla un instante–. Y por eso quiero que tengas una carrera que te dé un poco de estabilidad.

Trago saliva y ella pone su mano en la mía.

–Estaremos bien. Siempre lo hemos estado.

Me quedo sin habla. Nos hemos distanciado de tal manera que no estoy segura de que exista un mapa que nos permita volver a encontrarnos.

Hace un gesto señalando los platos.

–Es decir, mira esto: nos preparaste el desayuno.

–Son huevos revueltos.

–Es el desayuno –hace una pausa. Su mirada se clava nuevamente en la mía y me quedo sorprendida por el hecho de que apenas logro recordar la última vez que obtuve su atención, o que yo le diera la mía–. Perdóname, Emma. Lamento que tengamos que pasar por todo esto.

–Perdón por no haber sido una buena hija.

–Oh, Emma –la voz se le quiebra y, por primera vez, creo que es un gesto sincero–. Discúlpame si te he hecho creer eso. Te amo tanto.

La emoción que conmueve su voz logra que mi propia sensibilidad salga a la superficie. Tengo que llevarme la mano a los ojos.

–También te amo.

–Solo quiero lo mejor para ti.

–Puedo mejorar, mamá.

–Yo también –me dice con una sonrisa.

///

Vigilo el casillero de Rev. Esta mañana me puse delineador y un poco de rubor. Cuando Cait me vio en el autobús, los ojos casi se le salen de sus órbitas por la sorpresa. Luego me ofreció algo de brillo de labios.

No es difícil ubicar a Rev. Ha vuelto la sudadera oscura. De nuevo se esconde. Recuerdo la manera en que lo ahuyenté y me pregunto si tuve que ver algo con que se la pusiera. Aunque, por otra parte, me envió un mensaje en la mañana para preguntarme si quería que nos encontráramos antes de clases.

Siento una energía nerviosa explotando en mi abdomen.

Se detiene frente a mí y sonríe, aunque con timidez.

–Emma.

Me sonrojo. Podría balancearme de placer solo con la forma en que pronuncia mi nombre.

–Hola.

Acerca su mano para apartar un mechón de cabellos que me cubre los ojos y, en el trayecto, sus dedos me rozan la mejilla, poniéndome a temblar.

Quisiera tirarlo al suelo justo aquí, en el pasillo.

–¿Se resolvieron las cosas con tu videojuego? –pregunta, de pronto.

–¡Oh, sí! ¡Sí! –no puedo dejar de pensar en besarlo; en cambio, balbuceo–. Ethan encontró al chico que lo hizo. Le envió capturas de pantalla al director de su escuela.

–¿Eso hizo? –responde, inmóvil.

–Sí. Me dijo que conocía a alguien que podía acceder a 5Core y...

–Creí que habías dicho que querías resolverlo sola.

–Lo intenté, pero no sé cómo *hackear* el sistema para averiguar la identidad de alguien. No soy esa clase de *geek* informático.

–Oh –se queda callado lo que dura un latido de mi corazón, aunque se siente como si fuera una hora–. Ey, tengo que sacar unos libros.

Me hago a un lado y lo veo intercambiar lo que sea que necesita. Sus movimientos son rápidos y eficientes, y no me mira para nada. Como la capucha le cubre la mayor parte de la cara, es imposible adivinar su estado de ánimo; aunque parece que se perdió el momento de las caricias en el rostro.

Cierra con suavidad el casillero y luego se lleva la mochila al hombro.

—Tengo Precálculo. ¿Podemos ir hacia allá?

Su voz suena tranquila y yo afirmo rápidamente con la cabeza.

—Sí, claro.

Es extraño recorrer el pasillo junto a él. La gente nunca se había apartado de mi camino, pero sí del suyo. Y tiene razón, sí se le quedan mirando. O quizás nos miran a ambos. Noto que muchos ojos apuntan hacia mí. Me pregunto qué pensarán.

Lo miro, pero sigo sin distinguir su expresión.

—¿Te puedes quitar la capucha? —le pido—. A menos que no quieras...

—Está bien —la echa para atrás y luego me mira—. ¿Mejor?

Luce distinto bajo las luces brillantes del pasillo. Es la primera vez que lo veo sin la capucha y con una iluminación decente. Su cabello es un poco más claro de lo que creí y su piel no es tan pálida como imaginé.

—Sí —trago saliva—. Gracias.

En este momento me siento tan desconcertada.

—¿Te molestó el asunto de Ethan? —conjeturo.

—No estoy molesto, Emma.

—No te escuchas feliz —respondo enseguida—. Solo te dije que no podía resolverlo sola.

—Lo sé —su mandíbula parece tensa—. Pero anoche te comenté que no tenías que solucionarlo sola y luego te pusiste agresiva y aseguraste que no querías ayuda.

—¡No lo hice! —reprocho—. Y tampoco quería su ayuda.

—Entonces le dijiste que no interviniera, pero de cualquier manera lo hizo.

–No... estaba ayudando... –estoy perdiendo el hilo de la conversación y de esta discusión. Siento que uno de nosotros está equivocado, y a una pequeña parte de mí le preocupa que sea yo.

–Ethan solo lo arregló porque podía hacerlo. Pensó que estaba ayudando.

–Suena grandioso. Conoces a muchas personas verdaderamente notables en línea.

–¿Cuál es tu problema? ¡Ni siquiera conozco a Ethan! ¿Cómo puedes estar celoso de un tipo que no conozco?

Hace una mueca de enfado, luego arruga la frente.

–¿Crees que estoy celoso? ¿Tienes alguna idea de cómo se escucha cuando dices: "Le dije que no interviniera, pero de cualquier manera lo hizo"?

Ahora siento como si me hubieran golpeado.

Suena la primera campana y Rev retrocede.

–Tengo que ir a clase.

–Espera –no entiendo cómo los hilos de mi vida siguen deshaciéndose tan rápido–. Por favor, no te vayas así nada más. Podemos vernos esta noche en la iglesia. Podemos hablar. ¿De acuerdo?

Titubea y el tiempo se concentra en este momento sofocante en el que estoy convencida de que la vida seguirá pateándome el trasero.

De pronto, afirma con la cabeza.

–Está bien.

</TREINTA Y CINCO>

[36]

<UNO> Emma </UNO> <DOS> Rev </DOS> <TRES> Emma </TRES> <CUATRO> Rev </CUATRO> <CINCO> Emma </CINCO> <SEIS> Rev </SEIS> <SIETE> Emma </SIETE> <OCHO> Rev </OCHO> <NUEVE> Emma </NUEVE> <DIEZ> Rev </DIEZ> <ONCE> Emma </ONCE> <DOCE> Rev </DOCE> <TRECE> Emma </TRECE> <CATORCE> Rev </CATORCE> <QUINCE> Emma </QUINCE> <DIECISÉIS> Rev </DIECISÉIS> <DIECISIETE> Emma </DIECISIETE> <DIECIOCHO> Rev </DIECIOCHO> <DIECINUEVE> Emma </DIECINUEVE> <VEINTE> Rev </VEINTE> <VEINTIUNO> Emma </VEINTIUNO> <VEINTIDÓS> Rev </VEINTIDÓS> <VEINTITRÉS> Emma </VEINTITRÉS> <VEINTICUATRO> Rev </VEINTICUATRO> <VEINTICINCO> Rev </VEINTICINCO> <VEINTISÉIS> Emma </VEINTISÉIS> <VEINTISIETE> Rev </VEINTISIETE> <VEINTIOCHO> Emma </VEINTIOCHO> <VEINTINUEVE> Rev </VEINTINUEVE> <TREINTA> Emma </TREINTA> <TREINTA Y UNO> Rev </TREINTA Y UNO> <TREINTA Y DOS> Emma </TREINTA Y DOS> <TREINTA Y TRES> Emma </TREINTA Y TRES> <TREINTA Y CUATRO> Rev </TREINTA Y CUATRO> <TREINTA Y CINCO> Emma </TREINTA Y CINCO> <TREINTA Y SEIS> Rev

♥

-

[36]

Esto no debería ser tan difícil.

Tal vez sea una señal. Trato de hacer que las cosas funcionen con Emma, pero quizás ambos estamos demasiado estropeados y rotos.

Le cuento a Declan todo lo que pasó. También a Matthew, porque está sentado con nosotros en la mesa del almuerzo como si llevara toda su vida haciéndolo.

Anoche se durmió en el futón. Y continuaba profundamente dormido cuando me desperté, así que lo dejé ahí. No ha comentado una sola palabra al respecto, así que yo tampoco.

Hoy no está llena la cafetería. El clima que hay afuera es hermoso, así que la mayoría de la gente tomó sus bandejas y las llevó al patio interior.

Me encantaría que Juliet estuviera aquí, porque podría dar su punto de vista femenino, pero está trabajando en algo relacionado con el anuario.

—¿Qué piensas que debo hacer? —pregunto.

—¿Qué quieres? —Declan extiende las manos—. Dijiste que la vas a ver en la noche.

—Quiero que me digas qué se supone que debo hacer.

—No —mi amigo niega con la cabeza—. Pasas demasiado tiempo preocupándote por lo que supuestamente tienes que hacer. Esto se trata de lo que *quieres* hacer.

—No sé qué quiero —justo como todo lo que hay en mi vida, la relación con Emma no es sencilla. Ella es compleja.

No puedo creer que piense que estoy celoso. Por otra parte, sí podría estarlo. Según sus descripciones, las personas en su vida son egoístas y controladoras, ¿por qué no habría de serlo yo también?

–Oye –Declan se acerca y me da una palmada encima de la cabeza–. Sal de tu mundo y come tu almuerzo.

–Esto es tan complicado.

–No lo es –responde–. Es una chica que quiere hablar y sabes cómo hacerlo. Una chica que piensa que eres dos personas muy distintas, eso sí es complicado.

–¿Qué? –pregunta Matthew.

–Es una larga historia.

Empujo la bolsa con mi almuerzo sobre la mesa. Esto apesta.

–No tengo hambre.

Sin embargo, las palabras de Declan resuenan en mi cabeza

Pasas demasiado tiempo preocupándote por lo que supuestamente tienes que hacer. Esto se trata de lo que quieres hacer.

La sensación es similar a la conversación que tuve con papá.

¿Quieres a tu padre en tu vida?

No lo sé.

Creo que lo sabes, Rev.

Mi amigo quería confrontar a su padre, así que lo hizo. Incluso Matthew quería tomar medidas, por eso tomó el cuchillo y estaba listo para escapar por la puerta principal. Quizás no era la forma de actuar más acertada, pero por lo menos estaba haciendo algo.

Emma quiere hablar.

Y heme aquí, paralizado por la indecisión.

Al otro lado de la mesa, Matthew también se quedó inmóvil. Tiene ese gesto de estoy-mirando-sin-mirar, muy parecido a lo que hacía las primeras noches que vivió con nosotros.

–¿Qué ocurre? –pregunto.

–No es nada.

–¿Nada como cuando dijiste que Neil no era "nadie"?

Su mirada se clava en la mía, pero se hunde en sí mismo.

–No hables de eso.

Hecho un vistazo a la gente que hay en la cafetería y entonces los ubico; son los tipos que lo estaban fastidiando el otro día.

–¿Siguen molestándote?

–*¡Déjalo!*

Declan voltea hacia donde apunta mi vista y luego me mira.

–Un recordatorio amistoso: si los vas a enfrentar, pégales a ellos, no a mí.

–No me voy a enfrentar a nadie.

Matthew dejó de comer por completo. Tiene los hombros tensos y sus dedos juguetean con la tapa de un envase.

–Deberías decirle a mamá y papá –le comento.

–Sí, claro –se ríe por la nariz.

–¿No crees poder hacerlo?

–¿No entiendes que trato de no causar problemas? –su voz es queda y altanera, pero recorre la cafetería con la mirada.

Los tipos están pagando. Uno de ellos nos ve, luego le da un golpecito a su amigo con el dedo para indicarle donde estamos sentados.

Matthew mete su comida de nuevo en la bolsa del almuerzo. Sus movimientos son rígidos y controlados.

–¿A dónde vas? –le pregunto.

–A ningún lado –se lleva la mochila al hombro y se aleja a largas zancadas de la mesa.

Quiero dejarlo ir, pues no me gustan las confrontaciones. Pero quizás esa sea la raíz del problema.

–Cuida mis cosas –le pido a mi amigo.

Matthew me aventaja al salir por la puerta hacia el pasillo, pero lo alcanzo con relativa facilidad. Se dirige hacia la parte sur de la escuela, lo cual me toma por sorpresa. Lo único que hay en esta sección es el ala de bellas artes. Probablemente Juliet está por aquí, en el laboratorio de fotografía.

El chico no deja de caminar. Ni siquiera gira para mirarme.

De buenas a primeras entra en un salón de clases. El movimiento es tan inesperado que casi sigo de largo. Es el taller de arte, un salón donde nunca he tomado clases. Se necesita una asignatura optativa de bellas artes para graduarse; en mi caso, tomé Apreciación Musical en el primer año solo para cubrir el requisito.

El taller de arte es una habitación enorme, pero por alguna razón se siente estrecha. Hay color por todas partes, desde las pinturas y dibujos colgados en las paredes, hasta las resmas de papel, los botes de pintura al temple y los rollos de papel prensa que cubren la mitad trasera del salón. La mitad de la sala tiene seis mesas largas, con bancos metidos debajo de estas. La otra mitad tiene una docena de caballetes. La iluminación del lugar proviene de las lámparas de riel sobre nuestras cabezas, en lugar de las luces fluorescentes que hay en todas partes. Es un salón callado. Un lugar pacífico.

Me pregunto si toma clases aquí o si solo es un sitio conveniente para ocultarse.

−¿Tomas clases de arte?

Primero titubea, luego se encoge de hombros.

−Sí, solo es una asignatura optativa −deja caer su mochila debajo de la pizarra blanca ubicada en el frente del salón y luego va hacia los estantes angostos colocados bajo la ventana. Hay un lienzo oscuro sobrepuesto y lo lleva hacia uno de los caballetes.

Una vez que al lienzo le da la luz, me doy cuenta de que lo oscuro no es la tela, sino la pintura. La mayor parte de la superficie está pintada con amplias franjas de color rojo, con manchas negras y curvas dentadas e incompletas. La parte superior del cuadro aún está intacto. La imagen es sumamente abstracta, pero irradia ira.

Matthew lo pone en uno de los caballetes. No me ha mirado desde que entramos aquí. De pronto, el ambiente se siente incómodo, como si hubiera invadido un espacio muy privado.

—Es algo más que una asignatura optativa, ¿no es así? —comento.

No responde mi pregunta, pero no es necesario que lo haga.

—La empecé hace unos meses. La profesora Prater aún la conservaba. Me alegró al inicio, porque siempre apesta dejar algo sin terminar. Pero sigo metiéndole mano y no logro resolverla. Quizás sea mejor desecharla para comenzar de nuevo.

Mientras más miro su pintura, menos deseo apartar la mirada. Sigo encontrando detalles, como una especie de venas moradas y anaranjadas prácticamente ocultas bajo las pinceladas rojas y negras.

—¿Cómo aprendiste a pintar así? —pregunto.

—No sé —se encoge de hombros—. En un lugar donde viví, la mujer era ilustradora de libros infantiles y esas cosas. Y me dejaba pintar —hace una pausa—. Es algo que puedes hacer en casi cualquier escuela.

Surge una nota de melancolía en su voz, y pienso en qué le habrá sucedido a la ilustradora. Es la primera vez que menciona algo de un hogar de acogida sin que el resentimiento empañe sus palabras.

Me mira, como si me leyera el pensamiento.

—Transfirieron a su esposo en el trabajo y no estaban interesados en adoptar. Y como no puedes salir del estado con un niño de acogida, entonces... —nuevamente se encoge de hombros.

—Eres muy bueno.

Me dirige una sonrisa cínica.

—Ni siquiera tienes idea de lo que estás viendo —a pesar de su comentario, luce satisfecho.

—¿Tienes más cuadros aquí? —pregunto.

Asiente con la cabeza y su mirada se posa en la pared.

—Justo ahí. ¿El bosque?

Ubico la pintura que me señala. Los colores principales son el negro y el gris; son árboles oscuros bajo un cielo nocturno. Las estrellas se asoman entre las ramas secas. No hay nada que indique el invierno, pero de algún modo la imagen me lleva a pensar en un clima frío. En la base de uno de los árboles se encuentra una pequeña silueta oscura, como de alguien acurrucado, y una explosión de colores amarillos y anaranjados, como el fuego.

Recuerdo lo que acaba de decir. *Siempre apesta dejar algo sin terminar.* Me pregunto cuántas de sus pinturas estarán abandonadas en distintos talleres de arte alrededor del condado; obras que empezó y que tuvo que abandonar.

Siento que este es su verdadero secreto, más que lo que me contó acerca de sus anteriores hogares de acogida. No hay nada que delate el gusto por el arte entre sus cosas. De alguna manera, esto ha amortiguado sus experiencias.

—Deberías compartirle esto a mamá y papá —comento—. Quita el alfabeto que hay en tu habitación y pinta algo tuyo.

—Eso sería genial —sonríe, pero enseguida su gesto se desdibuja—. Aunque no me dejarían hacerlo.

—¿Por qué? Es solo pintura.

—Porque no es mi casa.

No sé cómo responder a lo que acaba de decir. Lo que sí sé es que no puedo forzar el momento.

Me encojo de hombros.

—Bueno, deberías hablarles acerca de lo que haces. Podrían conseguirte algo de material, pintura o lo que sea.

Por un breve instante parece considerarlo, pero luego su expresión se cierra.

—Ya gastaron dinero en la cama y esas cosas.

Es la segunda ocasión que menciona algo relacionado con el dinero. ¿Qué fue lo que mencionó en la cafetería?

¿No entiendes que trato de no causar problemas? Me he concentrado en sus acciones desde que se mudó con nosotros: la huida, el cuchillo y esconderse en la oscuridad. Lo que en realidad no había considerado es aquello que no ha hecho: no les ha causado problemas a mis papás, no se ha metido en líos en la escuela, no evita las tareas en casa, no ha empezado pleitos y ni siquiera levanta la voz.

Tampoco ha enfrentado a los tipos que lo han estado atormentando.

Me recuerda el comentario de papá sobre cómo tenemos que hacer las preguntas adecuadas para escuchar a la gente discreta.

Quitando las bravuconerías de Matthew acerca de ir de un hogar de acogida a otro, y considerando la certeza que tiene de que su tiempo con nosotros es limitado, no me había dado cuenta del peso que estas circunstancias deben tener en él.

Me recuerda el tiempo en que viví con mi padre, en especial el lapso de tiempo que había entre una acción y el castigo, cuando sabía que se avecinaba algo terrible, aunque ignoraba cuándo y cómo iba a llegar.

La incertidumbre y la espera deben ser espantosas.

Mi teléfono suena y lo saco de mi bolsillo.

"Mis días pasan más veloces que la lanzadera de un telar, y terminan sin esperanza".

Tal vez la cita sea demasiado sutil. Quizás ya olvidaste tus lecciones.

Exijo una respuesta.

Tal vez sea la exigencia o puede ser el tiempo que he pasado con mis papás, o lo que está ocurriendo con Emma, con Matthew o con Declan. El caso es que en esta ocasión su correo no me altera. Más bien, me enfurece.

Suena la campana del final del almuerzo y tengo que regresar a la cafetería a recoger mis cosas.

Matthew se sienta en un banco frente al caballete.

—Creo que sabes lo que quieres hacer.

—¿Qué dijiste? —levanto rápidamente la cabeza.

—Le gustas. Creo que sabes lo que quieres hacer. Solo tienes que armarte de valor y hacerlo.

Se refiere a Emma. Pero yo pienso en mi padre.

Los alumnos comienzan a ocupar los salones. Matthew echa un vistazo al reloj que hay en la pared.

—¿No tienes que ir a clase?

Tiene razón, tengo que irme. Meto el teléfono en mi bolsillo y me dirijo a la puerta. Pero luego doy media vuelta.

—Oye —le digo, manteniendo un tono tranquilo—, no tienes que seguir escondiéndote de ellos. Yo te cubro la espalda; Dec, también.

Su reacción es de sorpresa, pero de inmediato la disimula mirando de nuevo su pintura. Dudo que vaya a decir algo. Además, realmente voy retrasado a mi clase.

—Oye —me llama. Con dificultad logro escucharlo debido al ajetreo de estudiantes que luchan por entrar al salón.

—¿Sí? —volteo.

—Gracias.

///

Declan me espera en el pasillo con mi mochila. Tiene una hora libre después del almuerzo, así que no necesita ir a ningún lado.

—¿Todo bien? —pregunta.

—Sí. Espera.

Abro el correo de mi padre y, antes de pensarlo dos veces, pulso el botón de Responder.

Miércoles 21 de marzo   12:09:14 p.m.

DE: Rev Fletcher <rev.fletcher@freemail.com>

PARA: Robert Ellis <robert.ellis@speedmail.com>

ASUNTO: Re: Respóndeme

No haré esto por correo. Si quieres hablar, lo haremos cara a cara. Dime cuándo y dónde.

Pulso el botón de Enviar antes de pensarlo demasiado, luego tomo mi mochila y comienzo a caminar.

Dec se apresura a alcanzarme.

–¿Qué acaba de pasar?

Sostengo mi teléfono para que lo pueda ver, y lee rápidamente.

–Mierda, Rev.

Normalmente le hubiera lanzado una mirada desaprobatoria, pero en este momento ni siquiera me importan las palabrotas.

Dec me mira y malinterpreta mi silencio.

–Perdón, pero eso que hiciste se merece un "mier...".

–Entendí.

–Ten. Te respondió –mi amigo me entrega el teléfono.

Es otro correo. Una dirección, la de su apartamento, a juzgar por el hecho de que incluye el número de unidad. O *un* apartamento, pero la ciudad es Edgewater, así que supongo que es el suyo.

Viene una hora: 4:00 p.m.

Mierda.

Declan me observa.

–¿Qué piensas hacer?

Mi respiración se agita y mi ritmo cardiaco se triplica. Fuera de eso, sorpresivamente me siento en calma.

–Necesito que me prestes tu auto –le devuelvo la mirada.

</TREINTA Y SEIS>

<UNO> Emma </UNO> <DOS> Rev </DOS> <TRES> Emma </TRES> <CUATRO> Rev </CUATRO> <CINCO> Emma </CINCO> <SEIS> Rev </SEIS> <SIETE> Emma </SIETE> <OCHO> Rev </OCHO> <NUEVE> Emma </NUEVE> <DIEZ> Rev </DIEZ> <ONCE> Emma </ONCE> <DOCE> Rev </DOCE> <TRECE> Emma </TRECE> <CATORCE> Rev </CATORCE> <QUINCE> Emma </QUINCE> <DIECISÉIS> Rev </DIECISÉIS> <DIECISIETE> Emma </DIECISIETE> <DIECIOCHO> Rev </DIECIOCHO> <DIECINUEVE> Emma </DIECINUEVE> <VEINTE> Rev </VEINTE> <VEINTIUNO> Emma </VEINTIUNO> <VEINTIDÓS> Rev </VEINTIDÓS> <VEINTITRÉS> Emma </VEINTITRÉS> <VEINTICUATRO> Rev </VEINTICUATRO> <VEINTICINCO> Rev </VEINTICINCO> <VEINTISÉIS> Emma </VEINTISÉIS> <VEINTISIETE> Rev </VEINTISIETE> <VEINTIOCHO> Emma </VEINTIOCHO> <VEINTINUEVE> Rev </VEINTINUEVE> <TREINTA> Emma </TREINTA> <TREINTA Y UNO> Rev </TREINTA Y UNO> <TREINTA Y DOS> Emma </TREINTA Y DOS> <TREINTA Y TRES> Emma </TREINTA Y TRES> <TREINTA Y CUATRO> Rev </TREINTA Y CUATRO> <TREINTA Y CINCO> Emma </TREINTA Y CINCO> <TREINTA Y SEIS> Rev </TREINTA Y SEIS> <TREINTA Y SIETE> Emma

[37]

No me ha mandado ningún mensaje.

Hoy revisé mi teléfono por lo menos unas mil veces. Pero nada. Ahora estoy en el autobús, de camino a casa.

Emma. La forma en que suspiró mi nombre no abandona mis oídos, y se repite una y otra vez. *Emma. Emma. Emma.*

Tengo que arreglar esto. Mis relaciones con todo el mundo están fracturadas y son inestables.

—Te va a escribir —asegura Cait, que me ha estado viendo abrir y cerrar la aplicación iMessage—. E incluso si no lo hace, dijo que te vería esta noche, ¿no es así? ¿No mencionaste que estaban pasando muchas cosas en su vida?

—Sí —es cierto. Sé que lo es.

Aunque en la mía también.

—Me preocupa haber roto nuestra... lo que sea —comento, tras morderme el labio.

—No rompiste nada.

—Puede que sí. No sé qué me pasa.

Cait guarda silencio un momento.

—Emma, no creo que estés mal. Dices lo que piensas. Eso es algo bueno —hace una pausa.

—¿Es tu forma de decirme que deje de ser una arpía?

—No lo eres. Solo creo que estás acostumbrada a defenderte.

Su comentario me hace pensar en Rev y cómo está acostumbrado a responder igual, solo que de un modo distinto. Por motivos diferentes.

—Tal vez tienes que acercarte a él de otra forma —señala mi amiga—. Cuando arreglen las cosas.

Le dirijo una sonrisa desganada.

–Gracias por decir "cuando" y no "si".

El autobús se detiene al final de mi calle. Cait se acerca y me abraza nuevamente.

–Llámame si necesitas venir a mi casa, ¿de acuerdo? Mamá vendrá por ti.

El aire se siente fresco al bajar del autobús, aunque la luz del sol nos baña. Desde cualquier punto de vista, es un día sensacional. Son las tres y media y tengo la tarde para mí. Lleno mis pulmones con aire fresco. La situación con mamá es tensa, pero no insoportable. Además, estoy segura de que al final resolveré las diferencias con mi padre.

Estoy bien. Respiro profundamente otra vez. Estoy bien.

Después doblo la esquina y veo el letrero de "En venta" enfrente de mi casa. De verdad lo hizo. No pensé que lo fuera a hacer.

Me siento mareada y mi vista se llena de puntos.

Tengo que respirar. Necesito respirar.

Mis pies avanzan. El mundo se concentra en las letras del aviso E-N V-E-N-T-A, en el palo blanco de madera y en el cartel metálico que se mece con la brisa.

Hay dos autos desconocidos en la entrada. Uno es un sedán elegante y el otro es una camioneta. Ambos son costosos y brillantes.

Al acercarme, me percato de que hay personas en el porche de enfrente. Una mujer vestida con un elegante traje a rayas está parada en la puerta principal y una pareja con un bebé en un carrito se encuentran junto a ella.

–¿Dice que la casa salió hoy al mercado? –pregunta el hombre.

–Sí –responde la mujer trajeada–. No es común encontrar este tipo de vivienda en Annapolis. El interior está impecable. La familia verdaderamente cuidó la propiedad...

Abre la cerradura de la puerta y el grupo desaparece dentro.

No puede hacerlo. No puede.

Mamá ni siquiera me ha dicho adónde iremos. Creí que la venta solo era para amenazar a papá, que era algo para provocar su simpatía. Una jugada para salvar el matrimonio.

No tenía idea de que ella hablaba en serio.

¿Y la casa salió hoy a la venta? ¿No se le ocurrió comentármelo durante el desayuno?

Puedo mejorar.

Yo también.

Vaya tontería.

Me paro en la acera frente a mi casa, respirando agitadamente. Tengo que salir de aquí antes de que el feliz matrimonio eche un vistazo afuera y me vea expulsar el almuerzo en el césped.

¡Y Texy! ¿Dónde está Texy? ¿Por qué no está ladrando?

Entro violentamente por la puerta principal. El grupo no se ha adentrado más allá del comedor. Los tres me miran como si estuviera loca. La mujer cubre con su mano la cabeza del bebé, como si no quisiera que el pequeño presencie semejante desastre.

La señorita traje-a-rayas me frunce la frente.

—¿Te puedo ayudar?

—Yo... solo... mi perra... —la voz me tiembla. Trago saliva—. Tengo que sacar a pasear a la perra.

—¡Ah! ¿Eres Emma? La doctora Blue me dijo que tuvo que dejar a la perra en una pensión esta semana para que mostremos la casa. Estoy segura de que se está divirtiendo en la perrera.

¿Llevó a Texy a la perrera? ¿Se llevó a mi perra y no me avisó? Vieja bruja.

—¿Te sientes bien, querida? —la agente de bienes raíces avanza hacia mí. Su voz suena un poco preocupada y algo irritada, como si esta situación no le ayudara a ganarse su comisión.

Tengo que salir de aquí.

—No... lo siento —me paso la mano por los ojos antes de comenzar a llorar enfrente de unos completos desconocidos—. Tengo que... Tengo que irme...

De pronto estoy afuera y el pavimento sostiene mis pies y voy corriendo.

/ / /

Rev no está junto a la iglesia. No tengo idea de por qué supuse que podía estar aquí. Es media tarde. Jadeo, estoy sudada y no tardo en sufrir un colapso.

Saco mi teléfono y le escribo.

Emma: Rev, necesito hablar contigo.

Espero, espero, espero y espero. No responde.

Emma: Por favor, sé que estás molesto. Por favor, no me ignores.

Sin embargo, lo hace.

O tal vez no ha visto mis mensajes. Aunque por la forma en que me está tratando el destino, más bien creo que me está ignorando.

Llamo a Cait. Apenas han pasado quince minutos desde la última vez que la vi, así que supongo que debe continuar en el autobús, pero tal vez su mamá esté en casa.

No se encuentra. Entra la máquina contestadora, pero estoy sollozando con tanta fuerza que cuando suena la señal tengo que colgar.

Llamo a mi madre. Milagrosamente responde.

–¿Emma?

–¿Pusiste la casa en venta? –le grito y sigue un silencio.

–Emma, te dije que no podíamos sostener el costo de la casa. Cuando llamé a la agente, me dijo que tenía un matrimonio interesado que quería visitarla hoy. Tuve que tomar una decisión rápida. Perdona.

–¡Ni siquiera me avisaste! ¿Adónde vamos a ir? ¿Qué va a...?

–Emma –baja la voz–. Necesito que te controles. No estoy en posición de discutir esto.

–Se suponía que ibas a mejorar –se me quiebra la voz–. ¿Piensas que lo que hiciste es mejorar?

–Emma... –dice tras un suspiro.

–Olvídalo –no puedo creer que le haya preparado el desayuno. Tampoco entiendo cómo llegué a sentir un poco de lástima por ella. Presiono el botón para terminar la llamada.

Me siento en el césped y lloro. Lloro sin parar.

Llamo de nuevo a Cait. No responde. Esta vez tampoco le dejo un mensaje.

¿Estoy tan desesperada como para ir caminando a la casa de Rev?

Parece que sí, porque de pronto me encuentro en el escalón de la entrada y llamando a la puerta antes de darme cuenta. Escucho que alguien quita los cerrojos y deprisa me limpio la cara.

Soy un desastre.

¿Qué estoy haciendo?

Si tengo suerte, no llamarán a la policía para denunciar a la maniática que está en el escalón de la entrada.

La puerta se abre y aparece el hermano adoptivo de Rev. Estoy segura de que nunca mencionó su nombre. El chico me echa un vistazo y dice:

—Rev no está.

Su respuesta me provoca un nuevo ataque de lágrimas antes de que pueda detenerlas. Enseguida me llevo las manos a los ojos.

—Claro que no. Bien —me doy la vuelta.

—Espera... ¿Quieres que vaya por Kristin? O...

—Matthew, cielo —la voz de una mujer lo llama desde arriba–, ¿quién es?

—No. No —agito mi mano pidiéndole que no responda y me ahogo en llanto–. No.

—Pero... ¿te encuentras bien? Lo puede buscar...

—No —bajo corriendo los escalones. Qué error tan grande. Esto es tan humillante. Soy una tonta.

Me desplomo nuevamente en el césped junto a la iglesia. Los vitrales brillan bajo la luz del sol. Llamo a Cait una vez más. Sigue sin responder. Casi dan las cuatro, así que ya debería estar en casa. Ahora sí le dejo un mensaje vuelta un mar de lágrimas.

—¿Me llamas? ¿Está bien? Llámame.

Cuelgo.

Casi de inmediato suena mi teléfono alertándome de un mensaje. Me salta el corazón. ¿Es Rev?

No es él. Es Ethan.

Ethan: Hola. No he sabido nada de ti en todo el día. ¿Todo bien?

Emma: No. Nada bien.

Ethan: ¿Qué pasa?

Emma: Todo pasa.

Mi teléfono se enciende por una llamada entrante. Es él. Ni siquiera titubeo.

—Hola —respondo, con la voz cargada de lágrimas.

—Emma, ¿qué sucede? —su voz suena exactamente igual que en el juego y por alguna razón me sorprende.

—Mi mamá está vendiendo la casa —mi aliento se entrecorta—. Se llevó a mi perra. Había personas viéndola. He estado tratando de llamar a mi amiga...

—Vaya. Más despacio. ¿Tu mamá se llevó a tu perra?

—Se la llevó a una perrera para que la gente pudiera ver la casa —mi voz se quiebra y nuevamente rompo a llorar—. No sé adónde vamos a vivir.

—Oh, Emma. Lo siento mucho.

—No sé dónde ir. Mi amiga no contesta su teléfono. No puedo ir a casa porque esa gente está ahí.

—¿Quieres que vaya por ti?

Su voz es tan afectiva. Sorbo por la nariz y me seco los ojos.

—Ni siquiera me conoces.

Al momento suelta una risa breve y autocrítica.

—Sí te conozco. Un poco —hace una pausa—. Podemos ir por un café o algo así. ¿Dónde estás?

—Estoy en el jardín junto a la iglesia de Saint Patrick, en Annapolis.

—Qué gracioso.

—¿Por qué es gracioso?

—Porque ahí vamos a la iglesia. Estoy a quince minutos. ¿Estarás bien en lo que llego?

—Sí —doy un respiro largo y tembloroso—. Gracias.

—Te veo pronto.

</TREINTA Y SIETE>

<UNO> Emma </UNO> <DOS> Rev </DOS> <TRES> Emma </TRES> <CUATRO> Rev </CUATRO> <CINCO> Emma </CINCO> <SEIS> Rev </SEIS> <SIETE> Emma </SIETE> <OCHO> Rev </OCHO> <NUEVE> Emma </NUEVE> <DIEZ> Rev </DIEZ> <ONCE> Emma </ONCE> <DOCE> Rev </DOCE> <TRECE> Emma </TRECE> <CATORCE> Rev </CATORCE> <QUINCE> Emma </QUINCE> <DIECISÉIS> Rev </DIECISÉIS> <DIECISIETE> Emma </DIECISIETE> <DIECIOCHO> Rev </DIECIOCHO> <DIECINUEVE> Emma </DIECINUEVE> <VEINTE> Rev </VEINTE> <VEINTIUNO> Emma </VEINTIUNO> <VEINTIDÓS> Rev </VEINTIDÓS> <VEINTITRÉS> Emma </VEINTITRÉS> <VEINTICUATRO> Rev </VEINTICUATRO> <VEINTICINCO> Rev </VEINTICINCO> <VEINTISÉIS> Emma </VEINTISÉIS> <VEINTISIETE> Rev </VEINTISIETE> <VEINTIOCHO> Emma </VEINTIOCHO> <VEINTINUEVE> Rev </VEINTINUEVE> <TREINTA> Emma </TREINTA> <TREINTA Y UNO> Rev </TREINTA Y UNO> <TREINTA Y DOS> Emma </TREINTA Y DOS> <TREINTA Y TRES> Emma </TREINTA Y TRES> <TREINTA Y CUATRO> Rev </TREINTA Y CUATRO> <TREINTA Y CINCO> Emma </TREINTA Y CINCO> <TREINTA Y SEIS> Rev </TREINTA Y SEIS> <TREINTA Y SIETE> Emma </TREINTA Y SIETE> <TREINTA Y OCHO> Rev

[38]

El camino rumbo a Edgewater me toma una eternidad. Mientras más lejos conduzco, más lamento haber obligado a Declan a que se quedara en casa. A él tampoco le agradó. Pensé que iba a tener que robarme su auto.

Pero necesito hacer esto por mi cuenta. Esta visita no se parece en absoluto al viaje que hizo mi amigo para encontrarse con su padre. En mi caso no hay nada positivo, ni siquiera los recuerdos.

—¿Y si intenta lastimarte? —me preguntó Declan.

—No lo permitiré —es lo único que sé. No me pondrá un dedo encima. Mis músculos ya están tensos.

—¿Y si tiene un arma? Ni un ninja detiene una bala.

Su pregunta casi me convence, pero enseguida le respondí:

—Tú tampoco. Voy a ir.

De alguna manera logro encontrar pronto la calle de mi padre, y no es lo que esperaba. El vecindario luce pacífico y tranquilo, con grandes casas unifamiliares apartadas de la calle. No veo ningún edificio de apartamentos, y si hubiera uno, estaría completamente fuera de lugar en este rumbo. Me pregunto si me equivoqué de calle. Los nombres de las carreteras se reutilizan en todas partes del país. Pero cuando me hago a un lado para reiniciar el mapa en mi teléfono, de nuevo me indica este lugar.

¿Y si se trata de una casa que dividieron en apartamentos? Eso debe ser lo que pasó, porque la dirección me guía a una gran casa amarilla con molduras blancas. Hay unas grandes piedras grises en el borde del jardín, rodeando unos vastos arbustos plantados a intervalos regulares. La entrada de los autos conduce a un pequeño estacionamiento. Hay una rampa para discapacitados instalada a un costado de las escaleras del porche.

Retrocedo hasta un lugar de estacionamiento y luego me quedo sentado para observar el edificio. Hay otros seis coches aparcados en el lugar, a pesar de que el tamaño de la construcción no parece ser lo bastante grande como para alojar a tantas familias. Sé que me apartaron de mi padre hace diez años, así que no tengo una idea clara de sus gustos, aunque esto no se parece para nada al tipo de sitios donde podría imaginarlo viviendo.

Ahora que estoy aquí, no consigo obligarme a salir del auto. El poder que él tiene sobre mí parece impenetrable. Tengo que recordarme que ya no soy un niño y que fui yo quien condujo hasta aquí. Casi mido un metro ochenta de estatura y sé cómo defenderme.

No he dejado de escuchar la voz de Jim Murphy cuando escuchó hablar a Declan la primera vez: "Hablas como hombre".

¿Qué esperara mi padre? ¿Qué me dirá?

Mi teléfono suena y me arranca un tremendo susto. Es un mensaje de Kristin.

Mamá: Matthew me dijo que vino Emma y que se veía alterada. Creí que querrías saberlo. Besos

Parpadeo hacia el reloj. Son las 3:57 p.m.

¿Estaba alterada? ¿Alterada cómo? Ojalá que Matthew tuviera teléfono para preguntarle. El hecho es que estaba lo suficientemente agitada como para ir a buscarme.

Entonces me doy cuenta de que tengo dos mensajes perdidos de alguien más. Llegaron mientras venía conduciendo.

Emma: Rev, necesito hablar contigo.
Por favor, sé que estás molesto. Por favor, no me ignores.

Enseguida tecleo en la pantalla para responderle.

Rev: No estoy enojado. Estaba conduciendo. ¿Estás bien?

Espero un rato, pero no llega una respuesta. Encima, llevo sentado aquí el tiempo suficiente como para llamar la atención. Son las 4:02 p.m. Me pegunto si mi padre alcanza a verme.

El comentario de Dec acerca del arma es tan inoportuno en este momento. Trato de imaginarme a mi padre apuntándome a la distancia con un fusil de precisión, pero no puedo. No sería su estilo.

Tengo que salir del coche.

Me alegra verte salir de tu caparazón de vez en cuando.

No creo que esto fuera a lo que mamá se refería. Sin embargo, sus palabras resuelven mi indecisión y por fin salgo del auto de mi amigo. Mis pies avanzan por la arena que cubre el estacionamiento. Observo cada ventana a mi paso. Mi corazón se acelera. Examino cada vidrio en busca de un rostro que también me esté mirando.

Nada. Todas las ventanas están cubiertas por persianas o cortinas.

Ya sé que debería quitarme la capucha para intentar parecer alguien normal. Pero en este momento, la capucha es como una red de seguridad. Por un extraño instante, me alegra que mi padre no esté en la cárcel.

De pronto me la quito. Mis papás me han inculcado modales durante años. No voy a entrar a casa de alguien luciendo como La Muerte.

Al subir los escalones, la puerta principal se abre. Me estremezco ante el sonido, pero veo que solo se trata de una joven con uniforme de enfermera que está saliendo. Debe ser una de las inquilinas que se dirige al trabajo.

Sin embargo, al verme, se detiene. Sus ojos lucen cansados, pero amables.

—¡Hola! ¿Vienes a visitar a algún huésped?

Su pregunta me desconcierta. ¿Visitar a un huésped? ¿Entonces esto es un hotel?

—No... no sé.

Una arruga minúscula se dibuja entre sus cejas; fuera de ese gesto, su expresión no cambia.

—¿A quién vienes a ver?

No quiero decir en voz alta "a mi padre". Tampoco sé qué interés puede tener ella en que yo esté aquí. No obstante, su semblante es tan impaciente que no la puedo ignorar.

—Voy a la unidad ciento cinco.

—¡Ah! El señor Ellis.

—Sí —confirmo tras tragar saliva—. ¿Lo conoce?

La arruga en la frente aparece de nuevo.

—Desde luego. Soy Josie. Ven conmigo —la joven da media vuelta y entra nuevamente por la puerta por la que acababa de salir.

Estoy doblemente confundido. ¿Mi padre tiene compañera de piso?

En cuanto cruzamos la puerta, encuentro de frente un largo mostrador que se extiende por lo que alguna vez fue la sala de la casa. Hay algunos sillones dispuestos en ángulo junto a las paredes, con una televisión empotrada en lo alto. También hay revistas regadas en una mesa de centro que hay entre los sillones.

Detrás del mostrador, un par de mujeres y un hombre están sentados frente a unos monitores. Todos visten ropa de hospital, igual que Josie. En el muro detrás de ellos, escrito en grandes letras cursivas, se lee el nombre del lugar: Hospicio Chesapeake.

La boca se me seca. Debe haber un error, así que me detengo ahí, en pleno pasillo.

–Espera.

Josie se frena y de nuevo me mira. A esta distancia, me doy cuenta de que no es tan joven como creí en un principio. Tiene mechones grises entremezclados en su cabello a la altura de las sienes y varias arrugas rodean sus ojos cuando hace un gesto de preocupación.

–¿Te encuentras bien? –hace una pausa–. ¿Es la primera vez que vienes? No tienes por qué asustarte.

Su tono es tan amable que me recuerda a mamá.

–Aguarda –respondo, tragando saliva. Mi voz apenas se alcanza a escuchar–. Espera.

Ahora todos me miran. Una de las enfermeras se aparta de su monitor, va a llenar de agua un vaso y me lo entrega. La mujer es mayor, y me palmea la mano.

Me siento avergonzado, así que tomo el vaso tímidamente.

–Perdón. Yo no... No sabía qué es este lugar. Él solo me dio un número de unidad. Creí que era... –trago saliva– un apartamento. No...

Una residencia para enfermos terminales.

Un lugar donde la gente va a morir.

–¿El señor Ellis te espera?

–Sí –respondo.

–Estupendo –dice Josie–. Te puedo llevar cuando estés listo.

No estoy listo.

No estoy listo.

No estoy listo.

La situación no me parece justa. No puedo encarar a mi padre en su lecho de muerte. Intento reconsiderar sus correos a la luz de lo que ahora sé. ¿Acaso malinterpreté todo? ¿Se puso en contacto conmigo buscando algún tipo de vínculo?

Me quedo petrificado en el espacio entre el mostrador y la puerta, anhelando una segunda oportunidad. Quisiera entrar al edificio con pleno conocimiento de los hechos.

Debí haber traído a Declan.

No. La sola idea provoca que este remolino de pensamientos se detenga. Puedo hacerlo.

—Perdón —respondo con voz ronca—. Vamos.

Josie me conduce por el pasillo y luego doblamos una esquina. La alfombra amortigua nuestros pasos. En este momento daría lo que fuera con tal de que hubiera guardias y barrotes.

De pronto se detiene frente al número 105 y llama a la puerta con delicadeza. Estamos en la parte trasera del edificio así que ninguna de las ventanas de este lado da al estacionamiento. Él aún no me ha visto.

—Adelante —responde una voz desde el interior.

Es su voz. La recuerdo.

Retrocedo un paso sin querer, pero enseguida controlo mis nervios, me armo de valor y cruzo la puerta.

♥

</TREINTA Y OCHO>

<UNO> Emma </UNO> <DOS> Rev </DOS> <TRES> Emma </TRES> <CUATRO> Rev </CUATRO> <CINCO> Emma </CINCO> <SEIS> Rev </SEIS> <SIETE> Emma </SIETE> <OCHO> Rev </OCHO> <NUEVE> Emma </NUEVE> <DIEZ> Rev </DIEZ> <ONCE> Emma </ONCE> <DOCE> Rev </DOCE> <TRECE> Emma </TRECE> <CATORCE> Rev </CATORCE> <QUINCE> Emma </QUINCE> <DIECISÉIS> Rev </DIECISÉIS> <DIECISIETE> Emma </DIECISIETE> <DIECIOCHO> Rev </DIECIOCHO> <DIECINUEVE> Emma </DIECINUEVE> <VEINTE> Rev </VEINTE> <VEINTIUNO> Emma </VEINTIUNO> <VEINTIDÓS> Rev </VEINTIDÓS> <VEINTITRÉS> Emma </VEINTITRÉS> <VEINTICUATRO> Rev </VEINTICUATRO> <VEINTICINCO> Rev </VEINTICINCO> <VEINTISÉIS> Emma </VEINTISÉIS> <VEINTISIETE> Rev </VEINTISIETE> <VEINTIOCHO> Emma </VEINTIOCHO> <VEINTINUEVE> Rev </VEINTINUEVE> <TREINTA> Emma </TREINTA> <TREINTA Y UNO> Rev </TREINTA Y UNO> <TREINTA Y DOS> Emma </TREINTA Y DOS> <TREINTA Y TRES> Emma </TREINTA Y TRES> <TREINTA Y CUATRO> Rev </TREINTA Y CUATRO> <TREINTA Y CINCO> Emma </TREINTA Y CINCO> <TREINTA Y SEIS> Rev </TREINTA Y SEIS> <TREINTA Y SIETE> Emma </TREINTA Y SIETE> <TREINTA Y OCHO> Rev </TREINTA Y OCHO> **<TREINTA Y NUEVE> Emma**

♡

–

[39]

-

Ethan conduce un auto mediano color plateado. Es un coche absolutamente aburrido. Cuando se acerca, quedo sorprendida. Por alguna razón, mi cerebro continúa sobreponiendo la imagen que tengo de él en el videojuego a la del chico de carne y hueso. Creí que tendría algo de salvaje y alocado.

La ventanilla baja en cuanto se acerca, y lo veo arrugar la frente y decir:

—Azul M no puede llorar.

Su comentario me hace sonreír y me seco las últimas lágrimas de mis mejillas.

Luce idéntico a la fotografía que me envió, lo cual es un alivio. Es más grande de lo que esperaba. No obeso, solo... robusto.

Abro la puerta del lado del copiloto y subo.

—Hola. Gracias por hacer esto.

—¿Por tener una excusa para tomar un café con una jugadora impresionante? Hay leyendas en Reddit acerca de estos encuentros.

—Eres gracioso.

Cierro la puerta y él pulsa el botón del cerrojo, luego pone en marcha el auto.

La situación es tan distinta de cuando iba con Rev. El coche que él conducía era ruidoso y agresivo. Este es pequeño y silencioso. Hay una credencial sujeta a una cinta que cuelga de la palanca de cambios. Se alcanza a leer AAEC en grandes letras rojas en la parte superior, que son las iniciales de Anne Arundel Escuelas del Condado. Debajo, impreso en tinta negra, está el nombre de E NASH, seguido de una línea menor que dice: INFORMÁTICA.

Ethan me ve observando la identificación.

—Es de mi mamá. Trabaja en el área de informática. Te dije que conocía a personas.

—¿Entonces ella lo encontró?

—No, fui yo —se escucha un poco fastidiado—. Solo utilicé su sistema.

—Oh... no, es genial. Me alegra que lo hicieras —no dejo de escuchar la voz de Rev señalándome cómo se supone que quería resolver este asunto sola, pero al final Ethan se encargó de solucionarlo por mí. Sus palabras son como aguijones en mis pensamientos que se niegan a dejarme en paz—. Esta tarde iba a restablecer el juego, pero luego... ya sabes —mis ojos se humedecen otra vez.

—Realmente apesta lo de la venta de tu casa —me dice.

—No puedo creer que lo haya hecho sin avisarme —hago una pausa—. Hablamos en la mañana. Pensé que las cosas iban a mejorar. Ni siquiera mencionó que ya había hablado con una agente de bienes raíces —miro por la ventana y escucho vagamente que activa la luz direccional—. Claro que sabía que yo iba a ver el letrero al llegar a casa. ¿Qué esperaba, que lo ignorara por completo y solo...?

Veo dónde da la vuelta y me paro en seco.

—¿Por qué entramos a la autopista?

—¿Para ir al Starbucks? ¿Por café?

—Oh. Hay uno junto al centro comercial.

—Conozco el que está en la carretera de Solomons Island. Tiene autoservicio.

Esa sucursal está al otro lado de Annapolis. Aunque en realidad, ¿qué más da? Está a unos cuantos kilómetros por la autopista.

—¿Vas a subir otra vez el juego? —me pregunta.

—Eso quiero —respondo—. En especial ahora que Nightmare ya no está.

—Me alegra haberlo encontrado —comenta.

De pronto, suena mi teléfono y vibra contra mi pierna. Rápidamente lo saco de mi bolsillo. Es Cait.

—Hola —digo.

—Em, ¿estás bien?

Junto a mí, Ethan suspira y murmura algo entre dientes. Le respondo frunciendo el entrecejo, pero luego no dejo de sentirme incómoda. Quizás él sufra la misma maldición.

—Perdón —susurro, apartando el teléfono de mi rostro—. Le dejé como cien mensajes —me acerco nuevamente el aparato—. Cait. Sí, estoy bien.

—Mamá dice que podemos pasar por ti. ¿Dónde estás?

—Oh —volteo a ver a Ethan—. Ya estoy bien. Vamos a ir a un Starbucks.

—¿Vamos?

—Sí. Yo y un... un amigo.

La voz de mi amiga se suaviza.

—Ah, ¿por fin te llamó Rev? Te dije que lo iba a hacer.

Estoy muy consciente de que tengo toda la atención de Ethan en este instante y estoy bastante segura de que puede oír cada palabra.

—No, es... Cait, ¿te puedo llamar después?

—Claro. Tómate tu tiempo —termina la llamada y mi teléfono regresa a la pantalla de inicio.

Noto que hay un mensaje de texto sin leer. ¿Cómo lo pasé por alto?

♡

Rev: No estoy enojado. Estaba conduciendo. ¿Estás bien?

Antes de darme cuenta, siento cómo me palpita el corazón.

—¿Quién es Rev?

Por un instante olvidé que venía en el auto con Ethan.

—¿Qué?

—¿Quién es Rev?

Ignoro si mi acompañante alcanza a ver la pantalla o si escuchó disimuladamente mi conversación, pero de cualquier manera su comentario se siente intrusivo.

—Es un amigo.

—Oh —su tono suena enfadado.

El ambiente en el auto cambió.

—¿Estás enojado por algo?

—No sé, Emma —suelta una risita—. No sé qué pensar.

—Es solo un compañero de la escuela —comento luego de tragar saliva.

—Acabas de decir que es un amigo.

—¡Lo es!

—¿Es el mismo amigo con el que saliste la otra noche?

Titubeo sin querer. Es justo el pretexto que necesita. Ethan aparta la mirada del camino para mirarme.

—¿A quién quieres engañar? ¿Qué clase de juego es este?

—¡No es ningún juego!

—Cuando te llamé, te comportabas como si no le importaras a nadie en el mundo, pero desde que te subiste al auto ya van dos personas que te buscan.

—Pero... —me detengo. Tiene razón.

Un momento. ¿La tiene?

Se pasa la mano por su cabello corto.

—¿Tienes idea de cuánto significa esto para mí?

Cada vez que dice algo, mi cerebro tiene que procesarlo dos veces. Habla como si se dirigiera más a él que a mí.

—¿A qué te refieres con que esto significa mucho para ti?

—¡A esto! —me voltea a ver—. A ti y a mí.

De golpe, caigo en cuenta de que acabamos de pasar la salida hacia la carretera de Solomons Island. Mi corazón se paraliza.

—¿A dónde vamos? —pregunto.

—Lo siento —responde—. Me hiciste enojar y se me pasó la salida.

Sin embargo, no reduce la velocidad. Ni siquiera cambia de carril.

—Toma la siguiente salida. Solo llévame a casa.

—Lo haré —responde bruscamente—. Dame un minuto, ¿quieres?

Le doy un minuto, pero el auto no cambia de carril. Pasamos volando la salida hacia Jennifer Road. Luego Riva Road. Siento cómo el corazón me martillea dentro del pecho.

Deslizo el dedo por la pantalla del teléfono para responder.

Emma: No. Nada bien.

—¿Le estás mandando un mensaje en este momento? —explota Ethan—. ¿En mi coche? ¿Qué clase de chica hace eso, Emma?

El tipo de chica que daría lo que fuera con tal de estar en cualquier otro lugar en este instante.

Me siento increíblemente pequeña y sola en el asiento del copiloto. Rezo porque aparezcan los pequeños puntos grises que indican que Rev me está respondiendo. Pero no los veo.

Ethan conduce por el carril de alta velocidad, rebasando a toda prisa a los otros vehículos. No parece que vaya a salir pronto de la autopista. Echo un vistazo al velocímetro. Va casi a ciento cuarenta kilómetros por hora.

Mi pulso cardiaco se triplica. Tal vez un policía nos vea y lo detenga.

En toda mi vida, jamás había deseado con tantas ganas encontrar un control de velocidad como ahora.

—Perdona —digo, tragando saliva—. Por favor, ¿podrías tomar la siguiente salida?

No responde y solamente sigue conduciendo. El auto continúa volando por el pavimento. Su mandíbula está tensa y sus puños aprietan el volante. El miedo envuelve ese bloque de hielo en el que se ha convertido mi corazón.

—¿Ethan? —me tiembla la voz—. Por favor, toma la siguiente salida.

Echo un vistazo a mi teléfono. Rev no ha respondido.

Mis dedos teclean deprisa en la pantalla.

Emma: con ethan

El puño me golpea de la nada y mi cabeza se estrella contra la ventana. El dolor explota en ambos lados de mi cara. El teléfono sale volando y cae en algún punto entre la puerta y el asiento.

Siento un sabor a sangre en mi boca.

Esto está mal. Soy tan estúpida. Respiro tan rápido que voy a hiperventilar. Unas manchas negras me nublan la visión.

NO. NO. NO. Tengo que mantenerme consciente.

Tengo que seguir despierta, así que le ordeno a las manchas negras que retrocedan. Me toma un momento, pero obedecen.

Jadeo contra la ventana. Esto duele más de lo que jamás imaginé que podría doler algo. De alguna forma siento que se me aflojaron los dientes y la mandíbula me lastima de un modo violento. Desearía haber prestado más atención a las palabras de Rev relacionadas con la defensa personal que a la sensación de sus brazos envolviéndome.

La peor parte son los pequeños sollozos que salen de mi garganta.

—No creí que fueras así —sentencia Ethan—. Pensé que eras diferente.

No me digas.

No quiero enderezarme. No quiero responder. La velocidad del auto ha sido la trampa más efectiva. Mi teléfono se encuentra justo ahí, en posición vertical y apoyado contra la puerta. Ahí están mis mensajes con Rev. Pero él sigue sin contestar. Deslizo mi mano para tratar de alcanzarlo.

Lo empujo sin querer y cae.

NO.

Tal vez aún lo pueda alcanzar. Quizás.

Alcanzo a tocar la pantalla, pero no consigo que mis dedos sujeten la carcasa. Me esfuerzo, y mi dedo medio roza la letra "I".

Grandioso. Ahora tengo la información de contacto de Rev, en lugar de la pantalla para enviar mensajes. Aunque no es que pueda escribir alguno. La mitad inferior del teléfono está demasiado abajo. Es inútil.

Necesito pensar. Tengo que pensar. Ethan respira con fuerza en el asiento de al lado. Dejó de hablar. No sé si su silencio sea bueno o malo.

Trato de alcanzar el botón para llamar a Rev. Está demasiado alejado a la derecha. Me esfuerzo el doble para presionarlo.

De cualquier modo, dudo que resulte. Quién sabe si respondería. ¿Y cómo me encontraría?

Un momento. Hay una función debajo de su información de contacto. No la he utilizado antes: Compartir mi ubicación.

Me estiro para pulsarlo.

De pronto me jalan la cabeza a la izquierda. Grito. La mano de Ethan sujeta mi trenza. Mi cabeza se estrella contra su torso. Es solo su abdomen, pero es espantoso. Alcanzo a olerlo, su combinación de detergente y loción que me revuelve el estómago. Consigo ver sus pies. Me toma el cabello con fuerza y duele. Encima, sus antebrazos se me clavan en la cara.

–¿Qué estabas haciendo? –pregunta bruscamente.

No sé si logré pulsar la función. No estoy segura.

Pero incluso si lo hubiera conseguido, ¿qué podría hacer Rev? No tiene idea de lo que está pasando.

—Por favor —digo con la voz entrecortada—. Por favor, Ethan. Lo siento. Por favor, solo déjame salir del auto.

—No. Quiero que pienses en lo que hiciste.

—Tienes razón —balbuceo—. Tienes razón. Fui realmente grosera. Perdóname —tengo libres las manos, pero si tomo el volante, terminaré destrozando el coche, pues vamos demasiado rápido.

Pasamos la salida hace tanto que no sé dónde nos encontramos. Pero ahora siento más pánico de que se detenga.

—Por favor —susurro—. Por favor, Ethan. Haré lo que quieras. Solo déjame ir.

—¿Lo que quiera? —repite, y luego activa la luz direccional—. Me gusta cómo suena eso.

♡

</TREINTA Y NUEVE>

<UNO> Emma </UNO> <DOS> Rev </DOS> <TRES> Emma </TRES> <CUATRO> Rev </CUATRO> <CINCO> Emma </CINCO> <SEIS> Rev </SEIS> <SIETE> Emma </SIETE> <OCHO> Rev </OCHO> <NUEVE> Emma </NUEVE> <DIEZ> Rev </DIEZ> <ONCE> Emma </ONCE> <DOCE> Rev </DOCE> <TRECE> Emma </TRECE> <CATORCE> Rev </CATORCE> <QUINCE> Emma </QUINCE> <DIECISÉIS> Rev </DIECISÉIS> <DIECISIETE> Emma </DIECISIETE> <DIECIOCHO> Rev </DIECIOCHO> <DIECINUEVE> Emma </DIECINUEVE> <VEINTE> Rev </VEINTE> <VEINTIUNO> Emma </VEINTIUNO> <VEINTIDÓS> Rev </VEINTIDÓS> <VEINTITRÉS> Emma </VEINTITRÉS> <VEINTICUATRO> Rev </VEINTICUATRO> <VEINTICINCO> Rev </VEINTICINCO> <VEINTISÉIS> Emma </VEINTISÉIS> <VEINTISIETE> Rev </VEINTISIETE> <VEINTIOCHO> Emma </VEINTIOCHO> <VEINTINUEVE> Rev </VEINTINUEVE> <TREINTA> Emma </TREINTA> <TREINTA Y UNO> Rev </TREINTA Y UNO> <TREINTA Y DOS> Emma </TREINTA Y DOS> <TREINTA Y TRES> Emma </TREINTA Y TRES> <TREINTA Y CUATRO> Rev </TREINTA Y CUATRO> <TREINTA Y CINCO> Emma </TREINTA Y CINCO> <TREINTA Y SEIS> Rev </TREINTA Y SEIS> <TREINTA Y SIETE> Emma </TREINTA Y SIETE> <TREINTA Y OCHO> Rev </TREINTA Y OCHO> <TREINTA Y NUEVE> Emma </TREINTA Y NUEVE> <CUARENTA> Rev

[40]

Mi padre está sentado en uno de los dos sillones que hay junto a la ventana, lo cual me toma por sorpresa. Tras darme cuenta de que estamos en un hospicio, esperaba encontrar a un inválido postrado en cama. Lleva puesto un suéter verde y unos jeans. Una sonda intravenosa se oculta debajo de su manga y una bolsa de líquidos cuelga detrás del asiento. También hay un tubo de plástico que le rodea el rostro para darle oxígeno. En otras circunstancias, esta sería una habitación como cualquiera.

No ha dicho nada. Yo tampoco.

Josie se encuentra entre ambos, pues le está revisando con gran eficiencia el brazo, el monitor del goteo intravenoso y el tanque de oxígeno. Sus movimientos son silenciosos para no estorbarnos.

Quiero suplicarle que se quede en el cuarto. Aunque, al mismo tiempo, quiero pedirle que se vaya.

Todo en mi padre es delgadez. Su cabello gris es delgado. Su piel es delgada. La ropa prácticamente le cuelga del cuerpo. Los pómulos le sobresalen en el rostro, provocando que sus ojos se vean más hundidos de lo que recordaba. Debe estar a punto de cumplir cincuenta años, pero luce diez años mayor. Incluso veinte. Podría levantarlo y hacerlo pedazos.

Recuerdo cuando estaba en la cocina y admití que Matthew me ponía nervioso, y luego Declan comentó: "Rev, te hablo en serio. Le ganas a este chico como por veinte kilos", y le respondí que no me alteraba en ese sentido.

Esa sensación es idéntica a lo que siento en este momento.

Bueno, no idéntica. Lo que experimento ahora se amplifica como por un billón de veces.

No lo quiero saludar. No deseo ser el primero que hable. Más bien, quisiera tomar una almohada y ponérsela en la cara para acabar con la decadencia que su cuerpo empezó.

Josie termina lo que tenía que hacer y se escabulle por la puerta. La cerradura emite un discreto chasquido detrás de mí.

—Ah. Ahora veo —dice mi padre.

Su voz hace que me quiera encoger de miedo, pero me mantengo completamente quieto.

—¿Ahora ves qué?

—Veo al niño que quiere portarse como hombre. Tu correo me causó gracia —se ríe de forma silenciosa—. Por tu exigencia de hablar cara a cara, como si fueras a tomar algo que no estaba dispuesto a dar.

Mi teléfono me avisa de un mensaje de texto. Lo ignoro.

—¿Cómo supiste dónde encontrarme?

—¿Tiene importancia? —pregunta, encogiéndose de hombros.

—Sí.

No creo que vaya a responderme, pero voltea para mirar hacia la puerta.

—Hubo una mujer aquí, una antigua jueza. Nos hicimos amigos. Le hablé de cómo quería encontrar al hijo que perdí hace mucho tiempo y ella usó sus influencias.

Hubo una mujer aquí. Convenció a una mujer moribunda de que le hiciera un favor. Era obvio, se trata de mi padre, un hombre que persuadió a toda su congregación acerca de su benevolencia.

—¿Por qué me querías encontrar?

—"La vara y la corrección dan sabiduría, pero el hijo consentido avergonzará a su padre". ¿Te han consentido, Abraham?

Ese nombre estalla en mí como una bala y me estremezco.

—Ese ya no es mi nombre.

—Yo te lo puse. Es tuyo, lo quieras o no —hace una pausa—, Abraham.

De nuevo me sacudo por dentro. El nombre desentierra recuerdos que había en algún lugar muy profundo en mi interior. Siento ganas de arrodillarme y suplicar su perdón. El instinto es tan poderoso.

Pero entonces pienso en lo que dijo. *El hijo consentido avergonzará a su padre.* Es un versículo del libro de Proverbios. Las palabras se adhieren a mi mente, clavándose en mí, hasta que entiendo la razón. Lo miro.

—El versículo dice que un hijo consentido avergonzará a su *madre* —hago una pausa y recuerdo que anoche mamá puso su palma en mi mejilla y me dijo: "Te convertiste en un joven tan generoso y amable...".

Me concentro en ese sentimiento. Es casi suficiente para sacarme de la cabeza la influencia de mi padre.

Por su parte, él parece sorprendido de que lo haya corregido.

—Creo que está abierto a la interpretación.

—Seguro —claro que le conviene—. Interpreta lo que quieras. No he avergonzado a mi padre ni a mi madre.

—Tal vez yo debería juzgar eso.

—Tú ya no eres mi padre.

—Abraham, claro que lo sigo siendo. Y tú continúas siendo mi hijo. Nada lo puede cambiar.

Aprieto los dientes. Otro versículo viene a mi mente, deteniendo la furia que siento antes de que abandone mi boca: "Una respuesta amable aleja la ira, pero la palabra agresiva agita el enojo".

—Deja... —digo, pero mi voz suena débil en lugar de serena—. Deja de llamarme así.

—Estuviste lejos mucho tiempo, Abraham —su tono es amable—. Puedo ver cuánto te ha perjudicado el mundo. Ven, siéntate a mi lado.

Mi corazón palpita más lento por la sola virtud de su tono de voz. De niño aprendí a anhelarlo. Ese tono benévolo quería decir que tenía la oportunidad de que las cosas salieran bien.

No puedo decir nada. Me preocupa abrir la boca y prometerle todo lo que él quiera.

—Ven —repite sin decir mi nombre—. Déjame ver cuánto has crecido. Es obvio que continuaste con tus lecciones. Estoy orgulloso de ti.

Sus palabras aciertan en el blanco. Me siento en la otra silla. Estira su mano y la pone sobre la mía. La mano me tiembla, pero no la aparto.

—¿Sabes por qué escogí ese nombre? —pregunta—. Después de que tu madre perdió su batalla contra el mal, supe que tenías que ser fuerte para vencer a esas fuerzas. Supe que te pondrían a prueba una y otra vez. Así que por eso te llamé Abraham.

Desde luego que lo sabía. Solía decírmelo todo el tiempo.

Leí la historia completa. La prueba definitiva ocurrió cuando Dios le pidió a Abraham que matara a su propio hijo; de hecho, estuvo a punto de hacerlo, pero tenía la esperanza de que Dios intercediera. Cada vez que leo este pasaje, me pregunto qué grado de fe tenía.

Mi padre continúa hablando.

—Sabía que te pondrían a prueba una y otra vez. Cuando te apartaron de mí, tuve claro que esa sería la mayor prueba de todas. Pero confié en que regresarías a mí. Y lo hiciste.

No lo hice. Solo que no puedo pronunciar las palabras. Porque lo hice, por eso estoy aquí.

Quiero cerrar los ojos e imaginar a Geoff y Kristin. A papá y mamá.

No son Geoff y Kristin, son papá y mamá.

Inhalo profundamente, entre temblores. Ella tenía razón, nunca debí venir aquí. Él es más que un hombre, siempre lo ha sido.

–¿Qué quieres? –pregunto.

–Quiero morir –responde llanamente.

–No entiendo –replico, mirándolo fijamente.

–¿No? –levanta las manos–. ¿Acaso no ves? ¿No te das cuenta en lo que me he convertido?

Sigo sin comprender.

–Este dolor. Esta es mi prueba, Abraham. La agonía. Este es mi castigo por haber permitido que te fueras. Pero ahora has regresado –deja caer los brazos y apoya su mano en mi antebrazo, para luego darle un apretón.

Me pregunto si está consciente de que su mano se encuentra directamente encima de la quemadura que me hizo con la estufa. Tal vez lo sepa. Mi padre no actúa sin haberlo premeditado.

Si lo hace de forma deliberada, es un error. Es un recordatorio. Un recordatorio necesario.

Tenías tanto miedo.

Mi brazo se pone duro como el acero.

Mi padre continúa observándome con una mirada casi embrujada.

–Has regresado. Mi hijo. Esta es una señal. Es un regalo. Estás aquí para terminar con mi sufrimiento.

Me toma un momento caer en cuenta de lo que acaba de decir. El escándalo me deja helado en mi asiento. Respiro con dificultad.

–¿Qué dices? –murmuro.

–Hablo de tu propósito al venir aquí. Has venido a acabar con mi sufrimiento.

Hace un momento, literalmente consideré ponerle una almohada en la cara y asfixiarlo. Solo que ahora, pensarlo me da asco.

–Tengo los pulmones llenos de cáncer –me dice–. No te tomaría nada. Solo tu mano. Por un momento.

No sé si pretende que lo sofoque, le rompa el cuello u otra cosa que ni siquiera puedo considerar. Sin embargo, me levanto de inmediato de mi asiento y me alejo de él.

—No.

—Sí. "Fue por la fe que Abraham obedeció". ¿No lo ves?

No veo nada, pero al mismo tiempo lo veo todo. Niego ferozmente con la cabeza.

—No.

—Es demasiado mi dolor —su voz se quiebra—. ¿Cómo puedes soportar ser testigo de tanto sufrimiento?

El tiempo se detiene. Sus palabras se me clavan como miles de cuchillos. Me golpean como cien puños. Me hieren como un rayo. Estallan en llamas.

—¿Cómo puedes? —grito—. ¿Cómo puedes ser testigo de tanto sufrimiento? ¿Sabes lo que me hiciste? ¿Tienes la menor idea?

—Yo te crie —responde suavemente, pero ahora su voz no tiene potencia.

—Me fallaste.

—Yo te creé.

—No me importa —sigo gritando. Desearía que papá estuviera aquí para contenerme en este momento—. No eres mi padre.

—Lo soy. Si estoy sufriendo, es por tus faltas. Harás esto por mí.

La puerta chasquea y Josie asoma su cabeza dentro.

—¿Todo está bien aquí?

—No —respondo.

—Estamos bien, Josie —replica mi padre con dulzura—. Mi hijo está alterado. Tú entiendes.

—Por supuesto —murmura y se marcha. El cerrojo de la puerta chasquea de nuevo.

Todo el mundo hace lo que él quiere.

—Hazlo tú mismo —sentencio con voz áspera y susurrante—. Hazlo tú mismo.

—Sabes que no puedo. Quiero entrar al reino de los cielos con pureza de...

Golpeo la pared con la mano.

—¡NO LO VOY A HACER!

El dolor sube deprisa desde mi muñeca. Está bien. Le doy la bienvenida al dolor. Me ayuda a centrarme.

Ignoro qué estoy haciendo aquí. No sé qué esperaba. No habrá ninguna conclusión en esta habitación.

Tomo la perilla de la puerta.

—Por favor —suplica mi padre. La voz se le quiebra nuevamente, y en ese gesto, escucho el dolor que debe experimentar. A pesar de todo, el dolor tira de algo que llevo dentro.

Parte de esta sensación es empatía. Otra parte no lo es.

Conozco un dolor semejante.

—Por favor —repite, y sus palabras se disuelven en un sollozo—. Hijo mío, por favor. Me estoy muriendo.

—Bien.

Entonces azoto la puerta y me largo.

/ / /

♥

Salgo volando del estacionamiento. Necesito alejarme de este lugar. Parece que mi pie no logra pisar el acelerador con la suficiente fuerza. Mañana, Declan tendrá un proyecto divertido con que entretenerse, porque le estoy destrozando la transmisión del auto.

Cuando llego a la señal de alto que está al final de la calle, me escucho jadeando. Siento un calor insoportable dentro del auto.

Me acerco a la acera y enciendo las luces intermitentes. Tengo que controlarme. Me quito la sudadera de un jalón y me froto la cara.

No te tomaría nada.

Solo tu mano.

Por un momento.

No puedo respirar. Más bien soy yo el que se sofoca.

Pero entonces, lo consigo. Logro que el aire fluya por mis pulmones.

Dije que no. Dije que no.

Era solo un hombre. Un hombre terrible.

Y no pudo doblegarme para que hiciera su voluntad.

La muñeca aún me duele por haberle pegado a la pared. Flexiono mi mano y luego contemplo mis dedos asombrado.

No te tomaría nada.

Solo tu mano.

Quería que lo matara.

Después de todo lo que me hizo, no debería sorprenderme; pero lo logra. Quería que lo matara. ¿Creyó que lo haría movido por la niñez que tuve? ¿Porque ahora somos unos desconocidos? ¿O pensó que lo haría sencillamente porque él me lo ordenaba? Tal vez por las tres razones.

Me presiono las sienes con las manos. Declan y yo tuvimos una conversación en el auto acerca de los pensamientos violentos. Había estado tan seguro de que algún día actuaría llevado por esas ideas.

Dije que no. Le respondí que no a mi padre. El único hombre merecedor de mi rabia y violencia.

Le dije que NO a mi PADRE. Por primera vez en... la vida siento que tengo el control.

Ahora estoy mareado. Sin aliento. Temblando.

Tengo que llamar a Declan. Es probable que no haya apartado la vista de su teléfono durante la última media hora. Me paso la mano por el cabello para apartarlo de mi rostro y luego busco el teléfono en el lío en que dejé mi sudadera.

Hay varios mensajes sin leer en la pantalla. Mi amigo ni siquiera pudo esperar. Pero entonces mis ojos enfocan con atención. No son de Declan. Son de Emma.

Emma: No. Nada bien.

con ethan

Emma Blue compartió su ubicación contigo.

Mi corazón deja de palpitar. ¿En qué momento envió estos mensajes? Echo un vistazo. Hace veinte minutos.

Veinte minutos.

con ethan.

¿Cómo? ¿Cómo sucedió?

Compartió su ubicación. Papá lo había hecho antes por equivocación, cuando termina frustrado y comienza a apretar botones que no sabe cómo utilizar. Pero Emma es hábil con la tecnología. Si me la compartió, fue porque necesitaba que la supiera.

No. Nada bien.

♥

Oh, Emma. Dejo de pensar y la llamo. La línea suena una y otra vez y me lleva al buzón de voz.

No conozco nada de Ethan, salvo su nombre. Sé que le gustan los videojuegos, pero no tengo idea de dónde vive. Por las conversaciones que tuve con Emma, tampoco creo que ella misma sepa gran cosa.

La culpa me carcome. Debí haberle escrito antes, pero estaba demasiado enredado pensando en mi padre.

Para. Deja la culpa para después. Regresa a los mensajes.

Un pequeño mapa aparece debajo de la línea relacionada con su ubicación: lo aprieto. Ella se encuentra al otro lado de South River, tal vez a unos diez minutos de distancia.

También se está moviendo. Se dirige al este. Se aleja de donde estoy. Va en un auto.

EMMA, ¿QUÉ HICISTE?

Meto la velocidad.

Un momento. Abro mis mensajes con Declan. Le envío mi ubicación y le mando un texto pidiéndole que me llame.

Regreso al mapa que ella me mandó y coloco el teléfono en el soporte que mi amigo instaló en el tablero del auto.

Tengo que regresar a la autopista. Piso a fondo el acelerador.

Declan me llama enseguida. Presiono el botón del altavoz.

—Necesito que llames al novecientos once —le digo.

Debió notar el tono de urgencia en mi voz, porque la suya suena alarmada.

—¿Qué pasó? ¿Estás herido?

—No soy yo, es Emma. Está con un tipo. Algo anda mal.

—Espera. ¿Qué dices? —suena incrédulo—. Rev, ¿qué ocurrió con tu papá...?

—Después, Dec. Después. Ayúdame.

—Bien —escucho el roce de la ropa en movimiento—. Necesito más información. ¿Con qué tipo está? ¿Dónde se encuentra?

—No sé. Se llama Ethan. Había estado hablando con él por Internet.

—¿Dónde está?

–No lo sé. Me mandó su ubicación. Estoy tratando de alcanzarla.

–Estás... Rev, ¿qué estás haciendo?

–¡No sé! Pero tampoco se me ocurre qué otra cosa puedo hacer –me paso volando una luz amarilla justo cuando estaba cambiando a roja. Estoy a un kilómetro de la autopista y Emma continúa en movimiento.

–De acuerdo. Tranquilízate. Espera –su respiración se acelera–. Maldita sea, Rev. Tenía que haber ido contigo.

–¿Qué estás haciendo?

–Mamá y Alan no están en casa. No tengo otro teléfono, así que estoy corriendo a la tuya.

Escucho la puerta corrediza. Quiero decirle a mi amigo que estamos perdiendo tiempo y que tiene que llamar a la policía. Pero, al mismo tiempo, sé que es imposible. No tenemos información. Ni siquiera tengo idea de qué tipo de auto conduce Ethan. ¿qué puede decir Declan? "Dígale a la policía que busque un coche en el que va una chica que usa lentes".

–Rev, estoy en tu cocina. Te voy a poner en el altavoz. Cuéntale a Kristin todo lo que sabes.

Así lo hago.

Mientras tanto, observo cómo avanza el punto a lo largo de la autopista. Ahora entré a la Ruta 50, voy a gran velocidad. Él también debe estar acelerando, aunque siento que comienzo a ganar terreno.

Kristin tiene una docena de preguntas, ninguna de las cuales puedo responder. ¿Conozco el nombre de la mamá de Emma? ¿Y el del papá? ¿Tengo la menor idea acerca de Ethan, como en dónde vive o a qué escuela asiste? ¿Sé dónde vive Emma?

No. No. No. No. El miedo comenzó a crecer en mi estómago como una minúscula enredadera que se iba retorciendo, pero ahora se ha convertido en algo mucho más invasivo.

—Rev, ¿crees que haya alguna posibilidad de que esté haciendo un drama? —pregunta Kristin.

Pienso en Emma y cómo ha construido muros igual de gruesos que los míos alrededor suyo. No me habría mandado un mensaje como ese si no hubiera sido su intención. No me habría enviado su ubicación sin tener una razón.

—No —respondo.

El punto abandona la autopista.

—Están al otro lado del río Severn —comento—. Acaban de tomar al norte por la autopista Ritchie.

Me llevan por lo menos trece kilómetros de ventaja, pero sigo acortando la distancia. Ahora nos dirigimos hacia Arnold y Severna Park. La autopista Ritchie está plagada de semáforos y se acerca la hora pico de los embotellamientos, así que podré acercarme un poco. Con suerte.

Me doy cuenta de que la llamada ha estado en silencio un rato. Me permiten conducir y yo los dejo pensar. De pronto, Kristin comenta:

—Rev, ¿qué hacías por allá?

Su voz es tan tranquila y cuidadosa que me queda claro que ella lo sabe. La emoción me abruma con tal fuerza y rapidez que casi pierdo el control.

No te tomaría nada.

Solo tu mano.

Por un momento.

Tengo que contarle todo lo que pasó.

—Después —respondo, y la voz se me quiebra. Respiro y busco no desmoronarme—. Te cuento luego, mamá. ¿De acuerdo?

—Está bien —replica—. Pero Rev, por favor dime si te encuentras bien.

—Sí, lo estoy. Mamá, estoy bien —hago una pausa para concentrarme.

Estoy en la salida. Voy sobre la autopista Ritchie. Todavía se dirigen hacia el norte.

—Cuando se detengan, dame la dirección —me dice con voz firme—. Estaciónate lejos y espera a la policía. ¿Me entendiste?

Su tono es tremendamente serio.

—Sí.

—No conoces la situación, Rev. Todo lo que tienes es un mensaje de texto. Me en...

—Ya sé, ya sé.

El punto en el mapa toma hacia la izquierda.

—Dieron la vuelta.

—¿Por qué camino?

—Arnold Road —puedo verlo unas calles adelante—. Hay una farmacia.

—Ubico dónde está —guarda silencio un momento—. Hay un viejo aparcamiento por ahí.

Un viejo estacionamiento. Con solo pensarlo, el miedo se expande en mi pecho.

—Oye —oigo la voz de Declan—. Tu mamá está hablando por teléfono con la policía. Te estoy viendo en el mapa. ¿Estás bien?

—Sí.

El punto se detiene. Estoy atrapado en el semáforo de Arnold Road.

—Se detuvieron como medio kilómetro más adelante a la derecha.

Mi amigo le repite la información a Kristin.

El semáforo tarda una eternidad en cambiar.

Declan debió quitarme del altavoz, porque de pronto su voz se escucha queda pero con claridad.

—Rev, no sabes nada acerca de este tipo. Estaba bromeando cuando dije que tu papá podía tener un arma, pero...

–Lo sé, Dec. Lo sé. Voy a esperar.

–Promételo, Rev.

–Lo prometo.

Luego cambia la luz del semáforo y doy la vuelta para seguirlos.

♥

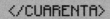

</CUARENTA>

♥

<UNO> Emma </UNO> <DOS> Rev </DOS> <TRES> Emma </TRES> <CUATRO> Rev </CUATRO> <CINCO> Emma </CINCO> <SEIS> Rev </SEIS> <SIETE> Emma </SIETE> <OCHO> Rev </OCHO> <NUEVE> Emma </NUEVE> <DIEZ> Rev </DIEZ> <ONCE> Emma </ONCE> <DOCE> Rev </DOCE> <TRECE> Emma </TRECE> <CATORCE> Rev </CATORCE> <QUINCE> Emma </QUINCE> <DIECISÉIS> Rev </DIECISÉIS> <DIECISIETE> Emma </DIECISIETE> <DIECIOCHO> Rev </DIECIOCHO> <DIECINUEVE> Emma </DIECINUEVE> <VEINTE> Rev </VEINTE> <VEINTIUNO> Emma </VEINTIUNO> <VEINTIDÓS> Rev </VEINTIDÓS> <VEINTITRÉS> Emma </VEINTITRÉS> <VEINTICUATRO> Rev </VEINTICUATRO> <VEINTICINCO> Rev </VEINTICINCO> <VEINTISÉIS> Emma </VEINTISÉIS> <VEINTISIETE> Rev </VEINTISIETE> <VEINTIOCHO> Emma </VEINTIOCHO> <VEINTINUEVE> Rev </VEINTINUEVE> <TREINTA> Emma </TREINTA> <TREINTA Y UNO> Rev </TREINTA Y UNO> <TREINTA Y DOS> Emma </TREINTA Y DOS> <TREINTA Y TRES> Emma </TREINTA Y TRES> <TREINTA Y CUATRO> Rev </TREINTA Y CUATRO> <TREINTA Y CINCO> Emma </TREINTA Y CINCO> <TREINTA Y SEIS> Rev </TREINTA Y SEIS> <TREINTA Y SIETE> Emma </TREINTA Y SIETE> <TREINTA Y OCHO> Rev </TREINTA Y OCHO> <TREINTA Y NUEVE> Emma </TREINTA Y NUEVE> <CUARENTA> Rev </CUARENTA> <CUARENTA Y UNO> Emma

[41]

—

Llevamos una eternidad viajando.

La mano de Ethan no me ha soltado la trenza. Me jala el cabello con tanta fuerza que estoy segura de que ya me ha arrancado algunos mechones del cuero cabelludo, poco a poco.

Duele. Muchísimo.

He estado llorando en su camiseta. He tratado de no hacerlo, pero me resulta imposible.

Hace varios kilómetros que dejamos la autopista y entramos a las calles, pero tengo la cara aplastada casi contra el regazo de Ethan, así que no tengo idea de dónde nos encontramos. Entre su puño que me sujeta el cabello y su brazo que me presiona contra él, tiene el control de mi cabeza de un modo tan firme que me cuesta respirar. En el primer semáforo forcejeé con él, en un intento por presionar la bocina del auto; luché contra su agarre, tratando de llamar la atención de los vehículos cercanos.

Ethan me azotó la cabeza contra el tablero central. De algún lugar me está cayendo sangre en el ojo.

Ahora ejerce presión en mis omóplatos para mantener mi cabeza gacha. Al principio creí que me estaba empujando hacia su entrepierna, pero luego me percaté de que solo intenta mantenerme fuera de la vista ahora que estamos en medio del tránsito. La luz del sol penetra por las ventanas. Afuera hay un día hermoso, pero es una absoluta pesadilla aquí dentro.

—No puedo creer que me hayas hecho esto —continúa diciendo—. No puedo creer que hayas hecho esto, Emma.

—No te estoy haciendo nada —me defiendo.

—Lo hiciste. Me pediste que saliéramos y luego comenzaste con tus juegos.

—Por favor, Ethan. Por favor, solo déjame salir de...

—NO —me jala la trenza con tal fuerza que el cuello me queda torcido hacia un lado. Me deja viendo estrellas. El auto da una vuelta pronunciada y pierdo por completo el equilibrio. Mi rostro se estrella contra su regazo. Estoy a punto de vomitarle encima.

Luego viene otra vuelta. Y otra. El coche se sacude al pasar por encima de varios baches pequeños.

Y de pronto nos detenemos. Apaga el motor. No debería pensar en apagar o matar cosas.

Estamos en un sitio guarecido, en algún lugar bajo el follaje de los árboles. Las siluetas de las sombras proyectan imágenes parecidas al test de Rorschach en los interiores del auto. Alcanzo a oír el sonido del tránsito, pero es lejano.

De pronto mi respiración es ruidosa. Igual que la de él.

De golpe me doy cuenta de que está llorando.

—No sé qué estoy haciendo —dice en voz baja—. No sé qué estoy haciendo.

—Está bien —contengo mi propio llanto. Mi voz titubea—. Está bien. Ethan, solo déjame salir.

Sin embargo, no me suelta. Por el contrario, sujeta mi cabello con más fuerza.

—Me gustabas tanto.

Quisiera golpearlo en la ingle, pero no estoy en una buena posición para hacerlo con fuerza. No quiero que me pegue nuevamente. Aunque si habla, por lo menos no me está haciendo daño. Necesito tiempo para pensar.

—También me agradas. Eres mi compañero de juegos favorito.

—Pero es todo lo que soy para ti, un compañero de juego.

—No —respondo. Mi voz suena ronca—. Somos amigos.

—Encontré a Nightmare por ti. Lo hice por ti. ¿Eso no significa nada?

El sonido de una sirena irrumpe a la distancia.

Por favor, que vengan por mí. Aunque sé que no habría manera.

Otra sirena se incorpora.

Oh, por favor. Por favor.

Cada vez se escuchan con mayor fuerza. Más cerca.

Tal vez alguien nos vio. Quizás mi ubicación sí le llegó a Rev, después de todo.

Tal vez. Tal vez. Tal vez.

Ethan se queda pasmado.

El ruido de las sirenas aumenta, luego nos pasan de largo a toda velocidad. No se detienen.

NO. Oh, dios. No.

Pero ahora él está más tranquilo, más serio.

—¿Me puedes soltar? —la voz me tiembla—. Podemos hablar. Aún no hemos tenido oportunidad de conversar.

Durante un momento eterno, él no se mueve. Me preocupa haber dicho algo equivocado.

—De acuerdo —responde—. Bien. Sí —me suelta el cabello y me enderezo en mi asiento.

Estamos en un viejo estacionamiento, cerca de un bosque. No alcanzo a ver nada más. Me quedo muy quieta. Pienso en mi posición, también en la suya.

Y entonces, tomo el seguro con una mano y la manija con la otra, y salgo deprisa del auto.

—¡Auxilio! —grito—. ¡Ayúdenme!

Es un aparcamiento abandonado y estamos rodeados de bosque. La autopista Ritchie está a unos ciento cincuenta metros de distancia y los coches pasan a toda velocidad al otro lado de una hilera de árboles.

No hay nadie aquí.

Nadie, excepto Ethan, que se mueve con rapidez a pesar de su tamaño. Esperaba que fuera lento y perezoso, pero quizás el hecho de recluirse en casa de su mamá le da bastante tiempo para ejercitarse.

Me alcanza y me derriba. Es tan pesado. Me estrello en el pavimento. Lucho por rodarme y escapar, pero logra sostenerme bocarriba. Siento cómo el pavimento se me clava en la piel.

Y entonces, de golpe, recuerdo algo que Rev me dijo. Es como una voz en mi cabeza. *El objetivo es estar cerca. El que haya distancia le da al otro la oportunidad de lastimarte.*

Cuando Ethan se aparta, rodeo su cuello con mi brazo y con el otro sujeto su propio brazo, para aferrarme a él.

Logro sentir su sorpresa. Trata de sacudirse para que me caiga, pero me aferro con las uñas y presiono mi rostro contra el suyo. Me sostengo como si la vida se me fuera en ello.

De nuevo el ruido de sirenas. Otra vez se acercan.

Aunque estoy debajo de mi atacante, de pronto siento que tengo cierta ventaja. No puedo respirar con su peso encima de mí, pero tampoco me puede golpear si estoy pegada a él. Soy lo suficientemente pesada como para que no tenga apoyo para poder levantarse del suelo. Me rehúso a perder el agarre que tengo en su cuello.

Entonces, intenta otra táctica. Retrocede un poco y me azota contra el suelo. Mi nuca se estrella contra el pavimento. No puedo sostenerme más. No logro ver. Me voy a desmayar.

Me toma de los hombros y me levanta. Va a azotarme otra vez. Mi cabeza no conseguirá soportarlo. Lo último que veré será su espantosa cara lloriqueando que éramos amigos, mientras me aplasta el cráneo contra el pavimento.

Y de pronto su peso... se va. Desaparece, como si lo hubieran levantado. No, más bien lo arrastraron.

Entonces veo que Rev aleja el puño para tomar impulso y golpea a Ethan justo en la cara.

</CUARENTA Y UNO>

<UNO> Emma </UNO> <DOS> Rev </DOS> <TRES> Emma </TRES> <CUATRO> Rev </CUATRO> <CINCO> Emma </CINCO> <SEIS> Rev </SEIS> <SIETE> Emma </SIETE> <OCHO> Rev </OCHO> <NUEVE> Emma </NUEVE> <DIEZ> Rev </DIEZ> <ONCE> Emma </ONCE> <DOCE> Rev </DOCE> <TRECE> Emma </TRECE> <CATORCE> Rev </CATORCE> <QUINCE> Emma </QUINCE> <DIECISÉIS> Rev </DIECISÉIS> <DIECISIETE> Emma </DIECISIETE> <DIECIOCHO> Rev </DIECIOCHO> <DIECINUEVE> Emma </DIECINUEVE> <VEINTE> Rev </VEINTE> <VEINTIUNO> Emma </VEINTIUNO> <VEINTIDÓS> Rev </VEINTIDÓS> <VEINTITRÉS> Emma </VEINTITRÉS> <VEINTICUATRO> Rev </VEINTICUATRO> <VEINTICINCO> Rev </VEINTICINCO> <VEINTISÉIS> Emma </VEINTISÉIS> <VEINTISIETE> Rev </VEINTISIETE> <VEINTIOCHO> Emma </VEINTIOCHO> <VEINTINUEVE> Rev </VEINTINUEVE> <TREINTA> Emma </TREINTA> <TREINTA Y UNO> Rev </TREINTA Y UNO> <TREINTA Y DOS> Emma </TREINTA Y DOS> <TREINTA Y TRES> Emma </TREINTA Y TRES> <TREINTA Y CUATRO> Rev </TREINTA Y CUATRO> <TREINTA Y CINCO> Emma </TREINTA Y CINCO> <TREINTA Y SEIS> Rev </TREINTA Y SEIS> <TREINTA Y SIETE> Emma </TREINTA Y SIETE> <TREINTA Y OCHO> Rev </TREINTA Y OCHO> <TREINTA Y NUEVE> Emma </TREINTA Y NUEVE> <CUARENTA> Rev </CUARENTA> <CUARENTA Y UNO> Emma </CUARENTA Y UNO> <CUARENTA Y DOS> Rev

♥

[42]

Ahora se escuchan sirenas por todos lados, pero llegan demasiado tarde. Estuvo a punto de ocurrirme lo mismo. Intenté esperar, pero no pude. La hubiera matado. Alcancé a ver cuando la derribó. La habría matado.

Mi primer golpe estuvo a punto de noquear a Ethan. Ojalá hubiera tenido suficiente impulso para dejarlo inconsciente en el suelo, pero perdí el equilibrio cuando lo jalé para quitarlo de encima de Emma. Lo lastimé, pero no logré dejarlo sin conocimiento.

Es rápido y me sujeta a la altura del abdomen.

Ethan no es como Matthew, pues su cuerpo es macizo. Además, la furia es un gran aliciente. Consigue tirarme. Me duele el golpe contra el pavimento, en especial cuando cae encima mío.

Entonces, se aleja para tomar impulso y golpearme, y queda completamente vulnerable.

Cada movimiento que hace es tan claro, casi como si ocurriera en cámara lenta. Mis pensamientos no se nublan con la duda. No percibo más que una claridad cristalina.

No puedo golpearlo desde el suelo, en eso tiene la ventaja. Intercepto su movimiento y consigo tomar el control de su torso. Llevo mi cabeza a un lado de su hombro, apoyo un pie en el piso y le doy la vuelta.

Ahora yo estoy encima y tengo el control.

Jamás he golpeado a alguien desde esta posición. Espero a que mi cerebro imagine que voy demasiado lejos, que lo golpeo con una fuerza excesiva, como para romperle un hueso y destrozarle la cara. Aguardo a que el miedo y la duda surtan efecto.

Mientras espero, el entrenamiento ya se ha hecho cargo de la situación.

Lo golpeé dos veces. Está inmóvil. Hay sangre en su rostro, en mis manos y sobre el pavimento.

Oh. Oh no.

Pienso en mi padre.

No te tomaría nada.

Solo tu mano.

Por un momento.

Sin embargo, el pecho de Ethan se mueve. Respira. Está vivo.

Si mi muñeca no estaba contenta conmigo antes, ahora me detesta. El dolor que siento es como un incendio en mi antebrazo.

Miro a Emma. Las lágrimas le han corrido el maquillaje y tiene una magulladura en un costado de la cara. Está herida, pero me mira fijamente.

—¿Te encuentras bien? —le pregunto. Quiero ir con ella, pero prefiero no dejar a Ethan en caso de que se despierte. Ella afirma rápidamente con la cabeza. Sus ojos me contemplan con una especie de asombro.

—Me encontraste.

—Sí, te encontré.

Un sollozo le roba el aliento, y se limpia el rostro con ambas manos.

—Hice lo que me dijiste. Intenté sujetarme a él.

—Lo sé. Justo como te dije, valiente.

Suelta una risa entrecortada.

—No soy tan valiente.

Las patrullas entran a toda prisa en el estacionamiento. Las sirenas son ensordecedoras. También llega una ambulancia y Emma queda rápidamente oculta entre técnicos de emergencias y paramédicos.

La policía arresta a Ethan.

También a mí me llevan.

Declan tenía razón. Es aterrador.

</CUARENTA Y DOS>

<UNO> Emma </UNO> <DOS> Rev </DOS> <TRES> Emma </TRES> <CUATRO> Rev </CUATRO> <CINCO> Emma </CINCO> <SEIS> Rev </SEIS> <SIETE> Emma </SIETE> <OCHO> Rev </OCHO> <NUEVE> Emma </NUEVE> <DIEZ> Rev </DIEZ> <ONCE> Emma </ONCE> <DOCE> Rev </DOCE> <TRECE> Emma </TRECE> <CATORCE> Rev </CATORCE> <QUINCE> Emma </QUINCE> <DIECISÉIS> Rev </DIECISÉIS> <DIECISIETE> Emma </DIECISIETE> <DIECIOCHO> Rev </DIECIOCHO> <DIECINUEVE> Emma </DIECINUEVE> <VEINTE> Rev </VEINTE> <VEINTIUNO> Emma </VEINTIUNO> <VEINTIDÓS> Rev </VEINTIDÓS> <VEINTITRÉS> Emma </VEINTITRÉS> <VEINTICUATRO> Rev </VEINTICUATRO> <VEINTICINCO> Rev </VEINTICINCO> <VEINTISÉIS> Emma </VEINTISÉIS> <VEINTISIETE> Rev </VEINTISIETE> <VEINTIOCHO> Emma </VEINTIOCHO> <VEINTINUEVE> Rev </VEINTINUEVE> <TREINTA> Emma </TREINTA> <TREINTA Y UNO> Rev </TREINTA Y UNO> <TREINTA Y DOS> Emma </TREINTA Y DOS> <TREINTA Y TRES> Emma </TREINTA Y TRES> <TREINTA Y CUATRO> Rev </TREINTA Y CUATRO> <TREINTA Y CINCO> Emma </TREINTA Y CINCO> <TREINTA Y SEIS> Rev </TREINTA Y SEIS> <TREINTA Y SIETE> Emma </TREINTA Y SIETE> <TREINTA Y OCHO> Rev </TREINTA Y OCHO> <TREINTA Y NUEVE> Emma </TREINTA Y NUEVE> <CUARENTA> Rev </CUARENTA> <CUARENTA Y UNO> Emma </CUARENTA Y UNO> <CUARENTA Y DOS> Rev </CUARENTA Y DOS> <CUARENTA Y TRES> Emma

♥

‒

[43]

Durante el trayecto en la ambulancia, hay una pequeña y estúpida parte de mí que espera que mis padres se reencuentren en el hospital y que se den cuenta de cuánto se necesitan el uno al otro. No dejo de escuchar la voz de Rev que repite "Las cosas ocurren cuando tienen que suceder", y me pregunto si quiere decir que tuve que soportar todo lo que pasó con Ethan solamente para que mis padres no se divorcien.

Debo estar delirando, lo cual es posible considerando la situación en la que me metí.

Mi fantasía no se cumple, pues mi padre no va a verme al hospital. Al hablar por teléfono con él me dice que está buscando conservar su empleo y que lo peor que puede hacer en este momento es salir.

—Tu mamá está ahí contigo, ¿no es verdad? —me dice.

Y sí, aquí está, sentada a un lado de mi camilla en la sala de urgencias. No me ha soltado la mano, salvo cuando me llevaron para hacerme una tomografía del cerebro. Llevamos horas aquí, pero continúa haciéndome las mismas preguntas y repitiendo las mismas frases.

Está enterada de todo, sobre Nightmare y Ethan; acerca de cómo reconocí una amenaza con tal claridad que no me tomé la molestia de prestar atención a la otra.

Después de escuchar dos veces la historia, se queda en un profundo silencio.

—Tengo que entender algo —dice por fin.

Me siento expuesta, resquebrajada. Solo que parte de eso se debe a la lesión en la cabeza.

—¿Qué?

—¿Por qué no me dijiste que habías estado recibiendo esos mensajes, de ese tal Nightmare? —hace una pausa—. O... por lo menos a tu padre...

—Lo intenté —trago saliva—. Comencé a contarle a papá, pero estaba muy ocupado...

Mamá suspira con un sonido lleno de desilusión.

—Emma, lo siento tanto.

—Quería resolverlo por mi cuenta. Es una industria muy *masculina* —aparto la mirada—. Yo solo... le pasa a todos. No quería ser de las personas que no soportan la presión.

Mamá suspira.

—Y es obvio que no pude —digo decepcionada—, ya que Ethan lo tuvo que resolver por mí.

Esta vez se endereza y la expresión en su rostro es feroz.

—No arregló nada, Emma. Pudo haberte matado. Ni siquiera te das cuenta de que no resolvió nada. Solamente te dijo que lo hizo.

Tiene razón. Tiene tanta razón. Soy una gran tonta.

—Déjame contarte algo de la escuela de medicina —comenta tras suspirar una vez más.

Mis ojos se llenan de lágrimas, y sigo atorada en el hecho de que caí en el anzuelo de Ethan tan fácilmente. El comentario de mi mamá no parece el preludio de un sermón y eso me confunde.

—Quieres... ¿hablar sobre la escuela de medicina?

—Sí —hace una pausa—. Me tocó pasar por lo mismo.

—¿A qué te refieres con lo mismo?

—Al sexismo, a la misoginia, a que es un mundo de hombres.

—No creo que la escuela de medicina se parezca a los videojuegos.

Continúa como si yo no hubiera hablado.

—Alguna vez, cuando estaba como interna en el hospital, había dos médicos que veían pornografía enfrente de mí. Cuando les pedí que la quitaran, se burlaron porque, según ellos, yo no era capaz de ver el cuerpo humano. Me sentí como una idiota. Lo permití demasiado tiempo porque creía que era parte de lo que las mujeres tenían que soportar.

La miro fijamente. No sé qué decir.

—Todo está en tu cabeza, Emma —de nuevo guarda silencio—. Tienes derecho a jugar sin tener que pasar por todo esto. Tienes derecho a diseñar un videojuego sin que te acosen. Tienes derecho a vivir tu vida sin permitir este tipo de situaciones, sin importar en qué tipo de área estés. No eres débil por no querer ver pornografía o por no querer que te digan que eres una... esa asquerosa palabra que utilizó. Me horroriza que creyeras que debías soportar cualquiera de esas cosas.

—Lo siento tanto, mamá —digo, secándome las lágrimas nuevas.

—No, yo lo lamento. Lamento que tu padre te haya hecho pensar que eso era algo aceptable.

—Él no...

—Emma, creo que tenemos que llegar a un acuerdo.

—¿Cuál?

—Te voy a apoyar con este asunto de los videojuegos —propone.

—¿Vas a qué? —tal vez los calmantes me drogaron, porque no suena como algo que diría mi madre.

—Pero necesito saber lo que haces y tengo que saber con quién lo estás haciendo.

—Mamá...

—Debes aceptar —sus ojos ahora se llenan de lágrimas—. Emma, necesito que estés de acuerdo. No te puedo perder también.

De pronto, comienzo a llorar.

—Está bien, mamá. Es un trato.

Una oficial de policía golpea la pared y luego titubea al asomar la cabeza por la cortina. Parece rondar los treinta años y lleva el cabello peinado en una austera coleta de cabello.

—¿Emma? Soy Jennifer Stone, oficial del departamento de policía del condado de Anne Arundel. ¿Te sientes en condiciones de responder algunas preguntas?

—Sí. Sí. Estoy bien —replico, limpiándome apresuradamente la cara.

La mujer entra, le da la mano a mi madre y luego a mí. Mamá le ofrece la silla, pero la oficial Stone la rechaza con un gesto de la mano, y se apoya en la pared que hay entre nosotras. Después saca un bloc de notas.

—¿Te molestaría contarme cómo fue que conociste al señor Nash?

Me toma un momento caer en cuenta que se refiere a Ethan. Que lo llame señor Nash hace que todo el asunto se escuche más grave.

Y desde luego que es algo serio.

Le relato todo lo ocurrido: OtrasTIERRAS, Reinos guerreros, los correos que me enviaba Nightmare y la forma en que Ethan me ayudó a encontrarlo. Mientras hablo, nuevamente me percato de que ni siquiera sé si en realidad encontró a mi acosador o si este sigue libre, esperando a causar más daño. La oficial promete averiguarlo.

Mi voz titubea cuando hablo acerca del divorcio y del intercambio de números de teléfono, en especial cuando mamá hace sus sonidos desaprobatorios con la boca.

—Me dijo que sus papás también habían pasado por un proceso de divorcio —señalo— y que vivía con su mamá. Hablamos de lo difícil que era todo el asunto. Pensé que éramos amigos.

La oficial Stone toma nota en su libreta.

—¿Y cuántos años tiene el señor Nash? ¿Te dijo su edad?

—Dijo que estudiaba en Old Mill.

—Entonces, ¿aseguró que estaba en el bachillerato?

—Eso... eso decía en su perfil de 5Core —trago saliva—. Creí que era alumno de último año.

La mujer escribe de nuevo.

—¿Te importa si nos quedamos con tu teléfono para obtener algunos de los mensajes?

—Pero... pero necesito...

—Emma —interrumpe mi madre—. Por supuesto que se lo pueden llevar. Lo que necesiten con tal de que encierren a ese hombre.

—Está bien —trago saliva—. Estaba en el auto de Ethan. Se cayó debajo del asiento.

La mujer toma otra nota en su libreta; muchas de ellas.

—¿Puedo hacer una pregunta? —digo.

La oficial deja de escribir y me mira. Su mirada es serena y analítica, pero también hay compasión en sus ojos.

—Por supuesto.

—¿Qué edad tiene en realidad? ¿Tiene permitido decírmelo?

La policía hojea unas cuantas páginas atrás.

—Tiene veintinueve.

Mi corazón se desboca y tengo que llevarme la mano al pecho. A mi lado, mi madre hace el mismo gesto. La oficial Stone hojea de nuevo sus anotaciones y luego me mira a los ojos.

—Vive solo en un apartamento, no con su madre —hace una pausa—. Trabaja en el departamento de informática para el Condado de Anne Arundel. Así fue como tuvo acceso a los servidores.

E Nash. Informática.

Literalmente estaba colgado justo frente a mí y fui lo bastante estúpida como para creer que era de su madre.

—Tiene antecedentes por hostigamiento y acoso en su historial —señala la oficial.

—Emma —mi madre comienza a llorar de nuevo.

Pero yo no lloro, la sorpresa me abruma.

—Pero... pero...

Estuve a punto de decir: "Era tan amable. Era mi amigo".

Pero no era amable ni tampoco mi amigo.

—Esto ocurre a menudo —comenta la oficial Stone—. Estos tipos son listos. Toman algo que les compartiste y lo acomodan de tal forma que sientes que hay una conexión con ellos. A partir de ahí no les cuesta mucho trabajo elaborar una historia —titubea—. Tuviste suerte de que esto no terminara de un modo distinto.

—Me dijo que él y su madre iban a la iglesia de Saint Patrick —murmuro—. Me aseguró que ella era controladora y cruel.

—¿Y qué le contaste de mí? —pregunta mamá, ahogando un sollozo.

Le compartí tantas cosas. Mientras más recuerdo nuestras conversaciones, más caigo en la cuenta de que le di todo lo que necesitaba.

Tengo ganas de hacerme ovillo, porque me siento tan estúpida. Tan tonta. Debería ser a mí a quien metieran en la cárcel.

La oficial Stone apoya su mano en mi hombro.

—No seas muy dura contigo. Como te dije, son astutos. Esta no fue la primera vez que lo hizo. Y tuviste suerte. Escuché lo que hiciste, acerca de compartir tu ubicación. Desearía que más gente conociera esa función.

Rev.

—¿Se encuentra bien Rev?

—Fue arrestado...

—¿Qué? —exclamo—. ¿Por qué?

La mujer levanta una mano para apaciguarme.

—Se trata de un caso bastante claro de defensa propia, y la autoridad de transporte tiene cámaras de vigilancia en ese estacionamiento. Si a tu amigo aún no lo han procesado y liberado, pronto lo harán.

♡

\</CUARENTA Y TRES>

<UNO> Emma </UNO> <DOS> Rev </DOS> <TRES> Emma </TRES> <CUATRO> Rev </CUATRO> <CINCO> Emma </CINCO> <SEIS> Rev </SEIS> <SIETE> Emma </SIETE> <OCHO> Rev </OCHO> <NUEVE> Emma </NUEVE> <DIEZ> Rev </DIEZ> <ONCE> Emma </ONCE> <DOCE> Rev </DOCE> <TRECE> Emma </TRECE> <CATORCE> Rev </CATORCE> <QUINCE> Emma </QUINCE> <DIECISÉIS> Rev </DIECISÉIS> <DIECISIETE> Emma </DIECISIETE> <DIECIOCHO> Rev </DIECIOCHO> <DIECINUEVE> Emma </DIECINUEVE> <VEINTE> Rev </VEINTE> <VEINTIUNO> Emma </VEINTIUNO> <VEINTIDÓS> Rev </VEINTIDÓS> <VEINTITRÉS> Emma </VEINTITRÉS> <VEINTICUATRO> Rev </VEINTICUATRO> <VEINTICINCO> Rev </VEINTICINCO> <VEINTISÉIS> Emma </VEINTISÉIS> <VEINTISIETE> Rev </VEINTISIETE> <VEINTIOCHO> Emma </VEINTIOCHO> <VEINTINUEVE> Rev </VEINTINUEVE> <TREINTA> Emma </TREINTA> <TREINTA Y UNO> Rev </TREINTA Y UNO> <TREINTA Y DOS> Emma </TREINTA Y DOS> <TREINTA Y TRES> Emma </TREINTA Y TRES> <TREINTA Y CUATRO> Rev </TREINTA Y CUATRO> <TREINTA Y CINCO> Emma </TREINTA Y CINCO> <TREINTA Y SEIS> Rev </TREINTA Y SEIS> <TREINTA Y SIETE> Emma </TREINTA Y SIETE> <TREINTA Y OCHO> Rev </TREINTA Y OCHO> <TREINTA Y NUEVE> Emma </TREINTA Y NUEVE> <CUARENTA> Rev </CUARENTA> <CUARENTA Y UNO> Emma </CUARENTA Y UNO> <CUARENTA Y DOS> Rev </CUARENTA Y DOS> <CUARENTA Y TRES> Emma </CUARENTA Y TRES> <CUARENTA Y CUATRO> Rev

[44]

—

La noche ha caído cuando por fin me dejan salir de la estación de policía. El dolor en la muñeca pasó de ser un incendio a un infierno. La piel debajo de la manga está hinchada y morada. Durante la última hora estuve apretando los dientes, pero como me aterraba que me acusaran de agresión, mantuve la boca cerrada e intenté volverme invisible.

Me pregunto si tengo que llamar a mis papás, pero un oficial me conduce hacia el vestíbulo principal, donde ambos se encuentran esperándome. Matthew no los acompaña.

Papá ni siquiera aguarda a que salga por el mostrador, simplemente me envuelve en un abrazo. Mamá también se suma a la muestra de cariño.

—Te dije que esperaras —dice ella, con la voz desbordada de emoción—. Rev, te dije que esperaras.

Quiero devolverles el abrazo, pero todo este movimiento me presiona el brazo y hace que el dolor sea tan intenso que me preocupa que en lugar de demostrar afecto termine vomitando sobre ellos.

—Yo también los quiero —mi voz suena tensa—. Pero mamá, de verdad creo que necesito una radiografía.

/ / /

Tengo la muñeca fracturada, de nuevo.

No sé por qué, pero parece algo adecuado, como si fuera un símbolo del rompimiento con mi padre. Esta vez, para siempre.

Estoy sentado con mis papás en la sala de espera de traumatología.

Les conté todo lo que él me dijo. No están molestos porque haya ido a verlo, pero sí por no haberles avisado a dónde iba.

Con la letanía de "qué hubiera pasado si" que he tenido que oír, podría completar un libro. Sin embargo, escucho cada uno de sus reproches. Los oigo y dejo que su amor y preocupación por mí me llenen.

Me llevan a casa y duermo como un muerto.

</CUARENTA Y CUATRO>

<UNO> Emma </UNO> <DOS> Rev </DOS> <TRES> Emma </TRES> <CUATRO> Rev </CUATRO> <CINCO> Emma </CINCO> <SEIS> Rev </SEIS> <SIETE> Emma </SIETE> <OCHO> Rev </OCHO> <NUEVE> Emma </NUEVE> <DIEZ> Rev </DIEZ> <ONCE> Emma </ONCE> <DOCE> Rev </DOCE> <TRECE> Emma </TRECE> <CATORCE> Rev </CATORCE> <QUINCE> Emma </QUINCE> <DIECISÉIS> Rev </DIECISÉIS> <DIECISIETE> Emma </DIECISIETE> <DIECIOCHO> Rev </DIECIOCHO> <DIECINUEVE> Emma </DIECINUEVE> <VEINTE> Rev </VEINTE> <VEINTIUNO> Emma </VEINTIUNO> <VEINTIDÓS> Rev </VEINTIDÓS> <VEINTITRÉS> Emma </VEINTITRÉS> <VEINTICUATRO> Rev </VEINTICUATRO> <VEINTICINCO> Rev </VEINTICINCO> <VEINTISÉIS> Emma </VEINTISÉIS> <VEINTISIETE> Rev </VEINTISIETE> <VEINTIOCHO> Emma </VEINTIOCHO> <VEINTINUEVE> Rev </VEINTINUEVE> <TREINTA> Emma </TREINTA> <TREINTA Y UNO> Rev </TREINTA Y UNO> <TREINTA Y DOS> Emma </TREINTA Y DOS> <TREINTA Y TRES> Emma </TREINTA Y TRES> <TREINTA Y CUATRO> Rev </TREINTA Y CUATRO> <TREINTA Y CINCO> Emma </TREINTA Y CINCO> <TREINTA Y SEIS> Rev </TREINTA Y SEIS> <TREINTA Y SIETE> Emma </TREINTA Y SIETE> <TREINTA Y OCHO> Rev </TREINTA Y OCHO> <TREINTA Y NUEVE> Emma </TREINTA Y NUEVE> <CUARENTA> Rev </CUARENTA> <CUARENTA Y UNO> Emma </CUARENTA Y UNO> <CUARENTA Y DOS> Rev </CUARENTA Y DOS> <CUARENTA Y TRES> Emma </CUARENTA Y TRES> <CUARENTA Y CUATRO> Rev </CUARENTA Y CUATRO> <CUARENTA Y CINCO> Rev

[45]

Cuando despierto, Matthew está en mi habitación. Está sentado en el futón, leyendo un libro. La luz del sol se cuela a través de las ventanas, desbordando de claridad el cuarto.

¿Hay luz? Entrecierro los ojos y echo un vistazo al reloj que hay en mi mesita de noche. Pasan de las diez de la mañana.

—Ey, miren quién despertó —dice Matthew.

Me dispongo a sentarme, y mi muñeca me recuerda todo lo que pasó ayer. El yeso se siente como un ladrillo que me cubre de los dedos al codo. Todo me duele, así que me dejo caer en la cama.

—¿Vamos a faltar a la escuela? —le pregunto a Matthew,

—Kristin dijo que no tenías que ir.

—¿Tú tampoco?

Se encoge de hombros y mira hacia las puertas del armario.

—Le dije que quería ver cuando te despertaras.

A mamá seguro le encantó su respuesta, pero no le creo ni por un segundo.

—No querías toparte con los tipos que te han estado molestando —hago una pausa—. Declan te hubiera cuidado. Ya te lo había dicho.

—Hoy no —se encoge otra vez de hombros—. Su mamá tuvo al bebé esta madrugada. Se fue como a las cuatro.

—¿De la mañana? ¿Estuvo aquí?

El chico afirma con la cabeza.

Me froto los ojos con mi mano sana, luego hago un nuevo intento por sentarme.

—Necesito unos minutos. ¿Sabes si hay café?

Dobla una de las páginas y deja el libro.

—Puedo preparar un poco.

Hay un mensaje de texto sin leer en mi teléfono. De hecho, hay tres.

Emma: Por favor, dime que estás bien.

Si no respondes el mensaje, voy a pedirle a mamá que me lleve a tu casa

para estar segura de que te encuentras bien.

Al parecer, mi mamá conoció a la tuya e intercambiaron números. Qué

incómodo. Aunque por lo menos sé que estás bien. Escríbeme cuando te

despiertes.

Sonrío.

Rev: Estoy despierto.

Pero ella no debe estarlo, pues no recibo respuesta.

Me encierro en el baño. No recuerdo lo que me dijo el doctor acerca de darme una ducha, y no tengo nada de ganas de que me pongan un yeso nuevo, así que eso puede esperar. Cepillarme los dientes con la mano izquierda resulta un desafío, por lo que descarto por completo rasurarme.

Vestirme me toma el doble de tiempo de lo acostumbrado. Hay una camiseta de manga corta, limpia y doblada, encima de la pila de ropa para lavar. Ni siquiera lo dudo para ponérmela. Y tampoco me molesto en usar sudadera.

Matthew aguarda en la cocina; está comiendo el cereal directamente de la caja. Sus ojos se abren un poco cuando me ve con los brazos descubiertos, pero no dice nada. Agita la caja como un sonajero.

—¿Quieres?

—Solo como cereal en las noches —respondo, luego de negar con la cabeza.

No actúa como si mi respuesta fuera extraña, pero sí me pregunta:

—¿Por qué?

Saco una taza de la alacena. Me llega un recuerdo, pero este no es escalofriante.

—Cuando tenía cinco años, una mujer de la iglesia me regaló una caja de cereal. Sabía que mi padre no me permitiría conservarla, así que la escondí debajo de mi cama. Me senté y me la comí en la oscuridad después de que él se fue a dormir —hago una pausa—. Me daba un miedo enorme que me descubriera, pero el cereal era como una droga. No podía parar. Escondí la caja varios meses. Recuerdo haberle rezado a Dios para que me diera más. Pero no lo hizo. Es decir... es obvio. Entonces pensé que me estaba castigando por haber cometido esos graves pecados del cereal.

Matthew me mira fijamente. Ha dejado de comer.

—Perdona —hago un gesto de remordimiento y me sirvo algo de café—. No fue mi intención decir todo eso.

Deja la caja en la barra, va por un tazón y vacía algo de cereal dentro. Luego agrega leche y una cuchara. Después coloca todo encima de la barra, enfrente de mí.

—Al diablo con tu padre. Come algo de cereal.

Lo miro fijamente, en parte sorprendido, en parte conmovido.

Enseguida me siento y como. Tengo que hacerlo con la mano izquierda, así que lo hago con torpeza, pero me lo como. Es una tontería, pero es liberadora.

Matthew continúa haciéndolo directamente de la caja.

Nos quedamos callados, pero no hay tensión entre ambos.

Después de un rato, rompe el silencio.

—Le dije a Kristin.

Me queda claro de lo que está hablando. Su voz suena completamente neutral. Está escogiendo los trozos de malvavisco que tiene en la mano. Y yo me obligo a seguir comiendo.

—¿Sí?

—Sí, ayer. Después de la escuela. Solo estábamos ella y yo. No podía... No dejaba de pensar en lo que me dijiste. En cómo era posible que él pudiera recibir a un nuevo niño en su casa —encuentra uno de los malvaviscos que tiene en la palma y lo aplasta, reduciéndolo a polvo.

—¿Y ella qué te respondió?

—Me preguntó si quería presentar cargos contra él —se encoge de hombros—. Yo no... no puedo hacerlo. Después de todo lo que pasó con Neil —aplasta otro malvavisco.

—Estás destruyendo lo mejor —le digo.

Mira el polvo de color que tiene en la palma.

—Oh. Lo siento —se limpia la mano en el pantalón—. Me preguntó si me molestaría que ella presentara una denuncia a los Servicios Familiares —hace una pausa—. Le respondí que eso estaría bien. Creo.

No está seguro de ello, puedo notarlo en el tono de su voz.

—Todo saldrá bien —le aseguro—. Mamá se encargará de que así sea.

El chico vuelve a quedarse en silencio. El cereal cruje en nuestras mandíbulas. Pienso en Declan, que está en el hospital conociendo a su nuevo hermano menor, y también en cuánto han cambiado nuestras vidas en las últimas veinticuatro horas.

—¿Te puedo pedir un favor? —pregunta Matthew.

—Lo que quieras.

Mi respuesta lo desconcierta, pero solamente un momento.

—Si hago algo que pudiera arruinar esto, ¿me lo dirías?

Bajo mi cuchara. El cereal ya se ablandó y, de todas formas, estoy empezando a hacer un desastre.

—No vas a arruinar nada, Matthew. Mamá y papá no son ese tipo de personas.

—Pero... por si acaso.

—Está bien —llevo mi tazón a la encimera—. ¿Otra cosa?

—No —titubea—. Bueno, tal vez algo.

—¿Qué es?

—¿Crees que podrías llamarme Matt?

</CUARENTA Y CINCO>

<UNO> Emma </UNO> <DOS> Rev </DOS> <TRES> Emma </TRES> <CUATRO> Rev </CUATRO> <CINCO> Emma </CINCO> <SEIS> Rev </SEIS> <SIETE> Emma </SIETE> <OCHO> Rev </OCHO> <NUEVE> Emma </NUEVE> <DIEZ> Rev </DIEZ> <ONCE> Emma </ONCE> <DOCE> Rev </DOCE> <TRECE> Emma </TRECE> <CATORCE> Rev </CATORCE> <QUINCE> Emma </QUINCE> <DIECISÉIS> Rev </DIECISÉIS> <DIECISIETE> Emma </DIECISIETE> <DIECIOCHO> Rev </DIECIOCHO> <DIECINUEVE> Emma </DIECINUEVE> <VEINTE> Rev </VEINTE> <VEINTIUNO> Emma </VEINTIUNO> <VEINTIDÓS> Rev </VEINTIDÓS> <VEINTITRÉS> Emma </VEINTITRÉS> <VEINTICUATRO> Rev </VEINTICUATRO> <VEINTICINCO> Rev </VEINTICINCO> <VEINTISÉIS> Emma </VEINTISÉIS> <VEINTISIETE> Rev </VEINTISIETE> <VEINTIOCHO> Emma </VEINTIOCHO> <VEINTINUEVE> Rev </VEINTINUEVE> <TREINTA> Emma </TREINTA> <TREINTA Y UNO> Rev </TREINTA Y UNO> <TREINTA Y DOS> Emma </TREINTA Y DOS> <TREINTA Y TRES> Emma </TREINTA Y TRES> <TREINTA Y CUATRO> Rev </TREINTA Y CUATRO> <TREINTA Y CINCO> Emma </TREINTA Y CINCO> <TREINTA Y SEIS> Rev </TREINTA Y SEIS> <TREINTA Y SIETE> Emma </TREINTA Y SIETE> <TREINTA Y OCHO> Rev </TREINTA Y OCHO> <TREINTA Y NUEVE> Emma </TREINTA Y NUEVE> <CUARENTA> Rev </CUARENTA> <CUARENTA Y UNO> Emma </CUARENTA Y UNO> <CUARENTA Y DOS> Rev </CUARENTA Y DOS> <CUARENTA Y TRES> Emma </CUARENTA Y TRES> <CUARENTA Y CUATRO> Rev </CUARENTA Y CUATRO> <CUARENTA Y CINCO> Rev </CUARENTA Y CINCO> <CUARENTA Y SEIS> Emma

—

El día luce igual de deslumbrante que ayer: cálido y lleno de luz. Duermo hasta mediodía.

Cuando despierto, Texy se encuentra en mi habitación, hecha un ovillo junto a mi cama. Mamá fue a buscarla. Fue por ella. Solo por mí.

Me siento en el suelo y lloro en el pelo de mi perra. Me duele la cara y estoy segura de que tengo algunas heridas espectaculares. La vergüenza me cubre por dentro y no puedo escapar de ella. Fui tan ingenua y tan estúpida.

Mamá me dejó una nota.

Estoy viendo algunos condominios. Avísame si quieres que pase por ti. Tenemos que tomar la decisión juntas.
Quizás en la noche puedas mostrarme el videojuego que diseñaste.
Me encantaría ver lo que creaste.

Te amo,
  Mamá

Sus palabras me arrancan una nueva tanda de lágrimas.

Necesito ducharme y cepillarme los dientes. Las heridas no lucen tan mal como esperaba. La mayor parte está en un lado de mi cara. Dejo que el cabello las cubra, y ni te das cuenta de que un tipo me golpeó de revés.

Le doy la espalda al espejo antes de que las lágrimas comiencen a rondar mis ojos.

Anoche, mamá le entregó todo mi equipo de cómputo a la policía. En ese momento quería que ellos lo tuvieran. Todo se sentía contaminado.

Pero ahora desearía poder conectarme. De pronto, me doy cuenta de que una vez más estoy tratando de esconderme.

—Ven, Texy —digo tras un silbido—. Vamos a dar un paseo.

///

Puede que todavía no regrese de la escuela, pero tal vez su mamá me permita esperarlo adentro. Texy y yo subimos los escalones del porche, luego llamo suavemente a la puerta.

Rev la abre. Lleva manga corta. Tiene un yeso en el brazo.

—Emma —su tono es cálido e intenso, y quiero que repita mi nombre una y otra vez. Luce tan sorprendido como yo me siento.

El desconcierto me hace retroceder un paso. Mamá no mencionó este detalle después de que habló con la mamá de Rev.

—Tú... ¿te rompiste el brazo?

—La muñeca, de hecho —responde con un gesto y me mira—. ¿Estás bien? ¿Puedes salir a caminar?

—Me hicieron una tomografía cerebral. No hubo contusión. Solo fueron golpes. Y ya me tomé una pastilla para el dolor.

—Oh, bien —levanta el yeso—. Es una pequeña fractura. No está tan mal.

—Así que los dos estamos un poco averiados.

Deja caer su brazo a un costado.

—Creo que ya lo estábamos antes.

—Sí —respondo, tragando saliva.

Entonces nos quedamos parados por tanto tiempo que comienzo a sentirme algo tonta. Texy avanza y empuja las manos de Rev con su hocico. Él le acaricia la oreja mientras ella mueve la cola y me mira con la lengua afuera. Rev sigue sin decir nada.

Tel vez debería irme.

—¿Quieres pasar? —me pregunta.

—¿Con la perra?

—Claro —abre la puerta de par en par. Texy entra trotando sin más y sus uñas chasquean en las baldosas de la entrada.

Su hermano adoptivo aparece en lo alto de la escalera.

—Oh, genial. Un perro.

Texy le ladra, pero el chico baja deprisa los escalones para acariciarla y de inmediato se convierten en los mejores amigos.

—Ven —dice Rev, tomándome de la mano.

Sus dedos se sienten cálidos y firmes entre los míos, mientras me conduce escaleras arriba.

—Ey, Matt, hazle compañía a la perra, ¿quieres?

En ese momento, Texy está tratando de recostar su tremendo corpachón en el regazo del chico.

—Seguro —responde.

Me sorprende cuando Rev me lleva hacia su habitación, aunque deja la puerta abierta, y luego me jala hacía el futón.

—¿Tenemos que sentarnos espalda con espalda? —pregunto. De pronto me siento nerviosa y muy inquieta por el rumbo que pueda tomar la situación.

—No. Cara a cara —se sienta con las piernas cruzadas, de una forma muy parecida a como lo hizo en la banca enfrente de la iglesia. El yeso reposa en su regazo, como un crudo y blanco recordatorio de todas las cosas que salieron mal el día de ayer.

Yo me siento con más cautela, pues me duele la mayoría de los músculos.

—Rev —titubeo—, quiero agradecerte... por... por lo que hiciste...

♡

—No tienes que agradecerme —responde con voz tranquila y franca—. Me siento culpable por no haberte mandado mensaje antes. Si te hubiera llamado... —hace una pausa—. No es una excusa, pero me estaban pasando muchas cosas.

—No debí explotar cuando me preguntaste acerca de Ethan —trago saliva—. No es una excusa, pero también me estaban sucediendo muchas cosas.

Su mirada es clara y la sostiene sin vacilar en la mía.

—Lo sé, Emma.

Cada vez que dice mi nombre, me pone a temblar.

—Eres la única persona en mi vida que no me decepciona constantemente. No estaba... No supe cómo manejar el asunto. Así que... lo siento.

—No te disculpes —acerca su mano para apartar el cabello de mi mejilla—. Sé lo que se siente cuando piensas que no tienes a nadie en quien confiar.

Cierro los ojos y apoyo mi rostro en su mano. Pero de golpe, Rev aparta la mano.

—Emma... lo que me dijiste ayer sobre Ethan. Cuando me preguntaste si estaba celoso...

—No fue mi intención. De verdad. Lo siento. Nunca hubo nada entre Ethan y yo. Fue... todo fue una simulación. Solo estaba buscando alguien en quien apoyarme.

—Lo sé.

—Y sé que no estabas celoso. Más bien estabas preocupado.

—No... —su gesto se tuerce—. No, estaba preocupado. Muy preocupado. En especial cuando vi lo extraños que eran sus mensajes —hace una pausa—. Pero antes de eso... quizás sí estaba celoso. Un poco. Y no me di cuenta hasta ayer que no dejaba de mencionar que todo ocurría por una razón, y esperaba que me llegara alguna especie de señal, cuando en realidad tenía que dejar de preocuparme acerca de si estaba haciendo lo correcto y, más bien, tendría que haberte invitado a salir.

—Rev... —lo miro fijamente.

—¿Emma?

—¿Sí?

—¿Quieres ir al baile de primavera?

Me quedo sin aliento y casi estallo en una carcajada.

—¿Quieres que nuestra primera cita sea un baile escolar?

—Bueno —sus mejillas se sonrojan—. Iba a decirte si querías ir a comer nuggets de pollo junto a la iglesia, pero eso es más bien de la semana pasada...

—Sí —suelto una risita—, a las dos invitaciones.

Me acaricia nuevamente la mejilla. Acerco mi mano para tomar la suya y, entonces, recuerdo el yeso.

Bajo su mano y paso la yema de mis dedos por el dorso de los suyos.

—No puedo creer que te hayas roto la muñeca. ¿Le pegaste tan fuerte?

—Quería golpearlo con más fuerza.

—¿Te duele?

—Ayer quería que me cortaran el brazo. Pero hoy ya se siente mejor.

—¿Puedo firmarlo? —le pregunto.

—Seguro —sonríe—. Creo que hay unos marcadores en el escritorio.

De hecho, hay tres: rojo, azul y negro. Me inclino sobre su brazo.

—¿Te importa lo que escriba?

—Nop. Escribe, dibuja, lo que quieras.

Apoyo el marcador azul sobre el yeso. Rev me acaricia el cabello mientras escribo, y la sensación es tan agradable que me dan ganas de escribir una novela en su yeso.

♡

De pronto me detengo y busco su mirada.

—¿Qué quiere decir Rev? Empezaste a contarme, pero nunca terminaste.

—Oh —de nuevo se sonroja y aparta la vista.

—¿Es de la Biblia? —pregunto—. Como... ¿el libro de las Revelaciones o algo así?

—No —sonríe—. Pero ese fue un buen intento.

Su habitación es tan tranquila y el aire que hay entre ambos se siente tan lleno de paz. Cualquier tensión que hubiera antes, desapareció. No quisiera irme nunca.

—¿Es la abreviatura de reverendo, como de alguien religioso?

—No.

—¿Es la abreviatura de...?

En su boca se dibuja una curva.

—¿Quieres seguir adivinando o mejor te digo?

—Dime.

—Es tonto. Tenía siete años.

—Dime.

—Está bien —levanta su brazo—. Sigue escribiendo.

Lo hago mientras habla.

—Fue algo que le escuché decir a papá en la cena. Es un profesor universitario, principalmente de ciencias políticas, así que siempre está hablando sobre algo. La primera vez que llegué aquí, casi no hablaba, pero escuchaba todo lo que decían. Y él solía repetir una cita: "La revolución no es una manzana que cae cuando está madura. Tienes que hacerla caer" —hace una pausa—. Acababa de separarme de mi padre. Los únicos versos que conocía eran de la Biblia. Así que conservé esa cita en mi cabeza y me la repetí una y otra vez.

Dejo de escribir y lo miro fijamente.

—Revolución.

—Sí —hace una pausa, luego me dirige una sonrisa coqueta—. Pero tú puedes llamarme Rev.

—Me encanta —continúo dibujando en su yeso, creando grandes letras mayúsculas—. ¿Quién la dijo?

—El Che Guevara. Era un fanático de los cambios radicales.

—Mira —digo, poniéndome cómoda—. ¿Qué te parece?

Baja la mirada y la sonrisa desaparece, pero el gesto que lo sustituye no es de desagrado.

—Escribiste "Valiente".

—¿Está bien?

Sus dedos dan golpecitos al yeso.

—Sí.

—¿Vas a seguir usando manga corta para que la gente lo vea? —el tono de mi voz es ligeramente burlón, pero la pregunta es sincera.

Rev titubea.

—No tienes que hacerlo —digo.

—No. No, quiero hacerlo —se pasa la mano lastimada por el cabello—. Creo que... durante mucho tiempo sentí vergüenza de mis cicatrices. Las veía como señales de todas las veces que le fallé a mi padre. No quería que nadie supiera lo malo que yo era en realidad.

Tomo su mano sana entre las mías.

—Rev.

—Cuando estaba en el hospital para que me enyesaran, una enfermera me dijo: "Parece que sobreviviste a alguien bastante cruel, chico" —hace una pausa—. Otras personas ya me lo habían dicho antes. Pero ayer... después de ver a mi padre...

—¿Lo viste? —por poco me caigo de mi asiento.

♡

–Sí... No quiero hablar de él. No se merece más mi atención. Pero cuando la enfermera me dijo eso, me di cuenta de que tenía razón. Mi padre me hizo estas cicatrices y sobreviví a él.

–Lo hiciste –afirmo.

Rev estira los brazos.

–Lo único que no me gusta es el verso. Cuando la gente lo vea y comiencen a leerlo, entonces voy a tener que...

–Ven. Lo arreglo –destapo el marcador negro y presiono la punta sobre su brazo.

Él se mantiene muy quieto. Luego, le dirijo una mirada.

–¿Así está bien?

Sus ojos están muy cerca. Afirma con la cabeza. Escribo. Nuestra respiración suena con fuerza en el espacio que hay entre ambos.

–¿Qué estás escribiendo? –murmura.

–Estoy convirtiendo las cicatrices en un alambre de púas. Y luego, encima de eso, estoy escribiendo: "La revolución no es una manzana que cae cuando está madura...".

Toma mi rostro en sus manos y presiona sus labios contra los míos. Su beso es lento y paciente, igual que él. Un roce de labios, seguido de otros más.

Cuando por fin se aparta, solo un poco, sonrío.

–No había terminado.

–Perdona –me ofrece nuevamente su brazo.

–Oh, puedo acabar esto después –me sonrojo y tapo el marcador–. Me refería a que no había terminado de besarte.

Luego lo atraigo hacia mí y hago que sus labios encuentren los míos.

</CUARENTA Y SEIS>
</Más de lo que podemos decir>

♥

_

AGRADECIMIENTOS

Cuando presenté al personaje de Rev Fletcher en *Cartas a los perdidos*, supe que el mejor amigo de Declan debía tener un pasado tan oscuro y retorcido como el suyo. Mientras más escribía sobre Rev en *Cartas*, más deseaba poder contar su historia; solo que no había considerado lo desgarrador que sería meterme en su cabeza. Este libro requirió una enorme cantidad de apoyo de muchas personas distintas, y voy a hacer mi mejor esfuerzo para no omitir a nadie.

Mi esposo, como siempre, es mi mejor amigo, mi confidente, mi cimiento. Me anima a seguir escribiendo cuando en realidad solo quiero acostarme y darme un atracón en Netflix, o cuando me quiero rendir. También mantiene a raya a los niños Kemmerer cuando mami necesita esconderse en la habitación de atrás para escribir algunas palabras. Gracias por todo, querido.

No tendrían este libro en sus manos si no fuera por el aliento constante que mi madre me dio cuando estaba creciendo. Aún le gusta contar sobre cómo conservó el primer libro que "escribí" en tercer año acerca de un perro. Gracias por todo, mamá.

Mi agente, Mandy Hubbard, es valiente y sorprendente, y soy de lo más afortunada por estar en este viaje con ella como mi guía. Por fin tuvimos la oportunidad de conocernos en persona, y de verdad me solté a llorar y a abrazarla cerca de veinte minutos. (Nota al margen: lloro cada vez que pasa una mosca). Gracias por todo, Mandy.

Mi editora, Mary Kate Castellani, es como una maga. En serio. Este libro requirió mucho trabajo para darle forma, y de algún modo ella alcanzó a ver la verdadera historia que había en los borradores que no dejaba de enviarle. Mary Kate, me considero afortunada de poder trabajar contigo

—

y he crecido tanto como escritora gracias a tu orientación. Gracias por tu paciencia, tu genialidad y tu visión.

Todo el equipo de Bloomsbury ha sido fenomenal, desde el arte de la portada hasta la gente que edita y corrige, así como el equipo de publicidad. Tendré que comprarles a todos pizzas, rosas y cajas de chocolate, porque de verdad no puedo creer lo afortunada que soy por tenerlos en mi esquina. Gracias por todo lo que hacen en mi nombre.

Mi publicista, Julia Borcherts de Kaye Publicity, trabaja incansablemente tras bambalinas, y es la mujer más paciente y alentadora que conozco. Gracias por todo lo que haces, Julia.

Mi mejor amiga, Bobbie Goettler, me ha acompañado en este recorrido desde el inicio de mi viaje en la escritura y no sé cómo podría sobrellevar todo esto sin ella. Lee cada palabra que escribo y me ayuda a resolver cómo darles más fuerza. Bobbie, eres una inspiración como mujer, esposa y madre, y tengo una suerte enorme de que estés en mi vida. Gracias por todo.

Este libro lo leyeron muchas, muchísimas personas, de formas muy distintas, y voy a tratar de recordarlos a todos. Si olvidé a alguien, por favor tómenme de los hombros y sacúdanme, y luego exíjanme que los invite a tomar unos tragos. Gracias a Alison Kemper Beard, Bobbie Goettler, Amy French, Nicole Choiniere-Kroeker, Nicole Mooney, Jim Hilderbrandt, Joy Hensley George, Lee Bross, Michelle MacWhirter, Sara Fine, Helene Dunbar, Shyla Stokes, Darcy Jacobsen y Lea Nolan.

Este libro también exigió una tremenda cantidad de investigación. Un agradecimiento especial a la doctora Maegan Chaney-Bouis por compartir su visión de la profesión pediátrica, además de las entretenidas (y deprimentes) historias sexistas sobre la escuela de medicina. Otro agradecimiento especial a Sarah Vargo Kellner y al equipo Conquest por mostrarme que una mujer puede patear traseros en el jiu-jitsu brasileño. Gracias especiales a David Ley por la información relacionada con las secuelas del abuso infantil, así como por señalarme de qué forma el jiu-jitsu brasileño puede ayudar a que la persona supere el trauma. Finalmente, un agradecimiento especial al sargento detective L. Gary Yamin, del Departamento de Policía de Baltimore, por la información acerca del hostigamiento y el acoso *online*, y por compartirme algunas historias verdaderamente aterradoras sobre la facilidad con la que los adolescentes se meten en complicaciones en la red.

Gracias especiales a los niños Kemmerer, a Jonathan, Nick, Sam, y Zach, por ser tan pacientes cuando tengo que refugiarme para escribir, y por ser unos hijos tan increíbles con quienes pasar el tiempo cuando no lo hago. Los quiero a todos enormemente.

Finalmente, gracias a ti. Sí, a ti. A ti que sostienes este libro en tus manos, lo que significa que eres parte de mi sueño. Muchas gracias por compartir este viaje conmigo.

¡QUEREMOS SABER QUÉ TE PARECIÓ LA NOVELA!

Nos puedes escribir a  vrya@vreditoras.com
con el título de esta novela en el asunto.

Encuéntranos en

f facebook.com/VRYA México

🐦 twitter.com/vreditorasya

📷 instagram.com/vreditorasya

COMPARTE
tu experiencia con
este libro en el hashtag
 #másdeloquepodemosdecir
🐦 📷 f